BOURBON ON ICE

EMILY KEY

Copyright © 2019 Emily Key

Covergestaltung: Art for your book

Satz & Layout: Julia Dahl / Modern Fairy Tale Design

Skoutz 4 Success UG
C/O Emily Key
Bozzarisstraße 33
81545 München, Deutschland

ISBN-13: 9781703726145
Independently published

Alle Rechte, einschließlich das, des vollständigen oder auszugsweisen Nachdrucks in jeglicher Form, sind vorbehalten. Dies ist eine fiktive Geschichte, Ähnlichkeiten mit lebenden, oder verstorbenen Personen sind rein zufällig und nicht beabsichtigt. Alle Markennamen, Firmen sowie Warenzeichen gehören den jeweiligen Copyrightinhabern.

DIESES BUCH

Bestimmung.

Wenn jemand eine Entscheidung trifft, löst dies eine Kettenreaktion aus. Egal, ob du involviert bist oder nicht, das Buch, welches für dich geschrieben ist, wird dich immer wieder auf diesen Weg zurückzwingen.

Diese Erfahrung muss Luisa Torres machen, als ihr klar wird, wer der geheimnisvolle One-Night-Stand vor einigen Monaten war: Jason Lightman.

Eiskalter Geschäftsmann, sexy Bastard und arrogantester Chef in Philadelphia.

Ein Machtkampf zwischen Begehren und Abstand.

Inmitten von Sehnsucht und Schmerz.

Gefangen zwischen Ignoranz und Liebe.

Was passiert, wenn du feststellst, dass du dein Schicksal nicht drehen kannst, egal, wie sehr du dich bemühst?

Wenn du Schwierigkeiten hast, zwischen all den Lügen, den Intrigen, den Enthüllungen du selbst zu bleiben?

Du kannst dich nur zurücklehnen und es hinnehmen … bei einem Bourbon.

Pur. On Ice.

Für alle, die schon einmal kämpfen mussten.
Für alle, die ihre Dämonen besiegt haben.
Für alle, die nicht aufgegeben haben.

VORWORT

Ich wünsche Dir, dass du deinen Partner erkennst, wenn er vor dir steht.

Oder er dich. Oder wie auch immer.

Nach wie vor denke ich, es ist ein Wunder, das passende Gegenstück zu finden. Unter Millionen von kleinen Puzzleteilen das eine rauszupicken, das einfach passt.

Das ist ein Geschenk.

Und das ist Glück.

Für meine Freundin U.
Deine großartigen Worte haben mir die Tränen in die Augen getrieben,
Du bist ein wunderbarer Mensch und du hast recht, dass man sich nicht verbiegen sollte. Dass man einfach man selbst bleiben sollte.
Denn auch so wird man geliebt.

PROLOG

LUISA

> *Nicht an Tage erinnert man sich, sondern an Augenblicke.*
> Cesare Pavese (1908 - 1950)
> Italienischer Schriftsteller

Ich hatte wirklich keine Lust. Absolut keine Muse, auch nur einem Menschen zu begegnen. Freundlich zu sein. Oder mich in irgendeiner Form an irgendeinem Gespräch zu beteiligen.

Ich wollte mir nicht ewig die neuen Zahlen anhören. Oder mich dann so richtig abrackern müssen, damit ich mit meiner Etage fertig wurde. Ganz ehrlich? Ich brauchte diesen Job, ja. Ich brauchte ihn dringend, denn das Leben in Nashville/ Philadelphia war teuer. Ich ging ab und zu aus, und gestern Abend war es eben später geworden. Wenn ich dann schon einmal durch einen der diversen Clubs oder Bars in Nashville-City streunte, dann wollte ich nicht den ganzen Abend an einem Wasser nuckeln. Vermutlich noch eines, das still war. Also mehr als nur tot. Tot-tot, quasi. An der Anzahl der Shots und Margaritas gemessen und der Tatsache, dass wir lange feiern gewesen waren, fühlte ich mich heute einfach dezent wie ein Stück Scheiße. Und ich war mir ziemlich sicher, dass ich auch so aussah. Dumm nur, dass man hier keine Sonnenbrille tragen durfte.

»Luisa?«, rief Jenny, eine meiner Kolleginnen und Freundin, die gestern ebenso auf die exzessive Art den dreißigsten Geburtstag unserer Freundin Susan begangen hatte. »Kommst du?«

Ich knallte mit der flachen Hand den Spind im Damenumkleideraum zu und seufzte noch einmal frustriert. »Bin unterwegs!«

Sie kicherte, als ich augenrollend ums Eck kam. »Du siehst kacke aus«, grinste sie mich an.

»Dito«, zischte ich, und wir rannten beinahe den langen Gang entlang, um ein Stockwerk höher zu kommen und trotzdem pünktlich zu sein.

Gemeinsam betraten wir den großen Saal, welcher in zarten weißgrauen Vintagetönen erstrahlte. Der Raum war bereits gut gefüllt, deshalb schnappten wir uns in einer der hinteren Reihen einen Platz.

Einmal im Quartal hatten wir eine Personalversammlung, heute war es wieder einmal so weit. Doof nur, dass es aufgrund der diversen Schichtarbeiten hier im Hotel immer nach der Nacht- und vor der Frühschicht war. Das ging uns halt alles von der Zeit ab, und ich hatte vorher auf meinem Zimmerzettel gesehen, dass ich nur fünf Räume auffrischen sollte und dafür aber zehn Abreisen hatte. Eine Abreise bedeutete immer, dass man viel mehr Arbeit erledigen musste. Ich hasste Abreisen. Auffrischen war mir lieber.

»Es geht los!«, zischte mir Jenny zu, und ich richtete mich auf. Wie jeder anwesende Mitarbeiter versuchte auch ich, einen Blick auf unseren neuen Chef zu erhaschen. Jeder bemühte sich, der Erste zu sein, ohne zu aufgeregt oder übereifrig zu wirken. Mir war es egal. Seit mehreren Wochen war angekündigt worden, dass der Eigentümer des Hotels selbst die Leitung übernehmen würde. Viel wussten wir nicht, nur dass es sich um einen *Lightman* handelte und dass wohl jeder der Söhne ein Hotel besaß. Vermutlich reiche Schnösel, die von ihren Eltern alles in den Arsch gesteckt bekamen. Mir war es im Grunde egal. Dies war eine verdammte Pflichtveranstaltung für mich, und ich saß hier, weil es von mir erwartet wurde. George prüfte die Anwesenden mit skeptischem Blick und hakte weiterhin irgendetwas auf seiner Liste ab.

»Schau mal George an. Mister Übereifrig ist wieder am Start«, sagte ich leise kichernd zu Jenny. Sie gluckste, und wir zuckten ertappt zusammen, als eben Erwähnter in unsere Richtung sah. Augenrollend seine gerunzelte Stirn hinnehmend, lehnten wir uns zurück und blickten nach vorn. Der neue Chef betrat gerade durch einen der Seiteneingänge den Saal. Dann konnten wir das ja hinter uns bringen und endlich arbeiten gehen. Ich war wirklich müde und erledigt und wollte nach Hause.

Zwei Atemzüge lang sah ich nur volles, leicht gewelltes, aber offensichtlich frisiertes, dunkles Haar, ehe ich scharf die Luft einsog.

Es dauerte weitere drei Sekunden, bis mir klar wurde, *woher* ich ihn kannte.

Ich wusste, wer unser neuer Chef war.

Sein Name war Jason.

Mir war nur bis gerade eben nicht klar gewesen, dass sein Nachname Lightman war.

Jason Lightman.

Und ich hatte vor nicht allzu langer Zeit mit ihm geschlafen.

1

LUISA

 Verbringe die Zeit nicht mit der Suche nach einem Hindernis. Vielleicht ist keines da.
Franz Kafka (1883 - 1924)
Deutschsprachiger Schriftsteller

»*H*eilige Scheiße!«, platzte es aus mir heraus, und einige meiner Kollegen um mich herum blickten in meine Richtung. »Sorry«, schob ich nuschelnd hinterher und sah wieder nach vorn.

»Fuck!«, zischte ich leise und umgriff Jennys Ellbogen.

»Was?«, fragte sie und sah weiterhin wie gebannt nach vorn.

»Hast du schon mal so einen hübschen Mann gesehen?«

»Sei still!«, murmelte ich wieder. »Weißt du, wer das ist?«

»Na unser neuer Chef.« Kopfschüttelnd sah sie mich an und ließ ihr Kinn nach vorn rucken. »Hör zu jetzt!«

Mit klopfendem Herzen setzte ich mich wieder aufrecht hin und sah nach vorn. Scheiße. Es hatte ja keiner ahnen können, dass es so kommen würde.

Ich war viel zu weit weg, um irgendwie eine genaue Mimik seines Gesichts ausmachen zu können, aber ich wusste, dass seine Augen kleine Fältchen warfen, wenn er lächelte. Ich wusste, dass er ein markantes, scharf geschnittenes Kinn hatte. Ich wusste, dass die Stoppeln des Fünf-Tage-Bartes dennoch weich waren, auch wenn sie rau und männlich aussahen. Und ich wusste, wie sich seine vollen Lippen teilten, wenn er lächelte. Ich wusste, dass seine Zähne strahlend weiß und gleichmäßig waren, als wären sie von einem Zahnarzt gemacht worden und er würde sie jeden Abend in verdammtes Bleichmittel tauchen. Ich wusste, wie sich die gebräunte Haut über seinen Muskeln und seinem Schlüsselbein spannte, wenn er den Kopf drehte, und ich wusste, dass seine Finger lang und männlich, aber gepflegt waren. Ich wusste, wie seine Stimme klang, wenn er rau und dunkel lachte.

… und ich wusste, wie es sich anfühlte, wenn er sich in mich schob und zustieß.

»Hi«, *sagte ein Mann neben mir.* »Schon wieder einer dieser Mädchendrinks?«
Ich hob eine Braue. »Entschuldige bitte?«, *fragte ich verwirrt. Ich hatte diesen Mann noch nie gesehen.*

»Ich beobachte dich.« *Ach was?* »Und du trinkst dieses pinke Mädelszeug schon den ganzen Abend. Anscheinend feierst du und deine Freundinnen etwas …«, *fügte er an, legte dem Barkeeper eine Fünfzig-Dollar-Note auf den Tisch und drehte sich halb in meine Richtung. Sein wahnsinnig gutes Aussehen blendete mich. Wäre ich nicht schon so betrunken gewesen, dann hätte ich sicherlich etwas Geistreiches, Witziges erwidern können, aber so war meine Zunge einfach nur schwer. Belümmert grinsend sah ich ihn an, versuchte, einen Gesichtsausdruck zustande zu bringen, der ihn nicht an meinem Verstand zweifeln ließ.*

»Was trinkst du denn so?« *Oh ja, Luisa. Sehr geistreich. Nicht.*
»Bourbon. Zwei Finger breit.«
»Bourbon?«, *wiederholte ich lachend.* »Zwei Finger breit?« *Er nickte und sah mich gewinnend an.* »Du weißt schon, dass dies eine Todsünde ist? Nashville ist die Stadt des Draftbieres oder des Whiskeys. Aber Bourbon …« *Bedauernd dreinblickend hob ich eines der Gläser mit dem pinken Inhalt und stieß es leicht an sein Glas mit den Eiswürfeln und dem Bourbon.* »Es war schön, dich gekannt zu haben!« *Der Mann mir gegenüber, dessen Pullover – wer trug bitte im Mai bei knappen dreißig Grad einen Pullover? – genau richtig saß, sodass man seinen trainierten Oberkörper erahnen konnte, lachte laut auf. Sein Schlüsselbein war deutlich auszumachen und sein starker Hals ließ mich an Dinge mit seinem Körper denken, die man bei Fremden definitiv nicht denken sollte.*

»So schlimm?«
»Oh ja«, *erwiderte ich ernst nickend.* »Das könnte dich eine Hand kosten. Oder beide.«
Seine Augen wurden noch eine Nuance dunkler. Im Grunde egal, denn ich genoss es, wie er mich mit seinen Blicken auszog. Wie er mich verschlang. Selten hatte ich mich so weiblich gefühlt.

»Es wäre aber eine Schande, wenn ich meine Hände lassen müsste …«
»Ach so?«, *ging ich auf seine – zugegeben nicht sonderlich gute – Anspielung ein.* »Weshalb denn?« *Scheinbar nur mäßig interessiert nippte ich an meinem Mädchendrink, der den Namen* »Orgasmus« *trug. Wie passend. Von*

diesem Kerl würde ich mir auch einen Orgasmus verpassen lassen. Es war viel zu lange her.

»Na ja … wie soll ich arbeiten, wenn ich beide Hände verloren habe?«, erwiderte er und zwinkerte mir zu. Oh. Falsch gedacht, Luisa. Du kleines schmutziges Ding. Ich sollte hier schnellstens die Kurve kriegen, und zwar richtig, richtig schnell, denn es wurde langsam peinlich. Für mich.

Vielleicht sollte ich beim nächsten Mädelsabend einfach nichts mehr trinken. Das wäre definitiv besser. Ging sowieso ins Geld, der Mist.

»Na gut, Mister Bourbon, ich geh mal wieder rüber …«, erklärte ich und deutete vage hinter mich. In die Richtung, in der ich meine Mädels vermutete.

Er hob sein Glas, prostete mir zu und biss sich auf die Unterlippe. Meine Beine zitterten. Der Flirt war mies gewesen, das konnte ich sogar in meinem benebelten Zustand noch zuordnen, aber der Typ war heiß. Eigentlich war meine Erfahrung: Wenn ein Mann so aussah, wie dieser Kerl, dann wusste er, wie man flirtete. Wie man es anpackte, dass man bei jemandem landen konnte. Umso mehr verwirrte es mich, dass er so unfassbar gut aussah und das Gespräch am Abgrund der Peinlichkeit tänzelte. Es war offensichtlich, dass es für uns beide besser wäre, wenn wir es nicht fortführten. Ich seufzte, lächelte aber und freute mich, dass ich endlich wieder einmal angesprochen worden war. Ich hatte hier viele Bekannte, kannte jeden zweiten, aber es war schon lange kein Mann mehr dabei gewesen, der mein Interesse geweckt hätte. Die Situation bereits abgehakt, schlängelte ich mich mit drei Drinks in den Händen durch die Menschenmenge und stieß ein Lachen aus, als ich bei den Mädels ankam.

Wir sollten tanzen. Wir sollten es uns gut gehen lassen. Wir feierten den neunundzwanzigsten Geburtstag unserer Freundin Susan und wir feierten, dass wir Singles waren.

Singlefrauen gehörte die Stadt.

Gerade, wenn es Sommer wurde in Nashville-Philadelphia.

---

*»*𝒟*as Nashville Girl will schon gehen?«, fragte es aus dem Dunkeln, und ich wirbelte erstaunt herum. Die Stimme jagte mir Schauer über den Rücken, hörte ich sie doch das erste Mal ohne Musik im Hintergrund. Es war ein Timbre, das dir Schauer über den Rücken rieseln lässt, obwohl man dich gar nicht berührt.*

»Nashville Girl? Ernsthaft?« Ich lachte auf. »Wir führen unseren peinlichen Flirt von vorhin fort?« Oh ja, jetzt war ich definitiv betrunken. Ich sah, wie sich ein Mann von der Hauswand abstieß, die in Klinkersteinen gemauert war. Er kam langsam auf mich zu. Seine Hüften wiegten sich von links nach rechts, und ich

setzte auf meine To-do-Liste, dass ich googlen musste, wie man so etwas nannte. Verdammt anmutig. Männlich. Sexy. Mir wollte nichts dazu einfallen.

»Zugegeben, der Start war nicht so gut.« Langsam wanderte der Lampenschein der Parkplatzlaterne seine langen, wohlgeformten Beine entlang. Es wurde eine dunkle, perfekt sitzende Jeans enthüllt, ein hellgrauer Pullover, der genau richtig saß. »Aber ich habe etwas vergessen«, erklärte er weiter und kam vor mir zum Stehen. Seine Hände hatte er in den Hosentaschen vergraben und sah auf mich herunter. Nicht, weil er arrogant aussah, sondern weil er einfach viel größer war als ich. Trotz meiner hohen Schuhe.

Ich klemmte meine Clutch etwas fester unter den Arm und versuchte, nicht zu zittern. Ängstlich war ich nicht, aber von ihm ging etwas aus, das mich Dinge wollen ließ, die ich mir nüchtern und allein garantiert nicht gewünscht hätte.

»Was hast du denn vergessen?«, fragte ich total behämmert und hob den Blick, um ihm in die Augen zu sehen. Sie waren dunkel, fast schwarz, wie ich jetzt erkennen konnte, und ein klein wenig glasig.

Er lachte leise und rau, ehe er, fast wie in Zeitlupe, eine Hand aus der Hosentasche zog, eine Haarsträhne hinter mein Ohr strich und anschließend seine große Hand in meinen Nacken legte.

»Der Satz geht aber auch in das Buch der ›Flirtpeinlichkeiten‹ ein«, murmelte er, ehe er mich küsste.

Wie ein verdammter Lichtblitz durchzuckte es mich. Es raste durch meinen Körper und bündelte sich in meinem Bauch, nur, um dann mit geballter Endgültigkeit in meinen Unterleib zu schießen.

Er tastete sich zaghaft vor, aber ich konnte aufgrund dieses Gefühles, das er und seine weichen Lippen bei mir auslösten, nicht ruhig und gelassen bleiben. Ich hob meine Hände und krallte mich in sein Haar, unsere Münder prallten aufeinander, und schließlich war nicht ganz klar, wer von uns zurück in den Schatten drängte. Es war nicht klar, wer fordernder war. Nur eines stand fest: Es war das beste Gefühl meines Lebens, als er mich an der Hauswand nach oben schob und ruckartig in mich stieß.

Oh ja, unsere Körper sprachen wesentlich besser miteinander, als unsere Münder es taten.

»Erde an Luisa. Erde an Luisa«, sagte Jenny und rüttelte an meiner Schulter. »Komm jetzt!« Ich erwachte aus meinem Traum von der Vergangenheit und schluckte mühsam. Mein Mund und mein Hals waren trocken. Heilige verdammte Scheiße! Wenn es mich erwischte, dann nicht nur ein bisschen, stattdessen wurde ich direkt mit Kübeln aus Pech überschüttet, oder?

»Was ist nur los? Beweg deinen Hintern, Babe!«, zischte sie, und ich kam wirklich in die Gänge. Jason Lightman stand nämlich immer noch auf der Bühne, um ihn rum einige Männer, die ebenfalls einen Anzug trugen.

Schnell verließen wir den Saal, der bis dato einer der schönsten Orte in dieser Stadt für mich gewesen war, ehe er uns entdecken konnte.

»Bloß keine Aufmerksamkeit erregen!«, flüsterte ich fast lautlos nur für mich und schalt mich innerlich eine absolute Vollidiotin.

Wenn es beschissen lief, dann so richtig.

Danke, Karmagott.

Danke.

2

JASON

> *Jedem ist seine Zeit zugewiesen.*
> Vergil (70 v. Chr. - 19 v. Chr.)
> Römischer Epiker

»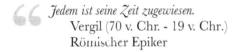anke George«, sagte ich und betrat mein Büro. Es war, wie alles hier, großzügig und in einem ziemlich coolen Retrostile eingerichtet.

Das *Lightmans Retro*, das Hotel, welches ich von meinen Eltern geerbt hatte, war wie jedes unserer Häuser etwas Besonderes. In diesem Fall hob es sich dadurch ab, dass wir zu 90% Möbel und Einrichtungsgegenstände aus Recycling Material benutzten. Jedes der 65 Zimmer war individuell gestaltet und durch Liebe zum Detail vollendet worden. Ich war wahnsinnig stolz darauf und erleichtert, dass der Umzug endlich hinter mir lag.

Geschäftsführer in Chicago war ich schon eine ganze Zeit lang gewesen, aber der unvermeidliche Umzug hatte sich immer weiter abgezeichnet. Jener und die horrende Rechnung der Umzugsfirma lagen nun hinter mir und ich konnte mich endlich auf das Wesentliche konzentrieren.

Mein Büromobiliar bestand, wie alles hier, aus Recycling Material. Die Wand hinter meinem Schreibtisch war mit Zeitungen tapeziert worden und mein Schreibtisch aus altem Holz zusammengeschustert. Vollendet in der Perfektion, aber eben aus natürlichen und wiederverwertbaren Materialen. Mein Stuhl bestand aus gebrauchten Plastikflaschen, wenngleich er hypermodern aussah, und die Sitzecke in meinem Büro, bestehend aus zwei großen Retro-

Ohrensesseln und einer Stehlampe mit Beistelltisch, waren ebenso aus Holz und Leder. Die großen Fenster mit den weißen Holzfensterkreuzen in der Mitte waren doppelt und mit einem tiefen Fensterbrett versehen. Dieses Gebäude stammte aus dem 18. Jahrhundert und war umgebaut worden. Das Design, die Ausstattung fügten sich perfekt in das Bild von Nashville ein.

Nashville war nämlich keine dieser schnelllebigen, modernen Städte, sondern trotz seiner Größe irgendwie heimelig. Einzigartig. Ich hatte mich sofort in diese Stadt verliebt, als ich vor einigen Jahren hier gewesen war und Hotels besichtigt hatte. Das *Lightmans Retro* lag direkt am Cumberland River, und von den oberen Penthäusern aus hatte man einen Blick über die ganze Stadt. Hätte ich nicht das Privileg, diese Aussicht regelmäßig genießen zu dürfen, hätte ich mich hier einmal im Monat eingemietet. Es war atemraubend, es war besonders und vor allem war es echt.

Die Menschen aus den Südstaaten Amerikas, auch wenn noch so laut und zeitweise zu ehrlich, waren dennoch meine Favoriten. Die Laune war stets gut, Familie ging über alles, und Traditionen wurden hier großgeschrieben. Auch wenn es viele Bars und Diskotheken, Restaurants und Ausgehmöglichkeiten im Stadtteil »Rolling Mill Hill« gab, so wurden auch das Farmersfest oder das Hafenfest groß gefeiert. Die Menschen hier hatten ein ganz spezielles Flair, und ich war ihm verfallen.

Doof nur, dass sie lieber Whiskey als Bourbon tranken. Aber man konnte ja nicht alles haben. Oder erhoffen. Na gut, ich würde ihn eben einfliegen lassen, oder meine Brüder mussten mich damit versorgen, wenn sie mich besuchten.

Tief atmete ich durch, konnte meinen Lieblingsdrink, einen *Mitchers Bourbon*, beinahe schmecken und freute mich auf heute Abend, wenn ich zurück in meinem Haus sein und die Flüssigkeit wirklich im Mund haben würde.

»*M*r. Lightman?«, fragte George, der gerade in mein Büro getreten war. »Es gibt da noch ein Thema, mit dem wir uns beschäftigen müssen.«

»Okay«, erwiderte ich, warf den Füller auf den Schreibtisch und fuhr mir mit beiden Händen über das Gesicht. »Was gibts?«

»Ich weiß, Sie sind erst seit einigen Stunden hier …«

»Was ist los, George?«, unterbrach ich ihn. Ich war ein zielstrebiger, direkter Mann, der es nicht ausstehen konnte, wenn jemand um den heißen Brei herum redete. Zeit war Geld. Deshalb sollte man immer so schnell wie irgend möglich zum Punkt kommen.

»Es gibt einige Kündigungen.« George, ein gestandener, wirklich guter Sekretär, war unsicher und irgendwie kleinlaut. Aber er blieb sachlich. Abwartend hob ich eine Braue und legte die Fingerspitzen aneinander. »Nicht erst, seit Sie hier das Ruder übernommen haben … sondern schon vorher, aber es werden immer mehr.«

»Mit welcher Begründung?«

»Das wissen wir nicht.«

»Solange man in der Frist ist, ohne Angabe von Gründen …«, murmelte ich mehr für mich selbst.

Dennoch nickte er. »Richtig.«

»Okay, und die Mitarbeiter wurden freigestellt?«

»Nein, Sir«, erklärte er. »Einige haben sich krankgemeldet und andere kommen noch zur Arbeit, aber geben keine 100 Prozent mehr.«

Heilige Scheiße! Das war so ziemlich das Schlimmste, was einem passieren konnte, wenn man Chef war. Das durfte nicht sein. Ich konnte doch nicht, zusätzlich zum Kennenlernen der Abläufe in diesem Hotel, jetzt auch noch Personal suchen und einstellen. Es war so verdammt schwer, gute *und* bezahlbare Leute zu finden. Und das, obwohl wir sowieso schon über dem Durchschnitt bezahlten. Außerdem boten wir unseren Angestellten eine Krankenversicherung. Das gab es sonst in den wenigsten Häusern oder Firmen in den USA. Ich seufzte tief, nickte aber.

»Okay, George, ich mache mir dazu ein paar Gedanken.« Nun stand ich auf und lief auf und ab. Das beruhigte mich immer ein bisschen. Diese Eigenschaft ließ ich allerdings nur zutage kommen, wenn kein Konkurrent mit im Raum war. Das hätte nur verraten, wenn mich etwas aufwühlte. In solchen Situationen blieb ich immer ruhig sitzen und versuchte, innerlich bis drei zu zählen, ehe ich Antworten gab. Momentan war mir das egal. »Vermutlich werden wir einige Gespräche führen müssen, um eine Lösung zu finden. Aber erst einmal gilt es herauszufinden, warum die Leute überhaupt gehen.«

Der angegraute Mann nickte. »Ja, wenn ich eine Anmerkung dazu bringen darf?«

»Natürlich«, erwiderte ich mit einer auffordernden Handbewegung.

»Miss Croks«, er räusperte sich und eine zarte Röte überzog sein

Gesicht. »Also … sie versteht sich sehr gut mit einigen der Küchenangestellten und den Kellnern im Restaurant. Eventuell kann sie einmal ihre Fühler ausstrecken und etwas rausfinden.« Ich hob eine Braue. »Miss Croks, die Restaurantleitern«, erklärte er. Ja, den Namen hatte ich schon einmal gehört, aber noch nicht alle Angestellten waren mir geläufig.

Ich überlegte kurz. Im Grunde war es fies, gleich am ersten Tag einen Spitzel zu beauftragen, aber wenn die Situation wirklich so brenzlich war, dann würde ich wohl diesen Weg gehen müssen. Dennoch wollte ich nichts übereilen.

»Ich werde darüber nachdenken, George«, sagte ich und verkniff mir eine Bemerkung dazu, dass Affären und Beziehungen der Angestellten untereinander, gerade dann, wenn einer von beiden in einer vertraulichen, engen Position mit dem Chef zusammenarbeitete, nicht gestattet waren.

»Selbstverständlich, Sir.« Er lächelte erleichtert und legte mir einige Akten vor. »Ich habe diese Unterlagen für Sie mitgebracht, weil ich mir sicher war, Sie würden sie sehen wollen.«

Ich lächelte leicht und griff nach einer der Mappen. »Das sind die Personalakten?«

»Richtig, Sir.«

»Ich gehe davon aus, von all jenen, die gekündigt haben und noch einige Tage hier haben?«

»Exakt, Sir.«

»Sehr schön. Ich mag es, mit Profis zu arbeiten!«

»Vielen Dank, Mr. Lightman.«

»Gehen Sie jetzt nach Hause, George. Wir sehen uns morgen, und dann werden wir entscheiden, wie wir weitermachen, okay?«

»Sehr wohl, Sir.« Mein Assistent stand auf, verabschiedete sich und verließ den Raum. Ich wartete, bis er die Tür hinter sich geschlossen hatte, und ließ mich auf meinen Stuhl fallen. Verdammte Scheiße, das würde ein langer Abend werden und mein Bourbon würde warten müssen.

3
LUISA

 Mancher findet sein Herz nicht eher, als bis er seinen Kopf verliert.
Friedrich Nitzsche (1844 - 1900)
Deutscher Philosoph & Schriftsteller

»as war eine ganz blöde Idee«, fluchte ich und schob den Wagen vor mir her. »Eine richtig, richtig, richtig doofe Idee!«

Ich war im Supermarkt beim Einkaufen und rekonstruierte meinen heutigen Arbeitstag. Es war wirklich ein Witz. Ganz ehrlich. Da hatte man einmal super Sex, genauer gesagt mit den besten seines Lebens, und dann so was. Man ließ sich gehen, man fühlte sich fast wie ein Pornostar. Tat verrückte Dinge, wie, sich gegen eine Scheißwand ficken zu lassen, dabei zu stöhnen und sich zu verhalten wie eine Nutte. Nur, um sich dann weiter zu prostituieren und dem Kerl in einem Taxi einen zu blasen. Und weil das ja noch nicht genug Kram aus dem Porno-Repertoire war, hatte ich ihn wie eine Ertrinkende in seinem verdammten Hotelzimmer gevögelt.

Ich griff nach einer Stange Porree und schmiss sie in den Wagen. »Oh, was für eine schöne Metapher«, sagte ich leise zu mir selbst und verließ die Obst- und Gemüseabteilung, ohne etwas von dem Zeug genommen zu haben, weshalb ich eigentlich hier war. Schnurstracks ging ich zu den Fertiggerichten und warf einige der Pappschachteln in meinen Wagen. Sehr gesund, sehr ausgewogen, meine Mutter würde sich schimpfend vor mich stellen, wenn sie es wüsste, aber das tat sie ja nicht. Seit ich zwanzig Jahre alt war, wohnte ich allein. Also zu Beginn in einer WG, aber mittlerweile, da meine Freundinnen in festen Beziehungen lebten, war ich eine der Single-Frauen im schönen Nashville. Was nur leider egal war, weil ich bald meine Koffer packen und zu meiner Mom und meinem Dad nach Hause gehen müsste. Es war echt beschissen, sich einzugestehen, dass man kündigen musste.

Überrascht blieb ich in dem Gang mit dem Süßkram stehen. Fast automatisch warf ich einige Packungen Mini-Marshmallows in den Wagen. Die pinken. Ich fand, sie schmeckten einfach besser, auch wenn dies totaler Schwachsinn war. Wie kam ich plötzlich auf den Gedanken, kündigen zu müssen? Na gut, es ist die einzig logische Konsequenz, wenn dich dein Pornoleben einholt und du feststellst, dass der männliche Hauptdarsteller auf einmal dein Chef ist.

»Fuck!«, murmelte ich und kassierte einen strengen Blick von der älteren Lady neben mir, die offenbar ihren Enkel ausführte.

»Also bitte!«, zischte sie. Ich verdrehte die Augen. Der Junge kannte bestimmt schon schlimmere Schimpfwörter.

»Es ist nach dreiundzwanzig Uhr, was macht denn das Kind noch hier?« Ja, ich war heute sowieso nicht so gut gelaunt.

»Also!«, rief sie entsetzt, griff nach der Hand des Jungen und zog ihn weiter. Dieser quengelte und maulte, weil er keine Süßigkeiten bekommen hatte. Kurz sah ich ihnen hinterher und nahm noch einen Familienpack Skittles. Wie sollte ich nur den Abend überstehen?

Als ich vor dem Regal mit den Tampons stand, hörte ich eine Stimme, die ich unter Tausenden erkannt hätte. Er musste in dem Gang neben mir sein. Ich umgriff mit beiden Händen meinen Einkaufswagen und schob ihn in geduckter Haltung langsam vorwärts. Die Stimme wurde lauter.

»Mom«, sagte er gerade. »Dein Ernst?« Er telefonierte mit seiner Mutter? Das war ja irgendwie süß. Ich fühlte mich wie ein Einbrecher und verfluchte den Song, der gerade aus dem Lautsprecher über uns drang. Laut Supermarktwerbestrategien war es wichtig, dass man beim Einkaufen Musik hören konnte. Ich schlich langsam um die Ecke, tappte auf Zehenspitzen und war froh, dass ich Sneaker trug, die auf dem Boden kein Geräusch verursachten.

»Himmel, Mom. Ich bin keine Woche hier, was denkst du wohl, was ich tue?« Er wartete auf die Antwort, da es still war. Ich streckte den Kopf leicht schief nach vorn, damit ich in den Gang sehen konnte. Jason Lightman stand mit dem Rücken zu mir, den Kopf in den Nacken gelegt, als würde er dort oben jemand anflehen. Er trug dasselbe Jackett wie bei der Versammlung heute, und erst jetzt sah ich, wie perfekt es sich an seine Figur schmiegte. Die Hose schmeichelte seinem Arsch, und ich erinnerte mich daran, wie ich mich an ihm festgehalten hatte, als er mich von seinem Bett in das Bad getragen hatte, um mich dort unter der Dusche zu nehmen. Seine langen Beine erinnerten mich daran, wie ich die Muskeln an seinen Oberschenkeln im Spiegel gegenüber dem Bett hatte sehen können, als er immer wieder in mich gestoßen hatte.

»Fuck!«, zischte ich, als ich vor lauter Starren, um nichts von seinem Gespräch zu verpassen, ein paar der Ravioli-Dosen neben mir umwarf.

Von dem Krach überrascht, drehte er sich um und eilte zu mir.

»Ich muss Schluss machen, Mom!«, sagte er, nahm das Handy vom Ohr und kniete sich neben mich und die Dosen auf den Boden.

»Ist Ihnen etwas passiert?« Das tiefe Timbre seiner Stimme wehte durch mich hindurch wie ein Luftzug an einem verdammt heißen, verdammt beschissen stickigen Tag.

Ich räusperte mich, um etwas mehr Zeit zu gewinnen, wurde mir der Tatsache bewusst, dass ich wie eine Jungfrau – witzig, da ich ja eigentlich der Pornostar in der Geschichte war – rot anlief, und nickte.

»Ja«, erwiderte ich, vollkommen von dem warmen Gefühl seiner Hand auf meinem Ellbogen geblendet.

»Alles okay?«

FUCK! Es war gar nichts okay. Wie konnte er denken, dass irgendetwas okay war? Er sollte mich nicht sehen. Er sollte mich nicht anfassen und schon gar nicht hatte er meine peinliche Aktion mitbekommen sollen, dass ich beschissene Familienpackungen an Ravioli-Dosen umwarf, weil ich ihm auf seinen Hintern gestarrt hatte.

Er umgriff meinen Arm etwas stärker und zog mich langsam auf die Beine. Die ältere Dame mit dem kleinen Jungen lief kopfschüttelnd an uns vorbei, und der freche Knirps lachte. Heilige Scheiße, mein Leben wurde immer besser!

»Geht es Ihnen gut?«, fragte er mich wieder, schenkte mir ein Lächeln, das einen blendete wie eine 30.000 Watt Glühbirne, und ich fühlte, wie ich feucht wurde. Gott. Von der Berührung meines Arms? Von einem Lächeln? Ich sollte dringend mal wieder Johnny, meinen Vibrator, bemühen.

Seine dunklen, fast schwarzen Augen betrachteten mich, und ich hatte wirklich zu tun, dass sich nicht auch noch die letzten funktionierenden Gehirnzellen ins Koma verabschiedeten. Heilige Scheiße, war es erlaubt, dass ein Mann solche Augen hatte? Solche Wimpern? So … »Fuck!«, rief ich.

Er lachte leise auf, biss sich auf die Lippe und schüttelte anschließend den Kopf. »Es geht Ihnen also gut?«

»Ähm«, stammelte ich mit zitternder Stimme. »Ähm ja.« Er setzte sich auf seine Hacken und fühlte meinen Puls.

»Sind Sie sicher, dass alles in Ordnung ist?« Wieder dieses verdammte Lächeln, bei dem ich nur an Sex denken konnte. Verflucht noch mal! Seit wann törnte mich eigentlich ein simples Lächeln an?

Ich hustete schwach, um zu vertuschen, was er in mir auslöste, und riss mich los. Abstand, ich brauchte Abstand! Ruckartig wich ich zurück und rappelte mich auf. Scheiße. »Ja«, erwiderte ich mit fester Stimme. »Alles super. Danke.«

»Sehr schön«, stimmte er zu und hob einige der Dosen auf, um sie zurückzustellen. Hatte ich wirklich einen Turm mit verdammten Ravioli-Dosen umgestoßen? Ich konnte es nicht fassen. Meine Pornostarkarriere verabschiedete sich gerade, um der eines Clowns zu weichen. »Dann wünsche ich Ihnen einen schönen Abend!« Er sah mir noch einmal fest in die Augen und drehte sich dann mit seinem Smartphone in der Hand um, hob es bereits wieder an sein Ohr, ehe er um die nächste Ecke verschwunden war.

Moment mal, bis auf die Peinlichkeit meines Lebens, welche hier gerade stattgefunden hatte … er hatte mich gesiezt.

Er war freundlich gewesen.

Er war nett gewesen.

Obwohl er eigentlich ziemlich wütend hätte sein müssen, weil ich damals einfach abgehauen war, während er unter der Dusche stand.

Jason Lightman hatte keine verdammte Ahnung, wer ich war.

Das wurde mir jetzt erst bewusst.

4
LUISA

> *Zukunft ist etwas, was die meisten erst lieben, wenn es Vergangenheit geworden ist.*
> Herman Melville (1819 - 1891)
> US-Amerikanischer Schriftsteller

*E*s traf mich.
Das stellte ich auf dem Weg vom Supermarkt zu meiner Wohnung fest.

Es tat mir irgendwie weh, dass ich mit diesem Mistkerl den absolut galaktisch genialen Sex gehabt hatte und er sich nicht einmal mehr an mich erinnern konnte. Oder an mein Gesicht! Fast fielen mir die Tüten aus den Händen.

Okay, fairnesshalber muss man sagen, dass er sich vermutlich besser an meine Titten oder meine Vagina erinnern konnte, aber ernsthaft? Er hatte in diesem Scheißsupermarkt keine verdammte Ahnung gehabt, wer ich war.

Langsam lief ich durch das abendliche Treiben auf den Straßen. Wie konnte es sein, dass ich mit jemandem ins Bett ging, wirklich eine Wahnsinnsnacht verbrachte und man sich anschließend nicht einmal mehr an das Gesicht erinnerte? War es nicht eher immer so, dass man sich dachte: »Oh, dieses Gesicht habe ich doch schon mal gesehen« und dann fiel einem ein, wo oder warum. Nur der Name war komplett weg. DAS war doch die Regel.

Jason Lightman konnte diese nicht einfach außer Kraft setzen und es gut sein lassen! Er konnte nicht einfach so tun, als hätte er keine verdammte Ahnung. Okay, vermutlich hatte er wirklich keine

Idee, dass er schon in mir gesteckt und mich in den Himmel gefickt hatte. Alles andere wäre ja pure Ignoranz gewesen.

Heilige Scheiße, dachte ich für mich, als ich die zwei Schlösser zu meinem Apartment mitten in der Stadt aufsperrte. Im Laufen drückte ich den Abspielknopf des Anrufbeantworters, der mir anzeigte, das ich neue Nachrichten hatte, und ging weiter in die Küche, um das Essen auszuräumen. Nachdem alles verstaut war, griff ich die Packung Mac&Cheese für die Mikrowelle und stopfte sie hinein.

»Hallo Liebes«, ertönte die Stimme meiner Mutter. »Hier ist deine Mom!« *Ach, was du nicht sagst.* Ich verdrehte die Augen, auch wenn sie es nicht sehen konnte. »Ich wollte dich daran erinnern, dass wir in zwei Wochen das Farmers Fest haben und du zugesichert hast, Karottenkuchen und Karottenmuffins zu backen, ja?« *Ah ja?*, fragte ich mich in Gedanken. *Hab ich das?* »Karottenbrot wäre auch noch toll«, fuhr sie fort. »Du weißt ja, dass wir nicht wirklich dazu kommen und dennoch müssen wir unsere Produkte an den Mann bringen.« Meine Mom und mein Dad betrieben seit vielen Jahren eine Biosupermarktkette. Zwar nur relativ klein, und es gehörten nur vier Filialen dazu, aber das machte nichts. Begonnen hatten sie nämlich mit ihrem kleinen Stand an der Straße in Oak Hill, einem Stadtbezirk von Philadelphia.

Mittlerweile ist die Stadt allerdings so gewachsen, dass es eher zum äußeren Kern gehört als zu den Randbezirken. Die Farm betreiben sie weiterhin, hatten expandiert und viele Felder und Wälder außerhalb dazu gekauft. Na ja und das lief alles so super, weil hier das Klima perfekt für Obst und Gemüse ist, dass sie vor fast vierzig Jahren ihren ersten Shop eröffnen konnten. Meine Granny und mein Granddaddy waren auch beteiligt. Mittlerweile beschäftigten sie mehrere Angestellte, die sich um die Ernte et cetera kümmerten. Natürlich wurden dort mittlerweile nicht nur Gemüse, Obst und Backwaren angeboten, nein, es gab diverse Zukaufsartikel mit Pasteten und Aufstrichen, wie es eben der neueste Hype der Vegetarier und Veganindustrie war. Anyway, mir war das egal. Ich aß das, worauf ich Bock hatte, und wenn es nun mal ein Baconburger oder eben Mac&Cheese aus der verdammten Kühltruhe waren, dann war es eben so.

Warum ich als Zimmermädchen in einem Hotel arbeitete und nicht bei meinen Eltern im Supermarkt half? Ganz einfach, mein Cousin und seine Frau Caroline unterstützten sie und gingen vollkommen in ihrem Element auf. Deshalb, und nur deshalb, hatte ich mich entschlossen, mir einen anderen Job in der Stadt zu suchen. Klar, irgendwann würde ich schon im Familienunternehmen unterkommen, wenn alle Stricke reißen sollten, aber jetzt wollte ich es erst einmal allein schaffen. Ich war auf dem College gewesen, hier am Nashville-College, und hatte Innendesign studiert. Dumm nur, dass ich erstens nicht mit Auszeichnung abgeschlossen hatte und zweitens, dass dies ein Trendstudiengang gewesen war. Also gab es mehrere Jahre, in denen die Westküste mit Innendesignern überflutet wurde. Im Hotel hatte ich mich damals beworben, als sie in der Phase des Umbaues gewesen waren. Der damalige Manager hatte gemeint, er könnte mir nicht das zahlen, was ich woanders verdient hätte, aber er wolle mir eine Chance geben. Offenbar gefiel ihm der eine oder andere Entwurf, welchen ich vorab abgegeben hatte. Ich hatte nicht lange überlegt und zugegriffen. Warum ich unter dem Gehalt, das möglich gewesen wäre, arbeitete? Weil ich, bis ich diesen Job bekommen hatte, bereits vier Monate auf der Suche gewesen war, ohne meinen Eltern zu sagen, dass mir allmählich alle Felle wegschwammen. Ich wollte es einfach allein schaffen und nicht auf das Familienvermögen zurückgreifen. Meine Familie war nicht reich im Sinne von reich, aber sie kamen sehr gut über die Runden und legten jeden Monat eine ordentliche Summe auf das Sparbuch. Sie waren fleißig und sehr großzügig, außerdem sehr engagiert für Menschen und Tiere, die weniger hatten. Und genau, weil sie es geschafft hatten, fühlte ich in mir den Antrieb, es auch zu packen.

Deshalb hatte ich zugegriffen.

Nachdem ich einige Monate bei dieser miserablen Bezahlung immerhin Berufserfahrung hatte sammeln können, hatte mir der damalige Manager mitgeteilt, dass mein Job getan wäre, ich aber als Zimmermädchen bleiben könnte. Er würde mich nicht einfach auf die Straße setzen, das wusste ich, aber doch war mein Stolz ein wenig gebrochen gewesen.

Zumindest am Anfang, denn irgendwann hatte es mir richtig Spaß gemacht. Ich durfte mich heimlich mit der Dekorationsabteilung unterhalten – sie bestand nur aus einer Person – und mit einfließen lassen, was ich cool fand und was zum Schema passen würde. Deshalb verdiente ich hier offiziell als Zimmermädchen mein Geld, hatte aber ein paar Sonderaufgaben. Na gut, und ich war einfach verdammt bequem. Es war viel zu aufwendig, sich etwas Neues zu suchen, auch wenn ich ehrlich gesagt oft ziemlich miese Laune hatte, da ich meine kreative Ader unterdrücken musste.

Es war einfach ein Teufelskreis.

Nachdem ich wieder zurück in die Wirklichkeit gefunden hatte, drang die Stimme meiner Mutter abermals an mein Ohr. »… Du kommst doch, oder?« *Natürlich Mom, du erinnerst mich jeden Tag daran.* »Wir brauchen dich wirklich. Es ist das erste Mal, dass wir so einen großen Verkaufsstand haben, und wir können nicht mit frischen Produkten werben, wenn wir dann anschließend das Brot und den Kuchen auftauen. Das mach ich nicht. Auf keinen Fall. Und dein Vater will das auch nicht. Also … ruf mich zurück. Wir müssen uns darüber unterhalten!« Gegen Ende wurde ihre Stimme immer schriller.

Mein Anrufbeantworter sagte mir, dass ich keine weiteren Nachrichten hätte, und ich verdrehte die Augen. Kurz vor dem Fest war sie immer ein reines Nervenbündel.

Diese verdammte soziale Ader, die ich von meinen Eltern geerbt hatte, hätte niemals zugelassen, dass ich keinen Kuchen oder keine Muffins oder kein Brot buk. Die Mikrowelle signalisierte mir, dass mein Essen fertig war, und ich wurde erneut an die fiese Peinlichkeit im Supermarkt erinnert. Das war das Gute an meiner Familie, selbst dann, wenn sie sich nicht einmal im selben Raum befanden, waren sie so präsent und einnehmend, dass man schon durch eine Nachricht auf dem Anrufbeantworter abgelenkt wurde.

Ich griff nach einer Gabel und machte mich mit dem heißen Pott, an dem ich mir natürlich die Finger verbrannte, auf dem Weg zu meiner gemütlichen Patchwork-Couch. Der Fernseher flimmerte bereits, und ich hatte schon einige Gabeln gegessen, als mir klar wurde, dass Jason Lightman jetzt wirklich mein Chef war. Wie viele verdammte Nächte hatte ich auf diesem Sofa verbracht, mit einer Packung Fertigessen in der Hand, und mir gewünscht, ich wäre nicht einfach abgehauen nach unserer ersten und einzigen Nacht? Wie oft war ich am Rande der Verzweiflung gewesen, weil ich nichts weiter wusste, als seinen beschissenen Vornamen? Und, dass er großartig im Bett war? Es waren unzählige Male gewesen. Nachdem ich damals nichts, wirklich gar nichts über ihn hatte herausfinden können, und das Hotel aufgrund der Datenschutzbestimmungen auch keine weiteren Infos über ihn herausgab, hatte ich die Nummer abgehakt. Als das, was es gewesen war. Sex.

Sex.

Sex. Sex. Und nochmals Sex.

Verdammt guter Sex.

Wie gesagt, obwohl er mich gar nicht kannte, hatte er mich dazu gebracht, über meine Grenzen zu gehen. Es war nämlich nicht die

Regel, dass ich mich wie ein verdammter Pornostar aufführte und in alle Richtungen ficken ließ.

Wieder schob ich mir eine Gabel des kalorienreichen Essens in den Mund.

Frustriert, weil mir eines meiner Lieblingsgerichte heute gar nicht schmeckte und das Thema bei Opra ziemlich langweilig war, griff ich zum Handy.

»Susan?«, fragte ich, nachdem abgehoben worden war. »Jason ist in der Stadt!«

»Wer?«, fragte sie verwirrt.

»Hast du schon gepennt?«

»Ja. Nein. Na doch, irgendwie bin ich bei Opra eingeschlafen.« Es raschelte im Hintergrund. »Also wer ist in der Stadt?«

»Jason!«

»Welcher Jason?«

»DER Jason!«, rief ich, und genauso verzweifelt, wie ich gewesen war, weil er zurück war, fühlte es sich jetzt an, weil sie nicht sofort wusste, wen ich meinte.

»Ahhh …«, begann sie. »*Der* Jason!«

»Du hast keine Ahnung, von wem ich rede?«

»Ehrlich gesagt, nein! Keinen Plan!«

»Der Typ von deinem neunundzwanzigsten Geburtstag. Jason. Der Pornofilm. Du erinnerst dich?« Ich sagte ihr das Stichwort Pornofilm, weil ich nicht wusste, wie ich es ihr sonst beschreiben sollte. Damals hatte ich es ihr nämlich bis ins kleinste Detail erzählt und sie hatte gemeint, dass es wie in einem Porno zugegangen war. Womit sie ja recht hatte.

»Ach was?«, rief sie die rhetorische Frage. »Nicht dein Ernst!«

»Doch.«

»Das ist doch großartig, Luisa. Du hast ihn monatelang gesucht.«

»Ja.« Irgendwie war ich jetzt kleinlaut.

»Aber?«

»Na ja …«

»Woher weißt du eigentlich, dass er in der Stadt ist?«, fragte sie, und ich schluckte.

»Also …«

»Luisa?« Ihre Stimme klang leicht drohend. »Was hast du getan?«

»ICH?« So unschuldig, wie es mir möglich war, formulierte ich das Wort. »Wieso gehst du davon aus, dass ich was getan habe?«

»Weil du jedes Fettnäpfchen mitnimmst. Mit beiden Beinen. Mit Anlauf. Und dich selbst darin ertränkst!«

»Na gut, ich hab ein paar Ravioli-Dosen umgeworfen …«

»Was?« Sie klang nun ehrlich verwirrt. »Ich kann dir nicht folgen.«

»Wegen Jason. Ich hab ihn im Supermarkt gesehen, und ihm auf den Arsch gestarrt und dann hab ich die Dosen umgeworfen.«

»Ohhh fuck, Luisa!«, rief sie lachend. »Hat er dich bemerkt?«

»Ja, hat er.«

»Und?«, drängelte sie. »Lass dir nicht alles aus der Nase ziehen!«

»Er hat mich nicht erkannt.«

Am anderen Ende der Leitung blieb es still. »Autsch.«

»In der Tat!« Gequält schloss ich die Augen. »Aber das ist nicht alles.«

»Was hast du angestellt, Torres?« Susans Stimme klang schrill.

»Er … also Jason …«

»Ja?«

»Also … er ist nicht Jason irgendwer. Also nicht mehr. Er ist …«

»Ja?«

»Er ist Jason Lightman. Mein neuer Chef!«

5
JASON

> *Im Lachen liegt der Schlüssel, mit dem wir den ganzen Menschen entziffern.*
> Thomas Carlyle (1795 - 1881)
> Schottischer Historiker & Schriftsteller

*E*s war später Nachmittag und ich raufte mir die Haare. Auf dem Stuhl vor meinem Schreibtisch hatte mir nur ein paar Minuten zuvor der neueste Mitarbeiter mitgeteilt, dass er kündigen wollte.

Sieben. Es waren sieben Kündigungen und zogen sich durch alle Bereiche des Hauses.

Das Einzige, was diese sieben Menschen gemeinsam hatten, war, dass es sich um Frauen handelte. Keine wollte mir so recht sagen, was das Problem war. Auf meine diversen Fragen, die, zugegeben, auch ein wenig ins Unprofessionelle abgerutscht waren, hatte ich zwar Antworten bekommen, aber sie waren alle irgendwie ausweichend gewesen. Sie waren ... sie waren nicht ehrlich gewesen.

Ich klappte den Bildschirm meines Rechners nach oben, und als Skype gestartet war, wurde ich sofort in einer Live-Konversation meiner Brüder geschmissen.

»Da ist er ja, unsere kleine Zuckerpuppe!«

»Lass mich zufrieden, Steve.«

»Oh«, sagte er und lächelte. »Die Prinzessin hat schlechte Laune.«

Ein dunkles Knurren entwich mir, während ich mich nach vorn beugte und mir erneut die Haare raufte. »Ihr habt ja keine Ahnung!«

»Was?«, fragte Eric und nahm einen Schluck von seinem Getränk. »Ich dachte, Nashville ist der Hammer?«

»Darum geht es nicht!«

»Heimweh, du kleines Mädchen?«, fragte Steve und kicherte.

»Halt die Klappe!«, zischte ich und richtete mich auf. »Ich hatte heute sieben Kündigungsgespräche.«

»Was?«, entfuhr es meinen Brüdern gleichzeitig. Sie schalteten in den professionellen Modus. Kaum zu glauben, dass Steve den wirklich hatte.

»Mit welcher Begründung?«, fragte Eric.

»Na ja … eher so ein bisschen fadenscheinig. Die eine, weil sie mehr Zeit für ihre Kinder will. Die andere, weil sie den Sommer genießen will. Die Nächste, weil sie mehr Freizeitausgleich haben will …«, erklärte ich genervt. »Aber ganz ehrlich? Da ist ein anderer Grund. Ich weiß es. Ich *merke* es. Aber niemand sagt mir was!«

»Das ist scheiße.«

»Ach, findest du wirklich?«, fragte ich ironisch und goss mir Bourbon ein. »Wäre ich jetzt nicht drauf gekommen!«

»Scheiß Laune, oder was?«, scherzte Steve wieder.

Ich schüttelte nur den Kopf. »Halt einfach mal die Schnauze. Ich will sehen, wie es dir geht, wenn jemand kündigt.«

»Er wird weinen wie ein Baby!«, warf Eric ein.

»Ihr könnt mich mal.« Unser jüngster Bruder strotzte nur so vor Selbstbewusstsein.

»Können wir zurück zum Thema kommen?« Genervt nahm ich einen großen Schluck.

»Was wirst du tun?«

»Ich weiß es nicht. Erst mal neues Personal suchen. Und hoffen, dass nicht noch mehr gehen. Oder ich die Ursache finde.«

»Meinst du, das gelingt dir?«

»Ich hoffe, dass George mir hilft.«

»Dein Sekretär?«, fragte Eric, und ich nickte in die Kamera.

»Irgendwie klingt das gay. Wieso hast du einen Assistenten? Wieso keine Frau?« Steve konnte es wohl nicht fassen. »Das ist doch Verschwendung von Ressourcen …«

»Nur weil du alles bumsen willst, was du um dich hast?«, fragte Eric.

»Der war gut!«, warf ich ein. »Und so wahr!«

»Autsch!« Steve griff sich an sein Herz. »Ich muss Schluss machen, ihr Pussys. Spätes Meeting!« Bedeutungsvoll wackelte er mit den Augenbrauen. Eric und ich schüttelten nur den Kopf.

»Er wird sich nie bessern, oder?«, fragte der Älteste der Lightmans seufzend.

»Der Zug ist abgefahren«, teilte ich ihm mit. »Keine Ahnung, was Mom und Dad da so versaut haben!«

»Apropos Mom und Dad, du solltest sie mal wieder anrufen!«

Ich war derjenige der Söhne, der am wenigstens Kontakt zu den Eltern hatte. Wir telefonierten regelmäßig. Es wurden Bilder hin und her geschickt und auch mal eine E-Mail, aber ich war eher der Typ Mensch, der Neuigkeiten oder wichtige Sachen gern persönlich erzählte. Deshalb würde ich nach Hause fliegen oder eben meine Eltern bitten, hierherzukommen. Sie waren in Rente, was bedeutete, dass sie sowieso immer rumjammerten, nicht zu wissen, was sie mit der vielen neuen Freizeit anfangen sollten.

»Ich fliege in zwei Wochen nach Hause … dann quatsch ich mit ihnen.«

»Du wirfst das Handtuch?«

»Spinnst du? Ich komm euch besuchen!«

»Das klingt gut, Bruder!«, sagte Eric. Im Hintergrund hörte ich Eva nach ihm rufen. Die beiden waren seit einigen Monaten offiziell ein Paar, was Eva den Job in der Michelinsternvereinigung gekostet hatte … aber, es war für sie wohl okay. Sie managte jetzt das *Lightman Elegance*, und Eric konnte in seiner geliebten Küche stehen. Zugegeben, auch wenn mein Bruder eher der Typ »Playboy« gewesen war, dann tat es gut, ihn nun sesshaft zu sehen.

»Sorry, Jason. Die Pflicht ruft …«

»Die Pflicht?«, sagte ich lachend, hob noch mal mein Glas zum Prosten in die Kamera und nahm einen ordentlichen Schluck. »Grüß meine Schwägerin.«

»Noch ist sie das nicht.«

»Aber bald, du Penner. Wenn du es nicht verkackst!«

»Alter!«, rief er, »ihr traut mir wohl gar nichts zu!«

»Nicht so wirklich, nein«, räumte ich ein.

»Fick dich, du Penner!«

Ich lachte schallend. Auf meinem Bildschirm erschien eine Anzeige, dass das Telefonat beendet war.

Auch wenn die beiden mir keinen wesentlichen, produktiven Tipp gegeben hatten, was ich tun sollte oder konnte, so war wenigstens meine Laune besser.

Ich musste nur selbst sortieren und dann nach vorn schauen.

Hatte man nicht immer schon gesagt, Reisende soll man nicht

aufhalten? Ich überlegte kurz und beschloss, dass an diesem Sprichwort etwas Wahres war.

Nur, wie verhielt sich die Sache, wenn man den Reisenden das »Ziel« so unfassbar großartig gestaltete, dass sie immer wieder zurückkommen wollten?

6
JASON

> *Das ganze Leben ist ein ewiges Wiederanfangen.*
> Hugo von Hofmannsthal (1874 - 1929)
> Österreichischer Schriftsteller

*V*ier Tage später lief ich durch die Flure des Hotels, wie ein Irrer auf der Suche nach der verdammten Ursache, warum so viele Mitarbeiterinnen gegangen waren. Ich verstand es einfach nicht und konnte es mir auch nicht mit logischen Dingen erklären. Mehrmals war ich die Zeitkonten und die Urlaubstage, die Krankenversicherungen und die Gehälter durchgegangen, aber ich kam einfach nicht darauf, was zur Hölle los war.

Frustriert bog ich in einen Gang und warf einen Blick in die Abwurfschächte, die es auf jedem Stockwerk gab. So musste das Housekeeping nicht die schweren Wäschewagen nach unten schieben, sondern konnte die Schmutzwäsche direkt auf der Etage loswerden. Ich warf einen Blick in den großen, freundlichen Raum der Damen, in welchem alle Utensilien, von Kosmetikartikeln, Bettwäsche, Handtücher und Minibarbefüllungen, vorhanden waren. Ich überprüfte die Bestellblöcke, die einmal am Tag von einem der Pagen abgeholt wurden. Auf diesen Formularen wurde von den Zimmermädchen vermerkt, was aus war und auf der jeweiligen Etage nachgefüllt werden musste. Also schleppten sie auch das nicht durch die Gegend. Ja, der Job eines Zimmermädchens war anstrengend, da er immer unter Zeitdruck stattfand, aber es wollte und wollte sich nicht der Schlüsselmoment einstellen, in welchem ich endlich herausfand, was *los* war.

Ich löschte in dem Raum das Licht und schloss wieder sorgfältig mit meinem Generalschlüssel ab. Gerade bog ich um eine Ecke, als ich jemanden singen hörte. Ohrenbetäubend laut. Und … verdammt! Sang sie hier was von »Suck my Dick, little Bitch?« Ich wandte mich um, und sah gerade noch jemanden im Raum für die Zimmermädchen verschwinden.

»Wer ist hier immer so doof und macht das Licht aus?«, fragte das dunkelhaarige Mädchen in den offenbar leeren Raum hinein und sang dann munter weiter.

»Das war ich!«, antwortete ich lässig. Mein Blick wanderte von dem ordentlichen hohen Zopf zu ihren schmalen Schultern, über die zierliche Taille und dem prallen Hintern. Gott, ich stand drauf, wenn ich Frauen an ihren Hüften an mich ziehen konnte, während ich sie fickte. Mit Klappergestellen konnte ich nichts anfangen. Die Frau drehte sich nicht um. Wie denn auch, denn immerhin hörte sie immer noch ohrenbetäubend laut Musik und begleitete diese mit ihrer schiefen Stimme. Als sie sich halb zur Seite drehte, sah ich, dass sie mit Ohrstöpseln hörte. Es war absolut sinnlos, denn ich verstand ohnehin jedes Wort des Songs, so laut war die Musik gestellt.

Mein Puls schnellte auf dreihundert.

Es war ein absolutes No-Go, während der Arbeit mit dem Handy oder sonst irgendwie Musik zu hören und nicht einmal mitzubekommen, wenn man angesprochen wurde.

Was, wenn ich ein Gast gewesen wäre? Was, wenn ich etwas gebraucht hätte? Ich war wirklich tolerant, aber das war eine klare Regel des Hauses. Ihr süßer Hintern würde sie nicht vor einer Abmahnung retten.

Um meine Selbstbeherrschung bemüht, zwang ich mich, nicht auszuflippen.

Das Mädchen drehte sich nun mit einem Karton voll Reese's Butter Cups zu mir um, und selbige fielen ihr prompt aus der Hand.

»Mr. Lightman!«, rief sie überrascht und viel zu laut.

Ich räusperte mich und verschränkte die Arme vor der Brust. Bedeutungsvoll nickte ich ihren Kopfhörern zu.

»Oh«, sagte sie, als sie diese aus den Ohren zog. Musik dröhnte durch den Raum. »Entschuldigung.«

»Angebracht, ja!« Heilige Scheiße, ich war wirklich sauer. »Sie finden das richtig, was Sie hier machen?«, fragte ich und hielt ihren Blick fest.

»Was? Dass ich arbeite?« Mutig reckte sie ihr Kinn vor.

»Dass Sie nicht einmal mitbekommen, wenn Ihr Chef«, ich

sprach in so verächtlichem Tonfall, wie nur irgend möglich, »Sie anspricht, Torres.« Absichtlich benutzte ich ihren Nachnamen, der auf ihrem makellosen weißen Kittel eingestickt war. »Was, wenn ich ein Gast wäre?«

»Sind Sie aber nicht«, antwortete sie wie aus der Pistole geschossen. Ich hob eine Braue und setzte den arrogantesten Blick auf, zu dem ich imstande war.

»Wie bitte?« Die rhetorischen Worte klangen eher nach einem Knurren.

»Sie sind aber kein Gast, also ...« Nun breitete sie die Arme in einer wohlwollenden Geste aus. »... alles gut.«

»Das ist ein Scherz, oder?« Ich deutete auf die Kopfhörer, die aus ihrer Tasche baumelten. »Machen Sie den Krach aus!«

»Das ist aber ...«

Jäh unterbrach ich das Zimmermädchen, welches die Musik einfach weiterlaufen ließ. »Interessiert mich nicht!« Ihre zickige und plumpe Art schürte das Feuer in mir noch. War ja sowieso schon egal. Würde halt noch jemand gehen. »Machen Sie den verdammten Krach aus oder Sie sind entlassen!«

»Aber ...«

»Nichts, aber«, grätschte ich dazwischen. »Sie wissen, dass Sie bei der Arbeit keine Musik hören dürfen, Sie haben dafür unterschrieben!«

»Ja«, antwortete sie selbstbewusst und biss die Kiefer aufeinander. Sie hatte das schönste Gesicht, das ich jemals gesehen hatte, das musste ich ihr lassen. Irgendwie kam sie mir bekannt vor ... ich wusste nur nicht, wo ich sie schon einmal gesehen hatte. »Aber ich arbeite hier heute allein, weil meine Partnerin, Maria, gekündigt hat.« Nun war es an ihr, die Brauen zu heben und die Hände in die Hüften – in diese sexy Rundungen, die aus der schmalen Taille kamen – zu stemmen. »Weil Sie nichts dafür getan haben, dass sie hierbleibt!« Ihre Stimme klang vorwurfsvoll.

Mir passierte etwas, das mir selten passierte. Ich war perplex und starrte sie mit offenem Mund an. So viel Dreistigkeit an einem Tag? Das war mir selten – halt nein, noch *nie* untergekommen!

»Sie sind echt lebensmüde, oder?«, fragte ich, die Stimme nur ein Krächzen und meinen Puls auf Dreihundert beschleunigt.

»Sie haben nichts dafür getan, dass Maria bleibt. Also bin ich allein. Auf der ganzen Etage. Ich beschwere mich nicht, dass ich die Arbeit allein oder Doppelschichten machen muss, also beschweren Sie sich nicht, dass ich dabei Musik höre!«

Sprachlos starrte ich sie an. Verdammtes Weibsbild!

»Sie können ja gehen, wenn Ihnen was nicht passt!«, erwiderte ich sauer und auf ihr erneutes Schnauben hin flippte ich vollkommen aus. »Wissen Sie was, Torres? Legen Sie den Kittel ab und verschwinden Sie. Ich bin auf Sie nicht angewiesen.« Ich war laut geworden, und es war mir ehrlich scheißegal. Ich würde mich doch von einem kleinen frechen Gör nicht so anmachen lassen! Heilige Scheiße! Ich machte ihr den Weg aus der Kammer frei. Lächelnd umklammerte sie den Karton mit den Buttercups, griff sich einen und öffnete geschickt mit einer Hand die Verpackung.

»Danke für den Hinweis.« Sie ging an mir vorbei und trat auf den hellen Gang hinaus. »Vielleicht mach ich das wirklich.« Nun schrie sie mich auch an. »Wie kann man nur ein so arroganter, egozentrischer, besserwisserischer Vollarsch sein?«

Unsere Augen fochten ein Duell, das stumm ausgetragen wurde. Niemand wollte auch nur einen Schritt von seinen Aussagen zurückweichen. Sie war mutig, so mit mir zu sprechen, das musste ich ihr lassen. Unverschämt, aber mutig. Würde sie jetzt nicht sofort das Weite suchen, müsste ich, um meine Macht zu untermauern, das Security-Team anrufen, das sie abholen und nach draußen begleiten würde. Durfte das wahr sein? Durfte es, zur beschissenen Scheiße, wahr sein? Frauen, die ihre Meinung vertraten, waren heiß, ohne Frage. Aber dass ich nun damit konfrontiert wurde und sie mich dermaßen in die Ecke drängte, konnte ich nicht leiden. Also zwang sie mich doch zu der Aussage, dass sie die Beine in die Hand nehmen und mein Hotel verlassen sollte.

Sie sah mich abschätzend an, schien wirklich zu überlegen, ob sie gehen oder ihre Arbeit hier ordentlich zu Ende bringen sollte.

»Ich sag Ihnen was, Lightman!« Sie kam mir so nahe, dass ihre Nasenspitze fast meine berührte. Nun, das hätte sie, wäre sie nicht zwei Köpfe kleiner als ich gewesen. »Ich kann Arroganz nicht leiden. Zu Ihrem Glück weiß ich durchaus, dass Ihre Gäste, die so dumm waren, in Ihrem arroganten, versifften Schuppen abzusteigen, nichts dafür können.« Sie trat an mir vorbei. Ihr Duft nach Zitrone und Minze, er erinnerte mich an irgendein Mädchen-Schnulli-Getränk, kroch in meine Nase. Oder war es der Duft ihres Shampoos? Scheißegal, sie war entlassen. Sie konnte abtreten. »Ich werde meinen Arbeitstag hier ordentlich zu Ende bringen und dann werden Sie kleiner Mistkäfer, der außen hui und innen pfui ist, mich niemals wiedersehen. Sie …« Ihre anmaßende Arroganz trieb mich auf die Palme. Sie machte mich so wütend, dass ich links und rechts die

Hände zu Fäusten ballte. Niemals würde ich eine Frau schlagen. Niemals, aber diese selbstvergessene Tussi war nahe dran, dass ich diese eiserne Regel brechen und ihr den schlanken Hals umdrehen würde, damit sie endlich ihre gottverdammte Klappe hielt. Zornig zitternd stand ich immer noch in meiner Starre, als Luisa Torres singend, mit ihren verfluchten Ohrstöpseln im Ohr, im nächsten Zimmer verschwunden war.

Stinkwütend und zwei Zigaretten später saß ich wieder an meinem Schreibtisch und hatte mir von George schicken lassen, wer auf welcher Etage arbeitete. Ihr Name war Luisa Torres, sie war neunundzwanzig Jahre alt und seit einigen Jahren im Hotel angestellt.

Ich wusste mittlerweile auch, wo ich sie schon einmal gesehen hatte. Es war mir eingefallen, als ich an der Küche vorbei kam und Jérôme gerade darüber schimpfte, wie wenig er Ravioli leiden konnte und warum er immer derjenige war, der sie füllen und ausstechen musste. Bei diesen Worten durchfuhr es mich wie ein Blitz. Ich hatte sie neulich Abend im Supermarkt gesehen, als eine Frau den Turm mit den Ravioli-Dosen umgeworfen hatte.

Sie war diese Frau gewesen.

Auch wenn diese Aktion irgendwie einen niedlichen Beigeschmack hatte, so hatte die heutige einen, der mir wirklich sauer aufstieß. Es war dreist, unhöflich und einfach nur irgendwie dumm, seinem Chef so frech zu antworten. So provokant. Die einzig logische Konsequenz aus ihrem Verhalten war, dass ich sie entlassen musste. Und bei Gott, das hatte ich ihr ja auch gesagt.

Wütend donnerte ich die Faust auf meinen Schreibtisch, sodass meine Kaffeetasse auf dem Unterteller klapperte. Es war mir fuckegal, ob sie frustriert war, weil sie die Etage allein machen musste. War ja nicht so, dass sie kein Geld dafür bekam und nicht alle meine Mitarbeiter großzügig für ihre Überstunden entlohnt wurden.

»Dumme Schlampe!«, stieß ich knurrend hervor. Dass ich mich beruhigen konnte und wollte, davon war ich weit entfernt. Sehr weit. Ich war so abartig wütend, mein Blut kochte, meine Muskeln zitterten. Was nahm sich diese kleine arrogante Pute heraus? Sie war hier immer noch eine Angestellte und es war eine Tatsache, dass jeder Mitarbeiter, wirklich jeder, vom kleinsten Lehrling bis zum Chef, ersetzbar war. Offensichtlich war ihr das nicht bewusst.

Eine Mitarbeiterin, die so mit mir sprach, war mir in all den Jahren nicht untergekommen. Selbstverständlich erwartete ich nicht, dass man mir bis zum Anschlag in den Arsch kroch und sich mit gespielten Szenen bei mir einschleimte und beliebt machte, aber ich erwartete sehr wohl, dass man höflich und freundlich miteinander sprach. Was war los mit dieser Tussi? Hatte sie keinen Anstand? Musik zu hören bei der Arbeit, wenn das Verbot sogar vertraglich geregelt war? Wer, glaubte sie eigentlich, war sie?

Aufgrund ihres Verhaltens spiegelte ich das meine. Ja, ich hätte ihr vielleicht aus der Situation heraushelfen können, aber jetzt, so wie diese unsympathische Furie sich verhalten hatte, wollte ich ihr gar nicht mehr helfen. Für mich war es ein Leichtes, meine Professionalität ebenso abzustellen, wie sie ihre Unverschämtheit anknipsen konnte.

Ich würde auf keinen Fall dulden, dass sie so mit mir sprach. Vielleicht sollte ich George, meinen Assistenten, bitten, das Kündigungsschreiben vorzubereiten und ihren Spint auszuräumen. Ja, es wäre nicht gut, wenn ich noch eine Mitarbeiterin verlieren würde, aber wenn es eben so war, dann war es so. Dafür, dass ich mich unter Druck setzen lassen würde, oder mir mehr oder weniger diktieren lassen sollte, wie ich was zu tun hatte … oh nein, dafür war ich zu lange im Geschäft und, waren wir mal ehrlich, das hier war mein Laden, und wenn ich ihn eben so führen wollte, dann wollte ich ihn eben so führen und nicht anders. Des Weiteren, und das war ein ausschlaggebender Grund für meine Entscheidung, sie zu feuern: Wenn sie schon bei ihrem Arbeitgeber keine Grenzen und Höflichkeitsformeln kannte, wie sollte sie das dann bei einem Gast pflegen, der ihr kein Geld bezahlte?

Müde stützte ich den Kopf in die Hände.

Heilige Scheiße. Was hatte ich mir hier nur angetan!

Ein Tornado an der Südküste war ein Scheiß dagegen.

7
LUISA

> *Humor ist der Knopf, der verhindert, dass uns der Kragen platzt.*
> Joachim Ringelnatz (1883 - 1934)
> Deutscher Schriftsteller & Kabarettist

*H*eilige Maria Mutter Gottes!
Was hatte ich getan?
War ich wirklich so unverschämt zu meinem Chef gewesen? Hatte ich das echt alles gesagt?

Ich saß in Zimmer 328 auf dem zugeklappten Toilettensitz, und anstatt zu putzen, hämmerte ich mir mit der flachen Hand mehrmals gegen die Stirn.

War ich absolut lebensmüde? Vollkommen übergeschnappt?

Fuck! Das würde mich meinen Job kosten. Einen Job, den ich mochte und den ich brauchte. Karottenkuchen für das beschissene Farmersfest zu backen, würde mich nicht ausfüllen. Aber nicht nur zu diesem Anlass müsste ich den Kuchen machen, ich würde ihn tagtäglich in den Ofen schieben.

FUCK, FUCK, FUCK!

Natürlich hatte ich die Musik nach meinem vermeintlich obercoolen Abgang sofort ausgemacht. Er hatte ja recht, aber es war allein so verdammt langweilig, dass ich mir nicht anders zu helfen gewusst hatte, als zumindest ein bisschen was im Ohr zu haben. Gut, vielleicht hatte ich mich vergessen, als ich begonnen hatte, mitzusingen, aber … FUCK!

Was hatte ich getan?

Das Handy in der Tasche meines Kittels vibrierte, als ich mir den fünften Reese's Buttercup in den Mund stopfte. Eigentlich war es uns nicht erlaubt, und ich mochte das Zeug nicht mal sonderlich, aber Schokolade setzte Endorphine frei, richtig?

Und Endorphine machten glücklich.

Und glückliche Menschen brachten sich nicht um.

FUCK!

Ich hatte einfach nur absolut über die Stränge geschlagen. Ja, ich war selbstbewusst, sprach schneller, als ich dachte, und schoss oftmals über die Grenze hinaus, aber so bewusst und mit voller Absicht hatte ich noch nie eine imaginäre Grenze übertreten.

Ich hatte aber auch nicht gewusst, wie ich reagieren sollte. Nicht in dem Moment.

Wie er da vor mir gestanden hatte, in seinem perfekt abgefuckt beschissen gut sitzenden Maßanzug. Der Drei-Tage-Bart, der über sein Gesicht gezogen war, die dunklen Augen und das markante Kinn selbstbewusst in die Höhe gereckt.

Und dass er mich dann so … maßgeregelt hatte. Was ja im Grunde sein Recht war, denn FUCK!, er hatte nun mal nichts als die Wahrheit ausgesprochen und er war hier der Boss. Aber wieso war ich so vorlaut gewesen und hatte einfach geantwortet? … Sprachlos über mich selbst stützte ich den Kopf wieder in meine Hände.

Was hatte ich nur getan?

Nervös kaute ich auf einem Fingernagel. Heilige Scheiße. Ich sollte mir dringend mal überlegen, wie ich aus der Nummer wieder rauskommen würde. Hingehen und mich entschuldigen? Auf gar keinen Fall. Ja, ich war unverschämt gewesen, aber im Grunde war es doch die Wahrheit, dass ich Doppelschichten schieben musste, um alles fertig zubekommen und dass ich mich seit Tagen hier allein um diese Scheiße kümmerte.

Ich sollte eigentlich in sein Büro gehen und ihm sagen, dass er mich gar nicht entlassen konnte, weil ich nämlich die Schnauze voll hatte, und dass ich von selbst gehen würde, dass er sich sein beschissenes Hotel in den Arsch schieben konnte und ich ihm eine Anzeige schicken würde, wenn er mich noch länger nervte. In unserem Land wurde doch ständig irgendjemand wegen irgendeiner Scheiße verklagt, also würde das ja wohl passen, wenn ich mir auch einen Grund aus den Fingern sog. Irgendjemand, in diesem Fall ich, musste ihm ja auch mal sagen, dass ich darauf einen Scheißdreck gab, und ich alle seine verfluchten Reese's Buttercups aufgefressen hatte.

Okay, vielleicht wurde ich nun persönlich, aber er *hatte* mich nicht einmal erkannt, *nachdem* wir Face to Face gestanden hatten.

Diese Erkenntnis schmerzte und war der eigentliche Grund, weshalb ich so beschissen wütend auf ihn war.

Natürlich war es kacke, dass ich alles allein machen musste und dass ich hier gerade mehr Zeit verbrachte, als in meiner Wohnung oder mit meinen Freunden, aber es war okay. Ich liebte meinen Job. Nicht okay war, dass dieser verdammte Mistkerl mich behandelte wie eine Sklavin, dass er mich rausschmeißen wollte und dass er mich verfluchte Scheiße noch mal, nicht erkannte. Nach unserer unvergesslichen Nacht.

Nun. Offenbar hatte ich mich damit getäuscht und für ihn war so was an der Tagesordnung.

»Nein, Arschloch!«, flüsterte ich wütend. Ich würde hier alles ordentlich zu Ende machen, damit mir niemand irgendetwas nachsagen konnte, und dann würde ich diesen beknackten Laden verlassen.

Sauer darüber, dass ich diesem Mistkerl damals und heute auf den Leim gegangen war, donnerte ich den Lappen in die Ecke.

Jason Lightman würde mich kennenlernen.

Und zwar volle Breitseite.

8

LUISA

> *Es ist besser zu handeln und es zu bereuen, als nicht zu handeln und es zu bereuen.*
> (Giovanni Boccaccio (1313 - 1375)
> Italienischer Schriftsteller)

»Ich kündige!«, rief ich theatralisch und schmiss meinen Shopper auf den Stuhl neben mir. »Ich habe verdammt noch mal keine Lust mehr, im Hotel zu arbeiten!«

Meine Freundin Susan hob die Brauen und weitete die Augen, während Jenny die Arme verschränkte und grinste.

»Hab schon gehört«, antwortete sie bedeutungsvoll und winkte der Kellnerin. »Bringst du uns bitte drei Tequilas braun und drei Margaritas?«, fragte sie die Dunkelhaarige freundlich. Die Angesprochene nickte und tippte die Bestellung in ihre Maschine.

»Ich meine«, begann ich wieder und setzte mich kerzengerade in den schwarzen Ledersthul. »Der Typ hat einen Knall. Einen richtig üblen Knall. Der ist einfach nicht ganz dicht!«

»Seh' ich nicht so.«

»Was ist denn passiert?«, fragte Susan, die Dritte im Bunde und Vernünftigste von uns. Susan war ein sehr rationaler, von Gedanken geleiteter Mensch. Musste sie vermutlich auch sein als Wirtschaftsprüferin.

»Lightman ist passiert!«, erklärte ich und lächelte zum Dank der Bedienung zu. »Dieser verdammte Pisser!«

»Lightman … Lightman … Lightman …«, sagte Susan nachdenklich und in schneller Abfolge. »Euer neuer Chef?«

»Genau der!«, stimmte Jenny ihr grinsend zu.

»Der Wichser.« Beide sahen mich mit großen Augen an, da ich normalerweise nicht so fluchte. Aber dieser Kerl machte mich einfach wahnsinnig. »Er hat mir heute gekündigt!« Ohne auf die anderen zu warten, kippte ich meinen Kurzen. »Aber so nicht. Nicht mit mir!« Meine Stimme überschlug sich fast, so aufgeregt war ich. »Auf keinen Fall. Kann er vollkommen vergessen, denn ich werde zuerst kündigen. Er meint wohl, er kann mich verarschen. Gottverdammtes Arschloch!«

Jenny senkte den Kopf, um ihr Grinsen zu verbergen, was mich noch mehr in Rage brachte.

Susan starrte mich nur weiterhin an. »Ich verstehe wirklich nur Bahnhof!« Sie schüttelte den Kopf. »Darf ich die ganze Geschichte haben?«

»Sie wird gleich wieder ausflippen!«, murmelte Jenny, und ich schoss Feuerpfeile auf sie ab. Im Pausenraum des Hotels war ich heute schon ein wenig ausgerastet, als wir beide allein gewesen waren. Aber hey, vollkommen zu Recht. Was glaubte dieser Kerl eigentlich, wer er war? Zur verdammten Hölle? Genau darum und weil ich echt sauer war, war ich nach meinem Entschluss, zu kündigen, in ihre Etage gegangen und hatte sie in den Pausenraum gejagt, um mir Luft zu machen.

»Ich flippe nicht aus ...«, erklärte ich bedeutungsvoll. »Ich erzähle euch, wie es wirklich war. Ich war auf meiner Etage.« Susan nickte. »Ich hab einfach nur meine Arbeit gemacht, die ja, seit einiger Zeit, extrem viel ist, weil so viele gekündigt haben. Weil ich ja den ganzen Mist nun allein hinter mich bringen muss.« Wieder ein Nicken. Jenny verdrehte die Augen. Sie hatte leicht reden. Ihre direkte Kollegin hatte ja nicht gekündigt. Sie musste nicht alles allein machen. »Und dann steh ich in unserer Kammer, fülle gerade die verdammten Reese's Cups an meinem Etagenwagen auf, als der Chef, Mister Hochwohlgeboren höchstpersönlich, ums Eck kommt.« Jenny hob den Zeigefinger, aber ich fuhr unbeirrt fort. Susan hörte einfach nur zu. »Er macht mich an ...«

»Sexuelle Belästigung!«, rief sie.

Ungeduldig winkte ich ab. »Er macht mich an im Sinne von Motzen-er-macht-mich-an.«

Sie zog die Stirn kraus.

»Kennst du nicht?«, fragte Jenny, und Susan schüttelte den Kopf. Ihr dunkler Lockenbob wackelte. »Na, du bist einfach so ... korrekt.«

»Egal!«, rief ich und besaß wieder ihre Aufmerksamkeit. »Er

kackt mich total an, dass ich meinen Job nicht richtig mache und dass ich mir mal mehr Mühe geben soll. Dann meinte ich, dass er sich das in die Haare schmieren kann und ich meinen Job absolut perfekt mache!«

»Richtig so!«, steuerte Susan bei. »Frauen an die Macht!«

»Na na«, begann Jenny.

»Und dann hat er mich entlassen!«

Jenny legte die Stirn in Falten. »Und du hast ihn einen arroganten, egozentrischen, besserwisserischen Vollarsch genannt!«

Ich zuckte die Schultern und schlürfte an meinem Drink. »Unwichtiges Detail!«

»Hast du?«, fragte Susan und verkrampfte ihre Hände um die Lehne. »Bist du vollkommen verrückt?«

»Er hat mir gesagt, ich würde nicht richtig arbeiten!«, verteidigte ich mich.

»Er hat lediglich festgestellt, dass du Musik hörst, was laut Arbeitsvertrag verboten ist.«

»Hast du?«

»Wieso legst du immer Wert auf die unwichtigen Details der Geschichte?«, knurrte ich in Richtung Jenny. »Ist doch egal!«

»Na ja«, warf Susan ein. »Nicht so richtig.«

»Ach du bist jetzt auch auf seiner Seite?«, echauffierte ich mich.

»Wieso auch?«, fragte sie, die Rationale.

»Na, wie Jenny!«, erklärte ich und fuchtelte mit meiner Hand herum. »Die *ist* auf seiner Seite!«

»Bei aller Liebe, Torres!«, erklärte diese nun und bedeutete der Kellnerin, dass wir eine Runde Nachschub wollten. »Man sagt seinem Chef nicht, egal was er macht, dass er ein Arschloch ist!«

»Einspruch!«, rief Susan. »Was ist mit sexueller Belästigung?«

Jenny, meine Arbeitskollegin, hob ihre Brauen. »A) hat er sie nicht belästigt und b) wenn er mich belästigen würde, dann würde ich mich gern von ihm belästigen lassen.« Sie zuckte mit den Schultern und nickte der Kellnerin dankbar zu, als diese den Tequila in der Mitte des Tisches abstellte.

Susan riss die Augen auf. »Sieht er so gut aus?«, fragte sie, aber Jenny nickte bereits. Ich rollte nur die Augen und verschränkte die Arme vor der Brust, als Jenny auf ihrem Handy herumtippte.

»Heilige Scheiße!«, rief Susan, nachdem sie einen Blick auf das Telefon von Jenny geworfen hatte. »Das nenn ich mal ein Leckerli!«

Jenny hob die Brauen und nickte aufgeregt. »Meine Worte!«

»Sah er damals auch schon so heiß aus?« Diese Frage galt mir.

»Leider ja!«, antwortete ich widerstrebend und stieß mit dem kleinen Glas an das der Mädels. »Trinken wir einfach!«

Wir kippten den Shot hinunter, bissen anschließend in die Orange und knallten die Gläser wieder auf den Tisch. »Und jetzt?«, fragte Susan, »Willst du echt gehen?«

»Natürlich! Du hättest mal sehen sollen, wie arrogant er mich heute behandelt hat. So von oben herab.«

»Das bedeutet, du hast ihm wirklich gesagt, dass er ein arrogantes, egozentrisches Arschloch ist?«

»Nun«, setzte ich an. »Möglicherweise.«

Meine Freundin Jenny pfiff anerkennend durch die Zähne. »Sie gibt es zu!«

»Ich bin anwesend!«, knurrte ich, denn ich hasste es, wenn man in meiner Anwesenheit in der dritten Person von mir sprach. »Und ja, ich hab ihm das gesagt, aber nur aus dem Grund, weil er wirklich ein arroganter, eingebildeter, besserwisserischer Arsch ist!« Ich setzte mich kerzengerade hin und hob den Zeigefinger. »Nein wartet, ein Arschgesicht!«

»Interessante Theorie!«, knurrte es dunkel hinter mir.

Ruckartig fuhr ich herum, während Susan sich lächelnd zurücklehnte und Jenny die Augen aufriss.

»Sie schon wieder!«, rief ich und stand auf. Er war dann zwar immer noch größer als ich, aber ich fühlte mich nicht mehr ganz so unterlegen. Es war mehr auf »Augenhöhe«. Sofort war ich in Angriffsstellung. »Können Sie mich nicht einmal in meiner Freizeit in Ruhe lassen?«

»Davon haben Sie ja bald ganz viel, nicht wahr?« Ironisch lächelte er auf mich herab. Seine gleichmäßigen weißen Zähne verhöhnten und verspotteten mich. Sie blendeten mich fast. Ich knurrte leise und ballte die Hände zu Fäusten. Am meisten störte mich, dass er wieder einmal so gut aussah. Er trug hier in der Bar keinen Anzug, sondern eine gut sitzende Jeans, die relativ eng und hüftig saß, sodass seine trainierten Oberschenkel zur Geltung kamen. Das einfache schwarze Shirt, das sich vorteilhaft um seine Oberarme und die Brustmuskeln legte, ließ mich kurz vergessen, warum ich so sauer auf diesen Kerl war. Aber als sein Kommentar, dass ich ja bald »viel Freizeit« hätte, bei mir ankam, war meine Wut vollends zurück.

»Ja«, stimmte ich zu und schenkte ihm mein schönstes Grinsen. Es fühlte sich ein bisschen an, als hätte ich gerade einen Schlaganfall.

Susan und Jenny kicherten, als sie uns mit großen Augen beobachteten. »Und ich freue mich darauf, nicht mehr Ihre Visage sehen zu müssen!«

»Ohh«, stieß er sarkastisch hervor. »Hört hört! Die mussten Sie ja schon so lange ertragen, völlig verständlich!«

»Wissen Sie, was total unattraktiv ist?«, stellte ich eine Frage, auf die ich keine Antwort erwartete. »Arrogante, selbstgefällige Männer!«

Er verschränkte die Arme vor seiner trainierten Brust. *Nicht ablenken lassen, Torres. Nicht ablenken lassen.*

»Das heißt, Sie finden mein Äußeres attraktiv und mein Charakter gefällt Ihnen nicht?«

Sauer schnaubte ich, denn er hatte den Nagel auf den Kopf getroffen. Natürlich hätte ich das niemals zugegeben. Eher wäre die Hölle zugefroren. »Machen Sie sich nicht lächerlich!«, zischte ich.

Amüsiert lachte er auf. »Sie finden mich heiß!« Er fragte nicht, er stellte fest.

»Seht ihr?«, rief ich in meiner Verzweiflung und drehte mich zu meinen Freundinnen um. »Arrogant. Selbstgefällig. Egozentrisch!« Mit den Schultern zuckend, wandte ich mich ihm wieder zu. »Und Sie, Lightman«, so abwertend wie möglich hatte ich seinen Namen ausgestoßen. »… nerven mich!«

Ohne ihn eines weiteren Blickes zu würdigen, geschweige denn, seine Antwort abzuwarten, drehte ich mich um und ging zu den Toiletten. Ich trug Flip Flops und kurze Shorts, hoffte bei meinem Abgang, dass er mich beobachtete und sah, was er verpassen würde. Oder verpasst hatte. Wie auch immer.

»Arschloch. Arschgesicht. Arschpenner!«

»Ich bin mir sicher, das Wort Arschpenner gibt es nicht!«, rief er mir nach.

Wäre mir in diesem Moment bewusst gewesen, dass er mir hinterher kam, hätte ich meine Schritte vermutlich beschleunigt. Plötzlich fühlte ich einen Luftzug, der fast in meine Haut schnitt, der mich elektrisierte, ehe ich wirklich seine Hand auf meiner Haut spürte. Mit festem Griff, gerade so, dass es nicht wehtat, nur irgendwie sexy und besitzergreifend wirkte, hielt er mich zurück, wirbelte mich an die Wand, die hier nicht wie in anderen Bars gestrichen, sondern mit rotem, weichem Leder überzogen war, und keilte mich zwischen seinen Händen ein. Links und rechts stützte er sich neben meinem Kopf ab. Er war mir so nahe, dass ich seinen dunklen Geruch nach Holz und frischer Dusche in die Nase bekam. Dort, wo seine Haut meine berührte, verbrannte er mich fast. Die Nähe zu ihm ließ das Verlangen zwischen meinen Beinen erwachen, und ich war augenblicklich sauer auf mich, weil ich mich nicht unter Kontrolle hatte. Ich war doch wütend und zornig auf ihn! Und nicht geil. Er scannte mit seinem Blick mein Gesicht und ich tat es ihm gleich, musterte diese unfassbar schönen dunklen, fast schwarzen Augen. Der feine Zug um den Mund, der ihn weicher wirken ließ, auch wenn seine Augen Feuerpfeile abschossen. Diese volle Unterlippe und diese schön geschwungene obere. Als er sie einen Spalt öffnete, dachte ich, dass er mich küssen würde und – Gott stehe mir bei, ich hätte den Kuss erwidert.

»Haben Sie deshalb die Ravioli-Dosen umgeworfen?« Die Worte sanft ausgesprochen legten sich um mich wie ein Mantel aus Seide. Sein nach Bourbon riechender Atem, gepaart mit der Note nach einer Zigarette traf mich. Wie ein Freak atmete ich ihn ein, was ich ansonsten immer als absolut irre und bescheuert abgetan hatte, weil es einfach nur widerlich war. Ich starrte ihm auf den Mund, öffnete meinen eigenen und fuhr mit meiner Zunge über meine plötzlich trockenen Lippen. Seine Augen starrten mich an, und ich hob den Blick. Dieses dunkle Braun zog mich in die unendlichen Tiefen eines Sees, weit hinab in den Abgrund, wo es dunkel und schwarz war. Weit weg von der strahlenden Welt der Wirklichkeit. Dieser Mann war nicht gut für mich. Er schaffte es mit einer kleinen Berührung, mit einem kleinen Blick, mich zu hypnotisieren, mich festzuhalten, wenn auch nicht gefesselt.

Als ich mich leicht bewegte, spürte ich kühl das rote Leder der Wand an meiner Hüfte, da mein Shirt etwas nach oben gerutscht war. Dieser Temperaturunterschied brachte mich in die Realität zurück. Langsam sickerten seine Worte in mein Gehirn, und als er mit seinem Kopf näher kam, als sich seine Augen langsam schlossen und die dunklen, langen Wimpern Schatten auf die scharf geschnittenen Wangenknochen warfen, als ich wusste, er würde mich gleich küssen, als mir klar wurde, dass ich nicht wollte, dass ein Mann so mit mir umsprang, als seine Lippen nur noch einen Millimeter von meinen entfernt waren, ich die von ihm ausgehende Wärme schon spüren konnte, griff ich in meinen Kopf nach seinen Worten, die mich lächerlich gemacht hatten.

Ja, er hatte recht, ich hab den verdammten Turm vor lauter »Lightman-Blickficken« umgeworfen, aber das würde ich niemals irgendjemandem sagen. Niemals. Dafür müsste mein Körper anschließend kalt und vergraben werden. Dann würde ich vielleicht mit der Sprache herausrücken.

Also tat ich das Einzige, das mir in diesem winzigen Augenblick einfiel: Ich zog mein Knie nach oben und rammte es ihm direkt zwischen die Beine.

9

JASON

> *Die Blumen des Frühlings sind die Träume des Winters.*
> Khalil Gibran (1883-1931)
> Libanesisch-Amerikanischer Maler, Philosoph & Dichter

»Wie bescheuert bist du eigentlich?«, fragte ich, jegliche Contenance oder was davon übrig war, vergessend. Meine Hände umgriffen meinen Schwanz. Mein Heiligtum, das gerade schmerzte, als würde man mir ohne Betäubung den Blinddarm entfernen. Tränen schossen in meine Augen, und ich blinzelte sie weg. »Ein einfaches NEIN hätte genügt!«

»Fick dich!«, zischte sie mir selbstgefällig grinsend entgegen. »Oh Entschuldigung. ›Ficken Sie sich!‹« Mit diesen hämischen beleidigenden Worten stieß sie mich zur Seite und wackelte davon. Ich unterdrückte den Impuls, laut aufzustöhnen. Allerdings nicht vor Wonne, weil sie mich berührt hatte. Gekrümmt vor Schmerz, weil sie wirklich voll durchgezogen hatte, sah ich ihr hinterher. Heilige Scheiße, kein Schmerz der Welt hätte mich davon abhalten können, diesen langen, schlanken, gebräunten Beinen hinterher zu sehen. Diese verdammt knappen Shorts, die ihren Arsch zwar verhüllten, aber den Ansatz frei ließen. Ohne Frage, sie konnte es tragen, aber musste sie sich so … zeigen? Ein Gefühl, welches ich nicht benennen konnte, wurde in mir warm. Es füllte mich von innen, zog sich über meine Brust und wanderte langsam in meinen Bauch. So ein Mist! Ich kannte das Gefühl, ich hatte mitbekommen, wie mein Bruder Eric es mir beschrieben hatte.

Damals, als sich Eva ihm so widersetzt hatte und er hartnäckiger daran arbeiten musste, dass sie ihm half. FUCK! Das warme Gefühl, das sich immer mehr in meinem Körper ausbreitete und mich sogar den Schmerz in meinen Eiern vergessen ließ, war wohl ein Besitzanspruch. Einen Anspruch, der absolut irrational und verrückt war, denn Luisa Torres gehörte mir nicht, sie gehörte niemandem, außer sich selbst. Und sie war noch dazu eine störrische, verdammte, unhöfliche Zicke. Eine Frau, die für mich gar nicht infrage kommen würde. Natürlich wollte ich kein Mäuschen, das zu allem Ja und Amen sagte, aber ich wollte auch keine Frau, die so … unverschämt und ohne Manieren war.

Ruckartig richtete ich mich auf. Wieso dachte ich dann überhaupt daran, dass sie eine extrem heiße Frau war? Nun, mein pulsierender, schmerzender Schwanz und meine harten Eier waren wohl Erklärung genug.

»FUCK!«, rief ich laut, donnerte mit der flachen Hand gegen die Lederwand, an der bis vor wenigen Sekunden noch die sexy Brünette gestanden hatte, und stapfte schließlich in Richtung Notausgang.

Als ich draußen war, lehnte ich mich an die Backsteinwand. Die Mülltonnen waren in diesem Hinterhof untergebracht, und irgendwo draußen hörte ich eine Sirene. Das beruhigende Nikotin der Zigarette, welches jetzt durch meine Lungen strömte, ließ mich augenblicklich einen klaren Kopf bekommen.

Okay, es war nicht sehr gentlemanlike gewesen, sie auf dem Weg zu den Toiletten zu verfolgen, sie an die Wand zu zwingen und fast zu küssen. Aber verfluchte Scheiße, diese kleine rosa Zunge, die hervorschnellte und ihre Lippen befeuchtete, die Lider, die sie halb gesenkt hielt, um ihr deutliches Verlangen – das hatte ich zuvor in ihren Augen gesehen – zu verbergen, das störrische Kinn … und das absolute Bewusstsein, dass sie einen weiblichen, erotischen Körper hatte, mit den Rundungen an den Stellen, die ein Mann liebte … das alles und die aufgerichteten Nippel, die deutlich unter ihrem Shirt hervorragten … hatten mich dazu gebracht, sie einfach nur küssen zu wollen.

Tief.

Hart.

Intensiv.

So, dass sie diesen Kuss niemals vergessen würde.

Bisher war es erst einer Frau gelungen, mich mit ihrer Körpersprache so in die Knie zu zwingen, dass ich alles um mich herum ausblendete. Dass ich mich plötzlich nicht mehr daran erinnern konnte, eigentlich ein kleiner Snob zu sein, zumindest, wenn man meinen Brüdern glaubte. One-Night-Stands gab es in meinem Leben, denn Fuck! Ich war auch nur ein Mann mit Bedürfnissen, und die Richtige hatte ich noch nicht gefunden. Klar hatte ich feste Beziehungen gehabt, aber so richtig, richtig, die Richtige war noch nicht dabei gewesen. Darum gab es natürlich die eine oder andere, meistens aber Affären, mit denen ich mich gelegentlich traf. Außer in dieser legendären Nacht, als ich in dieser Stadt gewesen war, um alles für die Übernahme des Hotels zu regeln. Tagsüber war ich eingespannt gewesen. Alles anschauen und sich vertraut machen. Nachmittags war dann ein Notartermin angesetzt gewesen, der länger als gedacht gedauert hatte. Deshalb war ich spontan im Hotel abgestiegen. Nachdem wirklich alles, was ich zu tun gehabt hatte, erledigt gewesen war, war ich ausgegangen. In eine süße, einladend aussehende Bar, aus der dennoch laute Musik schallte. Und dort hatte ich sie getroffen:

Das Mädchen, dessen Namen ich nicht mehr wusste, weil ich so verdammt voll gewesen war. Das Mädchen, das sich bewegen konnte wie eine verdammte Schlange. Das Mädchen, das mir einen Blowjob verpasst hatte, wie es keine vor ihr und keine mehr nach ihr getan hatte. Das Mädchen, das mich dazu gezwungen hatte, alle anderen Frauen anschließend mit ihr zu vergleichen.

Langsam zog ich an meiner Zigarette. Sie hatte damals gehen wollen und ich war ihr gefolgt. Ihre Hüften hatten in den hohen Schuhen, getragen von diesen langen Beinen, hin und her geschwungen. Als würden sie meinen Schwanz beschwören. Und dann ... hatte ich sie gehabt. Mehrmals. Während ich die Erinnerung durchlebte, sich meine Eier schmerzhaft zusammenzogen und ich den Ständer in meiner Hose zurechtrücken musste, war es fast so, als könnte ich ihre seidige Haut noch einmal fühlen. Kein Makel war an ihrem Körper gewesen, auch wenn sie mir selbst in dieser Nacht gestanden hatte, dass sie ihre Titten zu groß fand.

Aber Gott vergebe mir, ich hatte es geliebt, meinen Schwanz zwischen diese großen Titten zu legen. Ich hatte es wirklich genossen, auf ihrer Haut zu kommen ... ich hatte ... einen entscheidenden Fehler begangen.

Am nächsten Morgen hatte ich früh aufstehen müssen und war duschen gegangen. Als ich zurückgekehrt war, hatte ich mein Bett leer vorgefunden – das Mädchen war fort gewesen.

Ich war noch einige Tage länger geblieben, war immer wieder in dieser Bar gewesen, aber sie war nicht mehr aufgetaucht. Offenbar hatte nur ich diese Nacht so wahnsinnig heiß und erregend erlebt. Sie anscheinend nicht.

Sie hatte auch keinen Versuch unternommen, mich zu finden, soweit ich mich erinnern konnte … Aber ich war mir sicher gewesen, dass sie eines Tages, denn jetzt lebte ich ja hier, meinen Weg erneut kreuzen würde. Nur dass es schon so bald wäre, darauf war ich nicht vorbereitet gewesen. Als ich sie dann wieder sah, denn ich vergaß nie ein Gesicht, hatte ich nicht die Eier gehabt, es ihr zu sagen. Allem Anschein nach war ich für sie nämlich nur eine Nummer gewesen, ein Schwanz, den sie geritten und der ihr Orgasmen beschert hatte. Genau deshalb, und weil ich mich vor ihr nicht bloßstellen wollte, hatte ich mich im Supermarkt bedeckt gehalten. Wie ein Feigling hatte ich so getan, als wäre sie einfach nur irgendeine Frau, die einen Raviolidosenturm umgenietet hatte.

Ruckartig hob ich den Kopf, die halb gerauchte Marlboro fiel mir aus den Fingern. Was war ich für ein Idiot! Was war ich für ein verdammtes Arschloch!

Bilder vom zart geschnittenen Gesicht im Profil durchzuckten mich. Ausschnitte ihrer langen, schlanken Finger auf meinen Hüften schossen in meinen Kopf. Ihre vollen Lippen zu einem stummen »O« geformt, kamen mir in den Sinn … Und alles … fügte sich endgültig an Ort und Stelle. Durch meine visuelle Vorstellung der damaligen Nacht festigte sich der Gedanke, und ich musste mich ihm nun stellen. Verdrängen oder Ignorieren brachte mir nichts mehr.

Sie würde meinen Weg nicht irgendwann noch einmal kreuzen.
Sie hatte es bereits getan.

10
JASON

 Es schadet nicht, hinter die eigenen, unleidlichen Gedanken einen Punkt zu setzen.
Virginia Woolf (1882 - 1941)
Englische Schriftstellerin und Verlegerin

riede.
    Ruhe.
Gelassenheit.

Davon war ich seit gestern Abend weit entfernt. Mein Blut kochte, meine Hände ballten sich immer wieder zu Fäusten, weil ich mich danach sehnte, einem gewissen Mädchen den Hals umzudrehen, und mein Schwanz wurde immer wieder steif. Es wäre eine Lüge gewesen, hätte ich gesagt, dass ich mir auf die Erinnerungen an jenem Abend, als ich den heißesten One-Night-Stand der Geschichte gehabt hatte, nie einen runterholte. Aber seit ich wusste – mein Schwanz tat es offenbar schon länger –, dass es Luisa Torres gewesen war, der ich damals das Hirn heraus gefickt hatte, hatte sich der Kreis geschlossen.

Vor allem schlossen sich die Finger um meinen Schwanz. Fünfmal hatte ich mir seit gestern Abend schon einen heruntergeholt, und ich war schon wieder total geil. Es fühlte sich einfach nicht genauso an, wie ihre kleinen Finger damals oder ihr Mund oder ihre verdammte Pussy, die sich um mich zusammenzog. Keinem der verdammten Mädchen, die ich nach ihr gespürt hatte, war es gelungen, dass ich mich wie ein beschissener Gott fühlte.

Die Sekunde, in der ich erkannt hatte, wer sie war, hatte mich fast an den Abgrund gebracht. Sie zwang mich buchstäblich in die Knie, was auch daran liegen konnte, dass sie mir kurz zuvor in die Eier getreten hatte wie eine verdammte Prinzessin. Aber heilige Scheiße, man konnte mir erzählen, was man wollte, ich machte sie genauso sehr an, wie sie mich. Nur dass sie es nicht offen zeigte.

Nachdem ich geraucht, die verdammte Erkenntnis über mich hatte ergehen lassen, dass sie keine völlig Unbekannte war, und nachdem ich den beschissenen Schock verdaut hatte, dass ich eine meiner Angestellten gevögelt hatte, auch wenn ich das zum damaligen Zeitpunkt gar nicht hatte wissen können, war ich nach Hause gegangen. Ich war die ganze Strecke gelaufen und hatte mir in einem der 24-Stunden-Liquore-Stores billigen Bourbon in der obligatorischen braunen Tüte besorgt, da es in den USA verboten ist, offen auf der Straße zu trinken.

Würden meine Brüder erfahren, dass diese verdammte Frau, die Frau war, nach der ich gesucht hatte, würden sie mich auslachen. Deshalb hatte ich es mir letzte Nacht verkniffen, die beiden noch anzurufen. Normalerweise wäre das nämlich mein erster Impuls gewesen … aber ich konnte nicht. Ich musste mich erst einmal sortieren und hatte vor einigen Stunden darauf gehofft, dass ich es mit Bourbon und mit Schlaf regeln konnte.

Allerdings war das ein Irrglaube gewesen. Einen Scheißdreck hatte es funktioniert. Nicht mal der heilende Bourbon konnte mir helfen.

»FUCK!«, rief ich laut, im selben Moment, als George mein großzügiges Büro betrat. Es war zwar über und über vollgestopft mit verschiedener Literatur, einsortiert in bis unter die Decke reichende Bücherregale – Fachliteratur um Hotel und Personal –, aber mein Schreibtisch war akribisch aufgeräumt. Ich konnte Unordnung nicht ausstehen. Zumindest in meinem direkten Arbeitsfeld nicht. Die Bücher, scheinbar achtlos ins Regal gestellt, waren nach einem genauen System sortiert, in dem ich mich zurechtfand. Es brachte ja nichts, wenn ich erst mal Stunden mit Suchen verplemperte.

»Komme ich ungelegen?«, fragte mein Assistent und deutete vage hinter sich. »Soll ich lieber später wieder vorbei schauen?«

»Nein, nein«, sagte ich abwinkend. »Kommen Sie rein, George!« Der ältere, absolut verlässliche und loyale Mann setzte sich auf einen der beiden Stühle vor meinem Schreibtisch. »Was gibt es?«, wollte ich wissen.

»Mr. Lightman«, begann er vorsichtig. »Sie wollten darüber informiert werden, wenn etwas mit dem Personal nicht stimmt.«

Ich nickte und schenkte ihm jetzt meine ganze Aufmerksamkeit. Mitarbeiter waren das A und O. Ohne konnte ich kein Hotel am Laufen halten. »Wir hatten ja die herben Einschnitte mit den Damen, die das Unternehmen verlassen haben.« Ja. Das wusste ich ja schon.

»Haben wir wieder Kündigungen?«, fragte ich nach, setzte mich zurück und legte die Fingerspitzen aneinander. »Wer ist es diesmal?«

George sah mir unverwandt in die Augen. Ich schätzte an ihm, dass er nie um den heißen Brei herum redete. »Luisa Torres«, erklärte er weiter. »Die Mitarbeiterin, über die Sie gestern die Personalakte wollten.« Er machte eine kurze Pause. Vermutlich ging er davon aus, dass ich nicht so genau wusste, wer Luisa Torres war, aber … ich erinnerte mich mit jeder Faser meines verdammten Körpers an sie. Ich wusste haargenau, wer sie war. Mein Pokerface wahrend, hörte ich weiterhin zu und zwang mich, ihm nicht ungeduldig dazwischen zu grätschen. Was war mit Luisa? Hatte sie wirklich ihre offizielle Kündigung eingereicht? Denn auch wenn ich ihr das gestern an den Kopf geworfen hatte, war ich mir jetzt, wo ich wusste, wer und was sie war, nicht mehr sicher, ob ich sie entlassen wollte. Okay, fairnesshalber musste man sagen, dass ich mir in dem Moment, als ich diesen Satz ihr gegenüber ausgesprochen hatte, eigentlich schon sicher gewesen war, sie nicht entlassen zu wollen. Wut hin oder her. Ich konnte es mir nicht erlauben, noch einen Mitarbeiter zu verlieren. Grundsätzlich lebte man in unserem Land nach dem Motto »Jeder ist ersetzbar«. Davon hielt ich nichts, ich war mehr daran interessiert, dass meine Mitarbeiter zufrieden waren und gern zur Arbeit kamen. George schluckte noch einmal, öffnete die Akte, und gerade, als ich mich innerlich wappnete, gleich ihr Kündigungsschreiben zu erblicken, sprach er weiter: »Sie ist heute einfach nicht zu ihrer Spätschicht erschienen. Sie hätte vor zwei Stunden beginnen müssen.«

Als ersten Impuls purzelte mir ein Stein vom Herzen, nur, um im nächsten Augenblick doppelt so schwer belastet zu werden. War ihr etwas passiert? Wieso war sie nicht hier? Ich schätzte sie nicht so ein, dass sie aufgrund der Vorkommnisse vom gestrigen Abend nicht erschienen war. Dafür war sie viel zu selbstbewusst und auf Konfrontation aus. Luisa Torres, da war ich mir sicher, war niemand, der den Schwanz einzog. Außerdem glaubte ich, dass sie mir ihre Kündigung gern mit einem selbstgefälligen Grinsen selbst präsentiert hätte, als sie feige bei George abzugeben.

»Wie, sie ist nicht erschienen?«, brachte ich schließlich hervor, da mein Assistent mich anstarrte und mir klar wurde, dass ich etwas sagen musste.

»Ja, Melanie von der Personalabteilung hat bereits bei ihr angerufen, aber sie nimmt nicht ab.«

»Also fehlt sie unentschuldigt?« Innerlich schwankte ich zwischen Wut und Sorge.

»Ja, sie fehlt unentschuldigt.«

»Und Sie sind sicher? Haben Sie auch an der Rezeption nachgefragt, ob Anrufe oder Nachrichten eingegangen sind?«

»Natürlich, Sir.« George schien ebenso besorgt zu sein wie ich. »Sie müssen wissen, Luisa ist eine unserer absolut loyalen und zuverlässigen Mitarbeiterinnen. Sie war noch nie – wirklich nicht einen Tag – krankgemeldet, geschweige denn hat sie unentschuldigt gefehlt.«

»Verstehe«, murmelte ich. Zwanghaft löste ich meine verkrampften Hände und kniff mir mit Daumen und Zeigefinger in den Nasenrücken.

»Was sollen wir jetzt tun?«, fragte er weiter, und auf seinen Gesichtszügen erschien ehrliche Sorge. Er mochte sie offenbar wirklich.

»Schicken Sie jemanden bei ihr vorbei?«, warf ich in den Raum als Frage formuliert. »Oder wissen Sie was? Fahren Sie selbst bei ihr vorbei. Nehmen Sie sich einen Fahrer und eines der Autos vom Hotel oder ein Taxi. Bringen Sie sie hierher. Wenn Sie kündigen will, soll sie mir das persönlich sagen. Ohne Ausflüchte. Aber unentschuldigtes Fehlen wird Konsequenzen haben, sofern ihr nichts passiert ist.« Das ich sie quasi aufgefordert hatte zu gehen, ließ ich außen vor.

»Ich soll sie dann direkt mitbringen?«, vergewisserte er sich noch einmal und warf einen Blick in seine Mappe. »Sie haben um siebzehn Uhr ein Meeting mit anschließendem Dinner.« Er sah kurz auf seine Armbanduhr. »Na gut, jetzt ist es früher Nachmittag.«

»Das sollte klappen, ja.«

»Wenn nicht, verschiebe ich Miss McKenzie«, beschloss er über meinen Kopf hinweg. Ich war zu sehr in dem Gedanken gefangen, warum sie nicht aufgetaucht war, um ihm zu antworten. Ein knappes Nicken brachte ich zustande. Das drückte ja schon sehr deutlich aus, wie meine Prioritäten des heutigen Tages gesetzt waren. Scheiße! Mein Mitarbeiter würde etwas ahnen, wenn ich nicht bald darauf antwortete. Das Meeting war verdammt wichtig, der Termin stand seit Wochen. Ich stützte mich mit den flachen Händen auf dem

Teakholz meines Schreibtisches ab, damit er mein Zittern nicht bemerkte.

»Bringen Sie Torres einfach her!«, antwortete ich, um eine ruhige Stimme bemüht.

George sah mich intensiv an, seine hellblauen Augen durchbohrten mich. Er schien irgendetwas in meinem Gesicht zu lesen, und ich zwang mich noch mehr als sonst, mein Pokerface beizubehalten.

»Wie Sie wünschen.« Er lächelte schwach, aber ehrlich. »Sicher ist ihr nichts passiert und sie hat einfach nur verschlafen.«

Wollte er mich gerade beruhigen? Hatte er etwas in meinem Gesicht gesehen, das gar nicht für ihn bestimmt gewesen war? Ich stand ruckartig auf, zwang mich ebenso zu lächeln und nickte. »Natürlich ist ihr nichts passiert«, wiederholte ich seine Worte, als müsste ich mich selbst beruhigen. »Vielleicht war sie gestern Abend aus und hat über die Stränge geschlagen.« Mit reiner Selbstkontrolle hielt ich ein dunkles Knurren aus meinen Worten fern.

Ich würde ihr raten, dass sie nüchtern war.

Und das sie mit niemandem sonst nach Hause gegangen war.

Anderenfalls konnte ich für nichts garantieren.

11

JASON

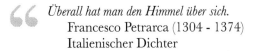 *Überall hat man den Himmel über sich.*
Francesco Petrarca (1304 - 1374)
Italienischer Dichter

Ruhig, innerlich wirklich gelassen, stellte ich die Espressotasse auf den dafür vorgesehenen Unterteller.

In meinem Büro war es ruhig, nur durch die weit geöffneten Fenster konnte ich leise Stimmen von den Gästen auf der Terrasse vernehmen, die dort einen Snack aßen oder ihren Nachmittagskaffee tranken. Sie müsste jede Minute hier sein. George hatte mich vor fast dreißig Minuten angerufen, dass er sie bei sich zu Hause angetroffen hatte und es ihr gut ging.

Sehr schön. Ja, ich war in der letzten Stunde besorgt gewesen, aber nachdem die erste Erleichterung mich durchflutet hatte, war meine Wut zurückgekehrt. Ich war nicht nur sauer, dass sie das Hotel nicht über ihr Fernbleiben informiert hatte, sondern fühlte mich auch persönlich angegriffen. Da ich mich erinnert hatte, wer sie war, war doch fraglich, dass sie es nicht ebenso wusste. Bis jetzt waren da noch keine Hinweise oder irgendwelche Anzeichen, dass sie sich zurückerinnerte. Aber das hieß nichts bei Frauen, es konnte ja auch sein, dass sie einfach störrisch und zickig war. Denn so schätzte ich sie ein. Wenn ich nur an den Tritt in die Eier dachte, wurde mir wieder schlecht. Allerdings war mir nicht so klar, weshalb sie ihn mir verpasst hatte. Gut, sie hatte mich wirklich als arrogantes, egozentrisches Arschloch betitelt, aber hatte sie mich deshalb wirklich gleich ausknocken müssen? Ja, ich hatte versucht, sie zu küssen, aber das stand auf einem anderen Blatt. Ich war doch auch nur ein Mann, der Bedürfnisse hatte und dessen Schwanz bei einer hübschen und extrem sexy Frau hart wurde. Das konnte ich halt nicht kontrollieren.

Wieder warf ich einen Blick zur Uhr, es musste jeden Augenblick so weit sein. Wie würde ich also vorgehen? Wenn ich herumschrie und mich wie ein wütender Irrer aufführte, dann würde das nur ihr Bild von mir bestätigen. Diese Genugtuung würde ich ihr nicht gönnen. Auf keinen verdammten Fall. Also musste eine andere Taktik her.

Ich wäre gelassen, innerlich würde ich kochen, natürlich, denn sie war einfach nicht zur Arbeit erschienen und ich war so bescheuert gewesen, mir Sorgen um einen Menschen zu machen, den ich nicht einmal wirklich kannte. Ich hatte Lebenszeit damit vertrödelt, mich um diese … Frau zu sorgen, obwohl sie zu Hause gesessen und einfach keinen Bock auf Arbeit gehabt hatte, das würde ich unter keinen Umständen mehr zulassen. Ich war hier der Chef, ich sollte mich nicht von einer Mitarbeiterin so einschränken lassen. Auf keinen verdammten Fall. Genau deshalb wäre ich die Ruhe in Person. Das würde sie eher aus dem Konzept bringen. Mehrmals atmete ich tief durch, bis ich meinen Herzschlag auf ein normales Level gesenkt hatte, und räusperte mich noch einmal, als es an der Tür klopfte.

George kam herein, gefolgt von Luisa Torres.

»Mr. Lightman?«, sagte er professionell. »Miss Torres wäre jetzt hier!«

»Na«, erwiderte ich sarkastisch, stand auf und umrundete meinen Tisch. »Da sind wir aber dankbar.«

Luisa schnaubte. Offenbar fuhr das Kätzchen die Krallen aus. Ich schlenderte langsam auf sie zu, setzte mein schönstes Zahnpastalächeln auf und dankte erst einmal George. »Vielen Dank. Ich rufe Sie, wenn wir etwas brauchen.« George, ganz der Gentleman, trat zur Seite und schloss die Tür leise hinter sich. Das war ein großer Fehler, denn er gab den Blick vollends auf die Frau frei, die einfach nicht zur Arbeit erschienen war.

Luisa Torres war sicher nicht zu Hause geblieben, weil sie verschlafen hatte. Auf keinen Fall. Es sah eher danach aus, dass sie die freie Zeit ausgiebig genossen hatte. Sie war voll geschminkt, als würde sie ausgehen wollen. Die Augen waren betont, die langen Wimpern offenbar mit diesem Schminkzeug überzogen und die Lippen in einem schönen Beigeton, der einem vorgaukeln sollte, das es die Originalfarbe war. Aber ich kannte ihren Mund, wenn er ungeschminkt war. Er war tiefrot. Von meinen fordernden Küssen geschwollen.

Ich wusste das, weil immer wieder Bilder dieser einen legendären Nacht durch mein Gehirn zuckten.

Als mein Blick an ihr herunter glitt, war ich innerlich wieder stinksauer. Sie war freizügiger angezogen, als ich es von einer Frau in meinem Umfeld gewohnt war und verlangte. Die Schultern waren freigelegt mit einem dieser Oberteile, das nur durch ihren vollen Busen gehalten wurde. Es war weiß, und ich schwöre bei Gott, dass ich fast ihre Nippel hindurchscheinen sehen konnte. Dazu trug sie knallenge, an diversen Stellen zerrissene, hellblaue Jeans. Ja, es war Sommer in der Stadt, ja, man konnte sich dann etwas freizügiger kleiden, aber musste sie so herumlaufen, dass jeder Mann, der sie ansah, sofort einen Ständer bekam? Sie betrachtete mich von oben bis unten, schnaubte und ging ohne ein weiteres Wort an mir vorbei, was mir einen herrlichen Ausblick auf ihren Arsch gewährte. Einen Hintern, von dem eine halbe Backe aufgrund des Loches in ihrer Hose zu sehen war. Aus Erfahrung wusste ich, wie weich die gebräunte Haut war. Meine Augen weiteten sich leicht, aber ich hatte mich sofort wieder unter Kontrolle. Schmerzhaft ignorierte ich meinen harten Schwanz und umrundete meinen Tisch wieder. *Bleib professionell …*

»Können wir dann anfangen, Mr. Lightman?«, fragte sie in hämischem Ton. »Ich habe nicht ewig Zeit.« Ich würde mich nicht von ihr aus der Ruhe bringen lassen. Nachdem ich mich gesetzt hatte, stellte ich fest, dass dieses verdammte Luder auch noch mit offenem Mund Kaugummi kaute. Manieren hatte sie also auch nicht? Heilige Scheiße. Innerlich brüllte ich, äußerlich hielt ich mich aber zurück.

»Gern, Miss Torres!« Ich konnte das genauso durchziehen wie sie. Keine Frage. Ich war ein Profi.

… ein von ihren vollen Lippen und den wippenden Brüsten ziemlich abgelenkter Profi.

Sie fuhr mit ihrer kleinen rosa Zunge einmal darüber, und ich starrte sie an, als wäre sie ein leckeres Steak. Mist. Ich musste mich irgendwie abkühlen. Hastig stand ich wieder auf und goss mir einen Drink ein. So viel zum Thema Professionalität. Ihr glühender Blick folgte mir, und ich drehte den Kopf leicht über die Schulter.

»Kann ich Ihnen etwas anbieten?«, fragte ich höflich.

Sie schnaubte verächtlich. »Ach so, Sie trinken also auch während der Arbeitszeit?«

Die Kiefer fest aufeinandergepresst drehte ich mich um, nahm einen Schluck und setzte mich wieder.

Mühsam zwang ich mich, ihr in die Augen zu sehen und nicht das zarte Schlüsselbein anzustarren. Ich hasste diese Klamotten, die alles freilegten. Nicht, weil sie es nicht tragen konnte, sondern weil es auch jeder andere dann sehen konnte. Tief seufzte ich.

»Also, Miss Torres. Beginnen Sie!«, forderte ich sie auf, und sie verschränkte die Arme vor der Brust. Blöde Geschichte, denn das lenkte meinen Blick wieder auf ihre Oberweite. Diese festen ... sinnlichen ...

»Mr. Lightman!«, rief sie und ich zwang mich, den Blick wieder zu heben. »Ich habe gekündigt, das ist Ihnen schon klar, oder? Dass ich hier gegen meinen Willen festgehalten werde?«

Ja, sie hatte eine Frage gestellt, und ja, irgendwie war sie in meinem Kopf auch angekommen, aber ich konnte nicht antworten. Es war wie eine verdammte Blockade. Eine Ablenkblockade. Sie beugte sich nach vorn, legte die Arme ausgestreckt auf meinem Tisch, was bewirkte, dass sich ihr Oberteil in der Mitte ihrer Titten irgendwie zusammenschob und ich einen absolut, fantastischen Ausblick auf die weiche Haut hatte. »Sehen Sie?«, rief sie wieder und knallte die flachen Hände auf den Tisch. »Sie hören ja nicht mal zu!« Nun sah ich ihr in die Augen, räusperte mich und nahm einen Schluck Bourbon. Der scharfe Geschmack schnitt in meine Zunge und ich begrüßte die Ablenkung.

Ich erinnerte mich daran, dass sie mich beschuldigt hatte, ich würde nicht zuhören. Ja, damit hatte sie recht, aber das ließ ich sie nicht merken. »Warum wollen Sie denn kündigen?« *Klasse, Lightman. Super durchdachte, geniale Frage. Du hast echt Plan von der Personalführung.*

»Ist das Ihr Ernst?«, rief sie und sprang von ihrem Stuhl hoch. Himmel, jetzt musste ich auch noch ihre Beine anstarren. Diese langen, gebräunten, von seidiger Haut überzogenen Beine, die sich um meine Hüften geschlungen hatten, als würde ihr Leben davon abhängen. »Ich kündige, weil Sie ein egozentrischer Idiot sind.«

Hatte sie mich gerade beleidigt? Sie hatte mich beleidigt, oder? Ich schwöre, ich wollte gerade etwas sagen, aber dann drehte sie sich um, und ich sah ihren verdammt sexy Hintern. Wieder wirbelte sie zurück.

»Ich kündige, weil die Bedingungen, unter denen ich hier arbeiten soll, einfach das Letzte sind. Ich bin allein auf einem ganzen verfluchten Stockwerk. Wissen Sie eigentlich, wie hart diese Arbeit ist?« Nein, wusste ich nicht, aber ich wusste, was hart unter meiner

Shorts auf sie wartete. Schwer schluckte ich und nippte erneut an meinem Bourbon. »Wissen Sie eigentlich, wie es ist, wenn man von jemandem abhängig ist? Von einem arroganten, besserwisserischen …«

»Überlegen Sie sich gut, was Sie jetzt sagen!«, knurrte ich, löste meine verkrampften Finger vom Glas, und wir lieferten uns ein kurzes, stummes Blickduell. Irgendwann warf sie die Hände in die Luft.

»Sind Sie doch mal ehrlich, Lightman!« Sie klang genervt und gereizt. »Sie haben einfach keine verfluchte Ahnung von Personalführung.«

Fragend riss ich die Augen auf und legte den Kopf leicht schief, inzwischen besaß sie meine volle Aufmerksamkeit. Also die richtige, von Jason, nicht die von meinem Schwanz. Auch wenn er danach verlangte, zwischen ihren seidigen Schenkeln zu versinken und in ihre Muschi zu stoßen. »Sie haben keine Ahnung, wie es läuft, wenn jemand kündigt. Wie man das Personal einteilt, geschweige denn, einstellt. Wir sind immer noch unterbesetzt. Sie haben einfach keinen Schimmer, wie das abläuft. Aber gut, ich kann es Ihnen sagen, die Mitarbeiter in diesem Laden werden mehr und mehr unzufrieden werden. Sie werden es in sich hineinfressen und Ihnen ins Gesicht lachen, weil niemand die Eier hat, Ihnen zu sagen, dass Sie ein …« Mein Blick wechselte zu mahnend; Luisa verstand den stummen Hinweis und zügelte sich. »… dass Sie es eben nicht draufhaben.« Während ihrer Rede ging sie vor meinem Schreibtisch auf und ab. Nur, dass ich mich jetzt nicht mehr ablenken ließ. Weder von ihrem Körper noch von der kleinen Zunge, die sie immer wieder hervorschnellen ließ und sich nicht nur sprichwörtlich darauf biss, um ihre Gedanken nicht laut auszusprechen.

»Ich hab es also ›nicht drauf?‹«, wiederholte ich, und sie schnaubte. Jetzt kam sie nahe an meinen Schreibtisch, legte ihre beiden flachen Hände darauf ab und beugte sich zu mir vor.

»Haben Sie nicht. Oder warum kündigen hier alle, Mh?« Autsch. Das war ein Tiefschlag.

»Nun …«, begann ich, aber sie wartete gar nicht auf meine Antwort, war wieder vollkommen in Rage.

»Ich sag es Ihnen. A) Sie haben keine Ahnung, wie man Personal behandelt, b) Sie interessieren sich nicht einmal dafür, und c) Sie haben die Aufmerksamkeitsspanne …«

»GENUG, Torres!«, rief ich und sprang ebenso von meinem Stuhl. Ihr Blick wanderte an meinem Körper nach unten und blieb zwischen meinen Beinen hängen. Spöttisch hob sie eine Braue, als sie durch meine eng geschnittene Anzughose deutlich sehen konnte, wie ich hart war. Ihretwegen. Wegen ihr und ihrem losen Mundwerk. Ich versuchte zu ignorieren, dass sie es offenbar genoss, was sie in mir auslöste. »Wenn Sie der Meinung sind, dass Sie das ja alles so viel besser können«, erklärte ich und bewegte mich keinen Millimeter, als sie mit den Fingern nach meinem Glas mit Bourbon angelte und diesen in einem Zug hinunterkippte. »Dann beweisen Sie es!«

»Bitte?« Sie beäugte mich spöttisch. »Ich sage doch, Sie hören nicht zu!«

»Der einzige Mensch in diesem Raum, der nicht zuhört und sofort aus der Haut fährt, sind Sie!« Mühsam zwang ich meine Stimme zur Ruhe. Luisa öffnete gerade den Mund, weil sie etwas sagen wollte, und ich zwang mich, das Bild zu verdrängen, auf dem ich ihr einfach meinen Schwanz zwischen die vollen Lippen schob. »Wenn Sie der Meinung sind, dass Sie in diesen Bereichen bessere Fähigkeiten besitzen, dann beweisen Sie es!«

»Bitte?«, fragte sie wieder und sah mich jetzt deutlich verwirrt an. Gott, wenn sie so in Rage war, das Haar wild um ihren Kopf, die Augen glänzend vor Stolz und die Lippen einen Spalt geöffnet, bekam ich unzüchtige Gedanken. Ich wollte sie auf meinen Tisch setzen, sie küssen, bis sie nach Luft schnappte, und ich wollte ihr diese verdammte Unmut und diese Selbstgefälligkeit aus dem Körper ficken.

Nachdem ich mich wieder hingesetzt hatte, überschlug ich die Beine, und legte meinen Knöchel auf dem Knie ab. Sie begutachtete mich mit Adleraugen, indem sie sich leicht nach vorn beugte. Ihr Blick wanderte über meine Brust, zu meinem Bauch und weiter, bis sie an meinen Lenden hängen blieb. Kurz schien sie sich in ihrer Fantasie fallen zu lassen.

»Ja!«, wiederholte ich und lächelte. »Herzlichen Glückwunsch. Ich befördere Sie zur Personalchefin!«

12

LUISA

> *Der Mensch, das sonderbare Wesen:*
> *Mit den Füßen im Schlamm, mit dem Kopf in den Sternen.*
> Else Lasker-Schüler (1869 - 1945)
> Deutsch-Jüdische Dichterin

Sprachlos starrte ich ihn an. War er nun völlig übergeschnappt? Spinnte er total?

»Haben Sie den Verstand verloren?«, rutschte es mir raus. Ja, er hatte mich schon mehrmals ermahnt, nicht unverschämt zu werden, aber nun war er vollkommen übergeschnappt.

»Sie sagten doch, dass ich nichts davon verstehe«, erwiderte er selbstgefällig.

»Ich sagte, dass Sie Ihre Mitarbeiter schlecht behandeln. Sie wissen es nicht zu schätzen, dass diese Menschen für Sie arbeiten!«

»Und das wissen Sie woher?«, setzte Lightman entgegen. »Wir haben hier bessere Sozialleistungen, als irgendein anderes Unternehmen in Philadelphia. Wir sind sogar eines der wenigen Hotels, welches die Überstunden nicht mit ›dem Gehalt abgelten‹. Also wie genau behandele ich meine Mitarbeiter schlecht?« Nun kam ich ins Stutzen und er setzte sich wieder auf den Stuhl. Ich war so verdammt sauer auf ihn. Ja, er hatte insofern recht, dass die Bedingungen hier besser als in irgendeinem anderen Laden in dieser Stadt waren, aber ich würde einen Teufel tun und das vor ihm zugeben.

»Sie …« Mir fehlten gerade irgendwie die Worte.

»Was ist los, Luisa, weißt du nicht mehr, was du sagen sollst?« Ich wollte ihm sein arrogantes Grinsen aus dem Gesicht schlagen. Oder aus dem Gesicht ficken. Je nachdem. Ich wollte ihn wieder in mir haben.

Unser Streit machte mich an.

Er machte mich an.

»Bitte«, erwiderte ich spöttisch und stemmte die Hände in die Hüften. »Mach dich nicht lächerlich, Lightman!« Auch ich fiel in das persönlichere »du«. Es war unangebracht, aber ... FUCK! Der Kerl hatte mir das Hirn herausgevögelt und mich damals dazu gebracht, mich wie eine Pornodarstellerin aufzuführen, also war das doch wohl okay, oder?

Nein, war es nicht, flüsterte das Stimmchen in meinem Kopf. Nun, jetzt war es eh schon zu spät.

»Fühlst du dich der Aufgabe etwa nicht gewachsen? Denkst du, du kannst das nicht?«

»Ich weiß genau, was du tust, Lightman!«; zischte ich. »Du versuchst es mit umgedrehter Psychologie!«

»Ich?«, rief er spöttisch und leicht theatralisch. »Niemals!«

Wir lieferten uns wieder ein Blickduell und ich fuhr im Geiste die harte Linie an seinem Kiefer mit meinem Zeigefinger nach. Er sah müde aus. Erschöpft. Fertig. »Ich glaube nur, du überschreitest deine Kompetenzen. Du denkst, das ist alles so leicht? Geht alles so nebenbei? Na ja ...« Jetzt stand er wieder auf, umrundete den Tisch und blieb vor mir stehen. Sein Duft nach Moschus und Wald kroch in meine Nase. Meine Nippel wurden hart, obwohl er mich nicht einmal berührte. Er schaffte es mit nur einem verfluchten Blick und seiner beschissenen seidig weichen Stimme. »Dann beweise es.« Die letzten drei Worte waren eher gehaucht als wirklich ausgesprochen worden. Seine Lider senkten sich halb, und dieser Gesichtsausdruck erinnerte mich an den, wenn er den Kopf in den Nacken gelegt hatte und gekommen war. In mir. Immer und immer wieder.

Es klopfte an seiner Tür und er unterbrach den intensiven Blickkontakt, nachdem George sie bereits einen Spalt geöffnet hatte. »Miss McKenzie wäre da, Mr. Lightman.«

Der Angesprochene nickte leicht.

»Also?«, fragte er und reichte mir die Hand. »Haben wir einen Deal?«

Ich betrachtete ihn noch einmal von oben bis unten. Er war nicht nur ein extrem hübscher Mann, um ehrlich zu sein, war er sicherlich auch ein guter, menschlicher Chef. Aber ich würde das auf keinen Fall zugeben. Ich würde ihm nicht diese Genugtuung schenken. Niemals!

Also blieb mir wohl nichts anderes übrig, als seine Herausforderung anzunehmen, auch wenn ich gar keine leitende Position haben wollte. Alles andere wäre für ihn Versagen. Jason Lightman war ein sehr ehrgeiziger, strikter und konsequenter Mann, das sah ich in seinen Augen. Das musste er gar nicht aussprechen, und er würde nicht nachgeben.

Also was sollte ich tun? Kuchenbacken für die Farm meiner Eltern oder ihm ein paar Monate beweisen, wie easy das alles war?

»Darauf kannst du dich verlassen!«, zischte ich leise und ergriff seine Hand, um unsere Abmachung zu besiegeln. »Ach«, sagte ich noch einmal, als ich leicht über die Schulter blickte, »Ich bin einverstanden mit der Erhöhung meines jetzigen Gehaltes um 18.000 Dollar. Das ist sehr großzügig von Ihnen!« Ich schenkte ihm noch ein strahlendes Lächeln, genoss seinen kurzen Schockmoment und wie er die Kiefer aufeinander mahlte. Leider dauerte das nicht sonderlich lange an, denn der Stromschlag, der mich durchfuhr, als ich mich von ihm abwandte, ließ sich kaum ignorieren.

Ebenso, wie das selbstgefällige Grinsen, das mich auf dem Weg aus seinem Büro verfolgte.

Zwei Stunden später war mein Hochgefühl vollkommen abgekühlt und ich stützte den Kopf in meine Hände.

»Was hast du nur getan?«, fragte ich mich zum wiederholten Male. »Dieser Kerl zwingt dich zu vollkommen abstrakten Handlungen!«

»Sprechen Sie mit mir?«, erkundigte sich der Barkeeper, der gerade Gläser polierte. Ich schüttelte den Kopf.

»Oder warten Sie«, begann ich erneut. »Wieso gibt es manchmal Menschen, die in einem das Schlechteste hervorholen?«

Der blonde Mann legte leicht den Kopf schief, unterbrach sein Tun dabei nicht und schien kurz zu überlegen. »Na ja …«, fing er an und hob das Kristall gegen das Licht, um zu sehen, ob es ordentlich sauber war. »Ich denke, dass es manchmal Menschen gibt, die in einem das Schlechteste herauskitzeln, nur um anschließend das Beste rausholen zu können.«

Nachdenklich kniff ich die Augen zusammen und trank von meinem Weißwein. Ja, um diese Uhrzeit schon Alkohol war irgendwie nicht ganz die gute Schule, aber das machte nichts. Ausnahmen waren erlaubt. Genau deshalb war ich aus dem Hotel raus- und in die Bar zwei Blocks weiter wieder eingekehrt. Shit. Das absolute triumphierende Gefühl, welches mein Abgang aus seinem Schicki-Micki-Schnösel-Büro hervorgerufen hatte, war verschwunden. Wenn ich ehrlich war, hatte ich keinerlei Ahnung von Personalführung. Keine Idee, was ich wie einteilen musste, was das Beste war und wie ich mich verhalten sollte. Die Menschen, für die ich plötzlich verantwortlich war, waren eigentlich die Leute, mit denen ich es immer genossen hatte, auf einer Ebene zu sein. Und nun? War das alles weg? War das alles fort? Sollte ich ihnen befehlen, was zu tun war? »Okay«, lenkte ich ein, setzte mich aufrecht hin und überschlug meine Beine auf dem Barhocker. »Ich formuliere es anders.« Nachdem der Barmann das Glas zur Seite gestellt hatte, stützte er sich mit der flachen Hand auf die Theke. Kurz registrierte ich, wie sehr es seine herrlichen Armmuskeln zur Geltung brachte. Nicht ablenken lassen, ich hatte hier mit ernsten Problemen zu kämpfen. »Wieso verhält man sich manchmal wie ein Arschloch, obwohl man es gar nicht sein will?«

Die vollen Lippen mir gegenüber verzogen sich zu einem ehrlichen Grinsen.

»Das ist leicht zu beantworten«, sagte er, griff in die Schublade unter sich und schenkte mir Weißwein nach, obwohl ich gar nicht bestellt hatte. »Weil das genau das ist, was Gefühle mit uns machen.« Er schien meinen verwirrten Gesichtsausdruck richtig zu deuten. »Na«, erklärte er deshalb weiter. »Ein Arschloch zu sein. Der Mensch zu sein, der wir gar nicht sein wollen.« Er vollführte mit der Hand eine abwehrende Bewegung. »Zumindest so lange, bis sich die Gefühle ins Positive ändern. Sprich, bis sie erwidert werden.«

»Ich bin aber nicht verliebt«, verteidigte ich mich. Warum auch immer ich mich angegriffen fühlte. »Er nervt mich unwahrscheinlich!«

Verständnisvoll nickte er, zapfte ein Craftbier und tauschte das leere Glas am Ende des Tresens für den Mann aus, der neben mir der einzige Besucher der Bar war. Geduldig wartete ich, bis er wieder vor mir stand. »Er ist einfach so ein … arroganter, besserwisserischer Scheißkerl!«

»Ist er das, ja?«, fragte er nun, während ich einen Schluck trank und aufgeregt nickte.

»Oh ja. Sie haben ja keine Ahnung.«

»Vermutlich nicht, nein.«

»Und … er erinnert sich nicht!«

»Woran denn?« Nun schien seine Neugierde ehrlich geweckt zu

sein. Er schenkte mir nochmals nach. Ich fühlte bereits, wie der Alkohol meine Zunge lockerte, da ich auch noch nichts gegessen hatte und bereits beim dritten Glas war.

»Dass wir Sex hatten.« Ups. Das war vielleicht ein wenig zu laut gesprochen. Der Mann am anderen Ende lächelte. »Ich hab echt alles gegeben«, sagte ich nun leiser, und wieder nickte er. Seine Augen blitzten belustigt. »Ich hab mich aufgeführt wie eine verdammte Pornodarstellerin!«

»Und das wusste er nicht zu schätzen?« Er goss sich selbst ein Wasser ein.

»Doch, in dem Moment schon. Aber jetzt kann er sich nicht mehr daran erinnern.«

»Ahhh, also das ist der Mann, der das Schlechteste in Ihnen hervorbringt? Ich bin mir sicher«, erklärte er augenzwinkernd, »dass eine Nacht voller Sex nicht sooo schlecht ist!«

»Oh!« Ich winkte aufgeregt mit meiner Hand auf und ab, als würde ich ihn beruhigen. »Nein, nein. Die Nacht war fantastisch.« Nun hob der blonde Kerl in dem schwarzen T-Shirt fragend seine Augenbrauen. »Kompliziert wurde es erst, als er mein Chef wurde.«

»Autsch.«

»Ganz richtig.« Mein Kopf fiel zwischen meine Schultern. »Und irgendwie ist das dann alles eskaliert.«

»Das heißt, Sie bedauern, dass Sie keinen Job mehr haben?«

»Oh doch, den habe ich.« Ich schnaubte und bemitleidete mich selbst. »Sogar einen recht guten, der Scheißkerl hat mich nämlich befördert.«

»Moment«, sagte der gut gebaute Mann und stützte die Unterarme auf die Theke. »Sie hatten Sex im Kaliber eines Pornos mit einem Mann, dann sehen Sie ihn wieder und der Kerl erinnert sich nicht mehr an Sie? Und jetzt ist er Ihr Chef und Sie wurden befördert?« An seinen Mundwinkeln zupfte ein schiefes Lächeln in der Art, die einen Mann sexy aussehen ließen. »Es hätte doch eigentlich schlechter laufen können, oder?«

»Na ja.«

»Außer, Sie sind doch in ihn verliebt. Das wäre ungünstig.«

»Nein!«, rief ich schnell. »Das bin ich nicht! Ich bin nur sauer, dass er sich nicht an unsere Nacht erinnern kann.«

»Mh.« Nun kratzte er sich am bärtigen Kinn. »Wart ihr beide betrunken?«

»Sehr.«

»Mh.«

»Ich dachte, Barkeeper haben immer schlaue Ratschläge«, sprach ich niemanden Bestimmtes an. »Aber der hier!« Ich deutete mit dem Zeigefinger auf ihn. »Der hier sagt nur immer ›Mh‹.«

Nun grinste er wieder richtig. So richtig herzerwärmend. Fuck! Was dachte ich denn da? »Also, ich denke, dass er sich sehr wohl erinnern kann.«

Meine Augen weiteten sich, aber er hob den Zeigefinger, als würde er sagen »Achtung!« »Aber ich glaube, dass er es erst zu einem für ihn passenden Zeitpunkt sagen wird. Gerade, weil er Ihr Chef ist.«

Nachdenklich legte ich den Kopf schief. Meine langen Haarsträhnen kitzelten meine nackte Schulter. Zwischen Daumen und Zeigefinger hielt ich den Stiel des Glases und drehte es leicht hin und her. Es sah toll aus, wenn das Wasser von außen daran abperlte. Nachdenklich nahm ich erneut einen großen Schluck.

»Darf ich Sie etwas fragen?«

»Nur zu«, erlaubte ich es ihm mit einer Handbewegung.

»Wie passiert es jemandem, dass er mit seinem Chef im Bett landet und er sich nicht mehr daran« er zeichnete imaginäre Gänsefüßchen in die Luft, »erinnern kann?«

Trocken lachte ich auf. »Berechtigte Frage!« Ich hob ihm mein leeres Glas entgegen. »Damals war er noch nicht mein Chef. Wir kannten uns nicht.«

»Der Klassiker«, stimmte er zu. »Ein Phili-ONS.«

»Ein bitte was?«

»Na«, erklärte der Blonde, als er das Glas wieder vor mir abstellte. »Ein Philadelphia One-Night-Stand.«

»So in etwa, ja«, sagte ich ganz ohne Scham. Aufgeregt nickte ich und strich mir die Haare aus dem Gesicht. »Ich kannte nur seinen Vornamen. Hab ihn auch nie wieder gesehen. Aber dann auf einmal … Personalversammlung. Der neue Chef wurde uns präsentiert … und Bähm.«

»Shit!«

»Schöne Zusammenfassung.« Ich ließ den Kopf hängen und nickte meinem Seelenklempner zu, der mir zu verstehen gab, er müsse sich um die neuen Gäste kümmern, die zwischenzeitlich die Bar betreten hatten. Genau in diesem Moment kamen zwei Bedienungen ums Eck, die ihm wohl für die Abendschicht zur Seite stehen würden. Die ganze Geschichte mit Jason Lightman war wirklich verfahren. Und wenn man sie noch einmal Revue passieren ließ, eigentlich echt lächerlich peinlich. Wieso zwang mich dieser Kerl, immer unverschämt und fies zu werden? Er war heute die Höflichkeit in Person gewesen.

Na ja, zumindest äußerlich, seine Augen hatten kampfeslustig aufgeblitzt, und ich war mir sicher, dass er eine Zurechtweisung hatte unterdrücken müssen, weil ich nicht bei der Arbeit erschienen war. Vielleicht brachte mich das ja noch viel mehr in Rage, das er eben *nichts* dazu gesagt hatte.

Mein Handy neben mir klingelte, und ich drückte meine Freundin Jenny weg. Ich hatte gerade einfach keine Lust zu reden. Nicht mit jemandem, der mich gut kannte. Oder ihn kannte. Ach Mist!

»Lass dich nie mit deinem Chef ein. Wichtigste Regel!« Die gemurmelten Worte waren nur für mich bestimmt und dennoch entsprachen sie der Wahrheit.

Ich war so dermaßen wütend auf diesen Mistkerl. Weil er so ruhig und gelassen geblieben war, weil ihn offenbar wirklich nicht interessierte, was mit seinen Mitarbeitern geschah. Okay, das war nun auch wieder unfair, weil er sich wirklich Mühe gab, weil die Sozialleistungen weit über das Übliche hinaus gingen und eben auch eine Krankenversicherung bei seinen Angestellten inklusive war. Das stimmte schon, aber trotzdem …

»Warum habe ich das nur gesagt?«, wisperte ich verzweifelt. »Wieso kann ich mich bei dem Kerl nicht kontrollieren?« Ich kippte den Inhalt des Glases in einem Zug hinunter und wartete, bis mir nachgeschenkt worden war. Allmählich war ich ganz schön betrunken, aber das war mir egal. Ich würde mich nachher in ein Taxi verfrachten und nach Hause fahren. Mich dort im Selbstmitleid suhlen und hoffen, dass alles nur ein böser Traum gewesen war.

Alles.

Na gut, außer der Sex, der durfte bleiben. Aber alles andere sollte einfach ausgelöscht werden.

Verdammter Mist!

Der Mann, mit dem ich sofort wieder in die Kiste gehüpft wäre, war nun mein Chef und tabu. Den Job, welchen ich liebte, hatte ich durch meine hitzige Art verloren und einen neuen bekommen, von dem ich nicht die geringste Ahnung hatte, wie er funktionierte.

Heilige Scheiße!

Vielleicht sollte ich doch einfach wieder nach Hause gehen und Kuchen backen.

Das konnte ich zumindest, ohne größere Schäden zu verursachen.

13

JASON

> *Egal, was auch passiert, niemand kann dir die Tänze nehmen, die du schon getanzt hast.*
> Gabriel Garcia Márquez (1927 - 2014)
> Kolumbianischer Schriftsteller

Müde rieb ich mir die Augen.

Der Tag war abartig anstrengend gewesen. Das Meeting mit Miss McKenzie hatte länger als erwartet gedauert. Aber vor allem hatten mich der Nachmittag und die halbe Stunde Gespräch mit Luisa Torres geschlaucht. Selten hatte ich meine natürliche Selbstkontrolle so aus mir herauskitzeln müssen. Eigentlich war ich stets kontrolliert und strikt. Meine Arbeit stand für mich immer im Vordergrund, von Gefühlen ließ ich mich nicht leiten. Ich war niemand, der sich provozieren ließ, und doch schaffte es diese kleine, zierliche Frau, mich an den Rand des Wahnsinns zu treiben. Mit ihren Worten, ihrer Körpersprache und wie sie auftrat. Das machte mich wirklich schwach.

Deshalb verlor ich sämtliche Energie, mich zusammenzureißen, sie nicht auf meinen Tisch zu schmeißen, um sie so zu ficken, dass sie nichts mehr herausbrachte, oder ihr nicht meine Hände um den Hals zu legen und zuzudrücken. Sie machte mich fertig.

Dermaßen.

Selbst jetzt kontrollierte sie meine Gedanken, obwohl sie nicht einmal hier war.

Es war bereits nach neun Uhr abends, mein Magen knurrte und ich wollte gerade nach Hause fahren, als mein Telefon vibrierte.

Eine Nummer, die ich nicht eingespeichert hatte.

»Lightman«, ging ich ans Telefon.

»Ich bin sauer auf dich!«, sagte eine schwere Stimme in mein Ohr, und ich wusste augenblicklich, wer dran war. »Ich bin wirklich wütend!«

Mein Schwanz wurde sofort steif und ich griff nach meinem Portemonnaie und meinem Schlüssel, um beides in meine Tasche zu schieben. Mein Puls hatte sich innerhalb von einer Sekunde verdoppelt.

»Und mit welcher Begründung?« Sie hatte getrunken, das konnte ich deutlich hören. *Ruhig bleiben, Lightman. Ruhig bleiben.*

»Und«, sie beantwortete gar nicht meine Frage, »und ich mag es nicht, dass du das Schlechte in mir zum Vorschein bringst, um das Gute zu ernten.« Nun entwich mir ein Grinsen. Das war also ihre Theorie? Dass ich sie reizte, um das Gute in ihr zu finden? Wenn sie nur gewusst hätte, wie weit weg vom Ziel sie damit war.

»Wo bist du?«, fragte ich sie und nahm jetzt bewusst den Lärm im Hintergrund wahr.

»Warum? Willst du herkommen und mich wieder ›schlecht‹ werden lassen?«

Ich verkniff mir ein Lachen und begnügte mich mit einem Lächeln. »Ich denke, du solltest nach Hause gehen.«

»Ach?«, erwiderte sie schrill, »Willst du mir jetzt auch noch sagen, was ich in meinem Privatleben zu tun habe?« *Oh Darling … ich würde dir gern ganz andere Anweisungen geben.* Mist! Dieser Gedanke, gepaart mit ihrer Stimme und der Vorstellung, wie kampfeslustig ihr Blick gerade aussehen musste, führten dazu, dass sich meine Eier eng an meinen Körper zogen.

»Nein«, erwiderte ich und ignorierte, dass ich mich gleich rechtfertigen würde wie eine Memme. »Aber ich will, dass du morgen pünktlich zur Arbeit erscheinst!« Sie schnaubte. Das hörte ich deutlich durch das Telefon. »Und nüchtern.«

»Ach!«, rief sie. »Ich kann ja wohl machen, was ich will.«

»Woher hast du eigentlich meine Nummer?«

»Steht doch überall auf deinen protzigen Visitenkarten!« Die Musik der Bar wurde leiser, offenbar war sie auf die Straße getreten. Autos hupten und rauschten an ihr vorbei.

»Und du meinst, dass es eine gute Idee ist, den Chef anzurufen und ihm zu sagen, dass du wirklich sauer auf ihn bist?« Ich musste ja ehrlich zugeben, dass ich ihre Art erfrischend fand. Sie forderte mich heraus und wusste es nicht einmal.

»Und du meinst, dass es eine gute Idee ist, den Chef anzurufen und ihm zu sagen, dass du wirklich sauer auf ihn bist?«, äffte sie mich nach. Eine Tür wurde zugeknallt und plötzlich war es ruhiger.

»Sitzt du im Taxi?«, knurrte ich, um meine Selbstbeherrschung bemüht.

»Geht dich doch nichts an!«, rief sie aufbrausend, ihre Stimme war weiterhin schwammig.

Dunkel knurrte ich und kniff mir mit Daumen und Zeigefinger in den Nasenrücken. Ich war gerade vor das Hotel getreten und steuerte den Parkplatz an. »Luisa«, sagte ich mit etwas mehr Nachdruck. »Sitzt du in einem verdammten Taxi?«

»Hast du gerade geflucht?«, kicherte sie los, war aber sofort wieder ernst. »Das ist irgendwie sexy!« Ein Grinsen schlich sich auf meine Lippen. Wenn es das war, was sie anmachte, dann war es doch in Ordnung, manchmal die Kontrolle zu verlieren, oder? *Was denkst du da, Lightman? Sie ist deine Angestellte und tabu.*

»Luisa!«, murmelte ich dunkel, aber mit scharfem Ton. »Ist dein Hintern in einem Taxi?«

Sie kicherte kurz und bekam Schluckauf. »Ja. Ich sitze in einem Taxi!«, antwortete sie in normaler Tonlage.

»Sehr gut«, stellte ich mehr für mich selbst fest, während ich mein Auto per Handabdruck entriegelte.

»Aber ich bin immer noch verdammt wütend auf dich, Lightman!«, rief sie. »Auf dich und deine verdammte manipulative Art. Denk nicht, dass ich das nicht gemerkt habe, aber ich werde dich beeindrucken.« *Tust du doch schon.* »Ich werde dich so umhauen, dass du heulen wirst, wie Richard Gere in Pretty Woman, als sie ihn am Ende verlassen hat!«

»Er hat in dem Film geweint?« Nachdenklich rieb ich mir das Kinn, als ich mich in meinen Wagen setzte.

»Ja. Nein. Irrelevant. Wenn ich kündigen werde, und das werde ich, weil du ein Menschenausbeuter bist …« *Interessant.* »… dann wirst du weinen und mich anflehen, dass ich bei dir bleibe.« *Bei mir oder in meinem Hotel?* Ihre Stimme klang immer noch ziemlich sauer, was mich zum Grinsen brachte. Sie war so was von betrunken, ich nahm sie nicht wirklich ernst, also momentan, dennoch würde sie morgen noch mal ein Gespräch haben. So respektlos sprach man nicht mit einem anderen Menschen. Egal, ob es der Chef war oder jemand anderes. Wie man miteinander umging, sagte viel über den Charakter aus.

»Ich werde dich also anflehen, mh?«, wiederholte ich ihre Worte, einfach, weil ich nicht wollte, dass sie stoppte, mit mir zu sprechen. Ihre Stimme war gerade so träge, so gesättigt von Alkohol, dass es irgendwie schon wieder heiß war. Im Hintergrund hörte ich einen Mann sprechen, und meine Alarmglocken schrillten. »Bist du allein?«

»Das geht dich aber mal gar nichts an!«, setzte sie mir mit Triumph in der Stimme entgegen.

»Miss, Ihr Wechselgeld!«, hörte ich klar und deutlich die Stimme des Taxifahrers. Gut, somit war meine Frage auch beantwortet. Ich atmete mehrmals tief durch und versuchte, diesen Schub an Eifersucht, der mich, warum auch immer, durchzuckte, zur Seite zu schieben und damit zurechtzukommen, dass sie lediglich eine Angestellte war. Es durfte nichts zwischen uns laufen, egal, ob ich es wollte oder nicht.

Außerdem sollte ich sie nicht wollen. Sie war eine kaugummikauende, unverschämte, provozierende, unerzogene Göre. Der One-Night-Stand war der Wahnsinn gewesen, aber für das alltägliche Leben war sie einfach nichts.

Zumindest versuchte ich mir das einzureden, bis ich es im Hintergrund rascheln hörte. Vermutlich zog sie sich gerade aus und legte sich in ihr Bett … oder etwas Ähnliches.

»Ich bin jetzt zuhause.«

»Das freut mich unwahrscheinlich, Miss Torres.«

»Nun sind wir also wieder förmlich?«, fragte sie, und ich hörte ihr tiefes Gähnen. Leise lachte ich und startete meinen Motor.

»Bis morgen, Luisa«, nutzte ich mit leiser Stimme die vertraute Anrede. Wenn ich es nicht laut sagte, dann war es doch fast so, als wäre es gar nicht passiert, oder?

Ohne ein weiteres Wort legte sie auf und ließ mich mit meinen verwirrten Gedanken, einem harten Schwanz und dem Verlangen nach ihrer weichen Haut zurück.

Ich sollte ganz schnell zu meinem alten Kontrollfreak-Ich zurückfinden.

Ansonsten wäre das hier ein Spiel, in dem ich sie wirklich irgendwann heulend anflehen würde, bei mir zu bleiben.

14

LUISA

> *Die alltäglichen Menschenerlebnisse sind die tiefsten – wenn man sie von der Gewohnheit befreit.*
> Robert Musil (1880 - 1942)
> Österreichischer Schriftsteller & Theaterkritiker

»Ich bin am Arsch!«, erklärte ich erneut und ließ mich auf den freien Stuhl fallen. »Ich bin sowas von verdammt noch mal am Arsch!«

»Zumindest siehst du am Arsch aus …«, sagte Jenny grinsend und schob mir einen Kaffee zu. Es war kurz vor Dienstbeginn und wir saßen im Pausenraum des *Lightmans Retro*. Ihr dankbar zulächelnd, schob ich meine Sonnenbrille mit den übergroßen Gläsern auf den Kopf.

»Ich bin auch echt fertig.«

»Was hast du schon wieder angestellt?«, fragte sie und klappte die Zeitschrift vor sich zu. »Muss ja heftig gewesen sein.« Nun kicherte sie.

»Haha«, erwiderte ich ironisch. »Aber jetzt wo du's sagst … da war ich … der Weißwein … und ein Mann.«

»Ein Mann?«, wiederholte sie und riss die Augen auf.

»Ja, der Barmann.« Vorsichtig nippte ich an meinem Kaffee. Ich hoffte wirklich, dass er mich aufwecken würde. Ich war so am Ende. Diese Trinkerei unter der Woche war einfach nichts für mich. Und dann auch noch zwei Tage nacheinander. Ich war zu alt für diesen Mist.

»Verstehe.«

»Und vielleicht, möglicherweise, hab ich Lightman angerufen.«

»Du hast was?«, rief sie, zügelte sich aber sofort wieder. »Du hast ihn angerufen?« Nun schüttelte sie den Kopf »Reicht es nicht, dass du ihm vor zwei Nächten dein Knie zwischen die Beine gerammt hast?«

»Hey!«, verteidigte ich mich. »Er wollte mich küssen.« Nun wurde ich kleinlaut. »Glaub ich.«

»Hättest du wohl gern«, sagte sie lachend und nahm ebenso einen Schluck aus ihrer Tasse.

»Papperlapapp! Du redest Unsinn.«

»Aha.« Jetzt war sie ehrlich amüsiert. »Ich rede Unsinn.«

»Wie auch immer.« Abwehrend winkte ich mit einer Hand. »Ich hab gleich schon wieder ein Gespräch mit ihm.«

»Ich dachte, du bist befördert worden?« Jenny hatte vollkommen recht, das war ich wirklich irgendwie, wenn auch, wie ich vermutete, aus Stolz. Aber als ich die Mädels in unserem Gruppenchat darüber informiert hatte, dass ich jetzt personalverantwortlich wäre, was auch immer das bedeuten sollte, hatten sie mir gratuliert und mich wissen lassen, dass ich mir die Suppe eingebrockt hätte und sie deshalb auslöffeln müsste. Zu diesem Zeitpunkt war ich schon zu sehr vernebelt gewesen, um mich noch auf weitere Diskussionen mit ihnen einzulassen. Ich liebte Jenny und Susan, aber wir waren nicht immer einer Meinung. Das war eigentlich gut, weil es den Blickwinkel änderte. Weil es verhinderte, dass man zu engstirnig und zu sehr auf sich selbst bedacht war. Man lernte, seine Sichtweisen zu erweitern. Nun … in allen Punkten, außer wenn Jason Lightman involviert war.

»Meine Schicht geht gleich los«, sagte meine Freundin nach einem schnellen Blick auf die Uhr. »Und bevor ich mir Ärger mit der Personalchefin einhandele.«

»Nicht witzig«, brummte ich.

»Oh doch, Süße. Ich finde das sogar sehr witzig. Weil du einfach deine Klappe nicht halten kannst, wenn es manchmal angebracht wäre.«

»Na vielen Dank auch.«

»Ich hab dir schon immer gesagt, dass dich dieser Umstand irgendwann mal in eine Zwickmühle bringen wird.«

»Das hilft mir jetzt nichts.« Meine Laune war noch mieser als vor fünf Minuten.

»Baby«, erklärte sie und stand auf, da es wirklich 7:00 war. »Du hast dich provozieren lassen, mit deinem Temperament bist du drauf eingestiegen … also musst du jetzt leider die Suppe auslöffeln.« Sie gab mir einen freundschaftlichen Kuss auf mein Haar. »Zeigs ihm. Du kannst das. Das wird genial werden.«

»Ja«, murmelte ich und trank meinen Kaffee in einem Zug hinunter. »Ein geniales Desaster.«

Wir verließen zusammen den Pausenraum und ich sah ihr etwas wehmütig hinterher, als sie sich zu den Fahrstühlen für das Personal begab und damit in ihre Etage fuhr. Jenny wusste ganz genau, was auf sie zukam. Was sie machen musste und wie ihr Tag ablaufen würde. Für mich stand alles in der Schwebe.

Nachdem ich den Flur zu den Büroräumen des Managements vom Hotel eingeschlagen hatte, klopfte ich zaghaft an die Tür von Jason Lightman.

Meine Sonnenbrille hatte ich noch in meinem großen Shopper verstaut und hoffte, dass ich nicht underdressed war.

Ich trug eine schwarze, enge Jeans, High Heels aus schwarzem Wildleder und eine rote Bluse, deren Bund ich in die Hose gesteckt hatte. Ja, ich war eigentlich nicht so der Businesstyp, aber ich wollte ihn beeindrucken, denn in einem Punkt hatte meine Freundin recht: Er hatte mein Temperament entfacht und mich so in die Ecke gedrängt. Ohne es zu wissen, hatte er mich herausgefordert. Auch wenn ich Schiss ohne Ende vor diesem Job hatte, würde ich mich reinknien und mein Bestes geben.

Heute Morgen war ich trotz Kater um fünf Uhr aufgestanden und hatte eine Stunde mit Recherche zum Thema Personalführung verbracht. Noch nie war ich damit in Berührung gekommen, außer das bisschen, was ich von meinen Eltern und in deren Läden mitgekriegt hatte. Aber das war eine andere Welt. Das war … ohne es fies klingen zu lassen, kleines Business. Alles andere war irgendwie groß. Riesig. Mächtig.

So auch das Hotel. Bei meinen Eltern ging es eher familiär zu.

Aber ich hatte mir für heute mehrere Dinge vorgenommen. Zum einen, dass ich mir den Arsch aufreißen würde für diesen Job. Zum anderen, dass ich mich in keinerlei Diskussion betreffend letzter Nacht von ihm verwickeln lassen würde, und zum dritten, dass ich höflich und gesittet bleiben und nicht wieder einen emotionalen Ausraster vor ihm bekommen würde.

Plötzlich wurde die Tür vor meinen Augen aufgerissen.

»Wieso klopfen Sie, wenn Sie dann auf mein Hereinbitten nicht reagieren?«

Sprachlos starrte ich ihn an. Jason Lightman war mir so nah wie eine gefühlte Ewigkeit nicht mehr. Ich konnte die kleinen hellen

Sprenkel in seinen Augen sehen, die zarten Falten um selbige, die sich vertieften, wenn er lachte. Das Weiß seines Hemdkragens schmiegte sich an seine braune Haut und die Krawatte in Tiefrot, der gleichen Farbe, die mein Oberteil trug, umschlang ihn wie eine Katze. *Ich will diese Krawatte sein*, schrie es in mir. *Oder zumindest meine Hand darum schlingen und ihn an mich ziehen.* Die Ärmel seines Hemdes waren über die Ellbogen seiner muskulösen Arme aufgerollt.

Mühsam schluckte ich den dicken Kloß in meinem Hals hinunter.

»Ich ... Ich hab das nicht gehört.«

Er bedachte mich mit einem kühlen Blick von oben bis unten, ehe er einen Schritt zurückging und wir gemeinsam sein Büro betraten.

»So, Miss Torres«, begann er das Gespräch, ließ sich hinter seinem massiven Schreibtisch nieder, und ich staunte. Nicht, weil er sich mit einem schmallippigen Lächeln zurücklehnte und mich mit einer derartigen Arroganz bemaß, dass mir schlecht wurde. Nein, ich staunte, weil er mich trotzdem anzog. Der Tisch zwischen uns war wie eine Barriere, die sich ... falsch anfühlte. »Schön, dass Sie heute pünktlich zum Dienstbeginn erschienen sind. Wir wissen das hier zu schätzen«, begann er, beugte sich aber wieder nach vorn, um einige Unterlagen durchzusehen.

»Da es aktuell eine festgesteckte Stelle als Personalverantwortliche nicht gibt, werden wir diese in gemeinsamer Arbeit schaffen müssen.«

Wieso war er heute so förmlich? So kalt? So ... kontrolliert? Es war sexy, weil ich ihn einfach sexy fand, aber ich wusste nicht, wie ich damit umgehen sollte. Wie ein Idiot nickte ich lediglich. »Ich habe bereits einige Themenbereiche des Personalwesens herausgesucht und an Ihren E-Mail-Account weitergeleitet. Hier finden Sie ...« Er reichte mir einige Blatt Papier. »... weitere Unterlagen dazu.«

Sprachlos nahm ich den Packen entgegen und warf einen schnellen Blick darauf. Ich rutschte auf meinem Stuhl hin und her, denn ich fühlte mich unwohl.

»Ich verstehe nicht ...«, stammelte ich, nachdem ich festgestellt hatte, dass es sich bei den Papieren um die Personalakten der Mitarbeiter handelte, die das Hotel verlassen hatten. »Diese Mitarbeiter sind ja schon weg, ... ich dachte, ich sollte mich um die kümmern, die noch hier arbeiten?«

Er nickte leicht, seine Augen blitzten kurz amüsiert auf, aber sobald ich diese Emotion wahrnehmen konnte, war sie schon wieder verschwunden. Kälte kroch mir trotz der sommerlichen Temperaturen die Arme hoch. Dieser Jason Lightman, der hier gerade vor mir saß, war irgendwie ein völlig anderer, als der, den ich in den letzten Tagen kennengelernt hatte.

»Sie denken also, die Personalführung besteht nur darin, die Tür offen zu lassen, falls einer der Mitarbeiter Beschwerden hat?« Nun sah er mich definitiv spöttisch an. Selbstverständlich verstand ich seine Anspielung. »So ist das aber nicht. Wir müssen wissen, weshalb all diese Damen ihren Job hingeworfen haben und lieber arbeitslos wurden, als weiterhin im *Lightmans Retro tätig* zu sein. Verstehen Sie? Ich möchte nicht erleben, dass noch mehr Mitarbeiter das Weite suchen. Wir müssen die Quelle des Ganzen herausfinden. Ich bin mir ziemlich sicher, dass das alles kein Zufall ist. Auch wenn man mir etwas anderes glauben machen wollte.«

Langsam nickte ich. Das war einleuchtend … aber … »Und ich soll das herausfinden?«, vergewisserte ich mich.

Er seufzte laut auf, und das gab mir das Gefühl, eine komplette Idiotin zu sein. Ich hasste es. Ich hasste diese Arroganz, die ihm aus allen Poren tropfte.

»Ja.« Er lehnte sich wieder zurück. »Außerdem die neue Schichteinteilung für das Restaurant und die Etagendamen. Und es haben sich die Gesetze bezüglich der Ruhepausen geändert, das müsste man sich auch noch mal anschauen, um sicherzustellen, dass wir nicht gegen die vorgeschriebenen Zeiten verstoßen. Sollten wir eine Prüfung bekommen, mit welcher ich in den nächsten acht bis zwölf Monaten rechne, muss alles hieb- und stichfest sein.« Er legte mir zwei dicke Bücher und weitere Unterlagen auf einen ordentlichen, akribisch gebauten Stapel. »Ach so, und bitte arbeiten Sie Maßnahmen aus, wie wir die Damen, welche das Unternehmen verlassen haben, ersetzen könnten. Sie wissen ja aus eigener Erfahrung, wie frustrierend es sein kann, wenn man alles allein machen muss.«

Bitte was? Vollkommen überrumpelt starrte ich ihn an. Ich hatte damit gerechnet, dass ich eingearbeitet wurde. Oder zumindest vorbereitet. Nicht, dass mir alles hingeknallt wurde und ich einfach mal »machen« sollte.

»Ich denke, als Einstieg in Ihren neuen Arbeitsplatz sollte das reichen.« Er nickte mir zu, legte die Fingerspitzen aneinander und lehnte sich in seinem Chefsessel an. »Irgendwelche Fragen?

Er ließ einige Sekunden verstreichen, scannte mein Gesicht, aber ich war viel zu überrumpelt, viel zu abgelenkt davon, was er mir gerade alles mitgeteilt hatte und wie verändert arrogant er war. Was war ihm über die Leber gelaufen, dass er heute so ein Arschloch war? Das Blut wallte in mir auf, als ich ihn so betrachtete und zuhörte. Er schaffte es wirklich, dass ich innerlich vor Zorn bebte und dennoch sprachlos war.

Nachdem offenbar seiner Meinung nach eine angemessene Zeit an »keine Frage gestellt« verstrichen war, stand er ruckartig auf. »Gut, wenn es keine Fragen gibt, wird George Ihnen Ihr Büro zeigen.«

Aha. Er tippte auf der Gegensprechanlage herum. »George?«
»Ja, Mr. Lightman?«
»Sie können Miss Torres nun zu ihrem Büro bringen.«
»Selbstverständlich.«

Das Gespräch war beendet und mein Chef umrundete den Tisch. Seine Körperhaltung war immer noch stocksteif. Der Blick düster und kühl. Kurz dachte ich, er würde sich auf die Eckkante seines Tisches setzen, als ich erkannte, dass er vor mir stehen blieb. Automatisch ergriff ich die mir dargebotene Hand und ließ mich von ihm auf die Beine ziehen. Er war mir so nah, dass ich seinen Atem nach Pfefferminze und seinen Duft des Eau de Cologne riechen konnte. Es begann zwischen meinen Beinen zu kribbeln, und wieder bemerkte ich, was er für ein verdammt heißer Kerl war. Arrogant bis dorthinaus, selbstsicher ohne Ende und vollkommen kontrolliert. Aber … sexy, sinnlich und ein Mann, den man besteigen wollte, sobald man ihn sah.

»Eines noch, Luisa.« Bei seiner persönlichen Anrede stellten sich die Haare in meinem Nacken auf. Er strich mir eine Strähne von meiner Wange, und die Berührung seiner Fingerspitze schoss Stromstöße durch mich hindurch. »So etwas wie letzte Nacht …« Meine Lippen öffneten sich einen Spalt und meine Lider senkten sich gegen meinem Willen halb. Er ließ mit dieser rauen, sexy Stimme mein Höschen feucht werden. »… wird nie wieder vorkommen.« Er sah mir fest in die Augen und ich fröstelte trotz der Körperwärme, welche von ihm ausging. »Das nächste Mal, wenn du mich privat auf meinem Handy anrufst, mich beschimpfst und mir den Krieg erklärst, dann wirst du ihn bekommen, Baby …« Fuck! War seine Stimme schon immer so sinnlich gewesen? Er war so nah an meinem Ohr, das seine Lippen meine Haut beim Sprechen berührten. »Dann werde ich nicht mehr stumm danebensitzen und dich in ein Taxi steigen lassen, verstanden? Denn ich werde dich stattdessen über meinen Schreibtisch beugen und dich so ficken, bis du nicht mehr weißt, warum du mich angerufen hast …« Mir entwich ein leises

Stöhnen und ich rückte automatisch näher an ihn heran. *Gott ja! Fick mich noch einmal! Bitte.* Fast wären mir Worte des Bettelns über die Lippen gekommen. »Ich werde es dir so besorgen, dass du dich noch Tage später an meinen Schwanz erinnern wirst.« Er legte seine Hand in meinen Nacken, und dort, wo mich seine Finger berührten, brannte ich lichterloh. Meine Klitoris begann zu pulsieren und wollte Erleichterung. Ich brauchte einen Orgasmus, und würde er weiterhin derart mit mir sprechen, die Stimme so sanft und sexy, würde ich nur von seinen Worten kommen. Dessen war ich mir sicher. Er stöhnte ebenso leise in mein Ohr, und ich fühlte an meinem Oberschenkel, dass er hart war. Mühsam unterdrückte ich das Verlangen, meine Hände nach ihm auszustrecken und ihn zu spüren. »Habe ich mich klar ausgedrückt?«, fragte er noch einmal und wich ruckartig zurück, als es an seiner Bürotür klopfte. Es war George.

Sprachlos starrte ich ihn an. Die Augen lustverschleiert, die Lippen rot und die Nippel steif.

Ich wollte ihn.

Ich brauchte ihn.

Ich kackte auf alles, was in meinem Vertrag stand, wenn ich ihn nur endlich wieder in mir haben könnte. Er war bis vor wenigen Sekunden ein arroganter, aalglatter Wichser gewesen, aber ich wusste auch, wie er es mit seinem verdammten Schwanz wiedergutmachen konnte. Ich räusperte mich kurz, und George sah von einem zum anderen. Er schien die Situation offenbar nicht richtig einordnen zu können, denn er sagte nichts weiter dazu, sondern wartete geduldig an der Tür.

»Glasklar, Mr. Lightman!«, antwortete ich gespielt selbstbewusst und hoffte, dass er das zarte Zittern in meiner Stimme nicht hörte. Vielleicht sollte ich meinen ersten Arbeitstag auf der Damentoilette mit Selbstbefriedigung verbringen. Vielleicht würde mir das dabei helfen, wieder richtig zu denken.

---

*D*rei Stunden später schwankte ich zwischen kotzen, besaufen und heulen.

Nachdem ich mich versuchsweise durch die Berge an Personalakten gewühlt hatte, hatte ich mich im Endeffekt für eine Zigarette entschieden. Eigentlich rauchte ich nicht, aber dies war ein Notfall und ich hoffte auf die beruhigende Wirkung des Nikotins. Deshalb war ich mit eiligen Schritten in den Personalraum gelaufen und hatte das Mitarbeiternotfallpäckchen stiebitzt. Während ich hinter der Cafeteria für das Personal stand und im Schatten an der Marlboro zog, gestand ich mir ein, dass das alles nicht so easy war. Am liebsten wäre ich zu Lightman gegangen und hätte meine Worte, dass er einfach keine Ahnung von seinen Mitarbeitern hatte, zurückgenommen. Aber das ging nicht, zumindest nicht so einfach. Schließlich sollte niemand bemerken, dass mir das alles über meinen Kopf wuchs.

Ich brauchte einen Plan, denn ich wusste, mein Chef wollte Ergebnisse sehen. Er wollte sehen, dass ich etwas erreichte. Normalerweise war es bei mir so: Wenn ich mich in meinen Gedanken lange genug mit etwas beschäftigte oder es auf die kreative Art anging, fand ich in der Regel eine Lösung.

Ruckartig hob ich den Kopf. Augenblicklich blendete mich die strahlende Sonne Philadelphias. Na klar. Ich musste mich irgendwie anderweitig beschäftigen, mit etwas, in dem ich gut war, bis ich herausfand, wie ich das eigentliche Problem angehen sollte.

Natürlich.

Zufrieden grinsend rauchte ich die Zigarette zu Ende und ging in den Umkleideraum. Wenn man seine neue Bestimmung finden wollte, musste man vielleicht einfach noch mal zurück zu seinen Wurzeln.

»Was tust du hier?«, fragte meine Freundin Jenny hinter mir, und ich drehte mich lächelnd zu ihr um.

»Ich finde eine Lösung.«

»Aha.« Nun verschränkte sie die Arme vor der Brust. »Für Kalkflecken?«

»Was?«, fragte ich verwirrt, legte das Mikrofasertuch zur Seite und grinste noch breiter. »Fast. Aber nein.«

»Was dann?«

»Ich finde eine Lösung, warum alle gegangen sind.«

»Indem du wieder selbst putzt?«

»Ja.« Ich nickte aufgeregt und schüttelte kurz darauf den Kopf. »Nein.«

»Was?« Meine Freundin schien ehrlich verwirrt zu sein.

»Ich kann mich eben am besten konzentrieren, wenn ich kreativ bin«, erklärte ich und arrangierte im selben Moment die Badezimmer Artikel neu, welche unseren Gästen zur Verfügung standen.

»Und den Kram zu sortieren, ist deine Kreativität?«

»Hey. Ich arbeite mit den Mitteln, die ich habe.«

»Weiß Jason, dass du hier bist?«

»Nein.« Ich schloss kurz die Augen, denn ich wollte mir nicht ausmalen, was passieren würde, wenn er es erfahren würde. »Und nenn ihn nicht Jason.«

»Ohhhh«, säuselte sie in diesem Ich-verarsch-meine-Freundin-Ton. »Verzeihung!«

»Hör auf.«

»Du weißt noch, dass du ihn gestern angerufen hast, *deinen* Jason?« Mahnend hob ich eine Augenbraue. »Ach ja, stimmt.« Sie schlug sich mit der flachen Hand leicht gegen die Stirn »Ganz vergessen. Hast du ja heute Morgen erzählt.«

»Bitch!«, rief ich und grinste dennoch.

Sie hob lachend die Hand. »Dann sei mal kreativ und lass dich nicht erwischen. Ich bin mir ziemlich sicher, dass *dein* Jason das nicht gern sehen wird.«

Mit einem Abwinken wandte ich mich wieder meiner Arbeit zu.

Na ja, es würde vermutlich wirklich Probleme geben, wenn er mich erwischte … aber, solange er es nicht tat, war ja alles gut. Und wenn es dann so weit war, sollte ich wohl besser eine Lösung für die von ihm angedeuteten Probleme haben.

Ansonsten wäre meine Kündigung ein Thema, das ich nicht recherchieren musste.

15
JASON

 Versuchen wir uns doch einmal entschieden auf die Seite des Positiven zu stellen.
In jeder Sache.
Christian Morgenstern (1871 - 1914)
Deutscher Schriftsteller & Dramaturg

Wütend, weil sie mir widersprochen hatte, krallte ich meine Hand in ihre langen dunklen Haare, drängte ihren Mund noch näher an meine Hüften. Zwang sie so, sanft – wenn auch bestimmend –, dass sie mich noch tiefer in den Mund nahm. Dass sie mich vollends kostete und dass ich sie rundherum spüren konnte. Ich genoss, wie ihre flinke Zunge um meinen Schaft und meine Spitze wirbelte. Zusätzlich, weil ich zu groß für sie war, nahm sie ihre Hand zur Hilfe und massierte den Rest meiner Länge mit festem, gleichmäßigem Druck. Ihre Lippen und ihre Finger waren perfekt im Einklang.

Kehlig stöhnte ich, drückte sie noch näher an meine erhitzte Haut, als ich fühlte, wie sich meine Eier hart an meinen Körper zogen. Ich pumpte die Hüften schneller vor und zurück. Floh regelrecht in die seidige Wärme ihres Mundes. Ihre Zunge wurde flinker und sie sah mich aus ihrer devoten Position heraus an. Die großen, von langen, rabenschwarzen Wimpern gerahmten Augen blickten mich direkt an.

Bis in meine Seele.

Sie streichelten über meinen Körper. Ihre freie Hand legte sie zwischen ihre gespreizten Beine und sie liebkoste sich selbst. Vor lauter Verlangen senkten sich ihre Lider, aber ich brachte sie mit sanftem Druck und dem Lenken meiner Hand in ihren Haaren wieder dazu, mich nicht aus den Augen zu lassen. Wenn ich kommen würde, wollte ich ihre volle Aufmerksamkeit. Ihre Zähne kratzten über die Innenseite der zarten Haut meines Schwanzes, und ich spürte, wie mir der Orgasmus immer weiter den Rücken entlang kroch. Laut und absolut hemmungslos stöhnte ich. Meine Hand krallte sich fester in ihr Haar, der Rhythmus meiner Stöße wurde immer gezielter und ich rief ihren Namen, als es mir mit einer Wucht kam, die ich noch nie empfunden hatte.

Zumindest dann nicht, wenn ich es mir selbst besorgte.

Heiß verließ mein abgehackter Atem meinen Mund und vermischte sich mit dem gleichmäßigen Wasser, das aus dem Duschkopf strömte. Ich konnte mich kaum mehr auf den Beinen halten, stützte beide Handflächen gegen die großen, rechteckigen dunklen Fliesen meines Badezimmers und ließ den Kopf zwischen die Schultern hängen.

»Heilige Scheiße!«, murmelte ich kaum verständlich. Das war mit Abstand die intensivste, realste Fantasie, die ich jemals gehabt hatte. FUCK! Es war wirklich, als wäre sie bei mir, als würde sie mich wahrhaftig gerade lutschen. Ihre perfekt geformten Lippen um meine Latte und wie ich selbige immer wieder in ihrem Mund versenkte. Diese absolute Hingabe, mit der sie es mir besorgte … mein Schwanz schaffte es gar nicht, sich zu beruhigen und war weiterhin halb steif. Auch wenn ich gerade wie ein verfluchter Teenager abgespritzt hatte, der das erste Mal eine Frau gehabt hatte.

Es war so echt gewesen.

Meine Vorstellungskraft hatte mich zurück katapultiert. Zurück in die Vergangenheit, als sie mir schon einmal einen geblasen hatte. Teufel noch mal, diese Frau war ein gottverdammter Profi, was das Schwanzlutschen anging. So eifrig, als wäre es das Wertvollste, was sie jemals getan hatte.

Als sie heute in meinem Büro gewesen war und mich angesehen hatte, mit diesen großen Rehaugen, als ihr Atem ins Stocken geraten war, während ich ihr gesagt hatte, was mein Schwanz das nächste Mal mit ihr tun würde, wenn sie mich privat »einfach so« anrief …

»Lass das, du Idiot!«, sagte ich laut. Es war nämlich nicht förderlich, wenn ich mich jetzt fröhlich an all die erotischen Signale erinnerte, welche sie heute ausgestrahlt hatte. Ich durfte und ich sollte sie nicht die ganze Zeit in meinem Kopf haben.

»Denk an Mom. Denk an Mom. Denk an Mom«, hallte es in

meinen Gedanken. Tatsächlich half es. Mein Schwanz gab die Hoffnung auf Luisas Muschi auf und zog sich zurück. Na endlich!

Wenn ich gleich mit meinen Brüdern telefonieren würde, wollte ich dort nämlich nicht mit steifem Schwanz und harten Eiern sitzen.

»Sorry«, murmelte ich, sobald der Bildschirm zum Leben erwacht war und ich mich gesetzt hatte. »... hat länger gedauert.«

»Du kommst fünfzehn Minuten zu spät und hast es nicht mal geschafft, dir ein beschissenes T-Shirt anzuziehen? Ernsthaft?« Mein jüngster Bruder verdrehte die Augen und legte die Beine auf seinen Tisch. Die Kamera an seinem riesigen Bildschirm offenbarte uns ohnehin fast sein ganzes Büro.

»Lass uns dankbar sein, dass er Boxershorts trägt!« Eric grinste in die Kamera.

Langsam nahm ich einen Schluck des perfekt temperierten Bourbon. »Ihr könnt mich mal.«

»Schlechte Laune?«, fragte Eric und prostete mir zu.

»Nicht mehr als sonst.«

»Ahhh«, sagte Steven. »Er konnte keinen wegstecken.«

»Er ist single, natürlich konnte er einen wegstecken!«

»Sowas kann echt nur jemand sagen, der in einer Beziehung lebt. Wie gehts dir mit deiner Abstinenz?«, fragte Steve lachend.

»Mein Sexleben geht euch einen Scheiß an«, rief ich dazwischen.

»Siehst du? Ich sag doch, er hat keinen weggesteckt!« Mein jüngster Bruder zuckte in einer gleichgültigen Geste mit den Schultern.

»Halt die Klappe, Steve!«, erwiderte ich. »Welche Abstinenz, Eric?«

Der Angesprochene verdrehte die Augen und nahm einen großen Schluck aus seinem Glas. Ehe er antwortete, füllte er es noch einmal komplett auf und kippte den Inhalt ebenso hinunter. »Es ist kompliziert.«

»Natürlich ist es das«, erklärte Steve, in seinem Weltverbessererton. »Du bist so gut wie verheiratet.«

»Wenn ich es doch nur schon wäre!« Eric klang verzweifelt.

»Wollt ihr mich mal einweihen, was los ist?«, fragte ich dazwischen und setzte mich bequemer hin, hob wie meine Brüder ebenso die Füße auf den Schreibtisch.

»Ah, er hat also wirklich Shorts an!« Steve lachte und prostete mir zu. Entnervt stöhnte ich. Ich kannte niemanden, der so zwischen den Themen hin und her switchen konnte, wie der Jüngste der Lightmans.

»Eva will keinen Sex mehr haben, bis wir heiraten.«

»Und das sind ja nur noch zehn Monate.« Steve grinste von einem Ohr zum anderen.

»Wichser! Die Hochzeit ist in sechs Monaten!« Eric zeigte ihm durch die Kamera den Mittelfinger.

»Na ja, ob sechs oder zehn Monate keinen Sex, ist doch auch schon egal.«

»Ach du meine Fresse, halt doch einfach mal die Klappe, Lightman!«

Abwehrend hob er die Hände. »Schon gut. Schon gut. Erzähle uns von deinem Leiden, Bruder!«

»Warum lässt sie dich nicht ran?«, fragte ich und beäugte ihn skeptisch. Eric und Eva konnten ja kaum auf offiziellen Veranstaltungen die Finger voneinander lassen. Auch wenn wir nicht so detailgetreu wie Steve über unser Sexleben sprachen, waren wir informiert. Jeder Mann würde wohl in die Welt hinausposaunen, wenn er die perfekte Partnerin gefunden hatte.

»Weil sie Angst hat, dass ich sie schwängere und sie dann nicht ins Kleid passt.«

»Kondome, mein Freund, Kondome.« Steve sagte das in einem Tonfall, der so selbstgefällig klang, dass man ihm hätte eine reinhauen sollen. Er trank einen großen Schluck seines Scotchs.

»Ich quetsch doch meinen Schwanz nicht in einen Gummi!«

»Ich dachte ja immer, der Vorteil einer festen Beziehung und einer Fast-Ehe wäre der, dass man ohne Gummi vögeln kann«, gab ich zu bedenken. »Zumindest war das bei mir immer so.«

»Brüder«, Steve lehnte sich wieder so lässig an, dass klar war, er würde gleich mal wieder eine Bombe platzen lassen. »Ich verrate euch ein Geheimnis über den großen Stevemaster!«

»Kann es kaum erwarten«, erwiderte ich und nahm einen großen Schluck Bourbon.

»Schieß los!«, nuschelte Eric und schenkte sich nach.

»Stevemaster's Schniedel war noch in keiner Muschi ohne Schutz!«

Die Worte verklangen und wir starrten ihn an.

»Mach keinen Scheiß, Alter«, murmelte Eric.

»Du verarschst uns«, hörte ich mich sagen. »Du hast noch nie eine feuchte, heiße Frau um deinen Schwanz gehabt?« Ich schüttelte den Kopf. »Und wieso nennst du deinen Schwanz jetzt Schniedel? Habt ihr zwei ein Problem miteinander?«

»Nun«, Steve fuhr sich durch sein zu langes dunkles Haar. »Ich dachte, Schniedel passt besser als Schwengel. Oder Schwanz. Oder Gemächt.«

»Heilige Scheiße, Steve. Was zur Hölle läuft bei dir eigentlich falsch?«, rief ich und warf die Hände in die Luft.

»Ich glaube, wir haben ihn als Kind zu selten verprügelt!«, sinnierte Eric mit ernstem Ton.

»Was genau meinst du jetzt? Die Tatsache, dass ich Synonyme für mein Bullengerät kenne, oder dass ich noch nie ohne Gummi gefickt habe?«

»An dieser Stelle steig ich aus«, erklärte Eric todernst, verließ den Chat aber trotzdem nicht. »Hast du einen Schwanz gerade vom Schniedel zum Bullengerät erhoben?«

»Ich befürchte, es wird noch schlimmer kommen.« Geschockt über meinen Bruder schüttete ich mir nach. »Warte bitte, bis du weitersprichst, ich brauch Alkohol dafür.«

»Also, Leute« Steve hob die Hände in einer abwehrenden Geste. »Ihr tut so, als wäre es verwerflich, dass ich nicht ohne Kondom bumse.« Er schüttelte den Kopf, und Eric und ich setzten gleichzeitig unsere Gläser an, um den Schmerz zu betäuben. »Dabei ist das wichtig. Ich will doch nicht, dass jeder zweite Junge auf der Welt so aussieht wie ich. Nein, nein …« Er fuhr sich über das Gesicht, lehnte sich in seinem Stuhl zurück und legte die Arme über den Kopf auf die Rückenlehne. »Ich werd erst jemanden anbumsen, wenn ich mir sicher bin, dass es die Eine ist.«

»Na immerhin gibst du jetzt zu, dass es eine Eine geben kann.«

»Wer weiß?« Er zuckte mit den Schultern. »Ich kann mir ja ohne Gummi einen lutschen lassen.«

»Du bist so ein beschissener Wichser«, murmelte ich kopfschüttelnd.

»Ja, das bin ich.« Steve machte keinen Hehl daraus, dass er ein verdammter Pisser war, was Frauen anging. »Aber ich verspreche auch niemanden was, nicht war, Eric?« Jetzt grinste er wieder sein spitzbübisches Steve-Grinsen.

»Du hast Eva zugestimmt?«, rief ich und schob meinen Kopf nah vor die Kamera. »Bist du von allen guten Geistern verlassen?«

»Sagt der, der seine Angestellte knallt?« Eric hob die Brauen und ich schüttelte den Kopf.

»Das war einmal. Und ich wusste nicht, dass sie für mich arbeitet.«

»Ausreden über Ausreden.« Steve lehnte sich zurück und legte seine langen Beine auf den Tisch. »Ich geb wenigstens zu, wenn ich jemanden unter meinem Schreibtisch hab.«

»Du würdest es doch wieder tun.« Verdammt! Ja, natürlich würde ich es wieder tun. Vor nicht einmal dreißig Minuten hatte ich es in meiner Fantasie erneut mit ihr getan. Und ich hätte schon wieder gekonnt. Augenblicklich wurde mein Schwanz steif. Er erinnerte sich gut, an Luisas heiße, enge, feuchte Wände.

»FUCK! JA!«, gab ich zu und wir drei prosteten uns zu. Bei niemandem konnte ich so ehrlich sein, wie bei den beiden. Ja, wir verarschen uns gegenseitig. Ja, wir beschimpften uns auch mal. Aber jedes einzelne Wort, das wir hier bei unseren Gesprächen verloren, blieb dort, wo es war: Unter uns.

Und genau deshalb konnte ich so ehrlich zugeben, dass ich meinen Schwanz wieder tief in – zugegeben – irgendeine Öffnung von Luisa schieben wollte.

»Meinst du«, fragte ich nun ernst und strich mir die Haare zurück, »dass sie das durchziehen wird?«

»Wenn ich keinen Gummi überzieh, wird sie das, ja.«

»Was ist mit Pille, oder so?«, warf ich in den Raum, und Steve nickte anerkennend.

»Guter Punkt, Bruder. Guter Punkt!«

»Als ich das angesprochen habe, hat sie mir sieben Studien vorgelegt, aus welchem hervorgeht, dass die Pille nicht zu Hundert Prozent sicher ist.« Augenrollend kniff er sich in den Nasenrücken. »Die Frau ist verrückt!«, flüsterte er. »Sie dreht komplett ab!«

»Na ja, wo sie recht hat.« Unser jüngster Bruder stimmte ihm zu.

Wir beide sahen ihn entsetzt an. »Was? Sie hat doch recht damit!«

»Hast du gerade …«, begann ich, meine Augen huschten von Stevens Skypebild zu Eric. »Hat er gerade?« Stammelnd brach ich erneut den Satz ab.

»Ja«, fügte er an. »Hat er.«

»WAS?«

»Du hast gerade einer Frau zugestimmt.«

»Na, wenn es darum geht, dass sie keinen Nachwuchs haben will?« Er sah das alles nicht so eng, offenbar. Eng im Sinne von … was zur Hölle war mit ihm los? »Werdet mal locker, ihr Idioten!«

Kopfschüttelnd betrachteten wir ihn. Irgendwas war anders.

»Ich schätze«, murmelte ich, um zum eigentlichen Thema zurückzukehren, »Du wirst nicht drum rum kommen, deinem Schwanz ein Kleidchen anzuziehen.«

Steve setzte sich kerzengerade hin und fuchtelte mit einer Hand herum. »Aber ich bin derjenige, der verrückt ist? Ich sag Schniedel, aber wenn er sagt, dass du deinem Hammer ein Kleid anziehen sollst, ist das okay?«

Eric betrachtete ihn kurz und zeigte ihm den Mittelfinger. Ich ebenso.

»Ja, oder sie wird mir ständig einen blasen müssen.«

Blow-Job ... Gott, allein das Wort erinnerte mich an meine extrem heiße Fantasie unter der Dusche. Ich wurde hart. Schnell räusperte ich mich und verlagerte mein Gewicht, damit meine Brüder die Latte nicht sehen konnten.

»Reiz sie doch ein bisschen«, warf ich als Anregung in die Runde. »Hattet ihr nicht früher pausenlos irgendwelche Streitereien und dann Sex?«

»Mh«, überlegte er. »Damit kannst du recht haben.«

»Dein Bruder muss dir sagen, wie dein Liebesleben läuft?« Steve schüttelte den Kopf. »Ich bin sowas von enttäuscht von euch.« Er lachte.

»Ich bin sicher, die haben den vertauscht«, erklärte Eric in meine Richtung.

»Der kann echt nicht unsere Gene haben«, stimmte ich zu.

»Findet euch einfach damit ab, ihr Pisser. Ich bin ein Pussychecker, und ihr seid ...«

»Diejenigen, die schon mal ohne Kondom gebumst haben?«, schlug ich scheinbar gelangweilt vor und prostete meinen Brüdern zu. Wir lachten alle drei laut auf. Es war doch immer wieder schön, sich von den Problemen im Hotel abzulenken, indem man mit der Familie telefonierte, änderte allerdings nichts daran, dass die Scheiße am Dampfen war, aber es machte das alles irgendwie ein bisschen leichter.

Zu wissen, dass man sich auf seine Familie verlassen konnte.

16

LUISA

> *Lerne nur das Glück ergreifen, denn das Glück ist immer da.*
> Johann Wolfgang von Goethe (1749 - 1831)
> Deutscher Dichter

»Hier verbringen Sie also Ihre Mittagspause.« Die ruhige, dunkle Stimme jagte mir eine Gänsehaut über den Rücken. Ich erschrak nicht, ganz im Gegenteil. Eher berieselte sie mich.

Langsam hob ich den Kopf, legte ihn leicht schief und lächelte. Die Augen hinter einer großen Sonnenbrille verborgen, ließ ich langsam den Blick an ihm auf und ab gleiten. Dieser Mann, war so schön. Er war so heiß und sexy, und er wusste es nicht.

Er trug ein hellblaues Hemd, von dem er die Ärmel bis über seine Ellbogen aufgerollt hatte, zusammen mit einer beigefarbenen Anzughose, die seinen Hintern und seine langen Beine vorteilhaft betonte. Seit ich ihn das letzte Mal gesehen hatte, war er offensichtlich beim Friseur gewesen, denn sein Haar war an den Seiten kürzer und oben ein wenig gestutzt. Es sah seidig und weich aus, und ich erinnerte mich daran, dass es sich auch so anfühlte. Seine dunklen Augen waren ebenso hinter der Sonnenbrille verborgen. Als er feststellte, dass ich ihn lange, viel zu lange, betrachtete, schlich sich ein Lächeln auf seinen schönen Mund. Er ließ seinen Bart momentan stehen, das gefiel mir. Es machte ihn noch sexier und verwegener. Reifer.

Als hätte das dieser Mann überhaupt nötig, noch irgendwie besser auszusehen.

»Ähm«, ich räusperte mich und legte den Plastiklöffel in dem kleinen Papiereisbecher ab. »Ja. Also ... ja.« Warum ich so stammelte, wusste ich nicht. Es war ja nicht so, als hätte er mich beim Klauen erwischt.

»Darf ich?« Mit dem Smartphone in der Hand deutete er auf den freien Platz neben mir.

Ich saß im Stadtpark von Philadelphia am Rand des Brunnens. Es war schon früher Nachmittag, und ich war eben bei einer ehemaligen Kollegin und Mitarbeiterin zu Hause gewesen. Ihre aufschlussreichen, ehrlichen Antworten hatten bewirkt, dass ich mich erst mal kurz zurücklehnen musste, ehe es weiter gehen konnte.

Sie hatte mir nämlich gesagt, dass Edward, einer der Hausmeister, sie belästigt hatte. Das war auch der Grund für ihre Kündigung. Wann oder wie ich diese Information an Jason – im Geiste nannte ich ihn heimlich beim Vornamen – zukommen lassen wollte, das wusste ich noch nicht.

Es war mir vor einigen Tagen eingefallen. Ich war jetzt etwas mehr als zwei Wochen in meinem neuen Job, und mir war bewusst, das Jason Lightman Antworten wollte. Nur wusste ich nicht, wie ich die ganze Geschichte angehen sollte. Deshalb putzte ich weiterhin die Zimmer und zwang meinen Körper so, beschäftigt zu sein, während ich in Ruhe nachdenken konnte. Bei mir war es nämlich so: Wenn ich eine Arbeit erledigte, die ich schon tausende von Male gemacht hatte, dann fiel es mir leichter, mich zu konzentrieren. Genau darum grübelte ich bei der Arbeit über die Arbeit.

Und solange es Lightman nicht mitbekam, war ja alles in Butter. Oder?

»Luisa?«, fragte mich selbiger leise und stupste mich leicht an. »Sie sind aber sehr weit weg mit Ihren Gedanken, oder?« Das schlechte Gewissen nagte an mir. Immerhin wurde ich gerade für einen Job bezahlt, den ich ... nur irgendwie so erledigte, aber nicht zu hundert Prozent.

Wieder beäugte ich ihn hinter der Brille. Einmal mehr war ich dankbar, dass er meine Augen nicht sehen konnte.

»Ehrlich gesagt gerade schon.« Warum ich das so formulierte, wusste ich nicht. Na ja ... Ich *hatte* eine Ahnung, denn ich *wollte* mit ihm reden, ich *genoss* seinen Geruch und die Wärme, die von seinem Körper ausging ... aber ich schaffte es aufgrund meines Gewissens nicht vollends, mich auf ihn zu konzentrieren.

»Kann man Ihnen helfen, bei diesen *intensiven* ...« Er nahm die Sonnenbrille ab und sah bei dem Wort »intensiv« auf meinen Mund.

Bildete ich mir das ein, oder stand in seinem Blick Verlangen? »… intensiven Gedanken?«

»Ich … also nein.« Nun räusperte ich mich. »Nein, ich denke nicht.«

Langsam drehte ich den Becher mit der Kugel Schokoeis, welche langsam zwischen meinen Fingern vor sich hinschmolz. Er deute auf den Becher.

»Keinen Hunger mehr?«

»Nein.« Ich hob ihn ihm entgegen. »Wollen Sie?«

»Gern.« Mich durchfuhr ein Stich, als seine Finger die meinen berührten, während er mir den Becher aus der Hand nahm.

»Mr. Lightman?«, fragte ich leise und hob den Blick. »Dass ich Sie damals angerufen habe … das Private, Sie wissen schon. Das tut mir leid.«

Er hob eine Braue, betrachtete mich und schob sich anschließend einen mit Eiscreme aufgetürmten Löffel in den Mund. Genüsslich leckte er ihn ab, hielt meinen Blick damit gefangen. Offenbar hatte er nicht vor, mir zu antworten, und das wiederum brachte mich in Bedrängnis, weiter zu sprechen.

»Ich habe keine Ahnung, was in mich gefahren ist.« *Doch, die hatte ich. Du und dein beschissener Schwanz.* »Es wird nicht wieder vorkommen, Mr. Lightman.«

Er aß ganz in Ruhe die komplette Kugel Eis auf. Schloss seine vollen Lippen immer wieder um den pinken Plastiklöffel. Leckte ihn immer wieder mit der Zunge ab und ließ mich auf eine Antwort warten. Schwer schluckte ich. Und als ich mich gerade sauer aufrichten wollte, um ihm zu sagen, dass er ein Penner war, weil er die ehrliche Entschuldigung nicht zu schätzen wusste, räusperte er sich, ließ das Plastik in den Papierbecher fallen und nickte.

»Es tut Ihnen also leid, das sie mich einen besserwisserischen Arsch, einen Menschenausbeuter genannt und mit Richard Gere verglichen haben?« Er lächelte mich an. Seine Zähne waren weiß und gleichmäßig, wie aus einer verfluchten Werbung. Was war an diesem Kerl eigentlich nicht perfekt? Gott!

»Also ja, das mit dem Menschenausbeuter … das tut mir leid, ja … vielleicht auch das mit dem Arsch, aber das mit Richard Gere nicht«, erklärte ich ebenfalls lächelnd. Meine Stimme gewann an Leichtigkeit zurück. »Ich meine …« Nun betrachtete er mich aufmerksam. So intensiv, dass es zwischen meinen Beinen zu kribbeln begann. »… Richard Gere ist ja wirklich das Sexsymbol der 80er gewesen.«

»Ich dachte, das war Patrick Swayze in Dirty Dancing?«

»Der hat den süßeren Arsch, damit haben Sie recht«, stieg ich salopp mit ein. »Wobei Ihrer auch nicht übel ist.«

Geschockt starrte ich ihn an. Sein Grinsen wurde breiter und nun erreichte es auch seine schönen dunklen Augen.

»Mr. Lightman ... ich ...« Fassungslos darüber, dass ich wieder einmal schneller gesprochen als gedacht hatte, brach ich den Satz ab. »Fuck!«

»Sie wollten das gar nicht sagen?«, fragte er nach, und der Glanz in seinen Augen änderte sich.

»Nun, also ...«, stammelte ich. Hatte ich sämtliche Intelligenz mit dem Eisbecher abgegeben? »Ich denke, wir sollten das alles rein professionell halten ... ich meine. Sie sind mein Chef. Ich Ihre Personalabteilungsleiterin ... also ... ja.« Ich hustete leicht. Sein Blick bohrte sich in meinen, und ich konnte das alles nicht richtig deuten. Sah er ... enttäuscht aus, dass ich das so gesagt hatte? War er ... sauer? »Nicht, dass Ihr Hintern nicht auch absolut der Hammer ist!« WIESO PLAPPERTE ICH SEIT NEUESTEM WIE EIN BESCHISSENER PAPAGEI, WAS MIR IN DEN SINN KAM?

»Danke.« Er nickte leicht. »Trotzdem sollten wir das alles, wie Sie bereits erwähnt haben, professionell halten. Das bedeutet nicht, dass Sie mich nicht mehr anrufen dürfen.«

»Wie meinen Sie das?« Ich riss die Sonnenbrille von den Augen, so sehr hatten mich seine Worte schockiert. *Erfreut* schockiert.

»Arbeitsthemen betreffend«, setzte er gleich hinterher. »Wenn es um das Hotel geht.« Er musste ja denken, ich war vollkommen begriffsstutzig. Okay, heute, in seiner Gegenwart, war ich das anscheinend auch.

»Ich ... natürlich.« Knapp nickte ich. »Verstehe.«

Forschend betrachtete er mein Gesicht. Er schien irgendetwas darin zu suchen.

»Sehr gut, Torres.« Von einer Sekunde zur anderen bildete sich ein harter Zug um seinen Mund. Seine Laune war von gut auf den Gefrierpunkt gewandert. Das bemerkte ich, obwohl ich ihn nicht sonderlich gut kannte. Er war einfach kein guter Schauspieler, was seine Emotionen betraf.

Nach einem weiteren knappen Nicken stand er auf, warf den Becher in den Mülleimer neben uns und ging davon. Seine Hände waren tief in seinen Hosentaschen vergraben und die helle Hose schmeichelte ihm von hinten noch viel mehr als von vorn. In der Tat, ich hatte recht gehabt, er hatte einen verdammt knackigen Hintern.

Aus Erfahrung wusste ich, dass er nicht nur so aussah, sondern es auch wirklich wahr.

»*L*uisa?«, ertönte die Stimme meiner Mom, als ich meine Wohnung betreten hatte und den großen Knopf auf meinem Anrufbeantworter gedrückt hielt. »Vergiss nicht, dass am Wochenende das Farmersfest ist, ja?« *Nein, Mutter. Wie denn auch? Du erinnerst mich ja jeden Tag daran.* »Wir zählen auf dich. Wirklich. Und wir brauchen Kuchen und Muffins. Wann kommst du vorbei, die Karotten holen?« Sie machte eine kurze Pause und schien Luft zu holen. »Oder soll sie dir jemand bringen? Kannst du im Hotel nicht weg?« Sie trank einen Schluck, das konnte ich hören. »Dein neuer Job wird dich wohl vollkommen überlasten.« *Nein, Mom … du mit deinen täglichen Anrufen überlastest mich.* »Wie auch immer. Ich schicke dir Freitag jemanden, der dir die Karotten bringt. Dann kannst du das frisch backen.« *Super Idee. Das Fest ist ja erst Samstag. Und meine Küche hat ja locker Platz, um hundert Muffins und fünf Karottenkuchen darin zu backen. Kein Problem, Mutter. Kein Problem. Und es ist ja heute auch erst Mittwoch. Mach dir keine Gedanken, deine Tochter kriegt das alles looocker hin.* »Und zieh dir am Samstag was Ordentliches an, Kind.« *Nein, Mama, natürlich nicht. Ich laufe ja immer rum wie die letzte Straßennutte.* »Wenn mir noch etwas einfällt, ruf ich dich an. Und arbeite nicht so viel, mein Schatz. Ich hab dich lieb!« Mit diesen Worten hatte sie aufgelegt, und ich schmiss mich auf meinen Sessel.

Wenn mich jemand stresste, dann war es ziemlich eindeutig meine Mutter. Wegen dieses blöden Festes. Oder Jason Lightman. Der Mann, der mich jetzt schon mehr Nerven gekostet hatte, als sämtliche andere Männer in meinem Leben zusammen. Warum war ich in seiner Gegenwart nur so … aufbrausend? Launisch? Unberechenbar? Was hatte dieser Mann nur an sich, das er es schaffte, mich und meine Laune herumzuwirbeln wie in einem verdammten Rock 'n' Roll Tanz?

Ich sagte Dinge, die ich gar nicht sagen wollte, egal, ob es Beschimpfungen waren oder verdammte Entschuldigungen. Gott steh mir bei, ich hatte mich nicht bei ihm entschuldigen wollen … zumindest hatte ich das nicht geplant gehabt, aber nachdem mir nun die Damen, die gekündigt hatten, alle übereinstimmend einen Namen genannt hatten, war mir klar geworden, dass es nicht an ihm lag.

Weil er fies war.

Oder ein Arschloch.

Oder ein Menschenausbeuter.

»Du bist so irre, Torres!«, sagte ich laut in meine leere Wohnung hinein. Hatte ich ihn wirklich als Menschenausbeuter beschimpft? Ernsthaft? Und er hat mich nicht verklagt? Das sollte ich als Erfolg verbuchen. Müde strich ich mit beiden flachen Händen über mein Gesicht. Direkt nach der Begegnung im Park hatte ich zwei Möglichkeiten erwogen. Entweder, ich würde dort noch länger sitzen und den Kopf über mich und mein unmögliches Verhalten schütteln oder ich würde zu Hause in meinem Lieblingssessel bei einem Glas eiskalten Chardonney sitzen und den Kopf über mich schütteln.

Heilige, verdammte Scheiße, dieses Hotel, dieser Chef und all die Infos, die ich in den letzten Tagen bekommen hatte, würden mein beschissener Untergang sein.

17

JASON

> *Wenn ich mit meiner Katze spiele, bin ich nie ganz sicher, ob nicht ich ihr Zeitvertreib bin.*
> Michel de Montaigne (1533 - 1592)
> Französischer Philosoph & Essayist

Ich brauchte eine Therapie! Eine verdammte, beschissene Therapie.

Mittlerweile war ich mir nämlich sicher, dass sie mich infiziert hatte. Mit irgendwas. Noch nie, in meiner ganzen Karriere, war es mir so schwer gefallen, mich zu konzentrieren, wie in letzter Zeit.

Zum Beispiel stand ich bestimmt seit fünf Minuten im Fahrstuhl des Hotels, ohne einen Knopf gedrückt zu haben, und träumte vor mich hin.

Gestern auf dem Weg von dem verdammten Park zu meiner Wohnung, nachdem ich ihr Eis aufgegessen hatte, war ich fast gegen eine der Laternen gelaufen. Zuhause angekommen hatte ich die Klingel zwangsläufig pauschal ignoriert, weil ich sie nicht gehört hatte. Na ja, solange, bis der Pizzadienst meinen verdammten Portier anrufen lassen hatte. Ich hatte meine weißen Hemden in die Waschmaschine geschmissen und erst heute Morgen bemerkt, dass ich die Maschine gar nicht eingeschaltet hatte.

Und das Schlimmste, ich hatte um sieben Uhr dreißig eine Besprechung mit einem der Gemüselieferanten gehabt und diese vergessen. Und zwar so, dass ich erst um neun Uhr morgens im Büro angekommen war.

So etwas war noch nie vorgekommen. Wirklich noch nie.

Langsam schüttelte ich den Kopf über mich selbst, durch den Luisa Torres unentwegt in Dauerschleife ihre Runden zog und mich immer wieder an meine Grenzen stoßen ließ. Es war doch so: Je mehr ich an sie dachte, je intensiver ich mich mit ihr beschäftigte, umso verzweifelter versuchte ich einen Grund zu finden, mich mit ihr treffen, sie sehen zu können.

Aber, und das fragte ich mich jetzt auch schon seit einigen Stunden, ich war der verdammte Chef, also wieso suchte ich nach einem Grund, sie zu sehen?

Himmel! Ich erkannte mich selbst nicht wieder. Ich war doch schon immer ein klarer, strukturierter, besonnener Mensch gewesen und jetzt? Sie brachte das Schlechteste in mir zum Vorschein. Sie zwang mich dazu, obwohl sie nicht einmal hier war, mich wie ein verrückter kleiner Junge zu verhalten, dem man seine Trinkflasche geklaut hatte.

Dabei war ich doch ein Erwachsener, gestandener Mann, der mit beiden Beinen fest im Leben stand.

Herrgott, ich leitete ein Hotel. Ich war Chef von einigen Angestellten. Ich hatte einen Doktortitel in der Mathematik und war zwei Jahre in Buenos Aires ohne einen Penny mit dem Rucksack unterwegs gewesen. Also was genau war mein Problem, jetzt bei dieser Frau Eier zu beweisen? Keinem anderen meiner Angestellten hätte ich so lange Zeit gelassen, um erste Ergebnisse in den aufgetragenen Bereichen vorzulegen. Wieso war ich bei ihr so nachsichtig?

»Das hat jetzt ein Ende!«, rief ich und ließ meine Handflächen theatralisch auf die Armlehnen meines Ledersessels klatschen. Energisch stand ich auf und nahm mir vor, nun meine Antworten zu bekommen. Jene Antworten, deren Fragen so in mir rührten, dass ich nachts kaum ein Auge zutat.

Und ausnahmsweise hatten diese Antworten nichts mit Luisa Torres zu tun.

Nachdem ich also erfolglos dreißig Minuten durch das Hotel gehetzt und mittlerweile wirklich sauer war, weil ich sie nirgendwo antraf, entschied ich, sie anzurufen. FUCK! Wenn sie heute schon wieder nicht zur Arbeit erschienen war, dann konnte und wollte ich ihr das nicht mehr nachsehen. Sie war weder im Personalraum noch in ihrem Büro. Sie trieb sich nicht in der Küche herum und auch nicht hinter der Rezeption. Ich war sogar in die verdammte Tiefgarage gegangen und hatte dort jeden Winkel abgesucht. Nur … sie war nicht aufzufinden.

Als ich auf ihren Namen in meinem Handy klickte – ich hatte aus irgendeinem idiotischen Anfall heraus ihre Nummer nach dem Abend, als sie mich betrunken angerufen hatte, gespeichert – war ich auf dem Weg nach oben in Richtung Etage. Was auch immer sie dort machen könnte, war mir nicht klar, aber das war der einzige Ort, an dem ich noch nicht nach ihr gesehen hatte. Abgesehen davon, dass ich mittlerweile wirklich wütend war.

Wo gab es denn das, dass der Chef der Angestellten hinterher lief? Sie trieb sich offenbar sonstwo herum, anstatt, wie in ihrem Vertrag geregelt, in dem verdammten Büro zu arbeiten, welches ihr zugeteilt worden war. Mich innerlich immer mehr reinsteigernd drückte ich auf den Abheben-Knopf und wartete, bis es tutete. Energisch lief ich die Stufen weiter nach oben. Nachdem ich die erste Etage passiert hatte und auf der zweiten Ebene angekommen war, wurde mir vieles klar. Ich hörte ihren Klingelton laut und deutlich, bevor ich Luisa sehen konnte. Sie lief gerade in einer Seelenruhe in eines der Hotelzimmer und drückte währenddessen auf ihrem Telefon herum. Da bei mir in der Leitung nun das Besetztzeichen erklang, war mir klar, dass sie mich weggedrückt hatte.

Ich erreichte die Tür, betrat das Zimmer und schmiss sie mit einem ohrenbetäubenden Knall ins Schloss. Es schaffte wirklich niemand, nicht einmal Steve, dass ich so dermaßen sauer wurde und mich kaum mehr kontrollieren konnte.

»Was zur Scheißhölle tust du hier?«, fuhr ich sofort aus der Haut.

Erst erschrocken, dann ertappt, sah sie zu Boden, und der Staubwedel glitt ihr aus den Fingern. Schwer schluckte sie, die Augen aufgerissen, und ich machte einen Schritt auf sie zu. »Antworte mir, Luisa. Was zum Geier tust du hier?« Ich betonte jedes Wort, ich war laut, aber sie schürte so dermaßen die Wut in mir, dass mir die Selbstbeherrschung entglitt. »Dafür bezahle ich dich? Dafür hab ich dich befördert? Dass du hier weiterhin Zimmer machst? Offensichtlich heimlich? Kein Wunder, dass du keine verfluchten Ergebnisse bringst, wenn du hier deine Zeit vertreibst und dir deine Stellenbeschreibung egal ist.« Sie riss die Augen auf, sah kurz so aus, als würde sie es bereuen, fing sich aber schnell wieder und verengte die Augen zu Schlitzen. Sichtlich mahlte sie die Kiefer aufeinander, während ich die Hände in die Hüften stützte und auf und ab ging. Ruhig und gesittet stehen bleiben war momentan wirklich nicht möglich.

»Was glaubst du eigentlich, was das hier ist, Luisa? Eine Witzveranstaltung?« Mir entwich ein Knurren. »Kein Wunder, dass du denkst, ich beute Menschen aus, wenn du hier freiwillig in zwei Jobs arbeitest!« Ich schrie nun wirklich, so wütend war ich. »Es tut mir leid, aber so läuft das nicht. Du vergeudest meine verdammte Zeit. Ich dachte, du wärst anders, ich dachte, es würde dir etwas bedeuten, wenn man dir eine Chance gibt.« Ich betrachtete sie von oben bis unten. Dass sie dort so kühl stand und einfach … nichts sagte, erschütterte mich. Sie sollte mich anschreien oder zurückbrüllen, mich beschimpfen oder mit ihren Händen herumfuchteln, aber dass sie reglos diese Standpauke über sich ergehen ließ …, das ging mir nicht in den Kopf.

»Was ist los, Torres? Hat es dir die Sprache verschlagen? Weißt du etwa nicht, was du sagen sollst, weil ich recht habe?« Ich stieß einen bitteren Laut aus. »Ich hätte auf mein beschissenes Bauchgefühl hören sollen. Ich hätte darauf hören sollen, dass du es nicht reißen wirst. Dass du einfach keine Ahnung von Personalführung hast und immer nur aufschwätzt wie ein Politiker. Ich hätte es verdammt noch mal wissen müssen, dass es dich einen Scheiß interessiert, warum all diese Frauen gegangen sind, solange du dich selbst als Samariter und Helfer hinstellen kannst. Natürlich. Heiße Luft und nichts dahinter.« Ich warf die Hände in Richtung Decke. »Dafür seid ihr Frauen ja bekannt. Große Welle und wenns drauf ankommt, wars das. Genau darum bin ich single. Genau aus diesen Gründen. Weil ihr es vorzieht, zu quatschen und uns Männer zu hintergehen, anstatt endlich einmal Eier zu haben und den Scheiß klar zu machen.«

»Jetzt mach aber mal einen Punkt, Lightman!«, schrie Luisa zurück. »Du willst doch, dass man dich anlügt!«

»Ach?«, keifte ich wütend. »Erst bin ich ein Menschenausbeuter und ein Arschloch und jetzt steh ich auch noch drauf, wenn man mich anlügt?« Sie kam einen Schritt auf mich zu und ich wich nicht zurück. »Du tickst doch nicht mehr ganz richtig!« Beleidigend zu werden, war normalerweise nicht meine Art, aber Luisa und ihr verdammtes Temperament zwangen mich dazu.

»Natürlich! Du willst es nicht anders. Du verschließt doch die Augen vor dem Offensichtlichen, du Vollidiot!«

»Ich an deiner Stelle würde mich jetzt mal ganz schnell zügeln.«

»Pf!«, stieß sie verächtlich hervor. »Ich sag dir was, du Idiot, denn nichts als das bist du nämlich!« Ihre Hände stemmten sich in ihre schmale Taille und sie funkelte mich herausfordernd an. »Ich arbeite sehr wohl in meinem Job. Und das richtig gut. Aber anscheinend ist das total egal. Genau deshalb … finde deinen Scheiß allein raus!« Der Grad zwischen Ausflippen und den Zorn so richtig in seinen Händen spüren, war sehr schmal. Ich würde niemals eine Frau anfassen, auf gar keinen Fall, aber dieses Exemplar brachte mich wirklich an den absoluten Rand meiner Beherrschung. Und ich stand dort nur noch auf einer Zehenspitze. Sie reizte mich so sehr, dass ich sie ruckartig herumwirbelte und das einzige Ventil benutzte, das ich kannte. Hart drückte ich sie mit dem Oberkörper über die Chaiselongue.

»Ich sagte es dir schon einmal, Luisa!«, knurrte ich nun. »Zügel. Deine. Zunge.«

»Sonst was, Lightman?«, keuchte sie erhitzt. Dort, wo meine Hand ihren Körper berührte, wurde ich durch ihre Kleidung versengt. Sie stand regelrecht in Flammen.

»Ich habe dir gesagt«, flüsterte ich gebieterisch in ihr Ohr, »Was ich mit dir mache, wenn du mich das nächste Mal reizt.« Mein Schwanz war hart, ihre Nippel waren steif, das hatte ich schon vorher gesehen. Sicher war sie feucht, weil es sie verfickt noch mal antörnte, wenn ich sie maßregelte.

FUCK! Es machte uns beide an.

Ich griff mir eine Handvoll ihres Haars und zog sie mit sanfter Gewalt nach oben. »Ich habe es dir am Telefon prophezeit und wieder hast du mich nicht ernst genommen. Ich sagte dir, dass ich dir dein Hirn herausficken werde, wenn du wieder versuchst, mich zu verarschen.«

Ihr entwich ein Seufzen und ihre Lider senkten sich halb. Sie griff nach hinten und umfing meine Hüfte. Fest krallte sie die Finger hinein.

»Vielleicht …«, keuchte sie und rieb ihre prallen Hinterbacken an meinem Schritt. »hab ich dich absichtlich provoziert?«

»Na welch ein Glück«, keuchte ich, umgriff den Stoff ihres Kleides und presste meine Fingerspitzen hinein. Es war mit weißen Blümchen bedruckt. Wie … anregend.

»Du bist einfach ein Penner«, stöhnte sie und drückte ihre Hand nun auf meinen Schritt. Der Blick, den sie mir über die Schulter zuwarf, versenkte mich fast bei lebendigem Leibe. Ich wollte sie so dringend, dass ich mich nicht entscheiden konnte, wo ich sie zuerst berühren wollte. Deshalb konzentrierte ich mich auf das Wesentliche und presste meine Lippen auf ihre vollen. Sofort ließ sie zu, dass meine Zunge in ihren Mund glitt und ich küsste sie besitzergreifend. Den weichen Übergang, welcher von einem keuschen Kuss auf den Lippen, zu einem sinnlichen Zungenkuss bekannt ist, gab es nicht. Fordernd zog sie mich immer näher, streckte ihren Rücken in ein Hohlkreuz, weil sie sowohl ihren Arsch an mir als auch ihre Lippen auf mir haben wollte. Nachdem ich sie hart und fordernd in Besitz genommen hatte, ließ ich von ihr ab, schob ihr geblümtes Kleid vollends über ihre Hüften und stieß ein dunkles Knurren aus.

»Wieso trägst du einen Spitzenstring? Hast du etwa damit gerechnet, dass ihn heute noch jemand zu sehen bekommt?« Ich erkannte meine Stimme nicht wieder.

Herausfordernd blitzten mir ihre Augen entgegen. »Vielleicht, ja«, keuchte sie, als ich dunkel brummte und mit einem Ruck ihr Höschen zerriss. Ich stopfte es mir in die Hosentasche, ehe ich mich auf die Knie sinken ließ, eines ihrer Beine anhob und mit meiner Zunge über ihre Mitte fuhr.

Luisa stöhnte laut und überrascht auf, spreizte ihre Beine noch etwas weiter und öffnete sich mir in voller Blüte.

Heilige Scheiße, wie ich vermutet hatte, triefte sie und war bereit für mich. Dennoch wollte ich sie am äußersten Punkt ihrer Selbstbeherrschung haben. Wollte sie an den Rand der Klippe bringen, so wie sie mich ständig reizte und fast dazu brachte, dass ich alles über Bord warf.

»Hilfe!«, keuchte sie hemmungslos, als ich noch einen Finger hinzunahm. Ich ließ ihn immer vor und zurückgleiten. Genoss, wie sie sich vor Vorfreude auf ihren Orgasmus bereits immer enger um mich zusammenzog. Genau so wollte ich sie.

»Sag mir, auf wen du gehofft hast. Wer sollte dich hier treffen und dich ficken?« Meine Worte, waren sie doch so dreckig, begleitete ich damit, dass ich ihr Wimmern und Betteln, ich möge ihren Kitzler bearbeiten, ignorierte. Dunkel stöhnte ich, als sie durch meine Worte noch feuchter wurde. Ich spürte regelrecht, wie es sie anmachte. Leise lachend stand ich auf und nestelte an meinem Ledergürtel. Ich brauchte länger als normalerweise, aber Gott, mit einem steifen Schwanz, einen Gürtel und überhaupt eine Hose zu öffnen, das war auch echt fies. Als ich meine Shorts nach unten zog und meine Erektion in die Freiheit entließ, sah ich, wie sie ihren Finger kreisend über ihren Kitzler bewegte. Meine Hand schoss vor und ich umgriff ihr Handgelenk.

»Du denkst, du kannst dir selbst Erleichterung verschaffen?« Sie wimmerte, als ich ihre Hand zu meinem Mund zog und genüsslich ihren Finger ableckte. »Du denkst, dass ich das zulasse?« Während ich in ihr Ohr sprach, zog sich eine Gänsehaut über ihre nackten Arme. »Niemals würde ich zulassen, dass du durch deine Hand kommst, wenn ich es dir besorgen will.«

»Bitte, Lightman«, jammerte sie und ihre Lider fielen zu. Ich drängte mich von hinten an sie und bewegte die Hüften immer wieder vor und zurück, sodass meine seidige Länge zwischen ihren Schamlippen entlang glitt.

»Aber ich entscheide, wann ich dich ficke. Ich entscheide, wann du kommst … und vor allem entscheide ich, *wie* du kommst!« Luisa seufzte. Ruckartig legte sich meine Hand über ihren Mund. »Pssttt … nicht so laut, Prinzessin, sonst bekommt noch jemand mit, dass ich es dir gleich besorgen werde.«

»Bitte … ich kann nicht …« Luisa ließ den Satz offen in der Luft hängen und kniff sich selbst in den Nippel. »Bitte, ich brauche …«

»Was brauchst du, mein süßes Mädchen?« Ich rieb wieder meinen Schwanz über ihre Mitte und streifte immer wieder ihren Kitzler. Bei jedem Kontakt durchfuhr es sie spürbar wie ein Stromschlag. »Brauchst du das?«

Kurz ließ ich meine Worte nachwirken, zog mich zurück und stieß hart und fest in sie. »Oder brauchst du das?« Luisa schrie auf. Ein Schrei, der so laut war, dass ich ihr wieder meine Hand über den Mund legte. »Sei leise, verdammt noch mal!«, keuchte ich bei jedem meiner nun gezielten und heftigen Stöße.

Die schöne Frau bog ihren Rücken durch, drückte ihren Hintern fest gegen meine Lenden und federte jede meiner provokanten Bewegungen mit Gier ab. Die Lust stand in ihren Augen, die sie durch die vor Leidenschaft halb gesenkten Lider fast versteckte. Ihre schönen, knallroten und vom Küssen geschwollenen Lippen waren einen Spalt geöffnet, als ich einen Finger in ihren Mund gleiten ließ. Sofort begann sie, daran zu saugen.

»Braves Mädchen«, lobte ich sie stöhnend. Ich stellte mir vor, dass es mein Schwanz war, den sie gerade bearbeitete. »Nächstes Mal will ich, dass du mich lutschst.« Wann genau war ich so dominant geworden? Sie wimmerte wieder, also offensichtlich war ich mit meiner derben, dreckigen Aussprache genau so, wie sie es brauchte. »Du machst das gut«, seufzte ich, erhöhte das Tempo und schob meine Hüften heftig vor und zurück. Bei jedem meiner Stöße stöhnte Luisa auf. Sie war genauso, wie ich sie wollte.

Wild. Hemmungslos. Leidenschaftlich.

»Ich komme gleich«, keuchte sie abgehackt.

Mein Finger legte sich auf ihren Kitzler und ich strich genau zweimal darüber, ehe ich mich fest in sie drückte. Luisa kam, ihre Wände zogen sich um mich zusammen, und auch das ließ mir den Orgasmus das Rückgrat hinunterwandern. Mit allem, was ich hatte, mit allem, was ich geben konnte, presste ich mich in sie und hielt uns gemeinsam, während wir die Welle des Orgasmus ritten.

Luisa war warm und weich und weiblich. Ich glaube, ich hatte einen neuen Lieblingsort.

In ihr.

Schwer atmend ließen wir das Geschehene in uns nachhallen. In uns beiden, dessen war ich mir sicher. Als sie sich sanft bewegte, zog ich mich schließlich zurück. Ich sah, wie ich meinen Schwanz herauszog, nass glänzend von ihrer Feuchtigkeit, nach meinem Orgasmus nur noch halb steif.

Was hatte ich getan? War ich von allen guten Geistern verlassen? Was dachte ich mir dabei, eine verdammte Mitarbeiterin zu ficken? Besaß ich denn nicht genug andere Möglichkeiten, dass ich mich wirklich an meinem Personal vergreifen musste? Ja, ich hatte es ihr angedroht. Ja, das war die Konsequenz daraus, weil sie mich wütend gemacht hatte, aber waren wir mal ehrlich, rechtfertigte das mein Verhalten von gerade eben? Nein. Verdammt, das tat es nicht.

Geschockt über mich selbst, trat ich einen unbeholfenen Schritt zurück und zog meine Shorts samt Hose wieder hoch. Als meine Knöchel befreit waren und ich wieder richtig laufen konnte, taumelte ich einige Meter zurück. Dort stand sie, immer noch fast unbewegt, mit nacktem Hintern, leicht gespreizten Beinen, die mir den Ausblick auf ihre Mitte gewährten. Ich war ein Schwein. Ein gottverdammtes Schwein.

Zwar hatte sie nicht den Eindruck erweckt, dass es gegen ihren Willen geschehen war, aber ich hätte mich kontrollieren müssen. Ich war der erwachsene, sehr gut erzogene Mann hier, der sich – im Regelfall – perfekt im Zaum halten konnte.

Bis gerade eben.

Ich räusperte mich. Luisa richtete sich auf und drehte sich zu mir um. Ihr Gesichtsausdruck hatte nichts von Wut oder Verletztheit. Rein gar nichts. Sie sah einfach nur absolut befriedigt und glücklich aus. Ihre Lippen waren von meinen heftigen Küssen geschwollen und tiefrot. Ihr Augen-Make-up war ein wenig verschmiert, und doch tat das dem Glanz in ihren Iriden keinen Abbruch. Gerötete Wangen und ein strahlendes Grinsen rundeten das Bild ab. Erst, als sie erkannte, während ich meine Hände tief in meinen Hosentaschen vergrub, dass etwas nicht in Ordnung war, änderte sich ihr Ausdruck.

»Was ist los?«, fragte sie, zog sich mit zitternden Fingern ihren Rock über den Hintern und starrte mich an.

Ich sah zurück, konnte den Blick nicht von ihr wenden, weil ich mich immer wieder fragte, was ich nur getan hatte. Eine Angestellte zu ficken, war eher das Metier meines Bruders Steve. Oder das von

Eric. Aber am Allerwenigsten war es mein Bereich. Ich, der Korrekte. Der Kontrollierte. Derjenige, der sich nie selbst vergaß, stand in einem Zimmer seines Hotels, mit seiner Personalchefin, die er gerade gebumst hatte.

»Sorry«, war alles, was ich rausbrachte, ehe ich mich ohne ein weiteres Wort umdrehte und die Tür des Zimmers mit solch einer Wucht zuschmiss, dass sie in ihren Angeln krachte.

Ich war ein gottverdammter Bastard.

18

LUISA

> *Kein Zynismus kann das Leben übertreffen.*
> Anton Tschechow (1860 - 1904)
> Russischer Schriftsteller

*I*ch erkannte eine Routine.

Lightman und ich rauschten aneinander, auch wenn das heute ein positiver Rausch gewesen war, und anschließend ging ich nach Hause, wo mich mein Anrufbeantworter anblinkte.

Ich musste die Nachricht nicht abhören, um zu wissen, dass sie von meiner Mutter stammte, die mich daran erinnern wollte, dass am Samstag das Farmersfest war und ich Karottenkuchen und Muffins backen sollte.

Nachdem ich von meinem Sexabenteuer in dem Hotelzimmer wieder in mein Büro gekommen war, hatten drei Säcke geschälte Karotten, bereitgestanden, um von mir verarbeitet zu werden.

Eigentlich hatte ich nur meine Handtasche holen wollen, beten, dass ich ihn nicht noch einmal sehen musste und nach Hause fahren wollen, um mich in die Badewanne zu legen, zu betrinken und vielleicht – wenn Gott mir gnädig war – abzusaufen.

Verdammter Mist!

Ich verstand nicht, was plötzlich mit ihm los gewesen war. Zuerst war er sauer, gut. Weil, das war ich nämlich auch. Und dann war ich heiß und er auch und dann hatten wir Sex und alles war bombastisch und anschließend … nachdem er mich … benutzt hatte, knallte er mir ein »Sorry« hin und verpisste sich?

Ohne ein weiteres Wort? Ja, ich hatte natürlich mitgemacht, denn er war der heißeste Mann auf dem Planeten und ich wollte unbedingt von ihm gefickt werden … aber dass er danach einfach ging und mich stehen ließ, dass er dieses tolle Erlebnis mit einem schalen Geschmack behaftete, das war nicht Teil des Planes gewesen.

Und jetzt? Jetzt verschwand das Hochgefühl, ich fühlte mich wie eine billige Nutte. Die benutzt worden war.

Natürlich, ich hatte mitgemacht, das ließ mein Verstand auch nicht außer Acht, aber ich war nicht diejenige gewesen, die danach sang- und klanglos verschwunden war. Ich war geblieben und hatte auf dieser scheiß Wolke geschwebt, bis die Tür ins Schloss gefallen war und mich wie in einem Traum – *puff* – auf den Boden hatte fallen lassen.

Trotz meines Schocks, dass er so ein Arschloch war, hatte ich mich gesäubert, mich mit zitternden Beinen angezogen und die noch ausstehenden Arbeiten in dem Zimmer erledigt. Mühsam hatte ich die Tränen der Enttäuschung und wenig später der Wut wegen dieses Mistkerls unterdrückt. Nachdem alles sauber, der Geruch nach Mann und Frau, Feuchtigkeit und Sperma verschwunden gewesen war, hatte ich die Flucht ergriffen.

»Abscheu«, sagte ich leise zu der Flasche Wein, die geöffnet vor mir stand, »Genau das war es, was seine Mimik ausgedrückt hat. Abscheu.«

Für mich war das unfassbar. Und ich schämte mich.

Ja, ich hatte schon einige Fehler in meinem Leben begangen. Sogar mit offenen Augen, aber noch nie einen wie heute.

Einen Fehler, für den ich mich schämte. Der es mir irgendwie verbat, in den Spiegel zu sehen. Mein Körper und ich waren immer im Einklang gewesen, was Sex betraf. Ich war immer davon überzeugt gewesen, dass man sich für Lust nicht schämen müsste, auch nicht, wenn sie einen absolut unvorbereitet traf und man sie mit einem Unbekannten erlebte, so wie ich damals auf diesem Hinterhof mit Jason Lightman.

Es hatte mich viele Jahre meines jungen Erwachsenenlebens gekostet, in welchen ich hatte lernen müssen, dass es okay war, Lust zu empfinden. Dass ich überhaupt ein Problem damit gehabt hatte, war auf einen meiner Ex-Freunde zurückzuführen. Er hatte mir immer eingetrichtert, dass es falsch war, Lust zu verspüren oder in der Öffentlichkeit über Sex zu sprechen. Indem er mir Orgasmen vorenthielt, hatte er mich spüren lassen, dass es schmutzig und falsch war, auf dreckige Worte zu stehen und zuzulassen, dass diese die Leidenschaft anheizten. Es hatte mich viele Stunden Therapie und einige Abende meines Lebens gekostet, wieder normalen, sinnlichen und selbstbewussten Sex haben zu können. Zu kapieren, dass es auch als Frau in Ordnung war, wenn man auf das Schmutzige, leicht Verdorbene stand. Ich wollte nicht ans Bett gefesselt oder geschlagen werden à la Fifty Shades, aber ich fand es unfassbar erotisch und sinnlich, wenn ein Mann das Ruder übernahm. Wenn er mich anheizte, mich als Frau fühlen ließ, mir im richtigen Moment die Zügel und die Macht überließ und mich anschließend, nachdem ich über die Klippe gestürzt war, anlächelte und mich im selben Licht sah, wie noch davor.

Nur weil ich es mochte, dass mich jemand lenkte – was ich nicht mit einer devoten Ader, wie ich dank meiner Therapeutin gelernt hatte, gleichsetzte – bedeutete es nicht, dass ich im Tageslicht nicht respektiert werden wollte.

Und diesen Respekt hatte mir Jason Lightman heute genommen, indem ich in seinen Augen die Abscheu erkannt hatte.

Ich überlegte kurz, was ich tun sollte. Einfach nicht mehr zur Arbeit gehen? Nein, das war keine Option. Auch wenn mich jemand mit Füßen getreten hatte, war ich niemand, der hinwarf und aufgab. Ich war eine Kämpfernatur. Die ihre Krone wieder gerade richtete und den Herausforderern bewies, dass sie es ernst meinte. Genau deshalb würde ich natürlich morgen ganz normal im Büro erscheinen. Für heute war ich davongelaufen, ja, das war ich, aber inzwischen hatte ich meinen Kopf sortiert, und ich würde nicht lockerlassen. Ich würde nicht nachgeben und mich von einem Mann kleinkriegen lassen. Nicht noch einmal.

Nur über meine Leiche.

Sie ist immer noch da, die Abscheu!, flüsterte es in meinem Kopf, als Jason Lightman mein Büro betrat. Die »Peinlichkeit«, so nannte ich den gestrigen Sex in meinem Kopf, lag fast vierundzwanzig Stunden zurück. Ich war immer noch herrlich wund zwischen den Beinen, und allein als meine Synapsen erkannten, dass es Lightman war, als sein Duft durch mein Büro in Wellen auf mich zu waberte, während ich mich wie in einem Kinotrailer daran erinnerte, wie er sich in mir anfühlte, erwachte meine Libido und ich merkte, wie die Feuchtigkeit in mein Spitzenhöschen sickerte. Apropos: Er hatte meines von gestern noch, natürlich hatte ich das bemerkt, doch ich würde dieses Thema sicher nicht mehr zwischen uns anschneiden.

Außerdem hatte ich gestern den Pakt mit mir geschlossen, eher zu sterben, als mich nochmal auf ihn einzulassen.

Alle guten Dinge waren definitiv nicht drei. Sondern zwei. Ansonsten gar nichts.

»Miss Torres?« Ahh, er war wieder ganz der förmliche Stock-im-Arsch-Penner, der er innerhalb des Hotels immer war. Nur, wenn ich ihn irgendwo draußen sah, so wie neulich im Park oder in der Bar, war er ein normaler Mann. Und wenn er mich in einem der Hotelzimmer vögelte ...

»Mr. Lightman«, erwiderte ich den förmlichen Gruß und sah auf. Gerade hatte ich mich mit der Causa Edward-der-Hausmeister beschäftigt.

Unsere Hausmeister und Gärtner waren nicht direkt beim Hotel beschäftigt, sondern wurden nach Bedarf bei den entsprechenden Unternehmen gebucht. Das bedeutete, wenn wir wieder einige Arbeiten und Reparaturen hatten, die von einem Hausmeister erledigt werden mussten, dann riefen wir die Agentur an, und diese schickte uns leihweise einen ihrer Mitarbeiter. Das war für das Hotel ein gutes System, denn so sparte man sich die stetigen Personalkosten und zahlte wirklich nur bei Bedarf.

Das *Lightmans Retro* war kernsaniert und fast neu aufgebaut worden, was die aktuellen Arbeiten im Rahmen hielt. Hin und wieder brauchten wir trotzdem Unterstützung.

Und da die Frauen, die gekündigt hatten, allesamt den Namen Edward hatten fallen lassen, hatte ich mittlerweile herausgefunden, dass, wenn wir einen von den Mitarbeitern bestellten, immer dieser Edward Y. kam. Gerade eben war ich dabei, mir die Personalakte von diesem Kerl, der bei der Agentur »Rund um die Uhr-Service« beschäftigt war, durchzulesen.

Den ganzen Vormittag hatte ich mit Telefonieren und Erklärungen verbracht, um zu erreichen, dass sie mir überhaupt zugeschickt wurde.

Erst, als ich mit einem Anwalt und einer Klage gedroht hatte, hatte die Rund um die Uhr-Service-Agentur kooperiert.

»Ich möchte mit Ihnen reden!«

Hatte ich mir bereits gedacht, wenn er schon in mein Büro kam. Ich ließ meinen Blick an ihm hinabgleiten. Nur diese zehn Sekunden Blickficken wollte ich mir gönnen. Er sah wie immer perfekt aus, auch wenn er den »Casual Friday« offenbar als einer der wenigen

Menschen in diesem Land nicht ernst nahm. Er war in einen schwarzen Dreiteiler gekleidet. Das Jackett hatte er sicher in seinem Büro fein säuberlich über einen der Bügel gehängt. Seine Hose warf keine einzige Falte, außer die, die in der Reinigung hineingebügelt worden war. Sein weißes Hemd war bis über die Ellbogen aufgerollt, jedoch an Kragen weiterhin geschlossen. Er trug eine schwarze, schmale Krawatte, zusammen mit einer dunklen Weste, welche aus dem gleichen Stoff wie seine Hose war. Seine gebräunte Haut stach durch das Weiß noch mehr hervor. Wenn ich genau hinsah, konnte ich den Pulsschlag an seinem Hals wahrnehmen. Jason Lightman räusperte sich und ich senkte ertappt den Blick. Ich sollte dringend damit aufhören, ihn anzumachen, stand doch in seinen Augen weiterhin dieser Hass.

»Was kann ich für Sie tun?«, zwang ich mühsam hervor und räusperte mich. Ich würde ebenso professionell bleiben, wie er es anscheinend konnte. Ich würde einfach vergessen, dass er mich gefickt und dann stehengelassen hatte. Ich würde einmal mein Temperament unterdrücken. Nur einmal. Ich konnte das schaffen, wenn ich mich nur genügend bemühte.

»Sie haben da gestern eine Anspielung gemacht, weshalb die ganzen Kündigungen waren.« Ich nickte und hielt den Blickkontakt. »Dann sollten Sie mich umfassend informieren, finden Sie nicht auch?«

Kurz mahlte ich die Kiefer aufeinander. *Verdammter Idiot! Eigentlich sollte ich es dir nicht sagen. Nicht nach dem, was du gestern abgezogen hast.* Andererseits ... würde ihm dann vielleicht klar werden, dass das, was er getan hatte, ebenso damit gleichzusetzen war? Auch wenn ich mein Einverständnis zum Sex gegeben hatte. Denn FUCK! Die Erfahrung, mit ihm zu vögeln, wollte ich nie wieder missen. Meine Libido erwachte erneut. Jason setzte sich mir in einem der Besucherstühle gegenüber, lehnte sich zurück und überschlug die Beine. Bei ihm sah es dummerweise nicht gay aus, sondern zutiefst sexy, wie ihm das zu lange Haar fast in die Stirn fiel, wie mich seine dunklen Augen aufmerksam beobachteten und er einen nachdenklichen Zug um den Mund hatte. Dieser Mann hatte keine Ahnung davon, wie unfassbar sexy er war. Er hatte mich gestern wie eine billige Nutte behandelt. Und doch wollte ich, dass er wieder die Beherrschung verlor und mit mir schlief.

»Nun ...«

»Das war keine Bitte, Miss Torres.« Der sanfte, dennoch bestimmende Klang seiner Stimme ließ mich sämtliche mentalen Erklärungen abbrechen, warum ich es ihm nicht – noch nicht – sagen wollte. Er hatte recht, er war der Chef und ich seine Angestellte. Ich arbeitete für ihn. Nicht wir beide in gleichgestellten Positionen.

»Alle Frauen stimmten unabhängig voneinander darüber ein, dass der Grund in einem gewissen Edward lag.«

»Edward?«, fragte er und legte die Stirn in Falten. »Hier arbeitet niemand, der Edward heißt.«

»Nein, nicht für Sie, Sir. Edward ist von dem Hausmeister-Service, den wir ab und an beauftragen, um kleinere Reparaturen erledigen zu lassen.«

»Und was hat das mit meinen Mitarbeitern zu tun?« Seine Stimme hallte klar und deutlich durch den Raum.

Zwang er mich wirklich, auszusprechen, was offensichtlich auf der Hand lag? »Anscheinend steht dieser Edward auf Körperkontakt.«

»Was soll das bedeuten?« Jetzt beugte er sich vor, die Ellbogen auf die Knie gestützt und betrachtete mich aufmerksam. In seinem Kopf arbeitete es, das konnte ich deutlich sehen.

»Das bedeutet, dass er ihnen sexuelle Avancen gemacht hat.«

Der Satz wirkte nach, seine Mimik veränderte sich von der ursprünglichen Abscheu, zu Erstaunen, dann einer Spur Unglaube und anschließend wieder zu dem vorherigen Hass. »Sie machen Witze!«

»Leider nein, Sir.«

»Soll das bedeuten, dass er diese Frauen sexuell missbraucht hat?« Seine Stimme war leise. Dunkel. Angsteinflößend. Normalerweise war Jason Lightman ein beherrschter Charakter. Zielstrebig. Akkurat. Typ Stock-im-Arsch. Aber gerade hatte sich in einer Geschäftsbesprechung eine Emotion in seine Aussprache geschlichen. Das hatte ich noch nie erlebt. Natürlich war er erst seit einigen Wochen mein Boss, aber trotzdem, ich war sicher gewesen, seinen Charakter deuten zu können. Und eine Emotionsbombe war er nicht gerade.

»Mir wurde von allen bestätigt, dass er sie nicht sexuell missbraucht im Sinne von ›Zum Sex gezwungen‹ hat, aber er wurde wohl sehr zutraulich und einschüchternd. Er hat wohl – unabhängig voneinander – jede wissen lassen, dass er sie das nächste Mal, ich zitiere, wie Vieh besteigen würde, wenn er hier zu arbeiten hätte.« Ich schluckte mühsam und sah den Schock in seinen Augen. »Dem haben die Frauen vorweggegriffen, in dem sie gekündigt haben und einfach nicht mehr im Hotel waren, als er erneut gebucht wurde.«

Meine Worte schienen ihn zu schockieren, denn er sah mir einfach nur sprachlos in die Augen. Ich hätte ein ganzes Monatsgehalt gegeben, um zu erfahren, was er gerade dachte. Was er sich in seinem Kopf ausmalte. Wie er die Sache sah. Bewusst hatte ich die Worte der ehemaligen Mitarbeiterinnen gewählt, einfach, weil sie mich in den Einzelgesprächen genauso entsetzt hatten, wie es jetzt ihn vor den Kopf stieß.

»Sie sind sicher, dass er niemandem etwas getan hat?«, knurrte er schließlich dunkel und ballte die Hände zu Fäusten.

»Ich kann nur weitergeben, was mir gesagt wurde. Und in diesem Punkt haben alle Frauen verneint.«

»Gott. Das ist heftig.«

»Sehe ich auch so.«

Lightman warf mir einen finsteren Blick zu. »Ich muss das sacken lassen und mit unseren Anwälten beratschlagen, was wir hier machen können. *Gegen* diesen Kerl und *für* die Frauen.«

Ohne ein weiteres Wort dazu sagen zu können, war er aus meinem Büro verschwunden.

Seine Augen waren voller Wut und seine Körperhaltung strahlte Aggression aus.

Nur war das nicht alles gewesen.

Genauso hatte ich Schuld und Reue in seinen Augen aufblitzen sehen.

Die Frage war nur, weshalb?

19

JASON

 Nichts widersteht, Berge fallen und Meere weichen, vor einer Persönlichkeit, die handelt.
Emile Zola (1840 - 1902)
Französischer Schriftsteller

Es war sehr ... alternativ. Es war sehr ... bio. Es war sehr ... anders.

Aber das bedeutete nicht, dass es schlecht war. Auf keinen Fall.

Die Stimmung hier war gut, sie war gelöst und es wurde viel gelacht, wie ich beim Durchlaufen mitbekam. Das war für mein Unterfangen total egal, aber dennoch riss es mich irgendwie mit. Na gut, ich war nicht dafür bekannt, ein Partylöwe zu sein, aber es fühlte sich dennoch gut an, wenn die Menschen gut gelaunt waren.

Gute Laune bedeutete nämlich, dass es ihnen gut ging. Wenn es ihnen gut ging, dann gönnten sie sich Dinge. Wie einen Restaurantbesuch oder einen Urlaub ... und Urlaub war wieder gut für mich und das Hotel.

Und genau das *Lightmans Retro* war der Grund, dass ich mich hier überhaupt hatte blicken lassen.

Normalerweise arbeitete ich nämlich an einem Sonntagmittag und besuchte nicht eine Art Street-Food-Marked. Aber heute war eben die Ausnahme, der Ausnahmen. Da ich nämlich durch Luisa und ... das, was auch immer das zwischen uns war, so abgelenkt worden war, hatte ich ein wichtiges Meeting mit einem Lieferanten verpasst.

Im Restaurant des Hotels wurde nachhaltig gekocht. Das bedeutete, dass wir auf spezielle Energiequellen, auf heimische Lieferanten, egal ob es um Obst und Gemüse oder um Fleisch, Fisch und Käse ging, umgestellt hatten. Sehr früh heute Morgen hatte ich mich bereits mit einem Winzer aus der Region getroffen, um eine Auswahl an Weinen auszusuchen, welche wir testen würden.

Na ja und er hatte mir erzählt, dass gerade das Farmersfest in Philly stattfand und ich dort die besten heimischen Produkte kriegen konnte.

Da mir als Hotelmanager natürlich nicht nur wichtig war, in welchem Umfeld sich meine Gäste wohlfühlten und da mein großer Bruder ein verdammter Sternekoch war, wollte ich auch, dass es in dieser Richtung passte.

Ich nahm gerade den letzten Schluck Kaffee aus meinem Starbucks-Pappbecher, als ich sie sah.

Luisa Torres.

Die Haare zu einem unordentlichen Dutt gebunden, lockere Strähnen, die ihr Gesicht umrahmten, Augen, deren freudiges Blitzen ich bis hierher sehen konnte, und ein Lächeln, das meinen Schwanz steif werden ließ.

Sie unterhielt sich gerade mit einer weißhaarigen Frau, die wesentlich kleiner als sie war. Sie schien keinerlei Berührungsängste zu haben, denn ihre Körpersprache war so offen, wie ich es selten bei einem Menschen gesehen hatte.

Die orangefarbige Schürze, welche sie um den Hals und die Taille gebunden hatte, zierte eine übergroße Karotte.

»Können Sie mal zur Seite gehen?«, schnauzte mich ein junger Kerl mit Skateboard unter dem Arm an. So viel zum Thema, das hier alle gut gelaunt waren. Ich hatte gar nicht bemerkt, dass ich einfach stehengeblieben war, um sie anzustarren. Oder mit den Augen auszuziehen. Ich wusste doch, wie sich ihre Haut unter den Klamotten anfühlte, wie sie aussah. Ich wusste, dass sie an der linken, schmalen Kurve ihrer Taille einen kleinen, herzförmigen Leberfleck hatte. Ich wusste genau, wie sie reagierte, wenn …

»Luisa?«, rief gerade eine Frau, und ich hörte damit auf, meine Mitarbeiterin anzustarren. »Kommst du mal bitte?« Lachend verabschiedete sie sich von der älteren Dame und ging zum anderen Ende des Verkaufsstandes, wo sie sich mit einer älteren Ausgabe ihrer Selbst unterhielt. Man musste kein Genforscher sein, um zu sehen, dass dies ihre Mutter war. Die gleichen Haare, die gleiche Form des Gesichtes und der gleiche Mund.

»Wenn Sie sie schon so anstarren, sollten Sie rübergehen und hallo sagen.«

Das selbe Großmütterchen, mit dem sich eben Luisa unterhalten hatte, stand nun neben mir und stieß mich mit ihrem Ellbogen in die Hüfte. Ruckartig drehte ich den Kopf. »Das ist Luisa Torres. Ein tolles Mädchen.« Wie benommen nickte ich, hob aber gleichzeitig meine Brauen. So etwas stranges war mir noch nie untergekommen. »Sie ist so ein braves, kleines Ding. Und sie macht den besten Karottenkuchen in ganz Philly.«

Wie benommen nickte ich. »Finden Sie?«

»Natürlich!«, rief sie und dabei fiel ihr fast ihr Stück Kuchen auf dem Pappteller aus der Hand. »Zweifeln Sie Jungspund etwa meine kompetente Meinung an?« Der Zug um ihren faltigen Mund wurde böse. Oh Mann, sie sah wirklich furchteinflößend aus.

»Nein, nein … Ich«, stammelte ich und fühlte mich gerade nicht wie der Chef eines Hotels, sondern eher wie ein Schulbub, den man beim Kirschenklauen erwischt hatte.

»Luisa?«, rief sie mit ziemlich mächtiger und lauter Stimme. »Dieser Mann«, jetzt deutete sie mit ihrem schrumpeligen Finger auf mich, »behauptet, dass Sie nicht backen können!« Der Kopf von Luisa drehte sich in meine Richtung, und nach dem ersten Schock schlich sich ein Lächeln auf ihr Gesicht. Fuck! Sie war so schön. Jetzt gerade, genau in diesem Moment, hätte sie nackt unter mir liegen sollen, die Haare wild um ihr Gesicht ausgebreitet, und ich hätte in sie stoßen sollen. Dieses Lächeln, sinnlich und unschuldig zugleich, hätte nur für mich bestimmt sein sollen. Ansonsten für niemanden.

Sie kam zu uns rüber, stemmte die Hände in die Taille und sah mich böse an. »So? Das hat er gesagt?«, vergewisserte sie sich bei der älteren Dame.

»Ich habe das schon klargestellt, Kindchen. Aber er will mir nicht glauben.« Die Omi bedachte mich mit einem Blick von oben bis unten, was angesichts des Größenunterschiedes irgendwie lächerlich wirkte. »Vielleicht solltest du ihm einfach ein Stück deines Kuchens geben, damit er einsieht, dass er unrecht hat. Diese Anzugträger muss man ja immer vom Gegenteil überzeugen.« Nun lachte Luisa und ich sah immer noch verdutzt in die Augen der Frau. Sie zwinkerte mir zu, tätschelte meine Hüfte und machte sich auf den Weg zu den Sitzplätzen, wo sie vermutlich ihren Kuchen essen wollte.

»Was. War. Das?«, fragte ich erstaunt und deutete hinter mich.

»Sie sagen also, dass ich nicht backen kann, Lightman?«

»Ich sage …« Kurz betrachtete ich sie nachdenklich. Sie sah nicht wirklich aus, wie jemand, der richtig gut und ordentlich wie eine

Mom backen konnte, das stimmte ... aber heute, als sie mir so fast ungeschminkt und absolut natürlich in die Augen sah, mir ihr Lächeln schenkte ... da beschloss ich, dass es manchmal gar nicht so gut war, wenn ich immer der steife, korrekte Typ war. Trotzdem war ich über mich selbst erstaunt, als ich ganz locker und salopp sagte: »Richtig, ich denke, Sie können nicht backen.«

Nun legte sie den Kopf leicht schief, eine Haarsträhne streichelte ihre Stirn, die sie runzelte.

»Dann werden Sie jetzt dort drüben«, sie deutete auf einen Stand schräg gegenüber, »ein Stück Karottenkuchen kaufen und dann hierher zurückkommen und diese beiden Kuchen miteinander vergleichen.«

»Werde ich das?«, fragte ich amüsiert und spürte, wie ein Lächeln an meinen Mundwinkeln zupfte. Sie schien die ganze Sache wirklich ernst zu nehmen.

»Mona?«, rief sie mit sehr lauter Stimme. »Dieser Mann hier will deinen Kuchen testen.«

Verdutzt sah ich mich um. Mona strahlte über das ganze Gesicht und nickte aufgeregt.

»Und dann«, fuhr sie fort, »werden Sie feststellen, Jason Lightman ...« Bei diesen Worten kam sie mir sehr nahe und wischte mit ihrer Hand über die Knopfleiste meines Polo-Shirts, um einen imaginären Fussel zu entfernen. »... dass mein Karottenkuchen der beste in ganz Philly ist!«

Als ich noch in meiner Luisa-fasst-mich-an-Wolke gefangen war, wurde mir bereits ein Stück Kuchen auf einem Pappteller in die Hand gedrückt und mir aufmunternd zugenickt.

Ehe ich aber kosten konnte, drehte sich diese Mona um und ging wieder an ihren Stand.

»Ja«, lenkte Luisa ein, »Das war fies, weil mein Kuchen wirklich besser ist, aber probieren Sie selbst!« Die Worte, leise und mädchenhaft geflüstert, bewirkten, dass sich eine Gänsehaut über meinen Körper zog.

Sie griff nach meiner Hand und zog mich an den Stand, an dem sie arbeitete. Als sie mir ein Stück ihres Karottenkuchens in die Hand drückte, stellte ich fest, dass ein riesiges Banner mit ihrem Nachnamen darüber gespannt war. Vage deutete ich auf den Schriftzug, während ich einen Bissen von Monas Teller nahm.

»Ihnen ist bewusst, dass Sie einen Nebenjob anmelden müssen?«

»Nebenjob?« Sie lachte laut auf. »Ich habe sicher keinen Nebenjob.« Sie folgte mit ihren Augen meinem ausgestreckten Arm und grinste mich anschließend an. »Meine Eltern. Die Biosupermarktkette gehört meinen Eltern.«

»Ich wusste nicht, dass Ihre Eltern mit Gemüse handeln.« Nachdenklich betrachtete ich sie und griff nach ihrem Karottenkuchen, den sie mir gleichzeitig entgegen hob.

»Probieren Sie«, warf sie dazwischen ein.

»Wieso haben Sie das nie gesagt?«

»Wieso hab ich *was* nie gesagt?«

»Luisa? Hör auf, dir deine Beine in den Bauch zu stehen, wir brauchen hier Hilfe!« Die dunkelhaarige Schönheit vor mir verdrehte die Augen und nickte aber in die Richtung, aus der die Stimme gekommen war.

»Bin gleich da!«

»Und wer ist der junge Mann?«

»Mom«, rief sie über die Menschen hinweg zurück. »Das ist…«

Jäh wurde sie unterbrochen. »Bring ihn gleich mit, wir haben noch Säcke im Anhänger, die man schleppen muss. Und die Kürbisse müssen auch aufgefüllt werden. Da können wir jede Hand, die anpackt, brauchen.«

»Mom«, versuchte sie es erneut. »Das ist…«

»Jetzt beeilt euch endlich, Kinder!« Die dunkle Stimme, die sich nun einmischte, gehörte ihrem Vater, auch wenn ich es nicht mit Sicherheit wusste.

»Dad!«, rief sie augenrollend, drehte sich aber um und zog mich an der Hand mit. »Du siehst, Lightman, hier gelten andere Gesetze.«

Warum genau ich mich lachend von ihr hinterherziehen ließ und tatsächlich mein Jackett auszog, wusste ich nicht. Aber es fühlte sich verdammt gut an.

Nachdem mir von einem jungen Spund der besagte Anhänger gezeigt worden war, begannen wir damit, Säcke voller Karotten zu dem schön aufgemachten Stand zu tragen. Nach wenigen Schritten stand mir bereits der Schweiß auf der Stirn. Heute war es unglaublich warm und ich hatte nicht damit gerechnet, körperlich aktiv arbeiten zu müssen. Ich scheute den Sport nicht, aber ich wollte eben selbst entscheiden, wann ich ihn trieb. Wobei das Luisas Familie für mich erledigt hatte. Es war komisch, normalerweise hasste ich es nämlich, wenn mich jemand herumkommandierte. Aber hier genoss ich das fröhliche, lockere Geplänkel, ich mochte es, wenn Luisa die Augen verdrehte, wenn ihre Mutter – im Übrigen hatten wir uns noch nicht richtig vorgestellt – mir wieder eine neue Arbeit zuwies, für die ich ihrer Meinung nach geeignet war. Das eine oder andere

Lächeln entschlüpfte mir, als ich bemerkte, wie ich mich in die Reihen der wirklichen Angestellten von Luisas Eltern einfügte, die freundlichen Anweisungen entgegennahm und sofort ausführte. Da ich schon viele Jahre mein eigener Chef war, war ich das nicht gewohnt. Dennoch hatte ich meine Wurzeln offenbar nie verloren. Schon damals, beim Militär, hatten sie mir gesagt, dass ich ein guter Soldat wäre, wenn ich nicht zu viel denken würde. Was im Grunde hieß, dass ich es mit den körperlichen Voraussetzungen, welche ich mitbrachte, locker schaffen konnte.

»Träumst du, Lightman?«, sprach mich Luisa leise an, als der Stand gerade mal nur wenig besucht war. »Ich bin mir sicher, das sieht meine Mutter gar nicht gern.«

Ich lachte und nahm einen Schluck Wasser. »Ich verstehe jetzt, woher du dein Temperament und deine Zielstrebigkeit hast.«

»Ach?«, erwiderte sie und hob eine Braue. »Ich hab Temperament?«

Ich nickte.

»Woran hast du denn das gemerkt?« Ohne es wirklich ausgesprochen zu haben, hatten wir uns auf das vertrauliche Du geeinigt. Es war irgendwie so, dass wir uns einig, fast schon vertraut waren, wenn wir etwas machten, das nichts mit unserer eigentlichen Arbeit zu tun hatte.

Ich starrte Luisa an. Die dunklen Augen, die schön geschwungenen Brauen, die einzelnen dunklen Haarsträhnen, welche ihr Gesicht umrahmten. Die hohen Wangenknochen, die vollen Lippen. Oh ja, ich hätte ihr genau sagen können, woher ich wusste, dass sie Temperament besaß. Woher ich wusste, wie man sie reizen konnte … aber, ich würde es nicht. Nicht am helllichten Tag, wenn ihre Mutter uns sicherlich mit einem Ohr belauschte.

»Kinder«, begann eben jene gerade, als hätte sie uns wirklich belauscht. »Könntet ihr jetzt bitte die letzten zwei Stunden noch konzentriert arbeiten?« Sie schüttelte den Kopf und mischte den Karottensalat noch einmal durch. »Ihr seid hier doch nicht zum Vergnügen.« Luisa und ich lächelten uns an. Es war eine Mischung aus schelmisch, weil wir uns beide offenbar wirklich wie Kinder fühlten, und einer Prise Vertrautheit. Irgendwie … fühlte es sich besonders an, sie in ihrem privaten Umfeld zu erleben. Und das nüchtern. Nun schlich sich ein breites Grinsen auf mein Gesicht, als ich daran dachte, wie sie mich betrunken angerufen hatte. Es wurde noch breiter, als ich an die überschwängliche Rede bei ihren Freundinnen dachte, an einem Abend, der mit einem Tritt zwischen meine Eier geendet hatte, und ich dachte daran, wie sie sich damals, vor langer Zeit, mit einem Hauch Rum im Atem auf mir bewegt hatte ... Unangebrachterweise, wurde ich bei dem Gedanken an den unfassbaren Sex aus der Vergangenheit hart.

Als ich meinen Blick von der wunderschönen, kurvigen Frau losreißen konnte, stellte ich fest, dass es bereits dämmerte und die Organisatoren des Festes haufenweise Lichterketten angeknipst hatten. Bunt strahlten die Glühbirnen auf uns herab, Gelächter sowohl von Erwachsenen als auch von Kindern war überall zu hören, und ich fühlte eine innere Ruhe in mir aufsteigen, wie ich sie bislang selten gespürt hatte. Es fühlte sich einfach so verdammt richtig an.

Ja, ich war mit dem Ziel, einen neuen Gemüsehändler zu finden, auf das Fest gekommen. Ja, das war vor mehr als zehn Stunden gewesen, und hätte mir jemand prophezeit, dass dieser Tag so ausgehen würde, hätte ich ihn vermutlich ausgelacht, aber jetzt, heute und hier, fühlte es sich einfach verdammt gut an.

»Hier«, sagte Luisa und hob mir eine dunkle Flasche entgegen. »Probier mal!«

»Was ist das?«

»Karottenbier.«

»Bitte was?« Ich schüttelte angeekelt den Kopf. »Das ist mit ziemlich hoher Wahrscheinlichkeit sehr widerlich.«

»Hey!« Sie stieß mich mit ihrer Schulter an. »Probier es und dann kannst du immer noch sagen, dass es ekelhaft ist.«

»Ich glaube nicht, dass ich das tue«, wisperte ich zu mir selbst und nahm einen Schluck. Es schmeckte ... fruchtig. Frisch und doch irgendwie wie Bier. Es war nicht dieser dunkle, herbe Geschmack, den ich ansonsten bevorzugte, aber es war nicht übel. Nun, es war nicht übel, gäbe es sonst nichts auf der Welt zu trinken.

»Und?«

»Ich hatte schon schlechtere Sachen.« Angewidert verzog ich das Gesicht. »Damals bei der Army.«

»Haha«, erwiderte sie sarkastisch. »Es ist nicht übel, oder?«

Sie lachte mich an, nahm mir wie selbstverständlich die Flasche aus der Hand und trank ebenfalls einen großen Schluck. Etwas in der Art und der Leichtigkeit, mit welcher sie das tat, berührte mich. Trotzdem widersprach ich ihr.

»Es ist ekelhaft. Und du weißt das.« Sie nickte zustimmend, stellte die Flasche auf die Holzbank neben sich und griff nach zwei richtigen Bieren.

»Ich weiß.« Lachend stieß sie ihre Flasche gegen meine. »Und doch ist es eines der meist verkauftesten Produkte im Supermarkt.«

»Du machst Witze?!« Himmel, das konnte ich mir nämlich gar nicht vorstellen.

Luisa zuckte mit den Schultern. »Geschmäcker sind verschieden.« Da hatte sie wohl recht. Abrupt wechselte sie das Thema. »Übrigens, Karottensäcke stehen dir.«

»Wie lustig, du Clown.«

»Na ja, du hättest jetzt sagen müssen: ›Ich habe einen Karottensack getragen!‹« Als sie das aussprach, imitierte sie die Stimme von Baby aus dem bekannten Film *Dirty Dancing*.

»Es wird immer besser, du Komikerin.«

»Was? Soll ich dir doch lieber eine Wassermelone besorgen?« Sie streckte sich und sah sich um. »Ich glaube, Joe hat welche.« Ein strahlendes Grinsen schlich sich auf ihr schönes, von der Sonne gebräuntes Gesicht. Sie sah so jugendlich und frei aus, dass ich mich selbst einen Arsch schimpfte, weil ich immer so ein verdammter Wichser ihr gegenüber war. Eigentlich – und dieses Wort beinhalte schon eine Einschränkung – war ich ein wirklich kontrollierter, anständiger Chef und Mensch. Ich war zielstrebig, genau, korrekt und verlor mein Bestreben nie aus den Augen. Aber Luisa Torres schaffte es regelmäßig, dass mir der Geduldsfaden riss, ich vor Tatendrang übersprudelte und Hals über Kopf Entscheidungen traf. So wie auch jetzt.

Ohne, dass ich es überhaupt gedacht hatte, geschweige denn, den Gedanken abgewogen hatte, drehte ich meinen Kopf, legte meine Hand in ihren Nacken und zog sie an mich, um sie zu küssen.

In erster Linie tat ich das selbstverständlich, weil ich ihr zeigen wollte, dass sie jetzt die Klappe halten musste und nicht im Geringsten irgendwie komisch war, auch wenn sie das dachte.

In zweiter Linie wollte ich sie küssen, wollte ich sie schmecken.

Ihre Lippen leisteten keinen Widerstand, sondern ließen mich sofort in ihren seidigen Mund eindringen. Ihre kleine, warme Zunge rieb sich in aufreizender, langsamer Sinnlichkeit an meiner. Sie kam mir mit ihrem Oberkörper ein Stückchen weit entgegen und krallte die Hand, in der sie keine Bierflasche hielt, in die Knopfleiste meines Polo-Shirts. Meine Finger krallten sich fester in ihren Nacken und ich zog sie noch ein Stückchen näher. Unser Kuss verlor seine Leichtigkeit und wurde fordernder. Ich spürte, wie ich hart wurde. Am liebsten hätte ich sie an ihrem Hintern zu mir gezogen, damit sie sich breitbeinig auf meinen Schoß setzen konnte. Gott, Luisa war so eine verdammte Droge.

»Luisa!«, rief ihre Mutter, die Stimme voller Entzückung. Da wir uns hinter den Planenwagen, aus welchem ich vorher die Karottensäcke geschleppt hatte, gesetzt hatten, war ich nicht davon ausgegangen, dass uns jemand sehen würde. »Ich wusste es!« Sie trällerte die Worte wie ein verdammter Vogel, der einen morgens um vier vom Schlafen abhielt. Wir fuhren auseinander wie die zwei ertappten Teenager, die wir waren. Okay, vom Alter her vielleicht nicht mehr, aber so, wie wir uns verhielten und umeinander herumtänzelten, wohl schon.

»Shit!«, murmelte Luisa, sodass nur ich sie hören konnte. »Mom«, fügte sie etwas lauter hinzu. »Das ist jetzt nicht so, wie du denkst.«

»Ach?«, sagte die Frau, die das exakte Ebenbild von Luisa in einigen Jahren war. »Ich glaube dir kein Wort!« Nun fuchtelte sie mit ihrem Zeigefinger vor unseren Gesichtern herum. Ich schwöre bei Gott, ich war noch nie von einer Mutter bei einem Kuss erwischt worden, der sich so sehr nach Sex angefühlt hatte, wie eben dieser gerade. »Wenn das nichts ist, dann sah das aber nach sehr viel aus, und …« Sie machte eine theatralische Pause, stemmte die Hände in die Hüften und grinste von einem Ohr zum anderen, »Wieso werdet ihr dann beide gerade rot?«

Ich senkte aus einem Reflex heraus die Lider und zwang sie anschließend sofort wieder auf. Was sollte das denn? Ich war ein erwachsener Mann im Alter von 33 Jahren, der eine Frau geküsst hatte. Plötzlich lachte ich leise los und schüttelte den Kopf. Weshalb? Weil es Luisa wirklich peinlich war.

»Mom«, begann sie erneut und biss sich auf die von meinem Kuss geschwollene Lippe. »Ehrlich …«

»Was ehrlich, Luisa Torres?«, fragte ihre Mutter und wedelte mit der Hand zwischen uns hin und her. »Diesen Prachtkerl hättest du nicht vor uns verstecken müssen.«

»Mom!« Geschockt über ihre Worte sprang Luisa auf.

Ich bewegte mich ebenfalls, räusperte mich und rückte den Umschlag meines Hemdärmels wieder gleichmäßig über meinen Ellbogen. »Ja, Luisa. Schämst du dich etwa für mich?«

Die dunkelhaarige Frau mit den wenigen grauen Haarsträhnen trat neben mich und hakte sich bei mir unter. »Es tut mir so leid. Eigentlich haben wir unser Mädchen gut erzogen.« Ihre Stimme klang bedauernd, ihre Miene war freundlich.

»Was ist nur in dich gefahren, Kind?« Nun klang sie sauer. »Du kannst uns doch nicht verheimlichen, dass du einen Freund hast.«

»Mom«, begann Luisa erneut und fuhr sich mit der flachen Hand über das Gesicht. Erst mit dieser Geste bemerkte ich, dass sie keinerlei Schminke trug. Qualvoll stöhnte sie auf. »Du verstehst nicht, wer er ist.«

»Doch«, setzte ihre Mama entgegen. »Natürlich.« Sie lehnte sich nun leicht an mich. »Das hier ist« Sie brach ab und sah zu mir hoch.

»Jason, Mrs. Torres«, half ich ihr aus, da sie meinen Namen wirklich nicht kannte.

»Jason!«, wiederholte sie.

»Jason Theodore Malcome Joffrey Lightman«, ergänzte ich, einfach aus dem Grund, weil ich Luisas schockiertes Gesicht genoss, wie ich ihr nicht aus der Patsche half, sondern sie immer noch tiefer hineinriss.

»Genau, Jason Theodore Malcome Joffrey Lightman.« Ihre Mutter plapperte meine Worte munter nach, ehe sie ihr offenbar erst wirklich klar wurden. »Lightman?«, fragte sie und ich nickte. »Oh Schätzchen«, nun ließ sie mich los und drückte Luisa fest an sich. Verzweifelt sah sie mich über die Schulter ihrer Mutter an. Die Augen aufgerissen, den Mund zu einem »Hilfe« geformt. »Wir sind ja so stolz auf dich. Du hast dir einen Lightman geangelt.«

»Mom!«, sagte Luisa, und ich grinste von einem Ohr zum anderen, meine Hände nun locker in meinen Hosentaschen verborgen. »MUTTER!« Nun war sie energischer.

»Es ist mir eine Ehre, Mr. Lightman.«

»Bitte, Jason!« Nachdem sie Luisa losgelassen hatte, schüttelte sie meine Hand und drückte mich anschließend an sich.

»Natürlich, Jason. Wir haben von Ihnen gehört und von all dem, was Sie als Arbeitgeber für Ihr Personal tun.«

Ach? Interessant. Es waren nämlich weder zu den Urlaubstagen, der Krankenversicherung, der speziellen Absicherung für Familienangehörige oder sonstige Informationen nach außen gedrungen. Außer Luisa hatte es ihren Eltern erzählt.

»So? Finden Sie? Es gibt da nämlich jemanden, der ist ganz anderer Ansicht.« Mein Blick wanderte zu Luisa, die nun den Kopf in einer verzweifelten Geste in die Hand gestützt hielt. Ich grinste noch ein Stückchen breiter, genoss es, dass ich die Oberhand hatte.

Scheiße. Ja, das tat ich. Vor allem eigentlich dann, wenn sie nackt war.

»Und jetzt haben wir gehört, Sie wollen auf heimische Lieferanten umstellen.« Sie verfiel in das förmliche Sie. Sah zwischen uns hin und her und meinte lediglich zu ihrer Tochter: »Er ist dein Chef,

Luisa. So etwas macht man eigentlich nicht!« Nun bedachte sie ihre Tochter mit einem bitterbösen Blick, wie es nur Mütter konnten, und ich versuchte, sie gleich wieder abzulenken. Streit hatte ich keinen heraufbeschwören wollen.

»Bitte, Mrs Torres. Ich bin Jason.« Lächelnd wandte sie sich erneut in meine Richtung und drückte mich noch mal.

»Maria. Maria Torres. Aber sag Maria. Oder Mom.« Sie zuckte mit den Schultern und Luisa hinter ihr wimmerte auf, als hätte sie Schmerzen. »Mom ist auch gut«, fuhr Maria unbeirrt fort.

Sie zwickte mich noch einmal in die Wange, drehte sich um, schenkte Luisa noch mit beiden Händen das Daumenhoch, und ich meinte, sie ein »Das sind großartige Neuigkeiten«, flüstern zu hören. Der verzweifelte, gequälte Ausdruck auf dem Gesicht ihrer Tochter sprach Bände. Lächelnd sah ich ihrer Mutter hinterher, ehe ich mich wieder zu Luisa drehte.

»Ich bin also ein guter Arbeitgeber?«, fragte ich nach und grinste bis über beide Ohren. Luisa schämte sich in Grund und Boden, das war offensichtlich. »Zumindest sagt das ›Mom‹!« Ich deutete vage mit dem Daumen hinter mich.

»Es tut mir so leid«, wisperte sie, und ich lachte laut auf.

»Was genau?«, fragte ich nach und sah sie direkt an. »Dass ich als einer der besten Arbeitgeber Amerikas Karottensäcke geschleppt habe oder dass ›Mom‹ jetzt weiß, wer ich bin, oder dass sie denkt, wir beide wären ein Pärchen?« Ich lachte wieder und Luisa ließ sich auf die Bank sinken, auf welcher wir zuvor gesessen hatten. Sie stützte ihren Kopf in ihre Hände und stieß einen gequälten Laut aus. Als sie zu einer Antwort ansetzen wollte, kam ihre Mutter noch einmal zurück.

»Und wir essen natürlich zusammen. Gleich übernächste Woche, auf Tante Marcys achtzigstem Geburtstag, Schätzchen.« Luisa bekam einen strengen Blick, ich ein weiches Lächeln. »Du hast doch Zeit, Jason?«

»Aber selbstverständlich, Maria.« Damit ich nicht in lautes Lachen ausbrach, biss ich mir auf die Lippe.

Ich hatte keine Ahnung, von welchem Tag wir sprachen.

Ich hatte keine Ahnung, was Luisa wohl dazu sagen würde.

Und am allerwenigsten hatte ich eine Ahnung davon, wo ich mich hier gerade reinmanövrierte.

Aber ich genoss es.

20

LUISA

> *Aber hier, wie überhaupt, kommt es anders, als man glaubt.*
> Wilhelm Busch (1832 - 1908)
> Deutscher Dichter & Zeichner

Wie hatte mir das nur alles so vollkommen entgleiten können, dass ich jetzt überlegen musste, was ich meiner armen, alten Tante Marcy erzählen würde, warum ich ohne Jason Lightman aufgetaucht war? Verdammter Mist! Meine Mutter und auch Jason hatten mich nämlich nicht zu Wort kommen lassen, um irgendetwas richtigzustellen, als es die Situation noch zugelassen hätte.

Zu Beginn dachte ich, meine Mom würde Witze machen, checken, dass es anders war, als es aussah, aber ich raffte ziemlich schnell, dass sie vor Stolz über den Prachtkerl, den ich mir als festen Freund ausgesucht hatte, und Glück, weil ich mich endlich … nach all der Zeit, wieder auf jemanden einließ, übersprudelte.

Es waren nicht nur die wenigen Minuten hinter dem Lieferwagen, die sich in mein Herz gebrannt hatten, nein, es war der Ausdruck von Liebe in ihren Augen, als sie Jason betrachtet hatte. So hatte sie meinen Ex-Freund nie angesehen. Es war offensichtlich, dass sie sich ehrlich für mich freute.

Dass sie sich allerdings über etwas freute, das gar nicht der Wahrheit entsprach, konnte ich ihr nicht sagen. Vor allem jetzt nicht mehr, als sie meinem Dad und den ihr nächststehenden Mitarbeitern die freudige Nachricht verkündete.

Dass Jason nun als ihr »Schwiegersohn« vom »Karottensackschlepper« zum »schürzentragenen Häppchenproben Verteiler« aufgestiegen war, belächelte ich. Verdammt, wie sollte ich ihr nur sagen, dass er ein Two-Night-Stand war und dieser Kuss gerade eben einfach ein Ausrutscher?

Wie sollte ich dann diese Enttäuschung in ihrem Gesicht ertragen können? Und noch viel schlimmer, wie sollte *ich* mit diesem enttäuschenden, wenn auch wahren Gefühl zurechtkommen?

Ja, ich war eine Verräterin, wenn ich mir einredete, es nicht, trotz all der Scham, auch ein wenig genossen zu haben, dass sie ihn für meinen Freund gehalten hatte.

Zu Jason Lightman, würde ich nicht Nein sagen.

Auch nicht, wenn er noch weitere dreißig Vornamen hätte.

Drei Stunden, zwei Bier und das Bio Chilli con Carne meiner Mutter später, saßen wir nebeneinander in seinem Auto, und er brachte mich nach Hause.

Die Stimmung war locker, der Kuss stand nicht in irgendeiner Art und Weise peinlich zwischen uns. Er sprach die Vermutung meiner Mutter, dass wir zusammen wären, nicht an, und er hörte damit auf, sie in unseren Gesprächen Mom zu nennen. Auch verarschte er mich nicht weiter, dass sie mich nicht zu Wort kommen ließ und wie ein aufgescheuchtes Huhn gute Laune verbreitete.

Ich warf Jason einen langen Seitenblick zu. Sein Haar, im Nacken ein klein wenig zu lang, der Hals braun, das weiße Polo-Shirt, das sich von der dunklen Haut so gut abhob, dass ich mit einem Finger den Übergang nachfahren wollte. Das leichte Lächeln, das ich zwischen seinem Fünf-Tage-Bart ausmachen konnte, der lange, von Muskeln überzogene Arm, der locker auf dem Lenkrad lag und den Wagen steuerte. Er tat gerade nichts Besonderes, und doch war er so sexy, dass ich, wäre er wirklich mein Freund gewesen, mit meiner Hand von seinem Oberschenkel zu seinem Schritt gefahren wäre. Als ich meinen Blick automatisch, darauf richtete, räusperte er sich demonstrativ und zwang mich, wieder nach oben zu sehen. Er trug immer noch dieses schelmische Lächeln auf dem Gesicht. Jetzt war es an mir, nervös die Hände in meinem Schoß zu kneten.

»Ich hatte heute einen schönen Tag …«, begann ich, weil ich die Stille um mich herum nicht mehr ertragen konnte. Ich war eigentlich niemand, der immer den Mund offenhaben musste und Schweigen nicht ertragen konnte, aber nach meiner peinlichen »ich starr ihm auf den Schwanz-Aktion« von gerade eben, wollte ich die Schwingungen in der Luft durchbrechen.

Er warf mir einen schnellen Seitenblick zu, ehe er den Blinker setzte und auf die Interstate abbog, die uns in die Stadt hineinführte.

»Ich auch«, er lächelte weiterhin. »Vor allem mit deiner Mutter.«

Ich verdrehte die Augen. Hatte ich wirklich gedacht, ich würde drum rum kommen? »Es tut mir soooo leid«, sagte ich und betonte die Worte deutlich. »Ich werde das klarstellen.« Ein Stich durchzuckte mein Herz. Mist.

»Was?« Er sah mich entrüstet an. »Und mir die Gelegenheit auf die Party zu Tante Marcys Achzigsten zerstören?« Er schüttelte den Kopf. »Nein, nein, nein. Auf keinen Fall wirst du das tun.«

»Aber«, begann ich unsicher, »… sie denkt.«

»Ich weiß, was sie denkt, das hat sie uns gesagt. Uns und allen anderen.«

»Es tut mir leid. Sie … es ist nur …« Ich brach ab. Es war total doof, dass meine Mutter das so herumposaunt hatte. Nicht nur, weil es nicht stimmte, sondern auch, weil die Lightman-Familie häufig in der Zeitung war. Es würde Kreise ziehen, und dann würde ein Reporter ihn fragen, ob es wahr war, dass er in einer Beziehung lebte, und er müsste sagen, dass er das nicht tat und dann … »Shit!« Dass das gefluchte Wort nicht meinem unvollendeten Satz, sondern meinen Gedanken galt, sagte ich ihm nicht.

»Die Augen deiner Mutter haben vor Stolz geglänzt, als sie uns erwischt hat … und das sah nicht nach Stolz aus, der meinetwegen zustande kam.« Scheiße! Er hatte eine gute Beobachtungsgabe. Aus einem inneren Impuls heraus beschloss ich, ehrlich zu ihm zu sein. Was hatte ich schon zu verlieren, außer mein Gesicht? Wobei ich das schon abhaken konnte, seit ich ihm auf einem verdammten Hinterhof einer Disco einen geblasen hatte, oder er mich über ein Sofa gebeugt bei der Arbeit gevögelt hatte.

»Ich bin schon lange Single.«

Er hob eine Braue, sah aber weiterhin konzentriert nach vorn.

»Lange?«

»Ja, jetzt seit zehn Jahren. Es … nun es kommt nicht oft vor, dass ich mit einem Mann ausgehe oder mich küssen lasse, oder sonst irgendwas …«

Er machte mit dem Kippschalter am Lenkrad die Musik leiser, und irgendwie war ich ihm dafür dankbar. Nicht nur, weil es ihn wirklich zu interessieren schien, sondern auch, weil ich dann nicht so laut sprechen musste. Ich mochte diesen Teil meiner Vergangenheit nicht sonderlich gern, und doch gehörte er zu mir. »Ich hatte einen Freund ... der ... sagen wir so, der es nicht so akzeptieren konnte, wenn ich Nein sagte.«

Ich sah, wie sich seine Hände um das Lenkrad verkrampften und er die Kiefer aufeinandermahlte. Seine Stimme klang vollkommen kalt und düster, als er sprach. So hatte ich ihn noch nie gehört. Die Temperatur sank um einige Grade und ich fröstelte leicht. »Am Anfang hatten wir deshalb nur Auseinandersetzungen und ich konnte es immer irgendwie so drehen, dass ich nicht mit ihm allein war ... Aber einmal traf es mich vollkommen unvorbereitet. Wir waren auf einer Geburtstagsfeier seines Kumpels gewesen und ich war früher nach Hause gegangen. Als er einige Stunden später nachkam, war er so wütend – warum weiß ich bis heute nicht –, dass er sich ins Bett legte und mich betatschte. Anfangs hatte ich es gar nicht richtig bemerkt, denn Himmel, ich war im Tiefschlaf, aber dann ... als ich erkannte, dass er betrunken war und seine Wut an mir auslassen wollte, bekam ich Panik. Ich sagte nicht nur einmal Nein und dass er aufhören sollte, aber er steigerte sich immer weiter rein und wurde richtig grob. Er tat mir weh. Ich schrie und trat um mich und schließlich erwischte ich die Nachttischlampe auf meinem Beistelltisch und zog sie ihm über den Kopf.«

Ein leises Knurren stieg ihm aus der Kehle. Schwer schluckte ich. Es war lange her und ein Teil von mir, wenn auch ein schmerzhafter. »Es ist nichts weiter passiert, weder ihm noch mir ... aber ich trennte mich einen Tag danach von ihm.«

»Hat er dir aufgelauert?«

Ich schüttelte den Kopf und spürte, wie einzelne Haarsträhnen meine nackten Schultern streichelten. »Nein, das war ja das Seltsame. Er hat sich nie wieder bei mir gemeldet und das einfach alles so akzeptiert.« Jetzt zuckte ich mit den Schultern. »Vermutlich hat er eingesehen, dass er selbst schuld war.«

»Es tut mir sehr leid, dass du diese Erfahrung machen musstest, Luisa. Es ist ... Keine Frau sollte so etwas durchleben müssen.« Er mahlte die Kiefer weiterhin aufeinander, die Hände verkrampft am Lenkrad. Die Sehnen und Muskeln an seinem Unterarm, den er durch das hochgekrempelte Hemd freigelegt hatte, waren angespannt. »Verdammter Bastard.« Auch wenn er die Worte nuschelte, verstand ich sie klar und deutlich.

»Es ... ich hätte es dir nicht erzählen sollen.« Nun war es an mir die Lippen aufeinanderzupressen. »Ich wollte nicht, dass du Mitleid mit mir hast.«

Jason nickte. »Ich weiß, dass du es mir nicht deshalb erzählt hast.«

Das drückende Schweigen, welches die Worte von mir ausgelöst hatten, war nicht mehr zu ändern. Es war … die Leichtigkeit war dahin. Vollkommen dahin. Ich sah aus dem Fenster, betrachtete die vorbeiziehenden Lichter der Geschäfte und Häuser auf dem Weg in die Stadt. Jason sagte kein Wort, er blinzelte nicht einmal. Warum ich es ihm gesagt hatte, war mir klar.

Ich wollte ehrlich sein.

Jason war der erste Mann seit mehr als zehn Jahren, der mich richtig interessierte. Der mich berührte, auch wenn er mich nicht anfasste. Ja, er war mein Chef und ja, das dürfte alles gar nicht sein, aber, genau jetzt und hier, in diesem Auto, wurde mir klar, dass er wissen sollte, warum ich so war, wie ich war. Ich wollte, dass er mein ganzes Leben, von meiner Kindheit bis zum heutigen Tage, kennenlernte. Ich wollte, dass er von meinen Narben und meinen guten Seiten, meinen Vorlieben und meinen Abneigungen erfuhr.

Ich versteifte mich merklich, als mir klar wurde, dass Jason Lightman nicht nur ein Mann war, mit dem ich Sex haben, sondern Tage wie heute immer wieder erleben wollte. Ich wollte, dass er am Kaffeetisch meiner Familie saß oder auf Tante Marcys dummen Geburtstag, ich wünschte mir, dass er mich von meinen Mädelsabenden abholte oder in meinem Bett auf mich wartete …

Ich wünsche mir, dass da mehr war.

Ich wünsche mir, dass er mich ansah und *er* mehr sah.

Ich wünschte mir, dass er sich in mich verliebte.

So wie ich mich still und leise in ihn verliebt hatte.

Ohne es zu bemerken.

21

JASON

> *Enthusiasmus ist das schönste Wort der Erde.*
> Christian Morgenstern (1871 - 1914)
> Deutscher Dichter

Ich wollte diesem verdammten Hurensohn die Eier abschneiden. Ich wollte sie ihm abschneiden und anschließend in Scheibchen zum Essen geben. Ich wollte ihn mit einem Messer aufschlitzen und ihn ausbluten lassen ... Ich wollte ... ihn umbringen. Die blinde Wut und Aggression, die ich bei ihren Worten empfand, verengte mein Sichtfeld, während ich sie nach Hause fuhr. Es war ein schöner, leichter Sommertag gewesen. Fröhlichkeit hatte vorgeherrscht, und jetzt, bei dem, was sie mir erzählt hatte, war all dies weggeblasen worden, wie von einer leichten Windböe. Mühsam zwang ich mich, meine Wut zu kontrollieren, damit ich beim Autofahren konzentriert blieb.

Eine Frau sollte niemals, wirklich absolut *niemals*, gegen ihren Willen angefasst werden. Man sollte ein Nein respektieren, man sollte Frauen respektieren, und nicht wie verdammte Objekte behandeln, in die man seinen Schwanz stecken konnte. Wie nötig musste es jemand haben, wenn man sich einer Frau aufzwang? Würde ich jemals mitbekommen, wie jemand so etwas tat ... egal, ob ich die Frau kannte oder nicht, würde ich einschreiten. Ganz gleich, welche Folgen das für mich haben würde.

Es war in meinen Augen mit der schlimmsten Strafe zu ahnden, die man für Verbrechen bekommen konnte.

Eine Frau war tabu, wenn sie nicht wollte.

Das brachte mich direkt zu dem Gedanken, dass auch ich mich ihr aufgezwungen hatte.

Diese Erkenntnis, so blitzartig, wie sie kam, ließ mich innerlich zu Eis gefrieren. Meine Hände umklammerten das Lenkrad so fest, dass meine Knöchel bereits weiß hervortraten. Meine Kiefer waren so stark aufeinandergepresst, dass meine Kauleiste schmerzte. Es war mir egal. Ich hatte sie vielleicht nicht fesseln oder schlagen müssen, damit sie mit mir schlief, aber dennoch hatte ich mich ihr aufgezwungen. Wie ein Vorschlaghammer, und genauso hart und fest traf mich die Situation.

»Hier wären wir also«, sagte Luisa in dem Moment, als ich den Motor abstellte. Vage deutete sie aus dem Fenster. »Kommst du noch mit hoch?« Ihre leisen Worte, unsicher und so ganz und gar nicht locker, wie sie ansonsten mit mir sprach, schnitten sich wie tiefe Wunden in mein Fleisch. Mein Blick wanderte nach oben, dorthin, wo ich ihre Wohnung vermutete, und ich räusperte mich, ehe ich antwortete. Ja, ihre Geschichte trieb mir nicht nur die Wut in die Muskeln, sondern auch einen Kloß in den Hals.

»Ich denke, lieber nicht.«

Sie sah mich einen Moment stumm von der Seite an. Es stand offen in ihrem Gesicht, dass sie nicht so recht wusste, wie sie nun mit der Situation umgehen sollte. Es wäre fast lustig gewesen, dass sie ausnahmsweise einmal nicht wusste, was sie antworten oder wie sie die Lage nun interpretieren sollte. Ich sah weiterhin nach vorn, ertrug den Anblick ihrer Augen nicht und wollte verhindern, dass sie meine blinde Wut auf diesen Bastard bemerkte, von dem ich nicht einmal den Namen kannte. Ich wollte nicht, dass sie mitbekam, wie sehr mich dieser Teil ihrer Vergangenheit aufwühlte und noch viel weniger sollte sie bemerken, welchen Kampf ich innerlich ausfocht, damit ich mit meinem eigenen schlechten Gewissen zurechtkam.

Mit dieser Vergangenheit und der Tatsache, dass sie schon einmal gegen ihren Willen angefasst worden war, gepaart mit dem Wissen, dass ich es genauso getan hatte, war sie ab jetzt tabu für mich.

Dabei spielte es keine Rolle, wie schön dieser Tag gewesen war. Wie ich es heute genossen hatte, in ihrer Nähe zu sein, oder wie sich ihre Haut unter meinen Fingerspitzen anfühlte. Es war absolut irrelevant, wie sehr ich ihre Lippen auf mir spüren wollte oder wie perfekt unsere Körper zusammenpassten.

Fakt war, dass ich mich ihr ebenso aufgezwungen hatte.

»Jason …«, begann sie erneut und ich schluckte schwer.

»Wir sehen uns Montag, Luisa.« Meine klaren, kühlen Worte

versetzten ihr einen Stich. Ich konnte es nicht sehen, da ich weiterhin durch die Frontscheibe blickte, aber ich spürte, wie sie zurückzuckte und kaum merklich nickte.

»Gute Nacht, Mr. Lightman«, sagte sie leise, nachdem sie ausgestiegen war, dann schloss sie die Tür. Ich wartete noch einen Moment, bis sie im Inneren des Hauses verschwunden war, startete den Motor und reihte mich wieder auf den vielbefahrenen Straßen Philadelphias ein.

Luisa Torres hatte mir heute einen Teil ihres Charakters gezeigt, den ich bis dato nicht gekannt hatte. Sie wirkte immer selbstbewusst, stark, eigensinnig und vollkommen ausgeglichen. Nie hatte ich auch nur darüber nachgedacht, dass es eine schwache Seite in ihrem Inneren geben konnte.

Aber war es nicht so, dass alle, die nach außen reine Kämpfernaturen waren, im Inneren eine gebrochene Seite bereithielten? Völlig leer, irgendwie aller Kraft beraubt, fuhr ich in meine Wohnung und schenkte mir in totaler Dunkelheit einen Bourbon ein.

Luisa Torres brachte mich an den Rand meiner Selbstbeherrschung. Vollkommen. Absolut und jeden Tag. Aber jetzt wusste ich, dass auch sie nur ein kleines Kätzchen war, das sich danach sehnte, verstanden zu werden.

Langsam nahm ich einen Schluck. Das Getränk, das ich ansonsten so sehr liebte, welches mich immer beruhigen konnte, schmeckte heute bitter. Ich ließ mich mit Glas und Flasche in einen Sessel fallen und schloss gequält die Augen. Es lag auf der Hand, ich war ein Bastard.

Was war nur mit mir los? Weshalb verhielt ich mich wie so ein närrischer, dummer Teenager, der im Hoch seiner Hormone stand? Wieso konnte ich nicht mehr rational denken? Zumindest bis zu diesem Augenblick im Auto, als sie mir erzählt hatte, dass … Ich wollte die Worte nicht einmal denken. Mein Blick klärte sich und ich sah aus den bodentiefen Fenstern. Die Stadt lag weit unter mir, die Lichter glänzten durch die Reflexion in mein Wohnzimmer. So eine große, tolle Wohnung mitten in der Stadt. Mit einem Ausblick, der einem fast das Herz brach, so schön war er. Und doch war ich hier allein.

Einsam.

Ja, ich hatte meine Familie. Ich hatte Freunde. Nicht viele, aber einige, die mir wirklich wohlgesonnen waren … ich hatte Bekannte, einen Haufen Menschen um mich herum, aber dennoch war ich einsam.

Kurz hatte ich gespürt, wie Luisa Torres diese Leere in mir gefüllt hatte. Kurz hatte ich mich heute Nachmittag in dem Gedanken fallen lassen, wie toll es wäre, wenn wir wirklich zusammen wären, so wie ihre Mutter es annahm.

Und jetzt, nach ihrer Geschichte und meiner Erkenntnis, dass ich mich ihr ebenso aufgezwungen hatte, brach dieses Kartenhaus in sich zusammen.

Der Sex, den wir in einem Hotelzimmer gehabt hatten, war mit sexueller Belästigung gleichzusetzen.

Ich war ein Wichser.

Und keinen gottverdammten Deut besser als ihr Ex-Freund.

❧

Nachdem ich die halbe Flasche Bourbon gekippt hatte, war ich in mein Schlafzimmer gegangen, in das viel zu große, viel zu kalte Bett und hatte mich in meinen Shorts zwischen die Laken gelegt. Auch wenn ich es ansonsten mochte, allein zu sein und mein Bett mit niemandem teilen zu müssen, so fühlte ich mich jetzt einsam. Lächerlich, wenn man bedachte, dass Luisa noch niemals hier gewesen war, oder ich auch nur irgendwie vorgehabt hätte, sie hierherzuholen. Wir waren ja nicht einmal wirklich zusammen. Ich hatte sie zwei Mal gefickt und mindestens tausendmal in meinem Kopf, aber es war ja nicht so, dass wir hier aneinandergekuschelt gelegen hätten und sie mir das Bett gewärmt hätte.

Ich schlief die ganze Nacht nicht.

Nachdem ich routiniert geduscht, meinen Bart auf sieben Millimeter wie jeden Morgen gekürzt und einen Kaffee getrunken hatte, stand ich in meinem Ankleidezimmer. Der Raum war viel zu groß, wie alles hier in dieser Wohnung. Es war mir nie aufgefallen, dass der Schrank nur zur Hälfte gefüllt war, dass meine Küche immer vollkommen aufgeräumt und sauber war, da hier sowieso niemand kochte und die Haushälterin jeden Tag gegen Mittag kam, wenn ich im Hotel war. Es lag in meiner Kontrollnatur, dass ich Ordnung hielt. Aber jetzt gerade, wo ich seit letzter Nacht verstanden hatte, dass es niemals so weit kommen würde, dass … das, was auch immer es zwischen Luisa und mir war, vertieft wurde, bedeutete mir das alles nichts mehr.

»Du bist so erbärmlich!«, schimpfte ich mit mir im Kopf, als ich mir die dunkelblaue, schmale Krawatte band. Ich trug heute einen marineblauen, perfekt sitzenden Anzug, ein hellblaues Hemd und eben jene dunkle Krawatte. Ich betrachtete mein Erscheinungsbild noch einmal in dem großen Spiegel. »Wie kann man etwas vermissen, das man nicht kennt?«, fragte ich mich leise und schüttelte den Kopf. »Krieg das auf die Reihe, du Idiot!«

Die Krönung war definitiv, dass ich mich, wie ein verdammter, beschissener Vollarsch verhielt. Außerdem hatte ich meinen Kurs total aus den Augen verloren.

Ich würde mir wieder jemanden suchen, der mir die Wochenendabende versüßte und ich würde das Hotel auf den richtigen Kurs bringen und dort halten.

Deshalb war ich nach Philly gekommen. Und nur deshalb.

Nicht, um mich von einer Mitarbeiterin ablenken zu lassen.

Ich zog es den gesamten Vormittag durch. Ich holte mir eine Kleinigkeit in der Hotelküche, aß in meinem Büro und ackerte den Nachmittag ebenso durch. Ich beschäftigte mich mit den Zahlen der Buchhaltung, hatte einen Termin bei meinem Steuerberater und gönnte mir keine Pause. Nicht eine.

Ich wollte vergessen. Vergessen, was zwischen der dunkelhaarigen Frau, welche drei Türen weiter saß, und mir vorgefallen war. Ich wollte zurück zu meinem inneren Frieden finden. Und es schien mir ganz gut zu gelingen.

Meinen Sekretär George hatte ich auf morgen vertröstet, da ich heute all die Arbeit, die ich aufgrund von akuter Ablenkung liegen gelassen hatte, schaffen wollte. Mein neuer Vorsatz, mich auf mein Geschäft zu konzentrieren, klappte.

… zumindest so lange, bis ich vor dem Personalausgang im Schatten stand und eine Zigarette rauchte.

»Jason?«, fragte es neben mir leise. Ich hatte gekonnt ignoriert, wie sich mir die Haare wenige Sekunden, bevor sie die Tür aufgedrückt hatte, aufgestellt hatten. Ihre Stimme, leise und sanft, fraß sich allerdings durch mich hindurch wie Gift.

»Mr. Lightman«, korrigierte ich sie mit zusammengebissenen Zähnen. Durch ihre Erzählungen gestern Abend in meinem Auto war mir klar geworden, dass wir auf die professionelle Ebene zurückmussten. Und das schleunigst.

Überraschung stand in ihrem Gesicht, das sah ich im Augenwinkel. Allerdings hatte sie sich schnell wieder unter Kontrolle.

»Mr. …« Sie schnaubte verächtlich, als wäre mein Name die Pest. »… Lightman.«

»Ja, Miss Torres?« Jetzt drehte ich mich in ihre Richtung, warf einen flüchtigen frontalen Blick auf ihr Gesicht und wünschte, ich hätte es nicht getan. Ich wünschte, ich hätte einfach meine beschissene Zigarette zu Ende rauchen können und meinen Frieden gehabt. Ohne sie. Vielleicht sollte ich sie entlassen, damit sich mein Fokus endlich wieder auf die Arbeit legen und sich dieses gottverdammte Verlangen töten ließ.

»Ich ähm …«, begann sie und deutete auf meine Zigarette. »Hätten Sie noch eine für mich?« Sie sprach mich jetzt mit der vorgegebenen Höflichkeit an, aber jedes »Sie« oder »Mr. Lightman« klang aus ihrem Mund so, als würde sie es lächerlich finden. Verstand sie denn nicht? Verstand sie denn nicht, dass ich keinen Deut besser als ihr Ex war? Ich war ihr Chef, Herrgott noch mal! Ich war ihr Chef und ich hatte kein Recht, sie anzufassen. Weder aus Leidenschaft noch aus irgendeinem anderen, total dummen Grund. Es gab nämlich keinen.

Vielleicht hätte ich mich selbst anzeigen sollen, um das alles irgendwie aufzuarbeiten. Seit ich gestern zu Hause angekommen war, ging ich immer wieder in meinem Kopf die Situationen durch, in welchen wir uns nahe gekommen waren. Wollte sie das? Gab es ein Geräusch oder gar keine Handlung, die mir ihre Abneigung hätte zeigen müssen? Hatte ich in meiner blinden Lust, sie zu ficken, irgendetwas übersehen? Das war die Scheiße, mit der ich mich rumschlug.

»Was ist los?«, stellte sie schließlich die gefürchtete Frage, als ich ihr umständlich wie ein absoluter Idiot eine Zigarette und das Feuer gegeben hatte. Unter keinen Umständen wollte ich, dass sich unsere Finger berührten. Dann würde ich schwach werden. Einknicken. Sie auf Knien um Verzeihung bitten, dass ich mit ihr geschlafen hatte.

Ihre direkte Frage überraschte mich nicht. Luisa war schlau, sie bemerkte, dass ich ihr aus dem Weg ging.

»Ich stehe hier und genieße meine Zigarette«, erklärte ich schließlich, obwohl mir durchaus bewusst war, dass ich eigentlich gar nichts beantworten musste. »Zumindest war das bis gerade eben der Fall gewesen!« Abschätzend ließ ich meinen Blick an ihr hoch und runter gleiten. Sie fühlte sich unbehaglich, das sah ich an ihrem leicht zuckenden Wangenmuskel. Aber ich wollte, dass sie sich so fühlte. Luisa Torres und ich, wir brauchten dringend Abstand zueinander. Am besten wäre sogar, wenn ein Ozean zwischen uns liegen würde. Ihr Unbehagen wich Kampfgeist und Wut. Deutlich war die Veränderung in ihren Augen sichtbar. Herrgott, diese Frau war für mich leichter zu lesen als ein Kinderbuch. Sie lag offen wie eine Blume vor mir und bettelte danach, dass ich sie führte.

Teufel noch mal, ich wollte sie führen. Mein Schwanz wurde hart, als sie laut ausatmete, die Kiefer aufeinander mahlte und mir direkt in die Augen sah.

»Mir war nicht klar, dass es ein Problem darstellt, wenn ich hier ebenfalls rauche.«

Ich hob eine Braue. »Oh, es muss Ihnen nicht leidtun, dass Sie meine Gedanken unterbrochen haben.« Es gelang mir, das erregte Zittern, ja fast die Sehnsucht nach ihr und ihrer weichen Haut, aus meiner Stimme herauszuhalten.

»Keine Sorge, Mr. Lightman.« Sie streckte ihren Arm aus, um die Zigarette in dem hohen Standaschenbecher auszudrücken. »Das war keine Entschuldigung.« Ihre Stimme klang wie das böse Zischeln einer Schlange. Sie war angepisst; um das zu merken, musste man kein Genie sein. Sauer drehte sie sich auf ihren bestimmt Zehn-Zentimeter-Absätzen um und ging die paar Schritte bis zur Tür. Selbstverständlich starrte ich ihr hinterher wie ein Besessener. Der enge dunkelblaue Bleistiftrock, der hinten geschlitzt war, dass sie überhaupt irgendwie laufen konnte. Der nette Hintern, der in eine schmale Taille überging, mit dem breiten Bund des Rockes, in welchen sie ein einfaches Shirt gesteckt hatte. Ich konnte durch den cremefarbenen Seidenstoff ihres Tops sehen, das sie einen weißen BH darunter trug.

Meine Finger zuckten, als ich bemerkte, wie dringend ich die kleinen silbernen Ösen aufhaken wollte, um ihren vollen Busen in meinen Händen halten zu können.

Energisch ballte ich sie zur Faust und biss mir von innen auf die Wange.

Luisa Torres war tabu.

Ein für alle Mal.

22

LUISA

Das Leben ist bezaubernd, man muss es nur durch die richtige Brille ansehen.
Alexandre Dumas (1802 - 1870)
Französischer Schriftsteller

»Arschgesicht!«, fluchte ich ungehalten, als ich zu Hause ankam und meine Handtasche auf den Beistelltisch pfefferte. Mein Schlüssel flog hinterher und meine Schuhe kickte ich ebenso von den Füßen. »Dummer, verfluchter Idiot!«

Meine Laune war im Keller. Der absolute Tiefpunkt war erreicht.

Natürlich war ich nicht bescheuert. Selbstverständlich hatte ich bemerkt, dass er mir aus dem Weg ging, sich den ganzen Tag in seinem Büro verschanzt hatte und für niemanden zu erreichen war. Darum hatte ich gedacht – ich dummes, naives Kind – ich sollte meine Chance nutzen, als ich ihn beim Rauchen gesehen hatte. Eigentlich hatte ich mir nur Wasser und Kaffee holen wollen, aber dann ... hatte ich ihn fragen müssen, was los war.

Das Wochenende, der Tag mit ihm, war der absolute Wahnsinn gewesen. Harmonisch, witzig, spritzig ... und plötzlich sexy und erotisch. Dass meine Mom ihn für meinen festen Freund hielt, war ... ungünstig. Aber er hatte nichts dafür getan, um das Missverständnis aufzuklären. Ganz im Gegenteil. Er hatte es auch noch genossen, wie ich aufgezogen wurde.

Und ganz ehrlich? Ich auch. Es war ein schönes Gefühl gewesen, es fühlte sich in meinem Inneren ganz warm an. Aber am besten war die ehrliche Freude meiner Mutter darüber gewesen, dass ich nicht mehr allein war.

Nun gespielt-alles-ist-eine-Lüge-nicht-mehr-allein.

Tja, jetzt würde ich sie wohl die Tage anrufen und ihr sagen müssen, dass der große Jason Lightman ein beschissener Wichser war, der mich sitzengelassen hatte.

Denn hey! So war es doch im Grunde. Er hatte mich gevögelt, sich in meine Familie eingeschlichen wie ein mieser Parasit, und seit ich ihm gestern erzählt hatte, was in meiner Vergangenheit abgegangen war, mied er mich, als hätte ich die verfluchte Beulenpest.

»Arschloch!«, zischte ich wieder, öffnete den Gefrierschrank und warf die Fertiglasagne fast in die Mikrowelle. Ich brauchte heute Kalorien. Die bösen Kalorien. Ich war so sauer.

Als ich ihn da so entspannt beim Rauchen gesehen hatte, hatte ich wirklich gedacht, dass dieser Mann nur einfach viel zu tun hätte. Aber nein, Mister Ich-trage-den-perfekten-maßgeschneiderten-Anzug war einfach nur ein Arschgesicht. Nichts war mehr übrig von dem sexy Bastard von gestern. Und wie er mich selbstgefällig angesehen hatte. Dieses miese Grinsen, von dem er genau wusste, dass ich es ihm aus dem Gesicht schlagen wollte, wenn er einen auf oberarrogant machte. Nun ... nächstes Mal würde ich mich nicht einfach wegdrehen, um meine verdammte Wut unter Kontrolle zu bringen. Nächstes Mal würde ich ihm wirklich eine reinhauen.

Nicht, weil er mich gefickt und sich dann wie ein Idiot aufgeführt hatte.

Auch nicht, weil er ein arroganter Eisklotz-Arschloch-Chef war.

Nein, ich würde ihm eine knallen müssen, weil er so ein heißer, sexy Kerl war, der sich mit netten Worten und Herumscherzen in meine Familie geschlichen hatte, nur um sich dann von hundert auf null zurückzuziehen und einen auf »ich bin etwas besseres, als du« zu machen.

Als ich mir ein großes Glas Rotwein so voll goss, dass die rote Flüssigkeit fast über den Rand lief, piepte meine Mikrowelle: Die Lasagne war fertig.

Einsam, denn genau so fühlte ich mich, setzte ich mich an meine kleine Frühstücksbar, die Flasche Chiraz aus dem Laden meiner Eltern wohlweislich gleich mitnehmend.

Was war von dem Verlassen des Festes bis zu mir nach Hause passiert, dass sich Jason wie ein Idiot verhalten hatte? Ja, er war höflich gewesen, keine Frage, und er war auch ruhig und nicht aufbrausend, aber irgendetwas war in ihm passiert, dass ihn jetzt wieder wie diesen »Stock im Arsch-Typen« auftreten ließ.

Ein Eisklotz war ein Scheißdreck gegen diesen Mann, von dem

ich wusste, dass er so viel Leidenschaft an den Tag legen konnte, wenn ihn etwas begeisterte.

Ich hatte meine Arbeit erledigt, es vermieden, irgendwelche Grenzen zu übertreten, hatte mich den ganzen Tag locker gegeben, war aber immer darauf bedacht gewesen, nicht zu vergessen, dass er mein Chef war.

So lange, bis er mich geküsst hatte.

Heilige Scheiße, das war von ihm ausgegangen. Nur von ihm. Also, was genau sollte dann dieses Verhalten?

Es passte in meinem Kopf alles nicht zusammen.

Leidenschaftlich, offen, freundlich.

Und plötzlich? Eisig, reserviert und unnahbar.

Das Piepen meines Handys störte meine Gedanken und mein Herumstochern in der Fertiglasagne, die ich ansonsten wirklich gern mochte.

»Was zur …?«, flüsterte ich in meine leere Küche, als ich die E-Mail öffnete.

Sie war von Lightman.

Miss Torres,
Ich erwarte Ihren abschließenden Bericht in der Personalkündigungsangelegenheit bis Mitte dieser Woche auf meinem Schreibtisch.
Sollten Sie noch zu weiteren Erkenntnissen hierzu gelangen, melden Sie sich bitte bei meinem Sekretär.
Lightman

»Ach, so willst du es also haben?«, zischte ich, warf die Gabel in die kaum angerührte Lasagne und schmiss mein Handy auf den Tresen hinterher. »Arschloch!« Ich betonte jeden Buchstaben übergenau.

Ich sollte mich bei George melden, wenn ich irgendetwas herausfand? Ich sollte wirklich, nachdem er seinen Schwanz in mir gehabt hatte, zu seinem beschissenen Sekretär laufen, wenn ich Hilfe brauchte? Und dann … dann hatte dieser Bastard nicht einmal eine Grußformel für mich übrig? Ernsthaft? Meinte er das beschissen noch mal, ernst? Dieser Kerl tickte doch nicht richtig!

Normalerweise hätte ich kündigen müssen. Hätte ihm morgen per E-Mail, selbstverständlich, eine verdammte Kündigung hinschmeißen sollen, sodass er seinen Mist allein machen musste.

Ja, ich brauchte den Job und ich wollte nicht zu meinen Eltern kriechen oder von ihnen Almosen entgegennehmen. Ich wollte mein Leben, mein Apartment, meine Freizeit selbst finanzieren und nicht das gut situierte Töchterchen sein, das von Mama und Papa ein dickes Konto geerbt hatte. Nein, ich wollte es selbst schaffen und mir einen Namen in der Kreativbranche erarbeiten.

Allerdings machte es mir Lightman wirklich schwer.

»Mach deinen Scheiß allein«, zischte ich, trank das Glas Rotwein in großen Schlucken und schmiedete mit mir und meinem inneren Hasspatronus Pläne, wie ich ihn vernichten könnte.

Wäre da nur nicht mein Gehirn gewesen, das immer wieder aufblitzen ließ, wie schön es mit ihm sein konnte.

Immer dann, wenn er kein Arschloch war.

Es war Freitagnachmittag, als ich an seine Tür klopfte und ohne auf ein »Herein« oder Ähnliches zu warten, sein Büro betrat. Er sah auf, und mich traf der Schlag. Lightman trug eine Lesebrille, die seinem Gesicht so perfekt angepasst war, als hätte man nicht die Brille zu ihm herausgesucht, sondern sein Gesicht zu dieser Brille gemeißelt. Sein Hemd stand am Hals zwei Knöpfe offen und der helle Stoff hob sich deutlich von seiner gebräunten Haut ab. Die dunkelblaue Weste, die er immer unter seinen Jacketts trug und die ich so sexy fand, überzeugte mich auch heute davon, wie perfekt sie sich an seine Schultern schmiegte. Die langen Ärmel hatte er bis über die Ellbogen aufgerollt und mein Blick heftete sich auf seine gebräunten langen Finger und die muskulösen Unterarme. Gott, dieser Mann war der Inbegriff von Sex. Und Orgasmen. Aber auch Sex. Na ja … vor allem von Orgasmen. Ich spürte, wie sich tief in meinem Unterleib etwas zusammenzog. Jason, in Gedanken nannte ich ihn natürlich weiterhin so, holte tief Luft und umklammerte die Papiere, welche er gerade gelesen hatte, mit beiden Händen so fest, dass seine Knöchel weiß hervortraten. Seine dunklen Augen, in die ich ansonsten so gern sah, verengten sich, und die Kälte, die von ihm ausging, jagte mir eine Heidenangst ein.

Meine Hände wurden schwitzig und mein Mund trocken. So etwas kannte ich von mir nicht, aber ich wusste, wie sehr ich es hasste, dass er mich in diese Situation zwang, ohne mir richtig etwas anzutun.

»Miss Torres«, schnauzte er, und eine Gänsehaut wanderte über meine Arme. Zum Glück trug ich eine langärmlige dunkelblaue

Bluse mit weißen großen Kreisen. Dazu einen weißen Bleistiftrock. Es war fast so, als hätten wir uns bei der Farbe unserer Klamotten abgestimmt, ohne miteinander zu sprechen. »Von Höflichkeiten wie Anklopfen halten Sie wohl nichts, oder?«

Ich räusperte mich. »Ich habe geklopft.«

»Wie auch immer!«, sagte er, riss sich genervt die Brille von der Nase und sah mich an. »Was wollen Sie?«

Also erstens will ich gern wissen, warum du die ganze Woche so ein verdammter Bastard mir gegenüber warst. Und zweitens will ich dir deine Klamotten vom Leib reißen, weil ich dich vögeln will. Weil ich mich nach dir sehne. Nach der netten Version von dir. Nach der Version, die meiner Mutter versprochen hat, auf den verdammten Geburtstag meiner Tante Marcy nächste Woche zu kommen. Das will ich.

In mir brüllte ich wie eine Löwin. Ich schrie Zeter und Mordio, war äußerlich aber total ruhig. Er verhielt sich wie ein Wichser. Und wenn er das konnte, dann ich auch.

Ich trat einen Schritt näher, stellte fest, wie sich sein Blick kurz auf das Schwingen meiner Hüften legte, und donnerte ihm den Bericht auf seinen fein säuberlich aufgeräumten, auf Hochglanz polierten Schreibtisch.

»Ihr Bericht!« Das »Sir« verkniff ich mir gerade noch so.

Anstatt einen Kommentar dazu abzulassen, dass ich ihm nicht einfach nur Blätter entgegengeschmissen hatte, sondern das Ganze wirklich ordentlich zu einem Heft gebunden hatte, rügte er mich wieder. Was war nur das Scheißproblem hier?

»Reichlich spät, oder?«, fragte er, schenkte dem Packen an Blättern keine Beachtung und schmiss es in den Müll. »Ich sagte, ich will den Bericht Mitte der Woche. Das ist Mittwoch. Nicht Montag. Nicht Donnerstag.« Er sah mir direkt in die Augen, bei der Kälte, die durch sein ansonsten warmes Braun floß, fröstelte es mich gleich. »Und vor allem. Nicht Freitag.«

»Was?«, begann ich, aber er sah bereits wieder auf die Blätter, die vor ihm lagen.

»Wenn das alles ist, Miss Torres. Dann ist dieses Gespräch nun beendet.«

Sprachlos starrte ich ihn an. Dass ich Feuerpfeile auf ihn abschoss, hätte er bemerkt, wenn er mich angesehen hätte.

Aber das tat er nicht. Ich war so wütend, wie selten in meinem Leben. Ich war auf 180 und fast blind vor lauter Zorn.

Ruckartig drehte ich mich um und verließ sein Büro.

Natürlich nicht, ohne seine Tür ordentlich hinter mir zuzudonnern.
Du verdammter, beschissener Mistkerl!

»*W*eißt du, dass du seit einer Stunde über deinen Chef redest und dich aufregst, obwohl du mich gar nicht kennst?«

»Was?«, fragte ich verwirrt und nahm einen Schluck von meinem pappsüßen pinken Drink. Meine Freundinnen waren irgendwo in der Menge verschwunden und ich stand hier an der Bar, an einem Samstagabend und suchte Ablenkung. Eigentlich hatte ich mich vögeln lassen wollen, aber das hatte sich Brian? Bruce? Bill? Na, wie auch immer der blonde Typ hier neben mir hieß, gerade selbst verkackt. Und zwar so richtig. »Ich rede nicht dauernd über meinen Chef. Du hast eine absolut verdrehte Wahrnehmung.« Okay, vielleicht hatte er recht und ich hatte mich gerade bei einem total fremden Kerl über Jason Lightman ausgelassen. In vielerlei Hinsicht. Obwohl ich mir nach gestern Nachmittag und seinem Wichser-Verhalten in seinem Büro geschworen hatte, dass dieser Mistkerl keinen Gedanken mehr wert war. Nachdem ich sauer in mein Büro abgerauscht war, hatte ich meine Freundin Susan angerufen. Susan war rational, zielstrebig, zeitweise wurde sie sogar als unterkühlt bezeichnet. Sie war genau die Freundin, die ich gebraucht hatte. Ich war nämlich nur einen Schritt davon entfernt gewesen, noch mal sein Büro zu stürmen und ihn zu fragen, was zur verdammten beschissenen Hurenscheiße hier eigentlich los war? Was ich ihm getan hatte und ob es ihm also nun genügt hatte, dass er seinen Schwanz in meiner Muschi gehabt hatte? Was ihm, nebenbei bemerkt, noch lange nicht das Recht gab, sich wie ein weltverbessernder Ober-Arsch-Idioten-Depp aufzuführen. Denn das tat er. Chef hin oder her. Er war ein durchtriebenes, eiskaltes Arschloch.

»Ich bin der mit der verdrehten Wahrnehmung hier?« Er lachte und ich konnte es selbst über den Latinosong, welcher gerade gespielt wurde, hören. »Ich?« Er schien immer noch amüsiert zu sein.

»Schätzchen, ich sag dir jetzt, wie es gelaufen ist. Er ist dein Chef?«

Ich nickte widerstrebend. Eigentlich wollte ich kein Interesse bekunden, denn dann würde ich ja irgendwie zugeben, dass ich wirklich dauernd an Lightman dachte oder gerade eine Stunde mit einem wildfremden Mann, der Vögelpotenzial hatte, über diesen kalten Bastard gesprochen hatte, anstatt mich in Flirtstimmung zu bringen. »Er ist dein Chef, und entweder« nun drehte er sich um, stützte beide Ellbogen auf den Tresen und ließ den Blick durch die Menge schweifen. Er hatte tolle Arme. Allerdings waren sie mickrig, im Vergleich zu Jasons. Ob er wohl irgendwie dafür trainierte? Überhaupt war sein ganzer Körper so gut in Form, dass ich irgendwie mal herausfinden musste, wo sein Fitnessstudio lag. »… Oder er hat es schon getan.«

Mist, ich hätte zuhören sollen.

»Hat er was getan?«, fragte ich deshalb dumm nach und bedeutete dem Barkeeper, dass ich noch einen dieser pappsüßen, pinken Dinger nehmen würde. Meine Freundinnen Jenny und Susan erspähte ich auf der Tanzfläche und sah, wie sich meine stocksteife Wirtschaftsprüferin-Freundin Susan an einem Kerl rieb, als würde sie ihn gerade trocken vögeln. Na heilige verdammte Kacke! Diese pinken Dinger richteten offenbar einiges in uns Frauen an. Wobei der Kerl echt hübsch war.

»Na dich gefickt.«

»Entschuldigung?«

»Dein Chef, Süße. Entweder, er hat dich schon gefickt und behandelt dich jetzt wie Scheiße, genau darum regst du dich so auf, oder du hättest einfach gern, dass er dich fickt, er tut es aber nicht, und du regst dich darüber auf.«

Sprachlos, mit offenem Mund, starrte ich ihn an. Der blonde Kerl, Brian? Bruce? Bill?, zuckte mit den Schultern, leerte seinen Drink und schenkte mir einen mitleidigen Blick. »Wie auch immer. Du bist verschwendete Zeit für mich, Süße.«

Mit diesen Worten ließ er mich an der Bar stehen und verschwand in der Menge. Ich konnte kaum fassen, was er gerade gesagt hatte, und erwachte erst spät aus meiner Schockstarre.

»Arschloch!«, brüllte ich ihm hinterher und zog somit die Aufmerksamkeit einiger Umstehenden auf mich. Ohne mit der Wimper zu zucken, griff ich nach dem neuen Getränk, welches der Barkeeper vor mir abgestellt hatte.

»Er hat keine Ahnung«, sagte eine dunkle, raue Stimme neben mir. Sie jagte mir einen Schauer über den Rücken. Überrascht, angesprochen worden zu sein, sah ich einen der heißesten Kerle neben mir stehen, die ich jemals gesehen hatte. Groß, dunkle Haare, dunkle Augen, die allein durch den Blick, den er mir unter den langen Wimpern schenkte, eine Menge Spaß versprachen. Ein markantes

Kinn, mit dem perfekt gestutzten Bart, welche volle, zum Küssen geschaffene Lippen einrahmten. »Sag mir, wenn du fertig bist mit Starren.« Seine Stimme fühlte sich wie flüssige Schokolade auf meiner Haut an.

»Heilige Scheiße«, brach es aus mir heraus. »Und du bist?« Ich ließ den Satz unbeendet und nahm doch irgendwie kein Blatt vor den Mund. Offen sah ich ihn an, scannte mit einem langen Blick und einem strahlenden Lächeln den Rest seines Körpers. Er trug ein einfaches schwarzes Shirt mit V-Ausschnitt zu einer schwarzen, perfekt eng – aber nicht zu eng – sitzenden Jeans und dazu alte, abgewetzte Converse. Von seiner Figur und seinem Haarschnitt her erinnerte er mich ein wenig an James Dean. Den Mann, den sowieso jede Frau besteigen wollte. Auch wenn es sie zehn Jahre ihres Lebens kosten würde.

Lässig zuckte er mit den Schultern und nippte an der bräunlichen Flüssigkeit in seinem Glas. Kein Eiswürfel, kein Strohhalm, keine Deko. Als er wieder sprach, blies mir sein Atem ins Gesicht. Whiskey. Scotch. Bourbon. Irgendwas Scharfes in die Richtung. Der Drink passte zu ihm. Denn er war ... wahrlich genauso scharf.

»Ist es wichtig, wer ich bin?«

Erwach aus deiner Ich-gaff-dieses-Leckermäulchen-an,-wie-ein-Steak-Starre, Torres! »Da du mein Gespräch mit diesem ... Kerl belauscht hast, offenbar schon.«

Es schlich sich ein Grinsen auf sein Gesicht, für das jede Frau, nur, um es aus der Ferne sehen zu können, ihr Höschen hergegeben hätte. Einschließlich mir. Dieser Mann war die perfekte Ablenkung von Jason Lightman.

»Willst du meine Theorie hören?«, fragte er, und mich traf eine volle Breitseite seines Duftes. Sportlich und frisch. Er roch gut.

»Kann ich dich denn aufhalten?« Ich sollte aus meiner Flirt-Legasthenie sofort aufwachen, wenn ich diesen Hottie dazu benutzen wollte, Lightman zu vergessen. Zumindest für eine Nacht. Ich war mir ziemlich sicher, dieser Kerl könnte es schaffen, dass ich sogar nie wieder an Jason denken würde. Nun. Solange Wochenende war und er keine drei Türen von mir entfernt an seinem Schreibtisch saß ... mit dieser sexy Lesebrille. *GENUG!*, wies ich mich in Gedanken zurecht.

Ohne meine Frage zu beantworten, begann er zu sprechen. »Ich denke auch, dass dich dein Chef gefickt hat.« Diese ehrlichen, derben Worte jagten mir Schauer über den Rücken. Aber jene, die positiv waren. Aus seinem Mund klang das so verdammt normal, als wäre es in meinem Arbeitsvertrag geregelt, dass ich mit dem Chef ins Bett ging. »Und ich denke, dass es dir gefallen hat«, sprach er weiter. »Außerdem denke ich, dass du jetzt auf der Suche nach jemandem bist, der dich von deinem Arschloch Chef – denn wenn er dich nicht mehr will, ist er genau das – ablenken kann.«

Um meine Überraschung, wie genau er ins Schwarze getroffen hatte, zu tarnen, nahm ich einen großen Schluck des pinken Getränkes. »Und ich verrate dir noch was.« Jetzt drehte er sich halb in meine Richtung, und ich konnte bei den blitzenden Lichtern in diesem Club nur vage erahnen, wie sich das Shirt über seinen Brustmuskeln spannte. Es saß absolut perfekt. Dieser Mann hatte mit hoher Wahrscheinlichkeit einen so durchtrainierten Bauch, dass ich darauf meine Wäsche hätte waschen können. »Ich bin gern bereit, dir diese Ablenkung zu bieten!« Da war sie wieder. Die Schokolade.

»Steve!«, ertönte es auf einmal von der Seite, und ich brauchte zwei Sekunden, um meinen Blick von seinen hypnotisierenden Augen wegzureißen. Was ich dann sah, raubte mir den Atem. Alles begann sich zu drehen und mir wurde schwarz vor Augen.

23

JASON

 Ein wahrer Freund trägt mehr zu unserem Glück bei als tausend Feinde zu unserem Unglück.
   Marie von Ebner-Eschenbach (1830 - 1916)
   Österreichische Schriftstellerin

*E*s ist immer beschissen, wenn dein Herz etwas anderes will, als dein Kopf.
   Und es war noch beschissener, wenn dein Schwanz etwas anderes will, als dein Herz und dein Kopf.
   Drei beteiligte Parteien waren selbst für mich einfach zu viel zum Auseinanderhalten.
   Vor allem wollte ich gerade wirklich meinen Verräterschwanz irgendwie dazu bringen, das Zeitliche zu segnen. Ehrlich, ich liebte ihn. Er hatte mir viele, viele schöne Stunden beschert. Egal, ob mit einer nackten, biegsamen, weichen Frau unter mir, oder einem herrlichen, warmen Mund oder selbst wenn es nur meine Hand war. Wir waren uns immer einig. Wir waren wirklich … beste Freunde.
   Aber seit er vor zehn Minuten einen anderen Weg eingeschlagen hatte, als ich, war ich wirklich sauer.
   Ich wusste also, dass *sie* hier sein musste, auch wenn ich sie nicht sah.
   Dummerweise wurde nämlich dieser kleine verfluchte Verräter nur dann steif, wenn ich a) an Luisa Torres dachte, b) mich einer Fantasie mit ihr hingab, oder c) sie in der Nähe war.
   Er wurde ja – gottverdammte Scheiße – sogar steif, wenn ich sie nur in ihren verdammten Stöckelschuhen draußen vorbeilaufen

hörte. Ich musste sie nicht einmal sehen oder riechen. Nein … dann stand der Landesverräter wie eine beschissene Eins. Er brachte mich sogar so weit, dass ich fast in meiner verdammten Hose gekommen war, als sie so wutentbrannt in mein Büro gestürmt war. Als sie mir den Bericht hingeknallt hatte, den ich eigentlich Mitte der Woche hatte von ihr haben wollen.

Ja, ich war ein widerlicher Bastard, dass ich sie so quälte, aber ich musste die Kontrolle zurückerlangen, und die Kontrolle bekam ich nur dann zurück, wenn ich verdammte Stärke bewies und die Grenzen überdeutlich zwischen uns zog. Genau deshalb, weil mein Schwanz irgendwie ein »Luisa Voodoo Muschi Radar« eingebaut hatte, wusste ich, dass sie hier sein musste, auch wenn ich sie nicht sah. Fast verzweifelt zwang ich mich, nicht nach ihr Ausschau zu halten, legte es in Schicksals Hand, ob wir uns sehen würden oder nicht, aber es fiel mir schwer. Mühsam beherrschte ich mich.

Es klappte soweit ganz … na gut, es klappte im Grunde eigentlich gar nicht, da ich mich wirklich sehr anstrengen musste, mich überhaupt auf etwas anderes zu konzentrieren als Luisa, aber ich bemühte mich.

Genau aus diesem Grund, weil mir Ablenkung allein gerade schwerfiel, und weil ich ein erbärmlicher Scheißer war, war auch mein Bruder übers Wochenende nach Philly gekommen.

Dass wir einen trinken und feiern gingen, war klar.

Dass er jemand abschleppen würde, war auch in Ordnung.

Aber dass es verfickt nochmal, *mein* Mädchen war, das war nicht okay.

Luisa schwankte bedrohlich, nachdem sie mich entdeckt hatte. Automatisch griff ich nach ihrem Ellbogen, um sie zu stützen. Als meine Hand auf ihre Haut traf, spürte ich einen Stromschlag durch mich hindurch rasen. Er blitzte durch meinen Körper und wollte gar nicht mehr aufhören. Mein Schwanz wurde noch härter und presste sich gegen die Knopfleiste meiner dunklen Jeans. Er pochte und zeterte, da er in die Freiheit wollte. Da er ihre seidigen Wände … *falsche Gedanken, Lightman! Ganz falsche Gedanken!*

»Alles okay?«, fragte ich schließlich.

Nachdem sie mich noch einen Moment angesehen hatte, entriss sie mir ihren Arm, als hätte sie sich ebenso verbrannt. »Fass mich nicht an!«, zischte sie.

Widerstrebend ließ ich sie los und fuhr mir mit der Hand durch das Haar. Steve beobachtete uns grinsend.

»Ich verstehe«, sagte er zögerlich und lächelte Luisa an. »Du bist *definitiv* nicht frei!«

»Ich bin sehr wohl frei!«, zischte sie und schoss nun Feuerpfeile auf meinen Bruder ab, den sie kurz zuvor noch angesehen hatte, als wäre sie beinahe tatsächlich auf seine plumpen Anmachsprüche hereingefallen.

»Oh Baby«, begann mein Bruder, und ich unterbrach ihn, ohne dass er seinen Satz zu Ende sprechen konnte.

»Nenn sie nicht so!«

Steve genehmigte sich einen Schluck Scotch und lachte schallend. Luisa sah wieder zu mir und verdrehte die Augen.

»Er kann mich nennen, wie er will!«, zischte sie mir entgegen.

»Kann er nicht!«, sagte ich wieder. Keiner wollte nachgeben. Niemand wandte den Blick ab. Ganz im Gegenteil. Ihre schönen Augen verdunkelten sich, sie bekam einen bitteren Zug um den Mund und ihre Stirn legte sich in Falten. Luisa trug einen hohen Zopf, der streng zurückgenommen war. Diese Frisur war für meine Leistengegend nicht sehr förderlich, denn automatisch stellte ich mir vor, wie ich meine Hand um ihr Haar legte und ihren Kopf zurück zog.

»Wer bist du? Mein Vater?«, kreischte sie los und hob die Hände. »Du« nun lachte sie verächtlich. »Entschuldigung, Sie, sind mein Chef.«

»Genau richtig.« War mir nun jede Gehirnzelle abhandengekommen? Verdammt.

»Und deshalb kann ich in meiner Freizeit tun und lassen, was ich möchte!«

»Nicht, wenn es das Hotel gefährdet!«, brachte ich knurrend, mich kaum kontrollierend, heraus. Luisa trieb mich in den beschissenen Wahnsinn. Ohne mit der Wimper zu zucken, leerte sie ihr Glas. Ihre Augen verrieten sie. Sie war aufgebracht. Wobei, nein, das genügte nicht mehr. Sie war zornig. Sie war wirklich wütend.

»Also.« Steve lachte wieder und gab dem Barkeeper ein Zeichen, dass wir noch eine Runde Getränke wollten. »Auf die Erklärung, inwiefern dabei das Hotel zu Schaden kommt, bin ich auch gespannt.«

»Halt deine gottverdammte Klappe!«, zischte ich in seine Richtung und sah wieder zu Luisa.

»Oh ja«, fügte sie hinzu. »Das würde mich auch interessieren!«

»Was ist denn hier los?«, mischte sich plötzlich eine vierte Person ein. Sie sah von Steve zu mir. Anschließend zu Luisa und wieder zu

Steve. »Gleich zwei Männer, die sich um meine Freundin streiten?« Sie lachte ihr schönstes Lachen, welches mit Julia Roberts' konkurrierte. Luisas Freundin war eine Schönheit, wie ich mit einem schnellen Seitenblick feststellen konnte, das blieb auch meinem kleinen Bruder nicht verborgen. Mich interessierte sie allerdings weniger.

»Hier streitet sich niemand«, zischte Luisa und sah demonstrativ ihre Freundin an.

»Möchtest du uns nicht vorstellen?«, fragte die Frau mit den dunklen langen Haaren, welche sie offen trug.

»Susan? Das ist *Mr.* Lightman!« Sie betonte meinen Namen, als wäre er eine Krankheit. »Und das hier ist Steve.« Sie hob die Schultern, griff nach dem pinken Drink, den ihr mein Bruder entgegen hob, und nahm einen großen Schluck. »Du heißt doch Steve?«, fragte sie anschließend und er nickte.

»Ja, ich bin Steve. Der Bruder von *Mr.* Lightman!« Mein kleiner Verräterarsch-Bruder begann fast zu kichern.

»Interessant!«, murmelte diese Susan, und ich las es mehr von ihren Lippen, als dass ich es hören konnte. Ihr schien etwas zu dämmern.»Ich verstehe.«

»Jason«, stellte ich mich schließlich noch einmal vor. »Jason Lightman.«

»Ohhhh!« Jetzt lachte sie schallend. »Der Boss.«

»Was?«, fragte ich und sah wieder zu Luisa.

»Denken Sie etwa, ich erzähle meinen Freundinnen nicht, was passiert ist?« Jedes Mal wenn sie mich siezte, betonte sie die Worte in einer wirklich abfälligen, ätzenden Tonlage. Wie ein trotziges Kind.

»Ich dachte, es wäre klar gewesen, dass diese …« Ich fuhr mir durch mein Haar. Ich mochte es nicht, in der Öffentlichkeit mit meinen Sünden konfrontiert zu werden. »Dass diese Ausrutscher niemanden etwas angehen, Miss Torres.«

»Dies*e* Ausrutscher?«, fragten mein Bruder und Luisas Freundin gleichzeitig. Beide schüttelten synchron den Kopf über uns.

»Besser als eine Soap, was?«, sagte mein Bruder an Susan gewandt. »Darf ich dir etwas zu trinken bestellen?«

»Ich nehme das, was Sie trinken«, antwortete sie, strich sich eine Haarsträhne zurück, und er nickte lächelnd. Das Interesse meines Bruders an Luisa war verflogen. Eigentlich war es schon in dem Moment verflogen, als er gerafft hatte, dass sie … *die* Angestellte war, von der ich erzählt hatte.

»Einmal Scotch. Kommt sofort!« Susan lachte und stellte sich neben ihn. Luisa verengte die Augen zu Schlitzen.

»Das hier ist auch mein Privatleben und ich kann davon erzählen wem und was und wann ich will«, erwiderte sie in meine Richtung.

»Ich dachte, wir hätten eine Übereinkunft?«, knurrte ich.

»Was?«, fragte nun Susan und besaß die volle Aufmerksamkeit meines Bruders. »Die, dass Sie sie vögeln und dann einfach so tun als wäre nichts gewesen? Ich kann mich nicht daran erinnern, dass Luisa so etwas erwähnt hatte.«

»Anwältin?«, warf Steve ein und sie schüttelte den Kopf.

»Wirtschaftsprüferin.«

»Heiß!«, seufzte er und sah wieder mich an. Ich wusste absolut nicht mehr, was ich dazu sagen sollte. Die Grenzen mussten klar gezogen werden.

Absolut, unumstößlich klar.

Luisa sah mich direkt an, sie brodelte vor Wut. Sie war stinksauer. Wütend. Zornig. Alles, was es in diesem Repertoire an Gefühlen gab. Man musste kein Genie sein, um zu erkennen, dass sie auf mich so wütend war. Aber ich würde einen Teufel tun und nachgeben. Ihr beipflichten ... sie weiterhin mit meinen Blicken streicheln und am Ende die Hand ausstrecken und ihr Gesicht umfassen.

Grenzen. Wir brauchten Grenzen. Sonst würde das alles völlig aus dem Ruder laufen.

Fokus, Lightman. Fokus.

»Du«, begann sie und pikte mir mit ihrem Fingernagel in die Brust. »Sorry. *Sie*« wieder dieses abfällige Betonen, »sind ein gottverdammter Bastard. Und bevor ich jemals wieder freiwillig in Ihrer Nähe sein will, lass ich mir beide Brüste abnehmen. Sie verdammter Arsch!«

Ich konnte, selbst wenn ich gewollt hätte, nicht mehr reagieren, denn Luisa Torres hob ihren Drink und kippte ihn mir mit vollem Schwung mitten in mein Gesicht.

»*E*rnsthaft, Jason?«, sagte Steve lachend, als wir im Fahrstuhl waren und nach oben in mein Penthouse fuhren. »Du hattest mehrmals was mit ihr?«

»Ich glaube nicht, dass du in der Position bist, dazu irgendwas beizutragen. Moraltechnisch.«

»Nein, nein. Aber weißt du«, wir betraten gemeinsam meine Wohnung, »wenn ich sowas mache, rechnet jeder damit ... aber du ... du warst immer der Vernünftige. Der Zielstrebige. Der, der Grenzen nur dann übertritt, wenn er nicht weiß, dass es eine gibt. Und ich meine, holla ...« Er reichte mir ein Glas gefüllt mit Bourbon und goss sich selbst Scotch ein. »... die Frau ist eine echt scharfe Grenze.«

»Ich weiß.«

»Warum hast du es dann getan?«

»Das hast du dir doch eben selbst beantwortet.«

»Weil sie scharf ist?«, fragte er rhetorisch, und ich nickte. Ich würde einen Teufel tun, und ihm erzählen, dass da noch mehr war.

»Fuck!« Ich fuhr mir durch mein Haar, zerzauste es noch mehr und seufzte laut. »Ich hab keine Ahnung, was da in mich gefahren ist.«

»Na ja, wie ist es denn passiert?«, fragte er mich, und ich stützte den Kopf in meine Hände. Steve konnte, wenn er wollte, seine flapsige Art gut sein lassen, ehrlich zuhören und sinnvolle Ratschläge geben. Ich kannte ihn seit dreißig Jahren und wusste, dass er gerade umgeschaltet und seinen Flirt-Wichser-Womanizer-Modus abgelegt hatte. Er war nicht umsonst einer der begehrtesten und reichsten Männer im ganzen Land. Steve hatte sich selbst mit Glücksspiel ein beachtliches Vermögen aufgebaut, bevor er das Hotel zu seinem dreißigsten Geburtstag geerbt hatte. Er hatte bereits einen Namen in den USA. Nicht zuletzt, weil er ständig für Schlagzeilen durch seine Frauengeschichten sorgte. Kein Model, keine Musikerin, eigentlich keine schöne Frau in den Staaten war vor ihm sicher.

Er war immer gut gelaunt und immer auf der Hut. Ein arroganter Geschäftsmann, der seine Partner in dem Glauben ließ, er habe keine Ahnung von dem, was er eigentlich tat und nehme alles auf die leichte Schulter. Von Überheblichkeit und Selbstbeweihräucherung zerfressen. Aber so hatte er es geschafft, sie aus der Reserve zu locken, hinter deren Absichten zu blicken und die besten und wichtigsten Deals in unserer Familie unter Dach und Fach zu bringen. Dass Steve das leichte Leben genoss, war kein Geheimnis. Dass er niemals eine feste Beziehung oder gar eine Familie wollte, ebenso wenig. Warum das so war, konnten wir alle nur erahnen. Dieses Thema war, auch wenn er ansonsten sein Herz auf der Zunge trug, ein Geheimnis, welches ihm noch niemand hatte entlocken können.

Während ich also meinen Bruder betrachtete, er mir in einvernehmlicher Stille einen Moment Zeit gab, mich zu sammeln, beschloss ich, dass ich nichts verlieren könnte, wenn ich alles von Anfang an erzählte.

Und das tat ich.

24

LUISA

 Die Freude ist ein Schmetterling, der dicht über dem Boden flattert.
Edith Södergran (1892 - 1923)
Finnisch-Schwedische Dichterin

Eine Woche war vergangen, seit dem beschissenen Drama in diesem Club.

In dieser Woche war ich damit beschäftigt gewesen, Jason Lightman aus dem Weg zu gehen. Denn es war mir peinlich, was ich getan hatte. Egal, was dieser Mann tat, er war immer noch mein Chef. Dass wir miteinander geschlafen hatten, war die Entscheidung von uns beiden gewesen, und hätte ich behauptet, von ihm gezwungen worden zu sein, hätte ich gelogen. Es war einfach so, dass ich mir in diesem Moment am Samstag nicht mehr zu helfen gewusst hatte. Natürlich war mir klar, dass ich dringend mit ihm reden sollte. Nur hatte ich nicht den Mumm. Energisch verdrängte ich den Gedanken an meine Schuld und versuchte, die Wut wieder auf ihn zu projizieren, weil er mich so übel abserviert hatte.

Er sah uns als Ausrutscher. Es zu denken, war das eine, es von ihm zu hören, etwas ganz anderes.

Ich hatte mir wirklich Mühe gegeben, ihm aus dem Weg zu gehen. Er schickte mir zwei E-Mails, eine, dass er meine Fortschritte im Bereich Hausmeister Service vorliegen haben wolle, und eine andere, in der er über die aktuelle Planung des Schichtsystems auf dem Laufenden bleiben wollte.

Keine Anrede. Keine Grußformel. Kein persönliches Wort.

Nachdem ich Susan an jenem legendären Abend nochmals die ganze Geschichte erzählt hatte, waren wir übereingekommen, dass ich mich zurückziehen sollte. Ich durfte nicht vergessen – und da liebte ich sie für diese kühle, wenig emotionale Art – dass er die Fäden in der Hand hielt, was eine Kündigung betraf.

Gekündigt zu werden konnte ich mir nicht leisten. Natürlich würde ich ihn nicht auf Knien anflehen, mich weiterzubeschäftigen, wenn es hart auf hart kommen sollte, aber ich nahm mir fest vor, zu meiner ehrgeizigen Routine zurückzufinden, Lightman zu vergessen und einfach meinen verdammten Job zu machen. Nach wie vor kam ein Scheitern nicht infrage. Wenn mich niemand sah, und Gott bewahre, dass ich diesen Gedanken jemals laut ausgesprochen hätte, aber im Stillen gestattete ich mir die Vorstellung, wie ich ihn beeindruckte. Überzeugte. Wie ich ihn sprachlos machte, indem ich mich in einer Position, in der meine Erfahrungswerte überschaubar waren, bewies.

Ich wollte nicht mehr an ihn denken. Noch viel weniger, da ich nach wie vor meiner Mutter nicht Bescheid gegeben hatte, dass ihr neuer Lieblingsschwiegersohn wohl doch nicht auf dem Achtzigsten von Tante Marcy auftauchen würde.

Genau darum war ich auch gerade unterwegs. Na gut.

Indirekt. Es war Freitagabend, ich hatte vor einer Stunde Feierabend gemacht und wollte mir nun etwas Gutes tun. Wenn ich ehrlich war, dann brauchte ich für das Kleid, welches ich morgen tragen würde, keine neue Unterwäsche, aber ich *wollte* einfach welche. Ich wollte mir selbst etwas gönnen. Und genau deshalb streifte ich durch die fein säuberlichen Ständer von *La Perla*. Eigentlich gab mein monatliches Budget ein neues Unterwäsche-Set gar nicht her, aber ich würde an meine Ersparnisse gehen. Besondere Umstände erfordern eben drastische Maßnahmen.

Mir gefiel dummerweise ziemlich alles, aber ich entschied, ein schwarzes Set aus zarter Spitze und einer Hipster Pants mitzunehmen. Auf dem Weg zur Umkleide griff ich noch nach einem Set in leuchtendem Neonpink, dessen BH so tief geschnitten war, dass man ohne Probleme eines dieser modernen Kleider mit tiefem V-Ausschnitt tragen konnte. Von der Form her betrachtet würde er meinen Busen in einem optimalen Winkel nach oben und von der Seite nach innen setzen. Das könnte gut aussehen.

Bewusst vermied ich den Blick auf die Preisschilder.

Nachdem mich eine übereifrige Mitarbeiterin in eine der

Kabinen gelotst hatte, merkte sie an, dass ich gern nach ihr rufen könnte, sollte ich etwas brauchen und ich war mir selbst überlassen.

Die Kabinen bei *La Perla* waren geräumig, leise, beruhigende Musik, die sinnlich wirkte, kam aus den Lautsprechern über mir und ich brauchte fünf große Schritte, bis ich bei dem weißen Ledersessel ankam, um meine Tasche von Valentino, welche ich zu meinem Abschluss von meiner Mom bekommen hatte, abzustellen. Allein dieser Raum – den Namen Umkleide hatte er nicht verdient – war dekadent. Ein großer, goldener Kronleuchter befand sich über mir, alles war verspiegelt und nichts blieb der Fantasie überlassen.

Langsam zog ich den Reißverschluss meines Etuikleides, das ich heute im Büro angehabt hatte, auf. *Natürlich* hatte ich kein bisschen gehofft, das Lightman mich in diesem Kleid sehen würde. *Natürlich nicht.*

Als ich in meiner eigenen Unterwäsche vor dem Spiegel stand, die Schuhe achtlos neben mir, wurde mir klar, dass ich dieses schwarze Set aus meinem Schrank getragen hatte, weil ich ... *selbstverständlich nicht* gehofft hatte, dass wir uns sehen würden und er eventuell ... »Nein!«, sagte ich laut, hakte energisch meinen BH auf und streifte mir das Höschen über die Beine. »Hör auf damit, so erbärmlich zu sein!«, flüsterte ich mir zu und schloss kurz die Augen.

»Ich finde nicht, dass du erbärmlich bist«, kam es sehr leise aus Richtung des Vorhangs. »Ich finde, du bist wunderschön.«

Langsam, mit einem Herzschlag so schnell wie ein Rennwagen, öffnete ich die Augen.

Ich war komplett nackt. Vollkommen entblößt. Die dunklen, wissenden, leidenschaftlichen Augen von Jason Lightman trafen durch den Spiegel auf meine. Ich war überrascht, fast unsicher und gab mir nicht einmal die Mühe, es zu verbergen.

WAS TAT ER HIER?

Er kam, langsam, wie ein scheiß Model auf mich zu. Sein Blick ließ meinen nicht los, als er so nah hinter mich trat, dass ich die von seinem Körper ausgehende Wärme auf meinem fühlen konnte. Schwer schluckte ich und fragte mich eine Sekunde lang, warum ich ihn nicht anschrie und hinauswerfen ließ.

Weil du ihn vermisst ... weil du seine Art vermisst ... und seinen Körper ... weil du vermisst, dass er der lockere, sexy Jason ist ... anstatt dieses eiskalte Arschloch der letzten Wochen. Die Stimme in mir hatte recht, daran führte kein Weg vorbei. Er hob langsam die Hand, streckte den Zeigefinger und wartete darauf, dass ich ihn aufhielt. Aber das würde ich nicht. Sein Duft hüllte mich ein, seine Augen hielten mich in einem festen Bann, und ich musste all meine Selbstbeherrschung aufbringen, um nicht einen kleinen Schritt zurückzumachen und mich entspannt an seinen Körper zu lehnen.

»Schau doch, wie perfekt du bist …« Er fuhr mit seinem Zeigefinger über meinen Hals, zu meinem Schlüsselbein, nach außen zu meiner Schulter. Er wanderte über die Haut an meinem Arm, nur, um dann abzubiegen und federleicht über meine rosigen Nippel zu streicheln. Sofort richteten sie sich auf. Als würden sie sich nach seiner Berührung sehnen. In meinem Unterleib zog sich alles zusammen, und ich spürte, wie es in meinem Schoß zu kribbeln begann.

»Deine Brüste … so voll und rund, ich liebe es, dass sie in meine Hand passen, ich liebe es, dass sie so weich und empfindlich sind.« Seine Worte begleitete er damit, dass er meine Haut streichelte und kurz mit meinem Nippel spielte. Nach wie vor sah er mir dabei in die Augen, es blitzte etwas auf, das ich nicht genau deuten konnte … es sah aber ein wenig so aus, als würde er darauf warten, dass ich ihm Einhalt gebot. Das Herz wummerte in meinem Brustkorb und ich war mir sicher, dass er diesen schnellen Herzschlag bemerken musste. Er würde feststellen, was er in mir auslöste und dass ich gar nicht so cool war, wie ich ihn glauben machen wollte.

»Ich mag, wie deine Taille schmal und elegant in diese weiblichen Hüften übergeht, mit dem knackigsten und schönsten Arsch, den ich je gesehen hab …« Er gab mir einen kleinen, sanften Klaps auf selbigen. Meine Lippen öffneten sich einen Spalt, war es doch klar, wohin ihn die Reise bei seinen nächsten Worten bringen würde. Ungeduldig befeuchtete ich mit der Zunge meine Unterlippe. Jason kam einen Schritt näher, und ich konnte an meiner Hüfte fühlen, dass er hart war. Steinhart. Seine helle Anzughose verbarg nichts vor mir.

»Aber weißt du«, begann er erneut, und seine sanft geflüsterten, von Sinnlichkeit durchzogenen Worte brachten mich zum Schmelzen, »was ich am meisten liebe? Ich liebe diese kleinen süßen Laute, die du von dir gibst, wenn du versuchst, vor mir zu verbergen, wie sehr du meine Hände genießt, wie sehr du es magst, wenn ich mit meinen Fingern über deinen Kitzler streiche und dich anschließend fingere, als gäbe es keinen Morgen.« Die rauen Fingerkuppen seiner Hand, begleiteten seine Worte. Ein sehr leises Wimmern entwich mir, als er über meine Perle strich. Ich brach den Blickkontakt, war es doch zu viel, das ich ihm nicht in die Augen sehen konnte.

»Du bist so feucht, Luisa … nur durch mich.« Er platzierte einen Kuss hinter meinem Ohrläppchen. Und während er mit seiner Zunge über die Stelle strich, breitete sich dort, wo er mich berührt hatte, eine Gänsehaut aus. »Weil das, was du willst, nämlich nicht ist, dass du mir einen Drink ins Gesicht schüttest.« Wieder stöhnte ich, da er jetzt zwischen meinen Schamlippen entlangfuhr. »Du möchtest das hier … genau das hier, dass ich dich errege … dass du deiner sexuellen Energie freien Lauf lassen kannst, dass du jemanden hast, der …« Mit seinem Knie spreizte er meine Beine ein wenig und öffnete mich so für ihn. Anschließend ging er selbst auf die Knie und drückte einen Kuss auf meinen Hintern. Ich wimmerte leise seinen Namen. »… der deine Sehnsüchte erkennt, der es dir auf die gute alte Art besorgt, wenn du es brauchst … wenn du es willst, wenn du … mich willst!« Bei den letzten Worten glitt er mit seinem Mittelfinger in mich. Sofort zogen sich meine Wände um ihn zusammen. Ich legte den Kopf in den Nacken und wollte gerade protestieren, als er mir seine Hand und seine Wärme entzog.

»Shhh«, machte er und sah unter langen Wimpern zu mir auf, nachdem er mich umgedreht hatte. »Ich lass dich nicht hängen … ich werde dir geben, was du brauchst.« Mir lag ein spitzer Kommentar auf der Zunge, aber sämtliche – gespielten – Proteste wurden im Keim erstickt, als er seinen Mund auf mich legte. Er begann mich zu lecken, krallte eine Hand in meine Hüfte und hielt mich so an Ort und Stelle. Automatisch ging ich auf die Zehenspitzen, denn ich wollte nicht nur, dass er meine Klitoris reizte, sondern auch, dass er mich ausfüllte. Lightman verstand sofort, was ich ersehnte. Leise lachend umgriff er mich mit seiner freien Hand von hinten und stieß ruckartig zwei Finger in meine Vagina. Ich seufzte laut auf und mein Kopf legte sich in den Nacken. Ich hob ein Bein und platzierte es über seiner Schulter. »So ist es gut, Baby … lass dich gehen. Nimm dir, was du brauchst.« Seine Worte, sein Geruch, seine Taten turnten mich so sehr an, dass ich mein Becken vor und zurück kippte. Es musste pervers aussehen, wie er hier vor mir kniete, eine Hand in mir, den Mund auf mir, während ich sein Gesicht ritt.

»So feucht, mein Baby«, wisperte er zwischen den einzelnen Zungenschlägen. Sein kuhler Atem kitzelte mich auf meiner feuchten, erhitzten Haut. Mühsam bezwang ich das Verlangen, laut zu stöhnen. »Du musst leise sein, Luisa!«, wies er mich sanft zurecht, und ich nickte automatisch, auch wenn er es nicht sehen konnte.

»Bitte …«, wimmerte ich und bewegte mich schneller über seinem Mund. »Ich will … bitte.« Vollkommen gefangen in dieser heißen Situation, gepaart mit dem unersättlichen Verlangen nach ihm, ritt ich immer höher auf meiner Welle der Lust.

»Ich weiß, Baby … ich weiß, dass du kurz davor bist, zu kommen.

Nimm dir, was du brauchst, lass los und genieße es.« Seine Worte heizten mich an. Und zwar so sehr, dass ich das Tempo noch einmal beschleunigte, meine Zehen verkrampfte und mich mit meinen freien Händen in seine Schulter und sein Haar krallte. Ich ließ meine Hüften genau im entgegengesetzten Rhythmus zu seiner Zunge und seinem Mund kreisen.

»Mehr«, wimmerte ich leise. »Ich will deinen Schwanz …« Diese Worte, in höchster Leidenschaft ausgestoßen, entsprachen dennoch der absoluten Wahrheit und meinen hundertprozentigen Wünschen.

»Den bekommst du, Baby«, antwortete er gedämpft und nahm einen dritten Finger hinzu.

»Das ist nicht dasselbe«, jammerte ich und fühlte, wie der Orgasmus in großen Wellen über mich hereinbrach. Ich verkrampfte komplett, biss mir fest auf die Unterlippe und presste die Lider zusammen. Ich wollte schreien. Ich wollte laut sein, ich wollte die Welt wissen lassen, dass ich gerade einen Orgasmus der Extraklasse durchlebte. Aber ich wagte es hier nicht.

Ich ließ mich von ihm halten, in diesem tobenden Sturm und genoss seine sanfte Zunge, die über mein pulsierendes Knötchen strich, als würde es Heilung brauchen.

»Wow«, stammelte ich schließlich, als er sanft mein Bein von seiner Schulter nahm und wir uns gegenüberstanden. Sein Haar war ein einziges Chaos, seine Lippen waren dunkelrot und geschwollen, er trug ein schiefes Grinsen auf dem Gesicht, sein Atem ging ebenfalls schneller und er sah mir fest in die Augen.

»Ja, das war wirklich wow«, stimmte er mir zu, und ich sah demonstrativ auf seinen Schritt. Immer noch steinhart presste sich sein Schwanz gegen den Reißverschluss seiner Hose. »Auch wenn wir das nicht hätten tun sollen.«

Sprachlos starrte ich ihn an. Er hatte doch damit begonnen! Er war mir doch in die Kabine gefolgt. Woher hatte er überhaupt gewusst, dass ich hier war? Ehe ich auch nur einen klaren Gedanken fassen konnte, richtete er sich die Hose und deutete mit dem Kopf auf den weißen Ledersessel.

»Kauf beides!« Sein Tonfall war bestimmend, und dummerweise machte er mich nur noch mehr an. Auch wenn ich gerade erst gekommen war. Durch ihn. »Ich möchte dich morgen darin sehen.«

Ehe ich auch nur blinzeln konnte, war er genauso lautlos, wie er meine Kabine betreten hatte, wieder verschwunden.

Heilige Scheiße, was war das gewesen?

Zuerst ignorierte er mich zwei Wochen, war ein Eisklotz vor dem

Herren und nun ... das hier? Und jetzt sagte er, er wolle mich morgen darin sehen? Das konnte er so was von vergessen! Ganz sicher würde ich nach dieser Aktion nirgendwo mit ihm hingehen.

Meine Wut kam mit derselben Wucht zurück, wie ich sie in den letzten Tagen empfunden hatte.

Es ging nicht darum, dass ich mich beschwerte, weil er es mir aus heiterem Himmel besorgt hatte. Oh nein.

Es ging darum, dass er mich schon wieder hatte einfach stehen lassen.

Ohne eine verdammte Erklärung, weshalb er so ein beschissener Mistkerl war.

25

LUISA

> *Harre nur aus, mein Herz, schon Schlimmeres hast du erduldet!*
> Homer (etwa 8. Jh. v. Chr.)
> Griechischer Dichter

Ich zog gerade meinen Lippenstift nach, obwohl er kein bisschen verwischt oder abgetragen war, und dabei klappten mir fast die Augen zu.

Meine Müdigkeit hatte ein komplett neues Ausmaß erreicht. Die ganze Nacht – und ich meine wirklich die ganze Nacht – hatte ich wachgelegen, weil ich einfach nicht verstehen konnte, was das gestern von ihm gewesen war. Ich fragte mich, woher er eigentlich gewusst hatte, dass ich bei *La Perla* gewesen war? Ich fragte mich, wie er so eiskalt zu mir hatte sein können, sich die ganze Woche praktisch vor mir zu verstecken und dann auf die Idee zu kommen, mir in die Umkleidekabine zu folgen? Das war doch schon leicht schizophren, oder? Ich wollte mich nicht beschweren, denn dieser Orgasmus war dringend nötig gewesen. Er hatte meine Sehnsucht nach diesem Mann gestillt, obwohl ich genau wusste, dass ich mich nicht nach ihm sehnen sollte. Aber er schaffte es wirklich, mich von links nach rechts zu schleudern. Sein Verhalten stand im absoluten Gegensatz zum Vortag … Ich hatte letzte Nacht mehrere Nachrichten an ihn aufgesetzt, alle aber wieder gelöscht, bevor ich sie abschicken konnte. Mein Finger hatte sogar über dem Anrufbutton geschwebt und ich hatte mich gerade noch zurückhalten können, ihn zu drücken. Jason Lightman lastete wie ein Schatten auf mir, obwohl er nicht einmal da war. Ich war wütend, enttäuscht und wieder wütend gewesen, hatte mich gefragt, ob ich aus der Vergangenheit nichts gelernt hätte, dass ich einem Mann derartige Macht über mich zugestand. Wieder einmal.

Wieso überhaupt war ich so charakterschwach und gestattete ihm das alles? Wieso ließ ich all die Dinge zu, die er sich herausnahm? War ich von allen guten Geistern verlassen? Irgendwann hatte mich meine innere Wut auf mich selbst davon abgehalten, in den Schlaf zu finden.

Als der Morgen graute, gab ich auf, schüttete literweise Kaffee in meinen ausgelaugten Körper und ging duschen. Während ich mir energisch die Haare shampoonierte, fast so, als könnte ich ihn damit aus meinen Gedanken zwingen, kam mir ein Satz in den Sinn, den er gesagt hatte:

»Ich möchte dich morgen darin sehen.« Dieser Satz. Diese Stimme. Die Tonlage heiser und deutlich ... er ging mir nicht mehr aus dem Kopf. Immer wieder hallte er in mir nach, und ich wusste nicht, was ich tun sollte, damit es aufhörte. Selbstverständlich hatte ich – doof, wie ich war – beide Unterwäsche-Sets gekauft, was mich circa einen Monatslohn gekostet hatte. Aber auch wenn ich eine wirklich unabhängige Frau war, die leise Bitte, ausgesprochen wie ein sinnlicher, erotischer Befehl, bewirkte immer noch, dass sich in meinem Unterleib alles zusammenzog. Auf die gute Art.

Ob er wirklich kommen würde, um mich zu dem Geburtstag zu begleiten, war mir nicht bekannt, aber er wusste, wann die Feier startete, denn meine Mutter hatte ihm das selbstverständlich mehrmals mitgeteilt.

Wenn er nicht innerhalb der nächsten fünf Minuten auftauchen würde, müsste ich los. Es war wirklich dumm, dass das kleine Mädchen in mir hoffte, er würde kommen. Ich hatte nach der Dusche heute Morgen Stunden damit zugebracht, mir zu überlegen, was ich anziehen würde. Mein Schlafzimmer sah aus, als hätte eine Bombe eingeschlagen. Bestimmt zwanzig verschiedene Outfits hatte ich anprobiert, nur um dann wieder bei einem der ersten Kleider zu landen. Schließlich trug ich nun ein lockeres Sommerkleid in einem elfenbeinfarbenen Ton, das dunkelblaue Blumen am unteren Rand des Rockes aufgedruckt hatte. Dazu im selben Ton Ohrringe und hohe Sommerschuhe. Ich fand, dass ein Weiß-und-blau-Ton immer in Kombination schön war.

Meine Haare hatte ich an beiden Seiten, oberhalb meiner Ohren nach hinten genommen und ließ den Rest offen, in leichten Wellen über meinen Rücken fallen. Mein Make-up war dezent gehalten, die

Lippen in einem schönen Nudeton und die Wimpern schwarz getuscht. Ich fühlte mich wohl, ich fand mich schön ... nur hoffte ich immer noch, dass Jason wirklich auftauchen würde. Ansonsten ... vielleicht sollte ich mich schon mal mit einer Ausrede für meine Mutter beschäftigen, damit sie glaubhaft rüberkam.

Wieder sah ich auf meine schmale Armbanduhr, die fast bis in die Mitte meines Unterarmes rutschte. Es half alles nichts, ich musste los.

Wenn ich ehrlich war, hatte ich ein klitzekleines bisschen gehofft, dass er jetzt ganz romantisch vor der Tür stehen und in dem Moment, als ich meine Wohnung verlassen wollte, klopfen würde. Nun, dem war nicht so, denn ich schaffte es, ohne ihn zu sehen, nach unten und hielt mir in guter alter Manier für Frauen einen Wagen an: indem ich wild fuchtelnd meine Hand hob und »TAXIIIII!« rief.

Auch als ich einstieg, wurden meine Prinzessinnenträume, dass er vielleicht im selben Taxi wie ich saß, zerschossen, denn der Wagen war bis auf den indischen Fahrer leer.

»East Falls. Henrey Avenue bitte.« Der Taxifahrer nickte, klickte auf sein Taxometer und reihte sich in den Verkehr ein.

Es war irgendwie total beschissen, weil er wirklich mit einem einzigen Satz geschafft hatte, mir wieder Hoffnung zu machen. Verfluchte Hoffnung auf ... auf ein uns. Mit jedem Meter, den ich mein Viertel und die Stadt hinter mir ließ, wurde ich wütender. Nicht auf ihn, denn seine Aktionen waren nur Handlungen auf meine Reaktionen. Ich war wütend auf mich selbst. Dass ich so schwach war und nicht Nein zu ihm sagen konnte. Dass ich ein erbärmliches Kind war, das nach seiner Aufmerksamkeit lechzte. Innerlich war ich so wütend, dass ich am liebsten auf einen Punchingball eingeschlagen hätte.

Mühsam kontrolliert atmete ich ein und aus, damit ich nicht vollends die Beherrschung verlor. Ich betrachtete die vorbeiziehenden Häuser Philadelphias. Je weiter wir uns vom Stadtkern entfernten, desto schöner wurden die Häuser und die Vorgärten. Tante Marcy war eigentlich gar nicht meine Tante, sondern die Schwester meiner Granny. Irgendwie hatte es sich nur so eingebürgert, dass sie bei uns allen nur als »Tante Marcy« bekannt war. Sie hatte das Glück gehabt, einen Mann zu heiraten, der sich sehr gut mit Investmentfonds und Aktien auskannte. Damit hatten sie in nur einer Nacht eine knappe Million Dollar gemacht und dieses Geld wieder sinnvoll angelegt. Nachdem sie mit Ende fünfzig ihren Job an den Nagel gehängt hatten, hatten sie es sich gut gehen lassen. Tante Marcy und Onkel

Jim hatten keine eigenen Kinder, dieses Glück war ihnen verwehrt geblieben. Aber sie hatten trotzdem das Beste daraus gemacht, hatten ein Haufen Margaritas getrunken, waren oft in den Urlaub geflogen und eigentlich ständig unterwegs gewesen. Und sei es nur auf irgendwelchen Pferderennbahnen.

»Das macht siebenundzwanzig Dollar, Miss.« Ich griff in meine Clutch und zog insgesamt zwei Scheine heraus. Eigentlich hätte ich gar nichts zahlen sollen, ich hätte nicht mal in einem dieser verdammten Autos sitzen sollen, sondern in seinem scheiß Aston Martin. Denn er hatte zugesichert, mich abzuholen. Aber nein, der große Jason Lightman ließ mich wieder einmal hängen.

»Stimmt so«, brummte ich dem Fahrer entgegen und dieser schüttelte nur den Kopf. Vermutlich über meine mangelnden Manieren.

Tief atmete ich durch, verließ das Taxi und ging die Auffahrt zu der weißen Stadtvilla mit den blauen Fensterläden hinauf. Anstatt darüber nachzudenken, wie reich meine Tante war, hätte ich lieber darüber sinnieren sollen, was ich gleich meinen Eltern sagen würde, wenn ich hier ohne Jason auftauchte.

Nachdem ich geklingelt hatte, wurde die Tür aufgerissen und meine Mom erschien vor mir. Sie strahlte von einem Ohr zum anderen.

»Luisa!«, rief sie und zog mich in ihre Arme. »Da seid ihr ja endlich.«

»Hi Mom«, erwiderte ich und holte tief Luft. »Also eigentlich bin ich allein.«

Warum die ganze Angelegenheit noch länger aufschieben? Sie würde es ja sowieso erfahren.

»Oh, also kommt er nach?«, fragte sie und lächelte mich an. In ihrem Gesicht stand so viel Stolz und Freude darüber, dass ich meine Ängste überwunden und mich endlich wieder auf jemand eingelassen hatte, dass ich es einfach nicht sagen konnte.

»Ja«, stotterte ich unbeholfen. »Er kommt nach.« Mühsam, wirklich mit meinem letzten Rest an Selbstbeherrschung, schaffte ich es, ihr nicht hinzuknallen, was für ein riesengroßes Arschloch er war.

Meine Mutter konnte nichts dafür und sollte nicht meinen Zorn aushalten müssen, nur weil ich eine schwache Idiotin war, die ihre verdammten Beine nicht zusammenhalten konnte.

»Das ist aber wunderbar!« Nun strahlte sie wieder in ihrer ganzen Schönheit. Und vor Glück. Und vor … Stolz. »Die anderen sind schon sehr gespannt auf ihn.«

»Okay …« Dass ich niedergeschlagen und maßlos wütend auf diesen Vollarsch war, konnte ich aus meiner Stimme fernhalten. Mit meinem Gesicht sah das schon anders aus, aber da sich meine Mutter bereits umgedreht hatte, konnte sie es nicht sehen.

Ich begrüßte alle, die ich kannte, einschließlich natürlich meiner Tante, dem Geburtstagskind. Sie fragte mich ebenso noch mal, nach dem »schicken jungen Mann, den deine Mutter erwähnt hat, welcher dir den Kopf verdreht hat« und ich redete mich zähneknirschend wieder heraus, dass er nachkommen würde.

Nachdem ich meine Runde beendet und mich von allen hatte drücken und zu meiner »Beziehung« beglückwünschen hatte lassen, ging ich an die im Garten aufgebaute Bar. Ein verdammter Drink sollte mir helfen, dass ich nicht Amok lief und irgendjemanden umbrachte.

»Ich krieg einen Dirty Martini bitte.«

»Machen Sie zwei draus.« Genervt verdrehte ich die Augen.

Mein Blick schnellte zur Seite, und ich sah einen groß gewachsenen jungen Mann neben mir stehen. Er grinste mich mit den weißesten Zähnen auf diesem Planeten freundlich an. »Ich bin Tim.« Er nickte dem Barkeeper zu, welcher die Drinks vor uns abstellte, »Ich begleite meine Großmutter auf diesen Geburtstag!«

»Ehrlich?«, sagte ich und musste entgegen meinem Willen laut lachen. »Freiwillig?«

»Ja, und ich muss sagen, bis jetzt habe ich es noch nicht bereut.« Seine Aussage war deutlich. Sein Blick glitt an mir hoch und runter. Ich war zwar kein Flirtgenie, aber ich wusste, dass er an mir interessiert war.

»Hier bist du, Baby«, ertönte es aus dem Nichts, und ein Jason, der die Brauen erwartungsvoll in die Höhe gezogen hatte, stand hinter uns. Mein Puls beschleunigte sich von null auf hundert. Vor erneuter Wut. »Ich habe dich gesucht.« Seine seidige Stimme legte sich um mich und hüllte mich wieder in diese spezielle »Jason Lightman Invasionswelt«.

Sein Blick heftete sich auf mein Gesicht und hielt mich gefangen. Er kam ganz nahe an mich ran, legte seine Hand halb in meinen Nacken und halb an meine Wange, um mich zu sich zu ziehen. »Hi«, flüsterte er und wartete meine Antwort gar nicht erst ab. Viel zu überrumpelt stand ich wie verdammte flüssige Butter vor ihm.

Er legte seine Lippen auf meine und meine Welt blieb stehen. Ich hasste es, wenn er das schaffte. Wenn er es zustande brachte, dass meine Welt aus den Angeln gehoben wurde.

Es war kein erotischer Kuss, es war kein wahnsinnig leidenschaftlicher Kuss, aber er war deutlich.

Deutlich genug, um Tim zu zeigen, dass ich nicht zu haben war – was Grund für das ganze Theater war.

Nur mühsam konnte ich ein Knurren unterdrücken. Verdammter Idiot! Erst nicht auftauchen und dann einen auf Besitzanspruch machen?

»Hallo«, stellte er sich schließlich, nach diesem Kuss, der Jane Austen hätte neidisch werden lassen, bei dem Mann neben mir vor. »Ich bin Jason Lightman. Luisas fester Freund!« Seine Worte waren wohlplatziert, und beinahe wäre ich in Gelächter ausgebrochen. Ein Lightman, der sein Revier so deutlich absteckte? Der offenbar seine Felle davonschwimmen sah, denn ansonsten hätte er das doch jetzt nicht so betont. Ich kicherte leise wie eine Irre und tarnte es mit einem Husten.

Tim schenkte ihm ein erzwungenes Grinsen. Von dem strahlenden Lächeln, welches ich zuvor bekommen hatte, war nichts mehr übrig. »Tim. Tim Stanley.«

»Freut mich.« Endlich ergriff Jason seine dargebotene Hand.

»Ich bin Luisa!«, sagte ich schließlich, nachdem ich mich gefangen hatte.

»Eine Luisa, die Dirty Martini trinkt, hab ich noch nie kennengelernt!«, erwiderte Tim doppeldeutig und prostete mir zu. Dieser Satz, wenn er auch der Wahrheit entsprechen mochte, klang irgendwie schmutzig. Verrucht.

Jason räusperte sich. »Wollen wir zu Tante Marcy gehen?«, fragte er mich und legte den Arm um meine Taille. Ich lächelte Tim entschuldigend an und nickte Jason zu. Meine Wut war nämlich am absoluten Siedepunkt angelangt.

»Natürlich. Zu Tante Marcy.« Jason zog mich bereits mit sanfter Gewalt von der Bar fort. »Bis später, Tim«, rief ich noch und winkte mit meiner freien Hand.

»Es wird kein später geben!«, knurrte Jason, plötzlich ganz und gar nicht mehr der Kavalier von noch gerade eben.

»Ach so?«, fragte ich und hob eine Braue. Ich lächelte das Nachbarehepaar meiner Mutter an.

»Nein, wird es nicht.« Er war offenbar verstimmt. »Ich lass dich einmal fünf Minuten allein und schon angelst du dir den nächsten? Echt jetzt?«

»Wie bitte?«, zischte ich stinksauer und blieb ruckartig stehen. »Spinnst du?«

Mahnend hob er die Brauen. Dummerweise tat das seiner Schönheit keinen Abbruch. »Du warst nicht pünktlich da. Was hätte ich denn sagen sollen? Du hast mich sitzen lassen? Wieder einmal?« Nur mit größter Anstrengung schaffte ich es die kindische Geste »Du hast einen Vogel« zu unterdrücken.

»Dich mit Tante Marcy unterhalten? Oder mit deiner Mom? Oder mit deinem Dad? Oder … irgendjemand, der über sechzig ist und keinen Schwanz hat?« Seine hektisch und sauer gesprochenen Worte machten mich noch wütender.

»Du hast mich versetzt«, knurrte ich dunkel. »Ich bin doch nicht dein beschissenes Spielzeug.«

Er fuhr sich genervt durch sein Haar, mahlte die Kiefer aufeinander und brummte schließlich zwischen zusammengebissenen Zähnen: »Ich bin hier, oder nicht?«

»Wenn es so eine Strafe für dich ist, in meiner Nähe zu sein, dann geh doch einfach wieder!« Ich war wütend und sauer und genervt, dass er mich seine Launen so verdammt sehr spüren ließ. Und ich war stinkig, dass ich mich nicht unter Kontrolle hatte. Dass ich immer wieder einknickte. *Das* pisste mich eigentlich am meisten an.

»Luisa!«, sagte er warnend. »Lass es.«

»Sonst was?«, fragte ich provozierend und hob nun meine Brauen, meine Hände legte ich in meine Taille. Zum Glück schafften wir es, unsere Stimmen so unter Kontrolle zu halten, dass wir nicht die Aufmerksamkeit der umstehenden Gäste auf uns zogen. »Ich soll es lassen?« Nun schnaubte ich doch. »Ich kann es echt nicht fassen, was du dir alles rausnimmst! Zuerst fickst du mich.«

»Psssscht«, zischte er und ich drosselte meine Lautstärke wieder.

»Dann beschließt du, dass das eine Scheißidee war und bist kälter, als es in der Arktis ist, und dann stalkst du mich bei *La Perla* und bescherst mir in einer Umkleidekabine …« Ich betonte jedes Wort überdeutlich, wenn auch leise. »… einen Orgasmus, nur um mich dann total ahnungslos zurückzulassen, ob du heute mitgehen würdest.« Ich sah ihm direkt in die Augen. »Also verzeih bitte, wenn ich mich wie ein billiges Flittchen fühle.«

»Ich habe dir doch gesagt, ich komme!«, verteidigte er sich schimpfend. »Und du bist sicher kein Flittchen.«

Sein Satz fand keine Beachtung. »Was, wenn ich meiner Familie bereits gesagt hätte, dass das alles nur ein Witz war? Dass wir gar kein Paar sind? Was wäre denn dann gewesen? Du bist wirklich zu sehr von dir überzeugt.«

»Hast du aber nicht.« Seine Stimme klang ruhig, überzeugt. Absolut einnehmend. »Und wirst du auch nicht!«

»Nenne mir einen Grund, warum ich den ganzen Mist nicht aufklären sollte!« Es traf mich wie ein Stich in mein Herz, vor meinen Eltern zugeben zu müssen, dass es gelogen war. Dass Jason und ich nicht zusammen waren, sondern nur eine kurze Affäre gehabt hatten. Aber ich würde es tun. Ich würde mich nicht erpressen oder ausnutzen lassen. Oder … was auch immer.

Er sah sich nach links und rechts um. Jetzt hatten wir doch ein Pärchen, welches mir zwar unbekannt, aber offenbar mit meiner Familie bekannt war, als Zuschauer.

»Ich habe keine Lust drauf, deine Ablenkung zu sein, wenn du eben gerade mal Lust dazu hast, Lightman!«

»Komm mit«, knurrte er dunkel, packte meinen Arm und zog mich Richtung Haus. Er hatte ja recht, es war für alle Anwesenden nicht förderlich, wenn wir das in der Öffentlichkeit austrugen. Es war mir nur ziemlich egal, denn das Gefühl, dass ich mich billig und benutzt fühlte, war wirklich in mir.

26

JASON

> *Man muss daran glauben, dass Glück möglich ist, um glücklich zu sein.*
> Lew Nikolajewitsch Graf Tolstoi (1828 - 1910)
> Russischer Schriftsteller

Ich zog sie durch das mir völlig fremde Haus.

Aber ich war mir sicher, dass wir im oberen Stockwerk etwas Ruhe finden würden, um dieses … unangenehme Gespräch, das jetzt folgen würde, zu führen. Sie hatte ja recht. Jedes Mal, wenn ich sie sah und sie womöglich etwas tat, was mir nicht gefiel, flippte ich aus. Aber sie hatte nicht damit recht, dass sie ein Flittchen war. Oder irgendetwas in diese Richtung. Ich wollte nicht, dass sie sich so fühlte.

Schließlich öffnete ich eine der diversen weißen Holztüren und fand dahinter ein Badezimmer. Luisa folgte mir in den Raum hinein, und ich schloss hinter ihr ab. Ich sah die Unsicherheit in ihren leicht geweiteten Augen, aber auch Überraschung, über allem anderen stand jedoch verdammte Angriffslust.

»Ich habe die Schnauze wirklich voll von deinen Launen. Ich mein es ernst.« Sie schrie nicht, sie zeterte nicht, sie war einfach ausdruckslos. »Einmal bist du so zu mir und einmal so. Das kann ich nicht. Es muss nach links oder rechts gehen, Lightman. Aber … dieses Durchschlängeln, das funktioniert nicht mehr. Entweder hü oder hott.« Sie sah mir fest in die Augen und ich bemerkte an ihrer Hand, mit der sie ihre Tasche hielt, wie verkrampft sie war. Ihre Knöchel traten weiß hervor. Meine Hände waren ebenso in meine

Taschen geschoben, die Finger zu Fäusten geballt. Ich musste mich mühsam kontrollieren, um sie nicht an mich zu reißen und zu ficken. Ihr Vernunft einzuficken. Sie als mein zu markieren. »Weißt du«, sagte sie, wandte sich von mir ab und ging zu dem weit geöffneten Fenster, von dem die Stimmen aus dem Garten heraufschallten. »Manchmal muss man sich eben entscheiden. Man kann nicht immer alles haben und die leichten Wege gehen.«

Ja, damit hatte sie recht. Zu dieser Erkenntnis war ich letzte Nacht ebenso gekommen, nachdem ich sie in der Umkleidekabine hatte stehen lassen. Ich hatte zufällig gesehen, wie sie die Straße überquert hatte, als ich bei einem Termin mit ihren Eltern bezüglich eines Gemüselieferantenvertrages fertig gewesen war. Zwei Wochen lang hatte ich sie gemieden, als hätte sie die Pest. Bis gestern.

Dann war ich eingeknickt.

Endgültig.

»Du bist meine Achillesferse«, gab ich schließlich leise zu. »Ich sollte mich von dir fernhalten. Wir sind nicht gut füreinander.« Langsam durchquerte ich das große Badezimmer. Sie war wie ein scheiß Magnet, sie zog mich an, auch wenn ich gar nicht in ihre Richtung gehen wollte. Aber meine Hände, mein Körper, mein Mund, all meine Sinne wollten, dass ich bei ihr war.

»Wenn wir nicht gut füreinander sind, Jason«, griff sie das Gesagte auf. »Wieso hältst du dich dann nicht endlich von mir fern?« Die Worte kamen kraftlos über ihre Lippen. Mein Blick heftete sich auf ihre Rückansicht. Sie war so schön und sexy, selbst in einem einfachen Kleid wie diesem, bei dem man ihre Figur nur erahnen konnte. Sie war so witzig und intelligent ... sie war ... sie kostete mich all meine Nerven. Sie brachte mich regelmäßig an den Abgrund meiner selbst. Sie war ...

»Antworte mir, Jason!«, ergänzte sie energisch. »Ansonsten werde ich das übernehmen. Wieso hältst du dich dann nicht von mir fern, wenn es doch so schlimm ist, mit mir in einem Raum zu sein?«

»Ich versuche es ja«, wisperte ich und ließ den Kopf hängen. »Ich versuche es wirklich, Luisa«, sagte ich nun mit der gewohnten Festigkeit. Immerhin war es die Wahrheit. »Aber Gott stehe mir bei, dass ich mich einfach nicht von dir fernhalten *kann.*«

Ich stand vor ihr und mir war klar, dass ich etwas ganz anderes als den toughen, eiskalten Hotelchef ausstrahlte. Sie drehte sich genau in dem Moment um, als ich mit meiner Hand ihre berührte, die ruhig neben ihrer Hüfte hing. »Ich kann nicht ohne dich sein ... und ich weiß, dass ich es müsste. Weil ... heilige

Scheiße!« Ich raufte mir die Haare. »Weil ich weiß, was es für dich bedeutet, wenn jemand herausfindet, dass du mit deinem Chef etwas hast. Weil ich weiß … wie alle Kollegen schmutzige Wäsche waschen.« Ich seufzte und sie sah mich einfach nur aufmerksam an. »Ich weiß, dass für dich viel mehr an dieser ganzen Geschichte hängt als für mich … aber FUCK!« Meine Stimme wurde laut. »Ich kann mich nicht von dir fernhalten. Und ich will es, verdammt noch mal, auch nicht. Ich will dich berühren. Ich will mich mit dir unterhalten. Ich will mit dir zu Abend essen, dich ausführen in eines dieser beschissen übertreuerten Dinger, wo die Vorspeise schon zwanzig Dollar kostet … Ich will mit dir zusammen bei *La Perla* einkaufen und ich will …« Meine Stimme wurde heiser. Ich griff an meinen Hals, damit ich mich darauf konzentrierte, richtig zu atmen, anstatt mir vorzustellen, wie sie nackt aussah.

Luisa blickte mir in die Augen. Der Moment, in dem sie erkannte, was genau ich gesagt hatte, als die Worte wirklich in ihrem Bewusstsein ankamen, konnte ich deutlich ausmachen. Ihr Blick klärte sich, die Augen wirkten aufmerksam und weise. Ihre Finger suchten nach meinen, und auf einmal lag ihre Hand in meiner. Zusätzlich bettete sie noch eine Hand auf die Knopfleiste meines Hemdes. Auf Höhe meines Herzens. »Was willst du, Jason?«, fragte sie mich offen. Ihre vollen Lippen, die ich schmecken wollte, öffneten sich einen Spalt.

Was wollte ich?

Ich wollte mich nicht mehr von ihr fernhalten müssen. Ich wollte sie immer und jederzeit um mich haben können. Ich wollte … ich wollte sie lachen hören und anschließend beobachten, wie aus dem Lachen ein kehliges Stöhnen wurde. Das war mein langfristiger Plan. Kurzfristig wollte ich einfach in ihr sein.

»Ich will dich ficken.« Ich presste meine Lippen auf ihre, die sich sofort für mich öffneten. Es war ein wenig so, als würden zwei Welten aufeinanderprallen, die sich zu einer gemeinsamen formen ließen. Luisa krallte ihre Hände in mein Haar und drängte sich mir entgegen. »Ich will«, brachte ich nach diesem Kuss heraus »ich will, dass jeder weiß, dass du mir gehörst. Dass du nicht zu haben bist, dass ich derjenige bin, um den sich deine Welt dreht …« Ich griff mir eine Handvoll ihres dunklen Haares und zog mit sanfter Gewalt ihren Kopf zurück. »Ich will, dass du dich genauso nach mir sehnst, wie ich mich nach dir …« Luisa lächelte mich an. Jenes sinnliche Lächeln, das sie mir schon an unserem ersten Abend im Club geschenkt hatte.

Sie biss sich auf die volle Unterlippe und wollte gerade zu einer Antwort ansetzen, als es an der Türe klopfte.

»Wenn ihr Kinder dann fertig seid? Ich müsste ebenso das Badezimmer aufsuchen.«

Geschockt weiteten sich unsere Augen.

»Tante Marcy«, flüsterte sie nahezu tonlos. »Shit!«

Ruckartig ließen wir voneinander ab. Luisa schluckte schwer und strich sich das Kleid glatt, ehe sie den Schlüssel in seinem Schloss herumdrehte.

Ich hatte meine Erregung so weit zurechtgerückt, dass man es nur bei deutlichem Hinsehen bemerkte. Wie gut, dass ich heute eine etwas weitere Chinohose trug, die sommerlich und elegant war, ohne dass ich overdressed wirkte.

»Na?«, fragte sie und grinste spitzbübisch. »Hab ich euch unterbrochen?«

»Tante Marcy«, stotterte Luisa und sah zu Boden. »Wir …«

»Wir haben nur Ihr wunderschönes Bad bewundert, Miss Marcy!«, mischte ich mich ein. »Herzlichen Glückwunsch zum Geburtstag.« Ich schüttelte ihr die alte, faltige Hand und verbarg mein Erstaunen darüber, dass sie eine wirklich winzig kleine, dickliche Frau mit schneeweißem Haar war, durch ein Räuspern.

»Ich bin davon überzeugt, dass Sie die Schönheit in diesem Bad bewundert haben, Sie Rabauke.«

»Tante Marcy!«, rief Luisa und wurde tatsächlich rot.

»Was denn, Kindchen? Ich war auch einmal frisch verliebt.« Sie zwinkerte uns zu. »Aber nun müsst ihr nach unten gehen. Der Brunch geht gleich los.«

»Okay, Tante Marcy«, sagte Luisa und gab ihr ein Küsschen auf die Wange. Ihre Tante, von der ich wusste, dass sie es nicht wirklich war, so viel hatte Google mir verraten, war wirklich süß. Nicht ganz so unschuldig, wie sie versuchte, mir glauben zu machen, aber süß.

Sie scheuchte uns wie zwei kleine Kinder aus dem Bad und schloss die Tür hinter sich.

»Ich«, begann Luisa, »es tut mir leid.« Resigniert grinste sie mich an. Ich zuckte lediglich mit den Schultern.

»Familie eben …«

»Das was du da drin gesagt hast«, versuchte sie es erneut, aber ich nahm sie am Ellbogen, gab ihr einen schnellen Kuss auf die Lippen und unterbrach sie somit.

»Wir reden später darüber.«

Benommen nickte sie.

»Dir ist klar, dass mich deine ständigen Launen tierisch nerven?«
Sie verdrehte die Augen, als wir nebeneinander die Treppe nach unten gingen. »Dass du mich nervst?«

Ich lachte laut los. »Oh ja, Luisa, wenn ich dich nur halb so viel nerve und wahnsinnig mache, wie du mich, dann sind wir verdammt noch mal quitt.«

Ich gab ihr einen kleinen Klaps auf ihren Hintern. »Glaube nicht, dass du mir so davonkommst, nur weil uns deine Tante unterbrochen hat!« Luisas Laune war sofort anders. Sie kicherte leise, und verdammt, ich liebte dieses Geräusch.

Als wir wieder unten waren, die Stimmung für den Moment zwischen uns wieder gut, stießen wir an den Tisch zu ihren Eltern.

»Jason!«, sagte ihre Mutter. »Sie haben es geschafft!«

»Bitte, Maria, duzen Sie mich doch endlich.«

»Aber nur, wenn du auch du sagst.«

»Das kann ich einrichten.«

Luisa sah von einem zum anderen und grinste. »Nachdem wir das jetzt geklärt haben ... ich habe Hunger.«

Wir bedienten uns am Buffet und blieben an dem Tisch, wo wir waren. Ihr Vater war ebenso anwesend und beobachtete uns mit Adleraugen. Freundlichen Augen, aber er beobachtete uns.

Die Stimmung war locker, das Gespräch plänkelte an diesen großen, runden Tischen, mit den weißen Decken und der sommerlichen Blumendeko so vor sich hin.

Es wurde Champagner und Wein getrunken, das Catering-Personal war sehr aufmerksam, füllte immer wieder den Brotkorb mit verschiedenen Sorten am Tisch auf und räumte ab, was das Zeug hielt. Solch gutes Personal war sehr schwer zu bekommen, das wusste ich aus eigener Erfahrung.

»Also, Jason«, begann schließlich Luisas Dad, Martin. »Du leitest ein Hotel?«

Automatisch setzte ich mich aufrechter hin. »Ja, Sir«, erzählte ich. »Das ist richtig. Das *Lightmans Retro*.

»Ist ja ein beachtlicher Schuppen.«

»Vielen Dank. Wir legen sehr viel Wert auf Nachhaltigkeit und auf die Umwelt.«

»Was meinen Sie damit?« Er schien tatsächlich interessiert zu sein. Bei meinem Termin im Laden von Luisas Eltern, war es wirklich nur ums Geschäft gegangen und nicht um meine Arbeit direkt oder um das Hotel. Es ging ganz allein um das Gemüse und Obst und deren Absatz bei uns.

»Wir haben sehr viele Möbel aus Recycling-Material. Zum Beispiel die Sitzgelegenheiten in der Lobby. Das sind alte *Philadelphia Inquirer*-Ausgaben, die gerollt und gepresst wurden. Anschließend wurden sie mit einem dieser Paketbänder zusammengehalten, sodass man auf ihnen sitzen kann. Oder die passenden Tische sind alte, ausrangierte Paletten oder Holzstücke, die angefertigt wurden. Praktisch Verschnittmaterial. Deshalb gibt es auch keines der Möbelstücke zweimal.« In meiner Stimme schwang Stolz mit. Das war mein ganz persönliches Projekt gewesen, welches ich in Zusammenarbeit mit einer der Fördereinrichtungen für Menschen mit Behinderung in Philadelphia aufgezogen hatte. Es waren mehrere Berichte dazu erschienen. Mir ging es nicht um den Ruhm, sondern einfach nur darum, das, was andere Menschen als Müll bezeichneten, weiter zu verarbeiten. »Keines der Hotelzimmer gleicht dem anderen.«

Er hörte mir aufmerksam zu, ebenso wie Luisa und ihre Mutter. Luisas glühender Blick, der auf mir lag, schmiegte sich warm um mein Herz. »Wir haben zum Beispiel eines, in dem wurde das Bett aus Paletten mit einem integrierten Lattenrost gebaut. Es geht über die komplette Länge einer Wand. Dazu gibt es noch Stühle und einen Tisch in gleichen Stil.«

»Ist das denn nicht unbequem?«, fragte einer der anwesenden Herren am Tisch, die ich nicht kannte.

»Oh nein«, erklärte ich und nahm einen Schluck von meinem Glas Weißwein. »Wir benutzen ja Matratzen und Decken.«

»Onkel Arthur«, sagte Luisa. »Das Hotel hat fünf Sterne.« Jetzt schwang Stolz in ihrer Stimme mit. Den Klang mochte ich. Mich durchfuhr der Gedanke, dass sie auf mich stolz sein sollte. »Die hätte es nicht, wenn es unbequem wäre.«

»Ich verstehe, Sie arbeiten also mit dem Zeug, das keiner mehr will, und das auf dem Schrott landen würde?«

»Richtig, Sir!«, nahm ich das Gespräch wieder auf. »Die Stühle in unserem Restaurant, zum Beispiel, bestehen aus alten Autositzen und Rückbänken, die keiner mehr will.«

»Ach ja, die guten alten, durchgehenden Rückbänke!« Martin schien in einer Erinnerung zu schwelgen. »Das gibt es ja heute nicht mehr. Heute gibt es ja nur noch diesen modernen Mist, bei dem sich die Frau nicht mehr an den Mann schmiegen kann.«

»Martin!«, rief Luisas Mutter, und ihre Wangen wurden eine Nuance dunkler.

»Bei allem Respekt, Sir, das liegt aber bestimmt an den Sicherheitsvorkehrungen im Straßenverkehr.«

»Das hör ich gern.« Er nickte zustimmend. »Ich will nämlich nicht, dass meinem Mädchen etwas passiert!« Er deutete auf Luisa. »Sie ist das Kostbarste, was ich habe.«

»DAD!«, rief diese.

»Was denn?«, verteidigte er sich und hob abwehrend die Hände. »Ich will nicht, dass dir etwas passiert.«

»Ich bin erwachsen.«

»Ich glaube«, sagte ich einem Impuls folgend, »du wirst aber sein kleines Mädchen bleiben.«

»Richtig, Lightman.« Martin sah mir direkt in die Augen. »Darum werde ich dich, Umwelt hin oder her, ums Eck bringen und in einem Container verscharren, wenn du meinem Mädchen etwas tust.«

»DAD!«

»MARTIN!« Maria schlug ihm sanft auf den Oberarm. »Lass das. Lass den Kindern ihren Spaß.«

»Schon gut, schon gut.« Er hob sein Glas, als wolle er mir zuprosten. »Aber nur, damit du es weißt, Junge, für Enkelkinder sind wir noch nicht bereit.«

»DAD!« Luisa wurde knallrot. »Kannst du bitte aufhören? Niemand redet von Enkelkindern.«

»Aha!« Triumphierend hob er den Zeigefinger. »Also ist es ihm nicht ernst mit dir.«

»MARTIN!« Maria kniff ihn nun in den Unterarm. »Hör jetzt auf!«

Ich sah Luisa von der Seite an. Enkelkinder, Sicherheit … Beziehung, Familie. Wenn ich das haben wollte, dann wäre Luisa die Frau, mit der es sein sollte. Ich erkannte das so plötzlich und unvorbereitet, wie ich erkannt hatte, dass ich mich bei ihr, wider aller Vernunft, einfach nicht zügeln konnte. Meine Finger nicht bei mir behalten und der rationale Geschäftsmann sein konnte, der ich eigentlich war. Sie schaffte es als erste Frau, diese Eismauer, die ich um mich errichtet hatte, zum Schmelzen zu bringen.

»Ich denke«, begann ich, und alle Augen richteten sich auf mich, »dass Luisa und ich erst einmal noch ein wenig Zweisamkeit benötigen, ehe wir Kinder in diese Welt setzen.«

Ihr Vater scannte mein Gesicht. Er schien nach Anzeichen einer Lüge zu suchen, aber die gab es nicht. Wenn das mit Luisa und mir funktionierte, und aktuell hatte ich noch keine Ahnung, wie wir das bewerkstelligen sollten, da sie immer noch für mich arbeitete und ich ihr verfluchter Chef war, dann wäre ich der Letzte, der keine Familie wollte. Eine große sollte es sein, damit ordentlich was los war, Leben in der Bude herrschte. Offenbar fand er nicht dieses Fünkchen Zweifel, denn schließlich nickte er.

»Sehr gut, mein Sohn, sehr gut. Dann können wir ja jetzt etwas trinken.«

Er hob sein Glas, und wir alle taten es ihm gleich.

Offenbar hatte ich seinen ersten Test bestanden.

Und ich dankte Gott dafür, denn ich würde es momentan nicht ohne Luisa aushalten.

27
LUISA

 Ich bin der Meinung, ein wirkliches Glück ohne Müßiggang ist unmöglich.
Anton Tschechow (1860 - 1904)
Russischer Schriftsteller

*E*s war bereits dunkel, als die Band zu spielen begann. Meine Tante wusste, wie man Feste feiert, und sie wusste auch, dass sie nicht aufhören würde zu feiern, ehe der Morgen graute. Ihrer Meinung nach war nur dann eine Nacht gut und sinnvoll genutzt, wenn man mit dem Sonnenaufgang zu Bett ging. Alles andere wäre nur eine halbe Sache.

Immer wieder grinste sie verschwörerisch in unsere Richtung und ließ nicht zu, dass ich vergaß, wobei sie uns fast erwischt hätte. Es war mir peinlich. Nicht, weil Jason mir peinlich war, ganz im Gegenteil, sondern weil ich nicht wollte, dass meine Tante mitbekam, wie wir es in ihrem Bad trieben, als wären wir Tiere.

Die gesamte Situation fühlte sich so unfassbar rosarot an, als würde ich alles durch einen Wolkenschleier sehen und sanft auf einer dieser weißen Wattepüschchen schweben. Wenn ich vor meinem inneren Auge die Gewitterwolken sah, wie sie sich selbst heraufbeschworen, bezwang ich sie energisch. Mir war klar, dass all die Vorwürfe, welche ich ihm im Bad gemacht hatte, zwar der Wahrheit entsprachen, aber dass ich lieber vor meiner eigenen Haustür kehren sollte. Vielleicht war ich nicht launisch, aber auch ich hatte meine Fehler.

Ich fragte mich immer wieder, ob meine Vorwürfe an ihn gerechtfertigt waren … oder einfach unfair, weil ich diejenige war, die ihr Geheimnis hütete wie einen verdammten Schatz. Mein schlechtes Gewissen wurde im Laufe des Tages immer schlimmer, als ich sah, wie perfekt er sich in meine Familie einfügte.

Er hatte meinen Dad um den Finger gewickelt, ebenso meine Mom. Ob das gut war oder nicht, da war ich mir noch nicht so ganz sicher. Gerade, weil ich ja wusste, dass das zwischen uns eigentlich gar nicht echt war. Ja, er war heute hier und ja, wir hatten auch schon das eine oder andere Mal etwas miteinander gehabt, aber es war nicht so, dass wir nun wirklich und wahrhaftig zusammen waren.

Allein, wenn ich an die vergangenen zwei Wochen dachte …

Seine Launen wechselten so schnell wie ein verdammter Hurricane die Richtung ändern konnte. Das kostete mich dermaßen viele Nerven, dass ich weder aus noch ein wusste.

Jason hielt sich mit so vielen Dingen bedeckt, dass ich nicht im Geringsten erahnen konnte, welche Überraschung mir als Nächstes blühen könnte.

Mittlerweile hatte ich auch mitbekommen, dass er für das *Lightmans Retro* einen Vertrag mit der Firma meiner Eltern geschlossen hatte, was saisonales Gemüse und die Standardartikel anging. Außerdem hatte er sich offenbar – so wie meine Mutter es lachend erzählte – überreden lassen, das Karottenbrot mit in die Auswahl seines Frühstücksbuffets aufzunehmen.

Darüber hatte ich nur lachend den Kopf geschüttelt. Er würde schon wissen, was er tat. Wie sonst sollte ich denn auch reagieren? Wie sonst sollte ich dieses warme, wohlige Gefühl verdrängen können, damit ich nicht zu viel hineininterpretierte, damit ich nicht vollkommen in diesem Wasser ertrank? Er hatte es wirklich geschafft, alle um seinen Finger zu wickeln, egal, ob männlich oder weiblich. Wie also sollte ich aus dieser Nummer jemals wieder – lebend – auftauchen?

Ja, im Bad hatten wir geredet, er hatte mir gestanden, dass er mich wollte. Und er wusste, dass es mir ebenso ging.

Nur, wie sollte das alles funktionieren? Er hatte nämlich damit recht, dass es, sobald die Kollegen davon Wind bekämen, schmutzig werden würde.

»Hier hast du dich versteckt.« Seine Stimme, das Timbre tief und rau, ging mir durch Mark und Bein. Sofort zog sich eine Gänsehaut über meinen Körper.

»Ich verstecke mich nicht, ich lehne hier und beobachte.« Automatisch verteidigte ich mich, anstatt ihn an meinen dunklen Gedanken und somit der Wahrheit teilhaben zulassen.

»Und wen oder was genau?« Jason begann zu grinsen. »Die Bäume vor dir?« Ja, er hatte recht, vor mir waren nur einige der angelegten Sträucher und Bäume aus dem Garten meiner Tante. Aber das war mir egal. Bäume widersprachen nicht. Und vor allem: Bäume urteilten nicht über mich, wenn ich mit meinem Chef in die Kiste hüpfte. Jason betrachtete mich aufmerksam. Die Musik kam mir meilenweit entfernt vor, und doch konnte ich das ruhige, langsame Lied hören, als stünde ich neben der Box. Die engagierte Band spielte gerade ein wunderschönes Cover von dem Police Klassiker *Every breath you take.*

»Was ist los, Luisa?« Die leise Stimme jagte mir einen Schauer über den Rücken. Einen der guten Art. Dummerweise dachte ich daran, wie er mir damals, in unserer ersten gemeinsamen Nacht, mit dieser leisen, eindringlichen und irgendwie bestimmenden Stimme Befehle in mein Ohr gehaucht hatte. Wie ich mich drehen, dass mein Hintern weiter in die Luft sollte, dass ich meine Muskeln anspannen … oder mit meiner Zunge, die komplette Länge seines Schwanzes nachfahren sollte. Völlig unangebrachte Gedanken, aber ich konnte sie nicht aufhalten.

»Ich mache mir Sorgen«, gab ich schließlich ehrlich zu. Was hatte ich auch zu verlieren? Er und ich … das war ja noch nicht fest.

»Komm her, Baby« Er wisperte die Worte in mein Haar, zog mich fest an sich und ließ unsere Arme und Hände langsam in Tanzhaltung sinken. »Tanz mit mir …« Noch während er diese Worte aussprach, begann er damit, uns zu wiegen. Ruhig, gleichmäßig und mehr auf der Stelle tretend, als dass wir uns bewegten, aber es fühlte sich augenblicklich gut an. »Ich weiß, worüber du dir Gedanken machst«, sagte er schließlich und ich blickte zu ihm auf. Sein wunderschönes Gesicht mit dem markanten Kinn, den aufmerksamen Augen und den vollen Lippen lag im Halbschatten. »Natürlich. Ich bin kein Bastard, auch wenn du das in den letzten zwei Wochen gedacht hast.«

»Hab ich …«

»Lass es, Baby!«, unterbrach er mich und strich mit seinem Daumen über meinen Handrücken. »Ich weiß es. Aber das ist okay. Ich weiß, dass ich mich beschissen verhalten habe … aber, das darf man nicht außer Acht lassen, es hängt auch für mich einiges dran. Ich weiß, dass es für dich schlimmer und heftiger werden wird, wenn irgendjemand auch nur ein Minifitzelchen herausfindet, aber glaube mir, ich werde nicht zulassen, dass dich deshalb irgendjemand fertigmacht, okay? Wir sitzen im selben Boot, und wir haben beide beschlossen, miteinander in dieses Boot zu steigen. Wer wäre ich, wenn ich dich die Trümmer allein aufräumen lasse, sollte die Bombe hochgehen?«

Seine Worte taten mir gut. Ich ließ sie in mir nachklingen, saugte sie auf wie ein Schwamm das Wasser und verstaute sie in meinen Reserven. Wenn es so weit war, durfte ich sie nicht vergessen. Jason Lightman war der widersprüchlichste Mann, den ich kannte. Er konnte ein arrogantes, eiskaltes Arschloch sein. Überheblich und fast eine Spur gemein, aber gerade eben war er ein Netz, das mich auffing. Mein doppelter Boden, der mir Mut gab. Er war gerade nicht der heiße, sexy Bastard, der mich ficken wollte, oder der mir Anweisungen gab … nein, gerade war er einfach nur ein Mann, der den Anschein erweckte, ebenso verliebt und verloren in der Situation zu sein wie ich.

Die Erkenntnis, offenbar irgendwie in ihn verknallt zu sein, traf mich jedes Mal aufs Neue so unvorbereitet wie eine Explosion. Ich war viele, viele Jahre nicht mehr verliebt gewesen.

Aber während ich ihn so nahe bei mir hatte, während niemand sich auch nur in der Nähe befand, der uns abschätzend ansehen konnte, fühlte ich mich geborgen. Stück für Stück, wie eine Schleuse, ließ ich das Gefühl zu, das er in mir auslöste.

Ich ließ zu, dass Jason Lightman mich hielt, mit mir tanzte, die Zeilen des Songs in mein Ohr flüsterte und mir den Glauben einpflanzte, dass *er* und *ich* eine reale Chance hatten.

28

LUISA

 Dass uns eine Sache fehlt, sollte uns nicht davon abhalten, alles andere zu genießen.
Jane Austen (1775 - 1817)
Britische Schriftstellerin

»Hier wohnst du?«, fragte ich mit großen Augen und sah mich in dem schwach beleuchteten Raum um. »Wow!« Vor mir erstreckte sich bereits jetzt die Skyline Philadelphias, und ich war mir sicher, dass sie noch um einiges größer werden würde, wenn ich den Gang entlang lief. Wir standen in einer Art Foyer. Nicht so groß, wie man es aus Filmen kannte und nicht so durchdesignt, aber es war einfach weitläufiger als ein normaler Flur mit Garderobe. Alles war ordentlich aufgeräumt, kein einziger Staubkrümel lag auf den weißen Hochglanzschränken, die hier nebeneinander standen. Es befand sich eine einzelne graue Vase mit einem weißen Blumenarrangement auf der Anrichte und darüber hing quer ein Spiegel.

»Na ja … es ist riesig. Zu riesig, es ist steril und es ist … unbewohnt.« Seine Worte klangen kühl, ganz anders als die Konversation, die wir betrieben hatten, als wir in seinem Auto hierhergefahren waren. Ich hob eine Braue, ließ aber seinen Kommentar einfach so stehen. Zwanghaft weigerte ich mich, in dieses Wort »Unbewohnt« etwas hineinzuinterpretieren, das er nicht meinte. Es würde mir nur wieder unwahrscheinlich wehtun, wenn ich feststellte, dass dies eben keine unterschwellige Aufforderung gewesen war, bei ihm einzuziehen.

Ich war zwar eine erwachsene Frau, aber doch hatte ich diese verdammten Kleinmädchen/Teenagerträume davon, dass ich eine echte Chance auf einen Mann und eine Familie hatte.

»Möchtest du etwas trinken?«, fragte er mich und riss mich so aus meinen Gedanken. Schwer schluckte ich und ging ihm den langen Gang mit den vielen Bildern, welche an den Wänden hingen, nach.

Wie in einem verdammten Film öffnete er sich in einen großen Wohn/Essbereich. Die offene Küche, die so auf Hochglanz poliert war, dass ich mich fragte, ob hier schon jemals gekocht worden war, fügte sich perfekt mit dem langen Tisch, an dem zwölf Stühle standen, und das Sofa mit dem riesigen, an der Wand montierten Fernseher, ein. Auf dem Tisch befanden sich einige Papiere, auf dem Beistelltisch vor dem Sofa stand eine Vase mit Blumen und lagen Fernbedienungen. Während ich den Raum inspizierte, drückte Jason einige Schalter und das Licht ging an. Perfekt gedimmt, nicht zu grell und vor allem nicht zu viele Leuchten. Die dadurch erzeugte Stimmung war so aufgeladen von Erotik und Intimität, dass ich mich nackt fühlte, obwohl ich vollständig angezogen war.

Jason nahm aus dem Kühlschrank eine Flasche Wein und schenkte uns ein.

»Ist Wein okay?«, fragte er und kratzte sich am Kopf. »Ansonsten kann ich Bier oder Wasser anbieten.« Er lächelte schief. »Ich gehe nicht sonderlich oft einkaufen.«

Ich schlenderte zu dem versteckten Eck, in dem ein weißer Flügel stand. Der war der perfekte Kontrast zu der dunklen Ledercouch und der glitzernden Stadt, welche unter uns lag. Seine Küche, der Essbereich und auch das Wohnzimmer waren von einer Fensterfront gesäumt, die über die kompletten Längen ging. Ich trat nahe an das Instrument und warf einen schnellen Seitenblick auf Jason. Er stand mit den beiden Gläsern in der Hand neben mir.

»Darf ich?« Jason nickte leicht und ich fuhr mit meinem Zeigefinger über die goldenen, schlichten Lettern auf dem polierten Weiß. »Kawai«, flüsterte ich und er nickte.

»Ich habe mir diesen Flügel aus einem Auktionshaus von meinem ersten ersparten Geld gekauft.«

Er hob mir das Glas entgegen und ich griff danach. Nachdem wir uns zugeprostet hatten, nahm ich einen Schluck. Der Wein war gut, schön durchgekühlt und süffig. Ich würde aufpassen müssen, dass ich ihn nicht zu schnell trank, um einen kühlen Kopf zu bewahren.

»Spielst du?«, fragte ich und nickte in Richtung der Tasten. Jason strich mit seinen Fingern darüber, als wäre der Flügel ein Lebewesen.

»Ja, früher sehr oft ... mittlerweile selten.«

»Ein Zeitproblem?«

Er lächelte mich an. »Ein Zeitproblem«, stimmte er mir zu. »Ich weiß gar nicht, wann ich zuletzt ferngeschaut habe ...« Er schien zu überlegen. »Oh doch, als mein Bruder hier war.«

»Steve? Aus dem Club?«

»Genau der.«

»Wie viele Brüder hast du? Nur den einen?« Wir setzten uns nebeneinander auf die breite, mit schwarzem Leder bezogene Holzbank, welche für den Pianisten gedacht war. Jason hielt in der einen Hand sein Glas, nippte immer wieder daran, und mit der anderen schlug er ein paar Töne an.

»Du hast mich nicht gegoogelt?«, fragte er amüsiert. »Heutzutage googelt man doch alles.«

»Na ja ... doch, aber ich wollte es von dir hören!« Ich zuckte mit den Schultern.

»Ich habe zwei Brüder. Eric, der Älteste, ist Sternekoch in seinem Hotel und steht kurz vor der Heirat mit Eva. Und Steve ist der Jüngste von uns Dreien. Er ist vermutlich auch der Verrückteste.«

»Dann bist du der Mittlere.«

»Richtig!«

»Ich dachte immer, die mittleren Kinder würden untergehen.«

Er warf mir einen Seitenblick zu, ehe er schließlich laut lachte. »Ich würde nicht sagen, dass ich untergegangen bin. Aber ich bin anders als meine Brüder. Ich bin ... mh ... es mag komisch klingen. Aber ich bin zielstrebiger ... und irgendwie kühler. Ein Eisklotz.«

»Ich würde nicht sagen, dass du ein Eisklotz bist«, widersprach ich. Dass er sich selbst als kühl bezeichnete, traf mich irgendwie. Auch wenn ich ihn selbst schon öfter so genannt hatte.

»Na ja«, er lächelte schwach. Dieses angedeutete Grinsen warf mich so aus der Bahn, dass ich vor lauter Verlegenheit einen riesigen Schluck des köstlichen Weißweines nahm. »Meine Geschwister sagen immer ... na gut, eigentlich sagt das nur Steve, dass ich einen Stock im Arsch habe!« Diese Ehrlichkeit, welche gerade zwischen uns herrschte, lastete auf meinen Schultern. »Aber ... auch ich habe Leichen im Keller, Luisa.« Er sprach leise, aber deutlich. Der Verkehr von den Straßen Philadelphias unter uns war hier oben nicht zu hören, und da sämtliche Geräte, welche er in seinem Penthouse hatte, ausgeschaltet oder extrem leise waren, war nichts zwischen uns. Ich konnte mich selbst unnatürlich laut atmen hören.

Ich wusste genau, was er meinte, denn auch ich hatte die eine oder andere Leiche vergraben. Hatte das nicht jeder? Jeder, der bereits einige Jahre gelebt hatte? Es war nicht immer alles rosarot und Zuckerschlecken. Ganz im Gegenteil, die meisten Menschen konnten aus ihrer Haut oder ihrem Charakter gar nicht heraus. Man war eben, wie man war. Egal ob stur, eitel oder eben konsequent und zielstrebig.

»Ich bin mir nicht sicher, ob diese Stock-im-Arsch-Nummer von deinem Bruder liebevoll gemeint ist.« Ein Lächeln schlich sich auf meine Lippen.

»Das ist es, weil ich genau weiß, dass ich so bin.«

Aufmerksam sah er mich an. Ich ließ mich von seinen dunklen, wunderschönen Augen fesseln. Die Stehlampe hinter uns warf ein angenehmes Licht auf seine Gestalt. »Ich habe Ziele. Meistens Ziele, deren Erreichen mich einige Zeit kosten wird, aber ich verfolge meinen Weg. Ich sage nicht, dass ich über Leichen gehe, um sie zu erreichen, doch ich bin konsequent. Ich lasse mich nicht ablenken oder von meinem Weg abbringen, nur weil jemand anderer Meinung ist. Ich weiß, dass ich oft als emotionslos dargestellt werde, weil ich Entscheidungen treffe, die für andere nicht immer zu hundert Prozent nachvollziehbar sein mögen, aber ich weiß, was ich will, wo ich sein möchte ... *wer* ich sein möchte.«

Schwer schluckte ich. Hieß das, dass ich ihn ablenkte? Dass ich ihn von seinem Weg abbrachte und er das nicht wollte? Bedeutete das, dass ich gehen musste?

Ich kam nicht dazu, meine Fragen zu stellen, denn er sprach bereits weiter.

»Du lenkst mich ab, Luisa.« Er ließ kurz den Kopf hängen und drehte das Weinglas an seinem Stiel zwischen den Fingern. »Du beanspruchst so viel Platz in meinem Kopf, dass ich kaum mehr schlafen kann. Ich kann nicht atmen, wenn du nicht in meiner Nähe bist ... und ich habe bemerkt, dass sich der Weg, den ich seit Jahren konsequent verfolge, der Weg zu meinem Erfolg irgendwie ... welliger gestaltet, als ich ihn in Erinnerungen hatte!« Seine Stimme klang nun fest. »Ich mag Veränderungen nicht sonderlich, und ich mag es nicht, wenn ich einen gut strukturierten Plan ändern muss ...«

Ich nahm erneut einen großen Schluck Wein, um mich von der Tatsache abzulenken, dass seine Worte ein wenig wie eine Abschiedsrede klangen. Der Kloß in meinem Hals wurde riesig. »Aber für dich will ich es versuchen. Ich will das gemeinsam mit dir machen!« Seine Hand legte sich warm an meine Wange. Automatisch schmiegte ich mich in die Berührung und schloss die Augen. Jason schien mich eine kleine, einvernehmlich stumme Weile zu beobachten, während ich bemerkte, wie mir warm wurde. Er stand nicht so sehr auf Emotionen, das hatte er mir ja gerade gesagt.

»Was willst du versuchen?«, platzte ich heraus. »Kein Stock-im-Arsch-Mensch mehr zu sein?« Jason lachte laut auf, und der Zauber der Ernsthaftigkeit war gebrochen.

»Ich glaube, ich werde immer der steife Typ sein, Luisa.« Wie zur Bestätigung rückte er seinen Kragen zurecht. »Damit wirst du eben zurechtkommen müssen ...«

»Na ja«, erwiderte ich salopp und sprach mal wieder schneller, als ich denken konnte, »im Bett ist das ja auch wichtig.« Ein breites Grinsen schlich sich auf mein Gesicht, aber Jason blieb ernst. Er sah mich an, tastete sich über jeden Millimeter meiner Haut und nahm schließlich mein Glas aus den Fingern. Er stand auf und stellte es auf ein kleines Regal hinter dem Flügel, kam nicht zu der Pianistenbank zurück, um sich erneut neben mich zu setzen, oh nein, stattdessen blieb er an der Seite des Flügels stehen. Er knöpfte sein Hemd an den Handgelenken auf und rollte es bedächtig bis über die Ellbogen. Keiner von uns sagte ein Wort. Er sah mich nicht einmal an, und dennoch konnte ich seinen Blick so klar wie noch nie auf mir fühlen. Er vermittelte mir, dass er alle Zeit der Welt hatte, was meinen Herzschlag beschleunigte. Nachdem er mit den Ärmeln fertig war, griff er nach einer kleinen Fernbedienung, dimmte das Licht noch weiter, sodass ich seine Züge nicht mehr richtig erkennen konnte, und schaltete sanfte Musik ein. Ich unterdrückte den Drang, mich zu räuspern, als ich die rauchige Stimme der Sängerin von »Black Velvet« erkannte. Es war eine langsamere, ruhigere Version dieses zeitlosen Songs, die die Situation nicht weniger intim machte.

Nun sah Jason mir direkt in die Augen, er beobachtete mich genau, zwang mich dazu, ihm ebenfalls in seine dunklen Iriden zu blicken. Meine Knie wurden weich, obwohl er mich nicht berührte.

»Zieh dich für mich aus, Luisa.« Seine leise, ruhig gesprochene Anweisung kroch durch meine Adern. Ich widersprach nicht, ich antwortete nicht. Mein Kopf war völlig leergefegt und doch stand ich auf und begann mich zu bewegen. Meine Hüften schwangen sanft hin und her, als ich mich endlich von seinem Anblick losreißen konnte und den Takt erkannte. Sie wiegten von links nach rechts und ich griff in mein Haar, löste die wenigen Nadeln und legte sie auf den Hocker hinter mir. Ich schob ihn in einem Tanzschritt mit dem Fuß ein wenig zurück, damit ich mehr Platz hatte und hörte, wie Jason scharf die Luft einzog, als ich mich mit dem Rücken zu ihm stehend bückte, um die Riemchen an meinen hohen Schuhen zu öffnen.

»Lass ...« Seine Stimme klang belegt. »Lass die Schuhe an.« Er brauchte nicht laut zu werden oder die Worte bestimmend zu betonen, nein, er sprach einfach langsam, mit tiefem Timbre und diesem leichten Befehlston, der mich so anturnte. Ich richtete mich wieder auf, sah ihn über die Schulter an und griff in meinen Rücken, um den Reißverschluss meines Kleides langsam aufzuziehen. Nach wie vor, trug ich das unschuldige Sommerkleidchen vom Geburtstag. Meine Lider schlossen sich, als der Reißverschluss hinten auseinanderklaffte, ich mit beiden Händen meine langen, dunklen Locken nach oben hob und den Kopf in den Nacken legte. Ich drehte mich wieder um, sah, dass sich sein Blick verdunkelt hatte. Seine Kiefer mahlten aufeinander, die Muskeln an seinen Armen, da er beide Hände zu Fäusten geballt hatte, traten deutlich hervor.

»Bist du sauer?«, fragte ich, streifte den einen Träger über die Schulter und anschließend den anderen. »Oder bist du angeturnt, Jason?« Ich erkannte meine Stimme kaum wieder, ließ den zarten Stoff des Kleides los, und es fiel mir in einer fließenden Bewegung über die Hüften, bauschte sich um meine Knöchel und die Absätze meiner Schuhe. Jason griff sich mit einer Hand an seinen Schwanz in der Hose und rückte ihn zurecht. Er brauchte mir nicht zu antworten, damit ich erkannte, dass er nicht wütend, sondern einfach nur verdammt wild darauf war, mich unter sich zu haben. Hörbar schnappte er nach Luft, als er die helle Unterwäsche von *La Perla* an meinem Körper entdeckte. Meine Haare hingen mir in wilden Strähnen um das Gesicht, und ich drehte mich wieder um.

»Könntest du mir helfen?«, flüsterte ich gerade so laut, dass er mich über die ruhige Musik hinweg hören konnte. Es dauerte zwei Herzschläge, bis ich die von ihm ausgehende Hitze an meiner nackten Haut spüren konnte. Seine Fingerspitzen berührten mich nicht, aber ich hörte ihn schwer atmen, als er die zwei Ösen an meinem BH aufhakte, ihn mir über die Schultern streifte und ich ihn abzog. Ich fühlte seine Hand neben meiner Hüfte schweben, wusste, dass er sich verbot, mich anzufassen, beschloss, das Zepter in die Hand zu nehmen und trat einen kleinen Schritt nach hinten.

Er war hart wie Stahl. Seine Latte presste sich an meinen Hintern und ich rieb mich einmal kurz an ihm. Ein Seufzen entwich mir, als ich nach seinen Händen griff und auf meine Brüste legte. Er begann sofort sie zu kneten. Meine Nippel waren steif und sehnten sich nach Aufmerksamkeit. Nach dem sanften Zupfen seiner Zähne und dem kräftigen Reiben seiner Finger. Jason flüsterte in mein Ohr: »Ich will dich ficken!« Die heiseren Worte ließen die Feuchtigkeit in den dünnen Spitzenstoff meines Höschens sickern. Wir spiegelten uns in der Fensterfront, auf der anderen Seite des Raumes, und dieses Bild, seine gebräunten Hände auf meiner hellen Haut, wie er meine Busen knetete, machte mich an.

Jason drehte mich ruckartig zu sich um, umfing meinen Arsch und setzte mich auf seinen Flügel. Die Tasten gaben eine Mischung von seltsamen Tönen von sich, als er meine Füße darauf abstellte und sich mit seinem Mund eine Linie über meine Fesseln, zu meinen Knien und meiner Mitte küsste. Ruhig, als hätte er alle Zeit der Welt, sog er meinen Geruch ein.

»Du kannst dir nicht vorstellen, wie du mich anmachst, Luisa … ich drehe durch, wenn ich dich nicht bald um mich spüren kann.« Er knurrte die Worte mehr, als dass er sie sprach. Seine Finger fuhren in den zarten Stoff des Höschens, strichen einmal über meine Perle und zerrissen schließlich das teure Stück von *La Perla*. Ruckartig hob ich den Kopf, sah ihm in die Augen, die vor Freude strahlten. Gerade als ich protestieren wollte, ließ er das Stück Stoff achtlos zu Boden fallen, umgriff meine Schenkel und öffnete mich weit.

»Wir kaufen dir neue …« Mit dem letzten Buchstaben, der seinen Mund verließ, begann er mich zu lecken, als gäbe es kein Morgen. Ich bäumte mich auf, ging ins Hohlkreuz und ließ die Worte, dass *wir* einkaufen gehen würden, von mir Besitz ergreifen. Er strich mit gezielten Zungenschlägen über meinen Kitzler, während er mich mit seinem langen Zeigefinger vorbereitete.

»Du bist so eng und feucht, Baby … Du bist das verdammte Paradies.« Schwer atmete er und ich ließ mich in der Sinnlichkeit des Augenblicks fallen. Die Oberfläche des Kawai-Flügels fühlte sich kalt auf meiner erhitzten Haut an. Mit beiden Händen griff ich nach meinen Brüsten und drückte und knetete sie in der Hoffnung, dass dieses Ziehen, dieses wahnsinnige Verlangen leichter werden würde. Ich stöhnte tief, als er mich immer näher an den Abgrund trieb. Wimmernd stammelte ich seinen Namen, genoss seinen kühlen Atem auf meinem erhitzten, nassen Geschlecht und jammerte, dass ich ihn in mir haben wollte.

»Noch nicht«, knurrte er dunkel und nahm einen zweiten Finger hinzu. Das war nicht dasselbe. Mit abgehackten Protesten ließ ich es ihn wissen.

»Ich will dich«, jammerte ich und hob mein Becken näher an seinen Mund. Ich griff eine Handvoll seines Haars und krallte meine

Finger in seine Kopfhaut. »Nicht nah genug«, hörte ich mich mit fremder Stimme sagen. Er war mir gerade nah … aber nicht so, wie ich ihn wollte. »Ich bin … ich komme … kurz … davor.«

»Du wirst nicht durch meine Zunge kommen!«, herrschte er mich an, entzog mir seinen herrlichen Mund und die langen starken Finger. Er griff mit einer Hand in meinen Nacken, zog mich nach oben, und ich saß mit weit gespreizten Beinen auf seinem Flügel. Als ich an mir herunterblickte, die Nippel rosig und steil aufgerichtet, meine Vagina feucht glänzend, hätte ich brüllen können. Ich war so kurz davor gewesen. So kurz vor dem Absprung, dass es mir nun egal war, ob ich durch seine Hand oder meine auf mir kam. Ich ließ meine Zeigefinger gerade auf meinem Knötchen kreisen, als er sich auszog. Er stand nackt vor mir, wie Gott ihn geschaffen hatte. Die Schultern und die Brust breit und muskulös. Die Haut gebräunt. Ein zarter Streifen weniger Haare zog sich von seinem Bauchnabel bis zu seinem riesigen, herrlich aufgerichteten Schwanz. Er hob den Blick, strich mit der Hand mehrmals an seinem Steifen auf und ab und wies mich an: »Hör auf, dich anzufassen.«

Proteste wimmernd nahm ich dennoch die Hände von mir. »Du wirst durch mich kommen und sonst durch niemanden!« Seine Lider senkten sich halb. Die Stadt lag hinter ihm zu seinen Füßen, das Licht war gedimmt und rahmte ihn auf eine intime Art ein, die mein Herz schneller schlagen ließ. Die Musik war weiterhin sinnlich und ruhig. Alles, was die zum Schneiden gespannte Luft zerriss, war unser abgehackter Atem.

»Weißt du, wie oft ich mir vorgestellt habe, ich würde dich auf diesem Flügel ficken?« Wie hypnotisiert schüttelte ich den Kopf. »Ich wollte dich genau so, deinen Arsch auf dem weißen Holz, die Beine weit gespreizt, vollkommen für mich geöffnet.« Er nahm sich Zeit, um kurz die Augen zu schließen und seine Eichel zu bearbeiten. »Ich habe mir so oft einen auf dieses Bild heruntergeholt, dass ich nicht glauben kann, dass es wahr ist …« Er kam einen Schritt näher, ließ von seinem Schwanz ab und hob mich an der Hüfte eine Etage tiefer, sodass ich mit meinem erhitzten Hintern nun auf den Tasten saß. Viele schräge Töne wurden dadurch erzeugt, aber es schien ihm egal zu sein. »Ich habe mir vorgestellt, dass du so feucht durch mich bist, dass du die Tasten benetzt und ich noch Tage später an dich und deine Pussy erinnert werde, wenn ich spiele.«

Schwer schluckte ich und wollte meine Augen schließen, als er mich zurechtwies. »Sieh mich an, Luisa.« Er hielt meinen Blick fest. »Wenn ich dich jetzt ficke, möchte ich, dass du mir in die Augen siehst. Dass du nicht vergisst, wer dir diese Gefühle beschert. Ich möchte, dass du dir einprägst, wie es aussieht, wenn mein Schwanz in dir verschwindet, denn ich möchte, dass du für die einsamen Stunden in deinem Büro eine Erinnerung an mich hast. Ein Bild, das nur wir beide kennen.« Schwach nickte ich. Seine Worte, seine bestimmende Art machten mich so unfassbar an, dass ich vermutlich bei seinem ersten Stoß kommen würde. »Ich will, dass du dir einprägst, wie ich dich ausfülle, wie ich deine herrlichen Titten knete und wie dunkel deine geheimsten Wünsche sind. Ich will, dass du nie vergisst, wie gut wir beide zusammenpassen, wenn wir es miteinander treiben.«

Er setzte seine Schwanzspitze an meinen Eingang. Ruckartig zog er mich an der Hüfte auf sich und dehnte mich so plötzlich auf so köstliche Art und Weise, dass ich aufschrie. Er lachte rau und dunkel.

»Sieh mir in die verdammten Augen, Luisa.« Ich zwang mich, die Augen offen zu halten, ihn bei jedem seiner Stöße anzusehen. In dem schwachen Licht konnte ich erkennen, wie jeder Muskel in seinem Körper angespannt war. Wie er sich darum bemühte, die Kontrolle zu behalten. Er zog sich aus mir zurück und stieß wieder zu. Seine Hüften vollführten den ältesten Rhythmus dieser Welt. Alles um mich herum verschwamm, und es war nichts mehr klar und deutlich, außer Jason. Seine vollen Lippen zu einem schiefen, sinnlichen Lächeln verzogen. Das Gefühl, wie sich seine rauen Finger in meine Hüfte drückten und er mit der anderen Hand über meinen Kitzler rieb, ließen mich laut und tief stöhnen.

»Sei laut, Baby ... sei laut, es ist okay ...« Er spornte mich an und ich schrie auf, als er sich mit sehr festen und harten Stößen in mich schob.

Er trieb mich immer höher auf der Welle des Orgasmus', und ich wusste, ich würde bald fallen. Meine Lider wurden schwer, und in dem Moment, als ich bemerkte, dass ich es nicht weiter aufhalten konnte, kniff mich Jason fest in meinen Nippel.

Der verrückte Schmerz, das Verlangen nach Nähe und die Gewissheit, dass es mit ihm nie nah genug sein würde, stieß mich über die Klippe. Während ich fiel und fiel und fiel spürte ich, wie er in mir kam. Vollkommen erschöpft, den Herzschlag laut und deutlich in den eigenen Ohren widerhallend, zog er mich unter etlichen Klimpertönen von den Klaviertasten. Er setzte sich mit mir, seinen mittlerweile halbsteifen Schwanz immer noch in mir, auf den Klavierhocker.

Seine Hand griff in meinen Nacken, drückte die verschwitzten Haarsträhnen an meine erhitzte Haut. Ich legte ihm ebenfalls die

Arme um den Hals und kam ihm, in einer unausgesprochenen Aufforderung mit meinen Lippen näher.

Ich musste ihn schmecken, ich musste wissen, dass er da war.

Ich musste mir eingestehen, das Jason Lightman alles für mich war.

Wir liebten uns in dieser Nacht noch weitere zwei Male.

Nun langsam und zärtlich und sinnlich.

Es war aufregend, anders und vollkommen perfekt.

Wie alles, was wir zusammen taten.

29

JASON

 Es ist nie zu spät, so zu sein, wie man gerne wäre.
George Eliot, eigentlich Mary Anne Evans (1819 - 1880)
Englische Schriftstellerin

Seit der spontanen Nacht vor einigen Monaten, als ich hier auf der Durchreise gewesen war, hatte niemand mehr mit mir in einem Bett geschlafen. Ich war jemand, der gut und gern mit sich allein sein konnte, der es mochte, wenn nicht allzu viele Personen Einzug in sein Leben hielten, denn dann, und nur dann, konnte ich mich auf die wichtigen Dinge konzentrieren. Ich konnte meinen Fokus auf die mir selbst gesteckten Ziele legen. Ich war ein sehr ehrlicher Mensch und ich schätzte und brauchte die Ehrlichkeit gleichermaßen von anderen. Ich konnte es nicht ausstehen, wenn mich jemand anlog, Unwahrheiten erzählte oder auch nur etwas verschwieg, weil es angeblich besser für mich war. Laut meiner Mutter litt ich an einer Gefühlslegasthenie, das konnte gut sein, aber ich wählte eben weise aus, auf wen ich mich einließ und mit wem ich nur ein paar Stunden verbrachte.

Luisa war einer der Menschen, dem es gelungen war, bevor ich es zu verhindern wusste, die Mauer um mich herum einzureißen. Mich nicht für sie zu interessieren, stand überhaupt nicht mehr zur Debatte. Ich konnte gar nicht mehr anders.

Ich war mir sicher, dass Luisa zu der Sorte Mensch gehörte, die einem vor die Füße kotzte, nicht ins Genick. Und genau solche von

Grund auf ehrlichen Menschen mochte, brauchte ich und wollte ich um mich herum haben.

Schlafend lag sie zwischen meinen zerwühlten Laken, die Haare über das Kissen ausgebreitet. Ihr Mund war einen Spalt geöffnet, die langen seidigen Wimpern ruhten auf ihren hohen Wangenknochen. Es war immer noch sehr warm in Philly, deshalb war das deckenhohe Fenster weit geöffnet. Sehr leise drang der Verkehr der Stadt zu uns nach oben. Ich glaube, er war nur zu hören, weil es ansonsten totenstill war.

Ich hatte heute zu Luisa gesagt, dass sie meine Achillesferse war, dass sie die Macht besaß, mir das Herz herauszureißen und zu brechen. Und gottverdammt, genau so hatte ich es gemeint. Sie könnte mich kaputtmachen, sie könnte es schaffen, dass ich an mir selbst zweifelte. Nachdenklich betrachtete ich die schlafende, wunderschöne Frau in meinem Bett und nippte an dem Glas mit Bourbon.

Luisa war eine spezielle, ganz besondere Frau. Sie war stark, unabhängig und selbstbewusst. Trotzdem besaß sie einen weichen Kern. Sie ließ mich führen, egal, ob bei den Gesprächen mit ihren Eltern oder im Bett. Noch nie hatte ich so deutlich den Drang in mir verspürt, jemanden zu besitzen und zu dominieren. Nicht auf die üble, schmerzhafte, in meinen Augen falsche Art, das nicht. Aber ich wollte ihr Halt sein, wenn sie durch den Hurricane der Orgasmen stürmte. Ich war mir sicher, dass Luisa darauf stand, wenn sie durch Worte, sexy und dreckige Worte, angeheizt wurde. Außerdem hatte sich das heute wieder einmal bewiesen. Luisa Torres wollte von mir geführt werden, und ich war mehr als nur bereit, das zu tun. Ich schätzte ihre Arbeit, behielt im Auge, wie weit sie mit der Recherche war, was diesen ominösen Hausmeister anging, ohne sie zu kontrollieren. Es diente lediglich der Vermeidung von bösen Überraschungen. Und dass wir Antworten brauchten, war ihr vermutlich auch klar. Diese einmalige Chance, die ich ihr ohne jegliche Berufserfahrung gegeben hatte, sollte sie nicht vermasseln. Einmischen oder Hineinpfuschen würde ich nicht, aber ich wäre ihr verdammtes Sicherheitsnetz, wenn sie fiel. Luisa war mir mittlerweile zu wichtig, als dass ich mich von ihr fernhalten könnte.

Wie wir das alles in der Arbeit lösen würden, stand jedoch auf einem anderen Blatt. Ich wollte tunlichst vermeiden, dass andere Kollegen etwas von uns mitbekamen. Nicht, weil ich mich für sie schämte oder Ähnliches, aber solange es in der Anfangsphase war und wir beide noch nicht wussten, wo das hinführen würde, war es vermutlich besser, wir behielten das alles für uns.

Diese Zerrissenheit zwischen absoluter Aufmerksamkeit und Verheimlichen war für mich neu. Noch nie war ich in der Situation gewesen, mir überlegen zu müssen, wie ich etwas anging. Und heilige Scheiße, noch viel weniger war ich in Verbindung mit einer Frau jemals in dieser Situation gewesen. Aber Luisa katapultierte mich direkt dort hinein. In Lichtgeschwindigkeit. Diese Frau, wie sie hier nackt zwischen meinen Laken lag, der Verstand so messerscharf und der Humor so gewieft, dass ich manchmal an mir selbst zweifelte … sie ließ mich sein, wie ich war. Stur, kühl, bis auf im Bett eben mit einem Stock im Arsch. Dass das alles nur Theater und Show war, konnte ich mir nicht vorstellen, denn sie würde es nicht sehr lange aushalten, mir vorzumachen, dass sie mich genau so mochte, wie ich war. Menschen waren Schauspieler. Sie alle, aber sie schafften es sicherlich nicht über lange Zeit diese Dramen aufrecht zu erhalten.

Als wir den Sexmarathon in meinem Bett beendet hatten, hatten wir aneinander gekuschelt Fertigpizza aus meinem Tiefkühlfach gegessen und uns darüber unterhalten, wie es weitergehen sollte. Wir hatten uns gegenseitig versichert, dass wir das, was auch immer das gerade zwischen uns war, behalten wollten, dass wir versuchen wollten, die Arbeit und das Private unter einen Hut zu bringen. Ich hatte ihr gesagt, dass ich sie ausführen wollte, und wenn uns jemand sah, dann sah uns eben jemand. Sicherlich würde ich mich nicht verstecken. Ich war keinem meiner Angestellten Rechenschaft schuldig und das hatte ich ihr mitgeteilt.

Das *Lightmans Retro* war mein Baby, und ich würde es mir nicht kaputtmachen lassen. Auf keinen verdammten Fall.

Dennoch hatte ich es bis jetzt nicht bereut, mich auf sie eingelassen zu haben.

Ich nahm den letzten großen Schluck meines Drinks und legte mich anschließend zu Luisa ins Bett. Sie seufzte im Schlaf und drehte sich so, dass sie ihr Gesicht auf ihren Handrücken betten konnte. Sie war, selbst jetzt, egal, was sie tat, einfach wunderschön, und ich fragte mich, wie ich so eine tolle Frau verdient hatte.

Ich wählte mich gerade in das Skype-Gespräch meiner Brüder ein.

Es war Sonntag, Luisa war heute Morgen nach einer erneuten Runde Sex, einer Dusche und anschließendem Frühstück gegangen. Ich hätte sie am liebsten bei mir behalten, hatte dem Drang aber nicht nachgegeben. Wir erledigten sowieso alles irgendwie in Lichtgeschwindigkeit, da wollte ich mich nicht auch noch überfordern, indem ich jetzt meine Sonntagsroutine unterbrach.

Das mochte egoistisch klingen, aber ich war auch nur ein Mann, der sich gerade das erste Mal auf jemanden einließ. Für mehr als eine Nacht.

»Da ist er ja, der kleine Penner!« Steve war bester Laune.

»Hi«, begrüßte ich meine Brüder und stand nochmals auf, um mir Bourbon zu holen. »Wieso verspüre ich bei eurem Anblick immer den Drang, mich zu betrinken?«

»Damit bist du nicht allein!«, sagte Eric und prostete in die Kamera. »Wie gehts euch, meine Kinder?«

»Alter!«, rief Steve. »Das ist ekelhaft. Du bist mein Bruder.«

Ich schenkte ihnen lediglich ein mildes Lächeln und wollte erst einmal zuhören, ehe ich – eventuell – von Luisa und mir erzählen würde. Mal sehen, wie sich das Gespräch entwickelte.

»Also«, begann Eric schließlich selbst. »Eva dreht absolut, vollkommen, zu tausend Prozent durch!«

»Weil?«, warf ich ein, damit es nicht so aussah, als wäre ich vollkommen desinteressiert.

»Wegen ihrer Mutter. Die plant eine Hochzeit, die ja – nebenbei bemerkt – nicht mal ihre eigene ist, und übergeht Eva ständig völlig.«

»Wieso packst du dir nicht deine Frau, haust auf 'ne Insel ab und ihr heiratet dort?«

»Weil ich – was ich nebenbei bemerkt auch nicht verstehen kann – euch Wichser dabei haben will!«

»Ich hätte nichts gegen einen Urlaub auf einer Insel …« Steve setzte sich entspannt hin. »Mir geht das hier alles auf den Sack.«

»Ärger im Paradies?«

»Du hast jemand Festes?«, fragte ich überrascht, und Steve lachte.

»Niemals. Aber ich denke, dass Eric mein ›Muschiparadies‹ meint.«

Meine Laune verdüsterte sich. »Du siehst Frauen echt nur als Objekte, oder?«

»Ohhh«, sagte Eric und grinste. »Hat da jemand schlechte Laune?«

»Nein«, erklärte ich, »ganz im Gegenteil.«

»Also läuft es mit Luisa?« Steve prostete mir zu. »Gut gemacht, Bruder.«

»Luisa?« Eric kratzte sich am Kopf. »Die Kleine, die für dich arbeitet?«

»Genau die.« Mein jüngster Bruder nickte. »Sieht gut aus, ist nett, gibt unserem Jason ordentlich Feuer.«

»Du kennst sie?« Eric hob nun beide Brauen. »Ich fühle mich langsam ausgeschlossen.«

Steve lachte, ich nippte an meinem Bourbon. »Ich kannte Eva auch von früher und nun ist sie deine Traumfrau.« Eric zeigte ihm den Mittelfinger. »Also sehen wir es doch als gutes Omen, dass ich Luisa auch kenne.«

»Du bist ein Schwanzlutscher, Steve.«

»Falsch.« Er beugte sich vor und prostete uns zu. »Ich steh eher auf Muschis.«

»Du bist so ein Penner. Was haben Mom und Dad bei dir nur falsch gemacht?«

»Das frage ich mich auch.«

»Können wir zum Wesentlichen zurückkommen?«, fragte Steve und deutete in die Kamera. »Meinst du, Eva wird kalte Füße kriegen?«

»Das ist für dich das Wesentliche?« Eric lachte. »Ob meine Verlobte kalte Füße kriegt?«

Der jüngste der Lightmans zuckte mit den Schultern. »Ich kümmere mich eben um euch.«

»Du willst nur die Brautjungfern vögeln!«, warf ich ein, und Eric lachte.

»Du wirst deine Finger von Evas Freundinnen lassen, haben wir uns verstanden? Wenn das schief geht, dann geht das an meine Eier und ich häng an meinen Eiern, also wirst du deine Finger bei dir und den Schwanz in der Hose lassen.«

»Aye aye, Sir!«, sagte Steve lachend. »Aber trotzdem, meinst du, sie läuft davon?«

»Die Hochzeit ist in sechs Monaten. Eva ist schon jetzt ein absolutes Nervenbündel, ich hoffe also nicht, dass sie davonlaufen wird.«

»Ihr schafft das«, erwiderte ich. »Und sag deiner Schwiegermutter einfach, dass sie sich raushalten soll.«

»Hört, hört!«, warf Steve ein.

»Du hast gute Laune, bist du sicher?« Eric lachte.

»Absolut. Zu hundert Prozent!«

»Dann sag uns doch, lieber Bruder«, Eric schenkte sich gerade Whiskey nach, »... was deine Laune so durch die Decke gehen lässt?«

»Er hatte Sex!« Steve schoss wieder einmal über das Ziel hinaus. »Eindeutig! Er hat einen wegstecken können.«

»Halt die Klappe!«, sagte Eric. »Was ist bei dir los?«

Langsam nahm ich einen Schluck Bourbon, ließ die goldfarbene Flüssigkeit kurz in meinem Mund, ehe ich sie schluckte. Ich war eigentlich der von uns Dreien, der am wenigsten über sich offenlegte. Aber auf der anderen Seite, wenn nicht bei meiner Familie … bei wem dann?

Kurz wog ich ab, wusste nicht so recht ob oder ob nicht und entschied mich schließlich dagegen. Wenn es fester, spruchreifer wäre, dann würde ich es sagen.

»Ich date gerade jemanden.« Warum ich es nochmal in aller Deutlichkeit hervorheben wollte, war mir selbst nicht ganz klar.

»Du *datest* jemanden?« Eric betonte das Wort auf diese Ich-kann-es-nicht-glauben,-niemand-datet-heutzutage-noch-jemanden-Art.

»Er fickt.«

Ich zeigte meinem jüngsten Bruder aus einem Impuls heraus den Mittelfinger. Etwas, das ich sonst nie tat. Aber ich fickte Luisa nicht. Na ja gut, nicht nur … nein, ich wollte … ihre Seele berühren. Nur würde ich einen Teufel tun und das bei meinem Bruder zugeben.

»Nein, ich date jemanden.«

»Und wen? Diese Luisa, die du vorher erwähnt hast.«

»Ja«, erklärte ich, »Ich will sie wirklich kennenlernen.« Ich nahm einen Schluck Bourbon und fügte an: »Sobald es etwas Spruchreifes, Ernstes gibt, seid ihr beiden die Ersten, die es erfahren.«

»Oh ja«, lachte Steve. »Darauf freu ich mich. Hundert Dollar, dass er es verkackt, Eric?«

Mein ältester Bruder, der ebenfalls erst vor Kurzem die große Liebe gefunden hatte, schüttelte den Kopf. »Darauf wette ich nicht.« Er nahm einen Schluck Whiskey. »Karma, Freunde. Karma.«

»Gott«, Steve lachte laut auf. »Hast du schon Schamlippen?«

»Fick dich!« Nun lachte ich auch laut auf.

»Siehst du, Steve, er ist immer noch der Alte.« Wir prosteten uns zu.

»Hey!«, verteidigte sich Eric. »Wie konnten wir von dir, Jason, auf mich kommen?«

»Das ist einfach so passiert.« Ich lachte immer noch.

»Erzähl du uns lieber mal, was bei dir so los ist, Steve?«

»Ich krieg 'ne Wirtschaftsprüfung ins Haus, Leute.« Schlagartig waren wir alle ernst. Und still. »Hab gestern den Brief erhalten.«

»Wann?«, fragte ich nach und war im Arbeitsmodus.

»In zwei Monaten. Bis dahin muss alles auf Vordermann sein.«
»Na ja, wenn es das nicht ist, hast du das Recht auf Nachbesserung.« Eric stellte sein Glas ab und goss sich neuen Whiskey ein.
»Ich will aber nichts nachbessern müssen.«
»Passen denn die Zahlen?«, fragte ich und hob eine Braue. »Oder tun sie es nicht?«
»Ich weiß nicht …«
»WIE?«, fragte Eric plötzlich aufmerksam. »WIE, du weißt nicht?«
»Na ja … ich hab die Termine mit dem Steuerberater ein bisschen schleifen lassen.«
»Du hast was?«, rief ich und donnerte mein Glas auf den Tisch. »Bist du bescheuert?«
»Na ja«, erklärte er und biss sich auf die Lippe. »Es gab immer andere Dinge zu tun …«
»Du verarschst uns doch!«, sagte Eric. »Das kannst du doch nicht schleifen lassen!«
»So war es aber, okay?« Steve warf die Hände in die Luft. »Ich weiß selbst, dass das nicht optimal war … Aber jetzt brauch ich auf jeden Fall Hilfe.«
»Hast du jemanden an der Hand?«, fragte ich, in meinem Gehirn ratterte es bereits, ob ich jemand kannte, der ihm da helfen konnte.
»Nein, aber …« Unser Bruder setzte sich aufrecht hin. »Ich bin auf der Suche.«
»Dann gib lieber mal Gas.«
»Ich bin ja dran!«
»Oh man«, seufzte Eric. »Du bist manchmal so bescheuert.«
»Eigentlich passiert das nicht …«, versuchte er sich noch mal daran, uns zu erklären, was passiert war. »Aber irgendwie …« Er ließ den Satz unbeendet und rieb sich den Nasenrücken. »Ich krieg das hin.«
»Das wollen wir dir geraten haben.« Ich nahm einen großen Schluck Bourbon. »Weiß Dad davon?«
»Alter! Bist du verrückt?«
»Verstehe«, sagte unser ältester Bruder. »Ich hör mich mal um, okay?«
»Ich auch … Ich glaube, ich kenne sogar jemanden.«
»Das klingt gut. Wenn die Person dann auch noch bereit wäre, zu mir zu kommen, wäre das natürlich perfekt.«
»Ich werde das bei Gelegenheit mal checken und sag dir Bescheid, ja?«

»Danke, Bro.«

Wir hingen alle kurz unseren Gedanken nach und nippten an unseren Drinks.

»Ihr meint also, ich sollte mit Eva auf eine Insel fliegen und dort heiraten, mh?«, fragte Eric plötzlich noch mal. »Vielleicht mach ich das.« Wie auf Kommando, als hätte sie ihren Namen gehört, tauchte Eva vor der Kamera auf.

Steve lachte und streckte ihr die Zunge raus. »Hallo Schwägerin!«, brachte er hervor. »Gehts gut?«

Eva verdrehte die Augen, zeigte ihm den Mittelfinger – offenbar ging sie davon aus, dass Eric erzählt hatte, wie es aktuell lief – und flüsterte ihrem Verlobten etwas ins Ohr. Die Augen meines Bruders leuchteten auf, und er bekam einen glasigen Blick.

Was auch immer sie gesagt hatte, es schien ihm zu gefallen, denn er verabschiedete sich mit wenigen Worten und legte auf. Und so waren es nur noch Steve und ich.

»Ich krieg das schon wieder hin, Jason«, sagte er, ehe ich das Thema noch einmal aufgreifen konnte. »Ich kümmere mich darum, und dann wird das wieder.«

»Ich glaube dir das, aber ich muss dir wohl nicht sagen, wie scheiße es ist, die Termine bei seinem Steuerberater zu vergessen, oder?«

»Scheiße ja!«, rief er und raufte sich seine zu langen Haare. »Ich weiß.«

»Wenn du was daraus gelernt hast, dann passt es ja.«

»Oh ja«, brummte er. »Das habe ich.«

»Ich will Luisa nach einem Date fragen.« Mein Bruder grinste, wie ich über die Kamera sehen konnte. »Nach einem richtigen Date.«

»Ohhh«, er lachte jetzt. »Mit Abholen, Blumen, Bezahlen und anschließend …« Er wackelte mit den Augenbrauen.

Ich nickte und ich grinste ebenfalls. Es fühlte sich gut an, es zu erzählen und offen zuzugeben, dass ich Interesse an ihr hatte. Es fühlte sich bedeutend besser an, als es heimlich zu halten. »So war der Plan.«

»Dann geh mit ihr ins *La' Toc*. Super italienisches Essen, schön romantisch und sauber, aber nicht so übertrieben, dass für acht Gänge eingedeckt ist.«

»So?«, fragte ich und hob eine Braue. »Und das weißt du woher?«

»Kontakte, lieber Bruder. Kontakte.« Er lehnte sich zurück. »Ich kann dir dort einen Tisch klarmachen.«

»Und ich bin alt genug, das selbst zu regeln.«

»Na gut«, er seufzte laut. »Aber behalte meine Worte im Hinterkopf.« Er überlegte kurz, ehe er aufsprang, als wäre ihm etwas eingefallen. »Nimm den Lugana. Und ich muss jetzt aufhören.«

Ehe ich mich verabschieden konnte, aber gerade noch rechtzeitig, bevor der Bildschirm schwarz wurde, sah ich rote lockige Haare, die aus einer sitzenden Position unter dem Schreibtisch hervor kamen. Dieser verdammte Bastard!

Steve war wirklich nicht nur verrückt, oh nein. Er war eindeutig auch noch bescheuert und total pervers.

Kopfschüttelnd beschloss ich, mir eine Pizza zu bestellen und anschließend ins Bett zu gehen. Morgen würde ich wieder ins Hotel gehen und ich wollte frühzeitig dort sein.

Nicht etwa, weil ich auf ein kleines, geheimes Stelldichein mit Luisa hoffte, natürlich nicht. Ich hatte nur einfach verdammt viel Arbeit.

Das war zumindest der Grund, den ich mir einzureden versuchte.

30

JASON

> *Man plant immer wieder. Und immer kommt es anders.*
> Robert Musil (1880 - 1942)
> Österreichischer Schriftsteller & Theaterkritiker

Ich habe Luisa den ganzen Vormittag nicht zu Gesicht bekommen.

Und fuck! So oft, wie in den letzten vier Stunden hatte ich mir noch nie Kaffee geholt. Aber jedes Mal, wenn ich an ihrem Büro vorbeiging, war die Tür entweder zu oder sie nicht an ihrem Schreibtisch. Auf meine Frage bei George ließ er mich nur wissen, dass sie einen Termin außer Haus hatte.

Das verzweifelte Seufzen, welches mir entkommen wollte, konnte ich nur mit großer Anstrengung unterdrücken. Ich sehnte mich nach ihr. Nach ihrem Lächeln, nach ihren Lippen, nach ihrer Stimme. Und irgendwie klappte es einfach nicht, dass wir uns sehen konnten.

Ja, wir hatten vereinbart, dass wir im Hotel langsam machen würden, und doch wollte ich jetzt auf einmal alles.

Die Vernunft riet mir, es gut sein zu lassen, aber ich konnte mich nur schwer kontrollieren.

Um die Mittagszeit klopfte es schließlich an meine Tür und Luisa steckte den Kopf herein.

»Darf ich?«

Ich räusperte mich, versuchte zu vertuschen, dass meine Gedanken gerade dort waren, wo wir gestern früh aufgehört hatten, und lächelte sie an.

»Natürlich.«

Sie schloss die Tür hinter sich. »Sag das nicht so, es gab Zeiten, da wäre kein ›natürlich‹ über deine Lippen gekommen.«

»Weil ich wollte, dass etwas anderes *an* meinen Lippen kommt.«

Luisa lachte ihr glockenhelles Lachen und wurde tatsächlich ein wenig rot.

Ich rutschte in meinem Stuhl ein bisschen zurück und winkte sie mit einem Zeigefinger zu mir. Sie kam lächelnd näher, und als sie direkt vor mir stand, zog ich sie rittlings auf meinen Schoß. Es war mir egal, dass wir im Hotel waren, ich wollte einen verdammten Kuss, und diesen würde ich jetzt auch bekommen.

Ich drückte meine Lippen auf ihre, genoss, wie sie mir keinerlei Widerstand bot, und teilte mit meiner Zunge ihren Mund. Sofort reagierte sie auf mich, legte ihre Hände in meinen Nacken und küsste mich zurück. Unsere Zungen spielten miteinander. Langsam. Sinnlich. Genüsslich. Und ich spürte, wie ich hart wurde, als sie ihr Becken gegen meine Mitte kippte. Unser Kuss vertiefte sich, er wurde sinnlicher, erotischer … ich legte meine Hände an ihre Hüften und zog Luisa nahe an mich. Mein Mund presste sich fester auf ihre Lippen. Ich genoss sie in vollen Zügen. Erst jetzt wurde mir wirklich bewusst, wie schlimm es ohne sie gewesen war.

»Langsam, Jason«, sagte sie mit rauer Stimme, als sie sich schließlich ein wenig von mir wegdrückte. »Wir sind immer noch in der Arbeit …«

Ich küsste mich an ihrem Hals entlang, biss sie sanft in die feine Haut und hatte ihr Parfum nach Zitrone und Sommer in der Nase. »Ich will aber nicht langsam machen.« Sie kicherte leise in Anbetracht meiner Jammerstimme.

Luisa drückte sich nach einem schnellen Kuss auf meine Lippen von mir und stand auf. Sie schlenderte zu dem großen Fenster und sah hinaus. Diese Frau, wie sie dort stand, in den hohen Schuhen, mit den schlanken Waden und dem lockeren Kleid, dem vollen Hintern, der schmalen Taille und dem wunderschöne Busen, machte mich fertig. Seufzend, weil wir in der Arbeit waren und ich sie jetzt nicht haben konnte, stand ich auf und lehnte mich an den Fensterrahmen neben sie.

Die Hände schob ich in meine Hosentaschen, um sie auch wirklich bei mir zu behalten. »Hast du schon zu Mittag gegessen?« Sie sah mich überrascht von der Seite an, lächelte schließlich zaghaft und drehte sich um. Nun stand sie wie ich mit dem Rücken an den Kunststoff gelehnt und die Beine übereinander.

»Habe ich nicht, Mr. Lightman«, sagte sie grinsend. Dass sie mich so förmlich ansprach, war irgendwie heiß.

»Würden Sie denn mit mir Mittagessen gehen?« Ihr Blick hakte sich in meinen, ich hörte durch das geöffnete Fenster die Vögel zwitschern, die Sonne strahlte vom Himmel. Dieser Moment, wenn er auch so alltäglich war wie das Zähneputzen, war dennoch so intim und besonders, dass ich ihn am liebsten für immer festgehalten hätte.

»Aber«, nun seufzte sie. »Ich war den ganzen Vormittag außer Haus und hab noch so viel nachzuholen.«

»Ehrlich, Sie sagen Nein zu einem Lunch-Date?« Ich hob eine Braue und lächelte sie dennoch an. Luisa stieß sich ab und kam zu mir, die Arme legte sie locker um meinen Hals und ich platzierte meine Hände auf ihrem Hintern. Es fühlte sich alles ein wenig so an, als wäre es schon immer so gewesen. So normal, natürlich und vollkommen in Ordnung. Während sie vor mir stand, den Körper an meinen gepresst, ihre warmen Finger, die sanft meinen Nacken streichelten und ihr Gesicht, welches dem meinen so nahe war, fragte ich mich, wie sie es anstellte, dass ich all meine Prinzipien über Bord warf. Eben jene, die eigentlich besagten, dass ich keine meiner Mitarbeiterinnen um ein Date bat oder gar mit ihr ins Bett ging.

»Dir ist klar, dass du mir noch nicht geantwortet hast?«, fragte ich die schöne Frau vor mir und eben jene biss sich auf die volle Unterlippe.

»Ich weiß.«

»Und warum nicht?«

»Weil ich Angst habe, dass ich dann doch Ja sage, obwohl ich noch so viel zu tun habe ...« Sie lächelte. Ich war nicht so datingfremd, das ich nicht deutlich erkannte, wie sehr sie mit sich kämpfte.

»Okay ...« Leicht schob ich sie von mir und meine Hände stellte ich wieder unter Gewahrsam in meiner Hose. »Wie wäre es dann mit Abendessen?«

Sie trat einen Schritt zurück und bot mir eine tolle Aussicht auf ihren Körper. »Du fragst mich nach einem Date?«

»Selbstverständlich, das habe ich doch angekündigt, oder?«

»Das hast du ja ...«

»Also? Heute Abend?«

Lächelnd kam sie wieder auf mich zu, legte ihre schmalen Finger mit dem zarten Goldschmuck an die Knopfleiste meines Hemdes und sagte: »Ich weiß nicht, denkst du, mein Boss flippt aus, wenn ich nicht schaffe, dass mein Tisch leer ist?«

»Na ja«, räumte ich ein. »Das könnte passieren.«

»Denkst du, das hat Konsequenzen?«

»Oh …« Ich fühlte, wie mein Schwanz hart und meine Stimme rauer wurde. »Ich denke ja.«

»Mh«, flüsterte sie hauchzart an meinen Lippen. »Dann denke ich, bin ich dabei.« Sie presste ihren Mund auf meinen, drückte ihre vollen Titten gegen meine Brust, krallte nun ihre Hand in den weichen Baumwollstoff meines Hemdes, als sie mich so intensiv und sinnlich küsste, als gäbe es keinen Morgen.

»Das ist ein toller Vorgeschmack auf heute Abend«, seufzte ich, als sie sich von mir trennte.

»Na ja, ich dachte, ich kann deine Reserven noch ein bisschen auffüllen, bis wir uns nachher sehen.«

Sie drehte sich aus meinen Armen und war bereits auf dem Weg zur Tür. Ihr Duft legte sich um mich, ihre ganze Art kroch in meinen Körper.

»Ich hol dich um acht ab, Baby«, erwiderte ich noch, als sie schon den Knauf in der Hand hatte. »Und trage keine Unterwäsche.« Meine Stimme war rau und dunkel. Allein durch ihre Anwesenheit schaffte sie es, dass ich fast meinen Verstand verlor.

Luisa sah sich nicht um, ließ an ihrer Körperhaltung nicht erkennen, wie sie meinen Wunsch fand. Ob er sie anturnte oder ob sie ihn abstoßend fand, aber das war auch egal, denn ich würde sie heute Nacht wiedersehen. Und dieses Mal wäre mein Bett nicht mehr so groß und einsam wie in der Nacht zuvor.

Das R2L war eines der angesagtesten und besten Restaurants in der ganzen Stadt. Ich wusste es, weil Daniel, der Besitzer, ein sehr guter Freund meines Bruders Eric und mir war. Ansonsten wäre es wohl nicht so leicht gewesen, hier auf die Schnelle einen Tisch zu bekommen. Daniel hatte sich bisher noch keinen Stern erkocht, überzeugte aber dennoch mit seinem Essen wie einer, der in der High League mitspielte.

»Wow«, sagte Luisa, als wir aus dem Fahrstuhl im 37. Stock des *Two Liberty Place* ausstiegen. »Und zack fühle ich mich underdressed.«

»Das musst du nicht«, erklärte ich und legte ihr eine Hand an den unteren Rücken. So, dass es noch als züchtig durchging, und dennoch sinnlich war. Luisa warf mir unter den geschminkten langen Wimpern einen Blick zu, bei dem sich meine Eier an den Körper zogen. »Du siehst fantastisch aus, Baby …« Und das tat sie wirklich.

Sie trug eine weiße, sehr schmal geschnittene, aber taillenhohe Hose, zu der sie eine rote, relativ lockere, schulterfreie Bluse angezogen hatte. Die Ärmel fielen ihr über die schlanken, gebräunten Arme und ihre langen dunklen Haare hatte sie zu einem straffen Knoten in ihrem Nacken gesteckt. Große rote Ringe zierten ihre Ohrläppchen und sie hatte eine weiße Handtasche dabei, die offenbar keinen Henkel besaß, denn sie ließ sie die ganze Zeit über nicht los.

Knallrote, fantasienhervorrufende hohe Schuhe betonten ihre schmalen Fesseln. Als ich sie gesehen hatte, wie sie aus der Haustür getreten war, hätte ich sie am liebsten auf der Motorhaube meines Autos genommen. Aber ich hatte mich zusammengerissen und mich damit beruhigt, dass ich sie heute Abend in meinem Bett haben würde.

»Jason«, sagte ein Mann der Mitte/Ende dreißig sein mochte und freudestrahlend auf uns zukam. »Dass wir uns wieder einmal sehen!«

Wir zogen uns in eine Umarmung und klopften uns gegenseitig auf die Schultern.

»Es ist viel zu lange her, mein Freund, es ist viel zu lange her.«

»Na, du treibst dich ja jetzt in Philly rum und schaffst es nicht, auf einen Scotch vorbeizukommen.«

»Damit willst du mich locken?« Ich schüttelte angewidert meinen Kopf. »Vergiss es, du bist raus.«

»Ich vergaß, du bist immer noch das Bourbonmädchen.«

»Ich bin ein Mädchen, das dir gleich gewaltig in den Arsch tritt.« Wir lachten uns beide an, und auch Luisa grinste. Sie hatte die Unterhaltung stumm verfolgt.

»Daniel?«, sagte ich und sah zwischen den beiden hin und her. »Das ist Luisa, meine Freundin. Luisa? Das ist Daniel, ein alter Freund und Studienkollege. Und außerdem ein Arschloch, wie man sieht.«

Die beiden reichten sich die Hand und Daniel deutete sogar einen Kuss auf ihren Handrücken an.

»Wie kommt es, dass ein Typ, der ansonsten nur arbeitet, so eine Freundin hat?«, sagte er an sie gewandt und in meine Richtung: »Und wieso weiß ich nichts davon?«

Ich verdrehte die Augen. »Lass mich in Ruhe.« Daniel lachte. Er kannte mich schon seit dem Studium und wusste, das ich eher an Arbeit, als an Vergnügen dachte. Von daher überraschte es mich nicht, dass ich nun diese Spitze kassiert hatte. »Danke, dass es geklappt hat.«

»Ich hab immer ein oder zwei Tische in Reserve … falls ein VIP kommt«, antwortete er salopp und führte uns zu einem der Tische, die einen direkten Panoramablick auf Philadelphia boten. Die Tische waren in schönem Nussbraun gehalten und die Sitzbank, bezogen mit schwarzem Leder und einer Lehne aus weichem Zebramuster, war so ausgerichtet, dass man mit dem Rücken zum Raum und dem Blick zur Skyline saß. An jedem Tisch war für zwei Personen gedeckt, außer, jemand orderte einen Vierertisch. Ansonsten war es eine klassische Location für Pärchen. Sie war – zugegeben – ein wenig Mainstream, aber ich hatte das Luisa unbedingt zeigen wollen. Nicht, weil ich angeben wollte, sondern, weil ich wusste, dass sie Philadelphia liebte und dieser Ausblick ihre Augen zum Leuchten bringen würde.

»Das ist wunderschön, Jason Lightman!«, sagte sie mit Stolz in der Stimme und ließ sich auf der weichen Lederbank nieder, nachdem sich mein Freund zurückgezogen hatte. Ich war mir sicher, Daniel würde nachher noch einmal vorbei sehen, aber da er in diesem Sky-Restaurant selbst kochte, war es für ihn jetzt wohl Zeit, an den Herd zu gehen. »Und dass du mich deine Freundin genannt hast, war auch wunderschön.« Ihre Stimme wurde leise und ihre Wangen überzogen von einer zarten Röte.

»Na ja«, erklärte ich und sah ihr in die Augen. »Ich dachte, wir wären uns einig, dass du das bist.«

Sie sah sich in diesem Raum um und ihre Augen strahlten. »Dir ist klar, wenn man uns hier sieht, sind wir in der Zeitung?«

»Ach«, meinte ich mit einem Abwinken. »So wichtig, dass ich in der Zeitung einen Artikel bekomme, bin ich nicht.«

Sie hob eine Braue. »Na ja, du warst, seit wir uns kennen, schon vier ganze Male in der Zeitung.«

»Du stalkst mich?«, fragte ich lachend.

»Ja.« Sie schüttelte den Kopf. »Also nein. Aber ja … also du weißt schon.« Nun war es an ihr, eine abwiegelnde Handbewegung zu tun. »So ein bisschen Infos von außerhalb sind eben notwendig. Und auf Facebook oder Instagram hab ich dich nicht gefunden.«

»Hast du mal auf Tinder geguckt?« Sie sah mich mit geweiteten, geschockten Augen an. »Das war ein Scherz, Luisa.«

Sie stieß den angehaltenen Atem aus. »Oh mein Gott!« Nun lachte sie laut auf. »Ich hab dir das gerade geglaubt.«

»Keine Sorge, ich habe kein Tinder. Aber soweit ich weiß, nutzt es mein kleiner Bruder.«

»Tut er?«

»Mein Bruder tut alles, um Frauen ins Bett zu kriegen, Darling.«

Die freundliche Kellnerin kam, stellte sich als Mel vor und brachte uns erst einmal zwei Gläser Raspberrychampagner zum Anstoßen.

Wir bestellten beide das Menü, welches Daniel uns noch kurz, bevor er in die Küche verschwunden war, empfohlen hatte, und eine Flasche Wein, die dazu passen würde.

»Ich habe das bemerkt«, erklärte sie schließlich, nachdem Mel verschwunden war. »Er hat sich an meine Freundin Susan ziemlich rangemacht.« Sie nippte an ihrem Glas »Nicht, dass es sie gestört hätte, aber ich erkenne diese Typen.«

»Diese Typen?«, fragte ich und sah ihr direkt in die Augen. Die Aussicht war wunderschön, aber Luisa fesselte mich so viel mehr. Ich war schon oft hier gewesen, aber noch nie mit einer Frau.

»Na diese Kerle, die sich irgendwie die Hörner abstoßen müssen. Sie strahlen das aus.« Luisa gestikulierte mit ihren Händen. »Du weißt schon, dieses ›ich will dich vögeln, ich will dich vögeln‹.« Sie imitierte irgendeine dunkle Stimme, die nach Mann klingen sollte.

»Hattest du etwa das Gefühl, mein Bruder wollte dich vögeln?«

»Nein«, rief sie entsetzt und senkte die Lautstärke anschließend sofort wieder. »Das nicht, aber Susan.« Sie zuckte mit den Schultern. »Na gut, er *hat* sie ja gevögelt.«

»Moment!«, grätschte ich dazwischen und verengte die Augen. »Mein Bruder hat mit deiner Freundin Susan geschlafen?«

»Also miteinander schlafen würde ich das nicht nennen, aber ja.«

»Wann? Ich meine … was? Wir waren doch zusammen in dem Club und dann ist er mit mir im Taxi nach Hause gefahren.«

»Na ja«, sie stieß mich sanft mit ihrer Schulter an. »Haben wir das erste Mal ein Bett gebraucht?« Das schelmische Grinsen, das sich auf ihr Gesicht schlich, übertrug sich auf mich. Es fühlte sich gut an, so offen über diese vertrauten Dinge mit ihr zu reden. Ein bisschen so, als wären wir schon alt und grau und ewig zusammen.

»Okay …« Abwehrend hob ich die Hände. »Der Punkt geht an dich. Aber trotzdem … ich kann es nicht fassen, dass er nicht mal vor deiner Freundin haltmacht …«

»Oder Susan vor ihm?« Sie zuckte mit den Schultern. »Die beiden sind alt genug und wussten wohl, was sie taten.« Damit mochte sie ja recht haben, aber ich würde dennoch noch einen oder zwei Sätze hierzu bei meinem Bruder fallen lassen. »Du hast eine gute Bindung zu deinen Brüdern, mh?«, fragte sie mich, als gerade unser Wein serviert wurde. Mel entkorkte die Flasche und ich bedeutete ihr, dass von uns beiden niemand probieren würde, sondern sie gleich eingießen sollte. Ich ließ mir

Zeit mit meiner Antwort, genoss den Seitenanblick, welchen Luisa mir bot. Ihre strenge Frisur stand im Gegensatz zu ihren weichen, wunderschönen Gesichtszügen. Man hätte fast meinen können, sie wäre eine Südländerin. Ich hob mein Glas und stieß es gegen ihres.

»Ich würde für meine Brüder durch die Hölle gehen, ja«, erklärte ich. »Sie nerven mich manchmal, eigentlich die meiste Zeit, aber ich würde alles für sie tun.«

»Familie ist viel wert«, erwiderte sie daraufhin leise. »Ich wünschte, ich hätte auch Geschwister.«

»Du bist Einzelkind?«, fragte ich und stieß mein Weinglas an ihres. »Ich hätte immer gedacht, jemand, der sich so durchsetzen kann wie du, hat gegen ältere Geschwister kämpfen müssen.«

»Schuldig im Sinne der Anklage.« Sie lachte leise. »Ich habe eine große Familie und ich bin die Jüngste von allen Cousinen und Cousins, die es bei uns gibt. Ich musste mich also wirklich immer verteidigen. Oder mir alles erzwingen, wenn du verstehst!«

Ich grinste sie an. »Oh ja, ich verstehe.«

»Und wie ist es so als der ewige Mittlere?«

Ich trank gerade einen Schluck des köstlichen Weißweines und stellte das Glas schließlich auf die kleine Cocktailserviette mit dem Logo des Restaurants.

»Eigentlich ist es gar nicht mal so übel. Der Älteste bekommt immer den Ärger, der Jüngste darf machen, was er will, und ich habe mich immer irgendwie durchgeschlängelt.«

»Würdest du also sagen, dass du untergehst?«

»Oh nein«, antwortete ich und ließ meinen Blick über die tausenden Lichter der Stadt gleiten. »Meine Eltern haben immer darauf geachtet, dass es fair ist. Für alle.«

Sie überlegte kurz. »Das finde ich gut. Ich mag es nicht, wenn Menschen aus irgendwelchen Gründen bevorzugt werden. Egal, ob sie lieber gemocht werden, besser aussehen oder sich einfach verkaufen können. Es gibt nämlich so viele Seelen dort draußen, die sind so unfassbar talentiert und niemand nimmt sich ihrer an, verstehst du?« Sie stockte kurz und knetete ihre Finger. »Es gibt so viele, die einfach nur eine Chance wollen, eine Chance auf etwas Echtes und dass man sie mag, egal, wie verdreht oder verkorkst sie sind.«

Ich sah ihr wieder in die Augen. Ihr Blick, so voller Feuer und Leidenschaft, hielt mich gefesselt.

»Du hast ein gutes Herz, Luisa«, erwiderte ich leise und gab ihr einen Kuss auf die Schläfe. »Und ich glaube, du bist im Bereich ›Personal‹ genau richtig.«

»Und wie fühlst du dich als Hotelmanager?«, fragte sie, nachdem ihre leidenschaftlichen Worte in mir nachgewirkt hatten. »Macht dir dein Job Spaß?«

»Ich liebe ihn. Das steht außer Frage.«

»Aber?« Sie sah mich aufmunternd von der Seite an. Als wolle sie mich mit bloßer Willenskraft zum Weiterreden bringen.

»Aber hätte ich es mir aussuchen können, wäre ich vermutlich Mathematikdozent an der Universität von Buenos Aires.«

»Meinst du das ernst?«

»Ja, ich habe dort ein paar Jahre gelebt.«

»Oh wow! Das wusste ich nicht.«

Ich lachte leise und schüttelte den Kopf. »Weil es nicht in der Zeitung stand?«

»Hey!«, verteidigte sie sich. »So meinte ich das vorhin nicht.«

»Ich weiß«, lenkte ich ein, gab aber nicht zu, dass ich wenige Dinge mehr hasste als die Presse. »Ich habe damals in Mathematik promoviert, und anschließend bin ich mit Rucksack und dem Kleingeld, das ich in der Tasche hatte, nach Buenos Aires.« Luisa lächelte strahlend. Sie war einfach so wunderschön.

Mel brachte uns den ersten Gang. Lächelnd stellte sie die Teller vor uns ab. »Getrüffeltes Fladenbrot mit Rucola, Zitrone und frischen Parmesansplittern.«

»Vielen Dank«, murmelten wir beide zeitgleich, und Luisa brach in ein leises Kichern aus.

»Haben wir gerade gleichzeitig …?«, fragte sie, ohne den Satz richtig zu beenden.

»Ich denke schon …« Ich grinste sie an und genoss den Anblick, wie sich ihre Lippen um die Gabel schlossen.

Abrupt wechselte sie wieder das Thema: »Wie viel war denn ›das Kleingeld?‹«

»Dreiundzwanzig Dollar und sieben Cent.«

»Und damit bist du rüber nach Argentinien?«

»Jepp, dort hab ich mir dann Arbeit gesucht und erstmals unterrichtet. Es war zwar ein harter Monat bis zu meinem ersten Gehalt, aber ich hab es geschafft.«

»Und wo hast du geschlafen und gegessen?«

»Lehrer bekommen dort eine Unterkunft gestellt, dafür allerdings nur die Hälfte des dort üblichen Lohnes. Und na ja, ich habe eben fast einen Monat nur Reis gegessen. Der kostet dort fast nichts.«

Ich schenkte ihr Weißwein nach, der in dem Sektkühler neben unserem Tisch stand.

»Ich sage mal so, in den Staaten verdient man schon wesentlich besser.«

»Mh … das dachte ich mir.«

Mel räumte unsere Teller weg, vergewisserte sich, dass es uns geschmeckt hatte, und wir waren wieder allein. Kurz hing jeder seinen Gedanken nach. Ich war in Buenos Aires, sah die Teenager an der Universität vor mir, erlebte noch einmal, wie unfassbar erfüllend es war, jemanden etwas beizubringen, das er zuvor noch nie gehört hatte. Es war einfach absolut grandios gewesen. Argentinien, das Land, die Leute und meine Rucksackreise, als ich sechs Monate durch das Land getingelt war, gehörten zu den schönsten und besten Jahren meines Lebens. Um nichts in der Welt wollte ich sie missen. Zu einigen meiner Kollegen und Freunde, welche ich dort kennengelernt habe, hielt ich immer noch Kontakt.

»Hast du dir das Land angesehen?«, fragte sie mich und strich sich eine imaginäre Haarsträhne hinter ihr Ohr.

»Natürlich. Das musste ich einfach.«

»Es ist wunderschön.«

»Du warst schon mal da?«

»Ja, ich habe dort ein Auslandssemester studiert.«

Ich hob meine Brauen. »Ach was?«

»Ja, da ich Inneneinrichtung und Architektur mit Spanisch als Hauptfach studiert habe, hat sich das ergeben.« Sie sagte das so locker, als hätten wir gerade festgestellt, dass wir beide zufällig dieselbe Eissorte mochten. Oder beide bei Walmart einkaufen gingen. Aber das war nicht einfach so abzutun. In meinen Augen war es etwas Besonderes. Das Land, das mich neben meinem Heimatland am meisten faszinierte, hatte sie ebenso bereist und anscheinend, wenn ich das Leuchten in ihren Augen richtig deutete, gleichermaßen beeindruckt wie mich.

»Das ist …«

»Großartig?«, vollendete sie meinen Satz, gerade, als Mel uns den zweiten Gang brachte.

Pulled Pork auf glasierten Zwiebelringen mit Cheddar Nachos und Kirschpfeffer Relish.

»Ich liebe Pulled Pork«, sagte Luisa und wünschte mir einen guten Appetit. »Eigentlich«, sagte sie zwischen zwei Bissen, »liebe ich jegliche Art von Essen.«

»Ach ja?«, fragte ich lachend nach. »Du siehst nicht so aus.«

»Na«, sie zwinkerte mir zu, »ich denke, ich weiß einfach, wie man sich vorteilhaft anzieht.«

»Ich hab dich aber auch schon nackt gesehen«, setzte ich entgegen.

»Psssst«, zischte sie und sah sich kurz nach allen Seiten um. »Muss ja nicht jeder wissen.«

»Wieso?«, fragte ich und legte meine Gabel zur Seite. Es schmeckte fantastisch. »Schämst du dich für mich?«

Ruckartig hob sich ihr Kopf und sie sah mir ernst in die Augen. »Bist du irre, Lightman?« Sie nahm einen Schluck Wein. »Weißt du, wie sich das vorhin für mich angefühlt hat?« Sie deutete meinen Blick richtig. »Die Nummer mit ›das ist Luisa, meine Freundin?‹«

Meine Augen weiteten sich. »Nicht gut?«

»ZU gut!«, erklärte sie, gab mir einen schnellen Kuss und aß anschließend weiter. »Ich gewöhne mich zu schnell an dich.«

»Das ist doch nichts Negatives.«

»Na ja … aber vielleicht wäre es besser, ich genieße das mit Vorsicht«, erklärte sie offen und sah weiterhin auf ihren Teller. »Ich möchte nicht verletzt werden.«

Nun legte ich endgültig mein Besteck nieder und nahm ihr Gesicht zwischen meine Hände. »Sieh mich an, Luisa. Ich habe nicht vor, dich zu verletzen. Und ich habe nicht vor, zuzulassen, dass irgendjemand anderes dich verletzt, okay?«

Die Wangen zwischen meinen Händen nickte sie langsam, sah mich ernst an. »Denkst du wirklich, ich wäre mit dir in einem Restaurant wie diesem, und damit meine ich nicht die Preise oder die Kritiken, sondern einfach nur, die Öffentlichkeit, wenn es mir nicht verdammt ernst wäre?«

Nun schüttelte sie den Kopf. »Also denke nie wieder, dass ich dich verletzen werde. Ich werde dich mit allem beschützen, was ich habe, okay?«

Sie nickte wieder, und ich küsste sie langsam und innig. Solch ein Kuss, wenn auch nicht sonderlich leidenschaftlich, war dennoch intim und hatte an so einem Tisch eigentlich nichts zu suchen. Das war mir egal. Ich wollte Luisa bei mir wissen, wollte ihre warmen, weichen Lippen auf meinen spüren und wollte vollkommen in ihr versinken.

31

LUISA

 Mancher wird erst mutig, wenn er keinen anderen Ausweg mehr sieht.
William Faulkner (1897 - 1962)
US-Amerikanischer Schriftsteller

Er brachte mich zum Schmelzen.

Eigentlich war ich eine dieser gefühlsduseligen Tussis, aber Jason schien meine schlimmsten und gleichzeitig besten Seiten zum Vorschein zu bringen.

Denn er brachte mich Teufel nochmal zum Schmelzen.

So flüssig wie die verdammte Schokolade mit Mandelsplittern und Rum gewesen war, welche wir zum Dessert gehabt hatten.

Er sagte nicht viel über Gefühle oder über irgendwelche Zukunftspläne, oh nein, aber er brachte mich dennoch dazu, dass ich verdammte Butter in der Sonne war.

Wir waren bis Mitternacht in diesem grandiosen Restaurant, das ich bis dato nur aus dem Fernseher und der Zeitung gekannt hatte. Aber Jason Lightman schaffte es, dass ich mich nicht deplatziert oder unwohl fühlte, weil ich eine verfluchte Farmerstochter war, oh nein. In Jasons Gegenwart konnte ich alles um mich herum vergessen, außer dem fabelhaften Essen, der unglaublichen Aussicht und seinem Geruch, der mir dauerhaft in der Nase hing.

Ich hatte noch nie so gut gegessen wie heute Abend, und dennoch konnte ich die einzelnen Bestandteile der fünf Gänge nicht wiedergeben. Es hatte alles wahnsinnig gut geschmeckt, aber meine ganze Konzentration hatte auf Jason gelegen. Seine Mimik, wie sich die

Millionen funkelnden Lichter meiner Heimatstadt in seinen Augen spiegelten, wie er mit tiefer Stimme aus seinem Leben erzählte, wie er sich öffnete, zuließ, dass wir uns kennenlernten.

Das Thema Ex-Freundinnen und Ex-Freunde ließen wir, ohne deshalb übereingekommen zu sein, einfach aus. Es war auch besser so. Von meiner Seite gab es nämlich nicht so viel zu erzählen. Zumindest nichts, das sonderlich gut war.

Selbst am nächsten Morgen, nachdem wir zusammen aufgewacht waren, konnte ich es immer noch nicht fassen, dass wir uns irgendwie kennengelernt hatten. Oder sogar zusammen waren … für mich war es wie ein Traum, in dem ich alles durch eine rosarote Brille wahrnahm, denn Jason Lightman war – zumindest für mein Empfinden – ein Mann, der nicht in meiner Liga spielte.

Es war das eine, das wir uns so gut verstanden, dass wir vielleicht auch optisch gut zusammenpassten, aber es war etwas völlig anderes, wenn man genauer hinsah. Er war so unfassbar gut erzogen, ein Gentleman durch und durch und ein besitzergreifender Höhlenmensch im Bett.

Ich liebte es, dass er mir die Tür aufhielt und im Aufzug nach unten, als wir das Restaurant verlassen hatten, dennoch seine Finger nicht von mir hatte lassen können. Ich stand total darauf, dass er mir Weißwein servierte, als wir bei ihm zu Hause waren, er meine Füße auf seinen Schoß nahm und mir die Sohlen massierte, nur um anschließend mit seinen Händen höher zu wandern und mir einen Orgasmus zu schenken, der jede Frau hätte grün werden lassen.

Er war … er war rau und heftig in der Nacht und still und gesittet am Tag. Das mochte ich. Denn diese Nächte, sobald wir allein waren, gehörten uns. Ich wusste, dass er diese Seite nur mir zeigte und nicht jede Frau in den Genuss kam, ihn so kennenzulernen.

»Träumst du?«, fragte er mich plötzlich. Ich blickte auf, und genoss seinen Anblick, wie er lässig im Türrahmen stand. Das Hemd ohne eine einzige Falte, die Krawatte im selben Grauton wie die Bundfaltenhose seines Anzuges. Er strahlte Souveränität und Macht aus … und er war mein. Irgendwie.

Ein bisschen.

»Kann man so sagen, ja«, beantwortete ich mit einem Lächeln seine Frage, und er betrat mein Büro. Als er sich in dem Sessel vor meinem Schreibtisch niederließ, legte er den einen Knöchel auf seinem Knie ab. Er schien sich wohl zu fühlen.

»Woran arbeitest du?«, fragte er.

»Ich habe gerade herausgefunden, dass der Hausmeister heute

wieder bei uns im Einsatz ist, und werde mich jetzt mal auf die Suche nach ihm machen.«

»Der Hausmeister, von den anderen Damen, die gegangen sind?«

»Jepp. Das müsste er sein.«

»Und wo wird er gerade eingesetzt?«

»Er scheint irgendwas in der Tiefgarage auszubessern. Zumindest wurde er dafür gebucht.«

»Wir sollten darüber nachdenken, einen eigenen einzustellen«, sagte er schließlich. »Was hältst du davon?«

Ich betrachtete ihn aufmerksam, wollte wissen, ob er das ernst meinte, oder ob er mich aus irgendeinem Grund testen wollte. »Ich denke auch, ja«, murmelte ich schließlich zustimmend.

»Gut, dann, wenn wir diesen Kerl dran gekriegt haben, kannst du dich ja um eine Anzeige oder einen entsprechenden Kontakt kümmern, wenn du willst.«

»Wenn ich will?«, fragte ich amüsiert, und er zuckte mit den Schultern, legte die Fingerspitzen aneinander und biss sich auf die Lippe.

»Willst du lieber, dass ich es dir befehle?« Seine Stimme war dunkel und heiser.

»Vielleicht?«, wisperte ich schüchtern, sah ihm aber dennoch in die Augen. Jason würde sowieso erkennen, wenn ich ihn belog oder ihm zu verheimlichen versuchte, wie sehr mich das alles anmachte.

Er beugte sich vor, legte die langen Arme auf meinem Schreibtisch ab und sah mich unter halb gesenkten Lidern an.

»Heute Abend kann ich nicht … aber Freitagnacht?«

»Freitagnacht?«, wiederholte ich. Das waren noch drei Nächte bis dahin.

»Kino und dann eine Runde Pool?«

»Pool?« Nun weiteten sich meine Augen.

»Ja, wir haben da so was auf dem Dach.«

»Hier im Hotel?« Ich vergaß zu blinzeln.

»Nein, in meinem Haus.«

»Da habt ihr einen Pool auf dem Dach?«

Er zwinkerte mir zu. »So steht es in meinem Mietvertrag.«

»Und da soll ich mit dir rein?«

»Was ist falsch daran?«, fragte er und verengte die Brauen.

»Du willst sicherlich nicht, dass ich etwas dabei trage. In einem öffentlichen Pool«, räumte ich ein und erntete ein strahlendes Lächeln von ihm. Seine weißen Zähne blitzten mir entgegen.

»Jetzt, wo du es ansprichst …« Sein tiefes Timbre fuhr mir direkt in mein Höschen. Heute trug ich nämlich wieder eines. Anders als gestern Abend, wie er freudig festgestellt hatte.

»Da können auch andere Hausbewohner auftauchen ...« Ich konnte das nicht so locker und leicht sehen, wie er. Jason stand auf, stützte sich nun mit den Händen auf dem Holz ab, und als er zu sprechen begann, wurden meine Nippel steif und ich kam fast, ohne dass er mich berührt hatte. Er war ein Meister der Sinnlichkeit. Ein Gott der Verführung und so, wie er sich normalerweise gab ... wusste er das nicht einmal.

»Dann würde ich vorschlagen, du kommst schnell. Und leise, Baby.«

Mein Mund öffnete sich und ich schnappte nach Luft. Als er längst mein Büro verlassen hatte, starrte ich ihm immer noch hinterher.

Jason Lightman war anscheinend immer für eine Überraschung gut.

In den folgenden Tagen hielt ich mich über Wasser, aber nichts erfüllte mich ... es war ein wenig so, als würde ich Diät machen. Als würde ich ein paar Tage auf Schokolade verzichten wollen. Ich sah sie an, ich berührte sie auch flüchtig, aber abbeißen durfte ich nicht.

Genau so war es mit Jason. Wir sahen uns immer wieder im Hotel. An der Rezeption, als er mit Mandy sprach. Meiner Meinung nach etwas zu vertraulich. Ein Stich durchfuhr mich, aber ich sagte nichts, sondern ging einfach freundlich grüßend weiter. Ein anderes Mal sahen wir uns in der Teeküche, als ich mir meinen Wasserkrug auffüllte und er sich Kaffee holte. Wir standen nebeneinander wie zwei Teenager, deren Hände sich streiften, aber keinen echten Kontakt hatten. Am Donnerstagabend schickte er mir ein Foto von sich in seinem Bett, es war schon sehr spät und ich sah es irgendwann mitten in der Nacht, aber antwortete ihm, dass ich ebenso einsam zwischen meinen Laken läge und mich auf unser Date morgen Abend freute.

Ein anderes Mal, das war das längste Nicht-Private-Gespräch, das wir in diesen Tagen führten, holte er sich in der Restaurantküche etwas zu essen und ich führte gerade eine neue Aushilfskraft herum, die wir über eine dieser Zeitarbeitsagenturen geholt hatten, da wir unterbesetzt waren. Ich stellte ihn vor und war kurz neidisch, dass die neue Mitarbeiterin seine Hand schütteln durfte.

Jason hatte, was meinen Arbeitsbereich anging, sämtliche Leinen losgelassen, obwohl ich keinerlei Berufserfahrung hatte. Das machte nichts, denn ich würde nichts tun, was ihm oder dem Hotel schadete. Am Freitagmorgen war ich so aufgeregt, dass ich es fast bereute, mir für diesen Tag lauter Termine außer Haus eingetragen zu haben. Ich wollte Jason sehen, küssen, berühren, mich mit ihm unterhalten. Ich wollte meine Hände in seinem dichten dunklen Haar vergraben und ihn an mich ziehen, um seine Lippen auf meinen zu spüren. Ich wollte seinen Geruch einatmen, denn die nicht abgesprochene Trennung dieser Tage zerrte an meinen Nerven.

Ja, ich hörte jeden Tag etwas von ihm. Ich sah ihn auch mindestens einmal während der Arbeitszeit, aber wir waren einfach nur zwei Arbeitskollegen. Wir hielten es professionell.

Das war die Abmachung, aber ich hätte nie gedacht, dass es mir so schwerfallen würde.

Während ich an diesem Morgen meine Unterlagen einpackte, um einen Termin bei der Firma wahrzunehmen, die uns den Hausmeister stellte, lehnte er plötzlich mit über den Ellbogen aufgerollten Ärmeln, die eine Hand in der blauen Tasche seiner Anzughose vergraben, die andere um eine weiße Kaffeetasse geschlungen, in meinem Türrahmen. Er grinste mich an, die Füße lässig voreinander gekreuzt und sah so gar nicht wie der finstere, kühle Chef aus, dessen Ruf ihm vorauseilte. Er erkundige sich nur, ob alles in Ordnung war und ging dann wieder in sein Büro. Überhaupt hatte ich in der letzten Zeit bemerkt, dass er aufgetaut war. Zumindest mir gegenüber. Alle anderen Mitarbeiter, die im direkten Kontakt zu ihm standen, sprachen im Pausenraum ständig darüber, wie kalt und wortkarg er sich gab.

Jedes Mal, wenn ich das mitbekam, fühlte ich eine Welle von Stolz durch mich hindurch schwappen, weil er mich anders behandelte. Weil ich für ihn etwas Besonderes war. Das wollte ich nicht mehr missen. Hätte er mir diese kleinen Gesten entzogen, wäre ich verloren gewesen.

Und doch, jedes Mal wenn ich diesen Gedanken hatte, wenn ich die Liebe und den Stolz in mir spürte, gab es diese kleine Stimme in meinem Kopf, die mir sagte, ich hätte ihn nicht verdient. Die mir zuflüsterte, dass ich endlich mit ihm sprechen musste. Die mich im Geiste penetrant eine Lügnerin schimpfte, die mutwillig etwas verheimlichte … Jedes Mal kostete es mich enorme Mühe, die

Stimme zu unterdrücken. Jedes Mal dauerte es länger. Und jedes Mal lastete es etwas schwerer auf meinen Schultern, dass ich nicht den Mumm hatte, mit ihm darüber zu sprechen.

Auch jetzt zerrte es an meinen Gedanken und ich atmete mehrmals tief und kontrolliert durch. Ja, die Uhr tickte. Aber ich hatte noch Zeit. Ich brauchte einfach nur noch ein kleines bisschen länger, um die Mauer fallenzulassen. Nur noch ein klitzekleines bisschen.

Zumindest versuchte ich mir das einzureden.

Es war genau siebzehn Uhr, als all meine Termine endlich abgehandelt waren. Jason würde mich um sieben abholen, wir wollten ins Kino gehen, deshalb trat ich direkt den Heimweg an.

Welchen Film wir ansehen würden, war mir vollkommen gleichgültig. Denn wichtig war für mich nur, dass die Arbeitswoche endlich hinter uns lag und wir wieder ein normales Pärchen sein konnten. Ich hoffte, dass sich das zwischen uns einpendeln würde, sobald man wusste, wohin uns der Weg führte. Natürlich würde es noch einige Zeit dauern, bis wir beide die neue Situation verinnerlicht hätten.

Während ich duschte und mich umzog, wurde mir klar, wie glücklich ich mich schätzen konnte. Wie leicht es mir fiel, meine beschissene Vergangenheit mit meinem Ex-Freund hinter mir zu lassen. War es eigentlich nicht so, dass, sobald man eine gescheiterte Beziehung vorweisen konnte, man einen Knacks weghatte? Die Wunden, welche einem zugefügt worden waren, brauchten oft Monate, wenn nicht Jahre, bis sie verheilten. Zumindest soweit, dass man sie nicht durch die kleinste Bewegung wieder aufriss. Bei mir war es ja ähnlich gelaufen. Mehrere Jahre war ich nun schon single. Gab vor, auf den Richtigen zu warten und wusste doch insgeheim, dass mich die Angst leitete, allein zu bleiben.

Meine Therapeutin, die ich aus Kindheitstagen noch kannte und zu der ich Kontakt aufgenommen hatte, half mir. Sie versicherte mir immer wieder, dass es vollkommen legitim sei, wenn man sich fürchtete. Wenn man Schiss hatte, die ganze Scheiße wieder gegen die Wand zu fahren. Wenn man sich fragte, ob es verschwendete Lebensjahre und Lebensenergie war. Aber … war der Mensch dafür geschaffen, auf ewig allein zu sein? War er als Einzelkämpfer dazu bestimmt, sich vollkommen in seine eigene Realität zu flüchten? Oder war es nicht vielmehr so, dass sich jeder Mann und jede Frau nach Zweisamkeit, Familie und Geborgenheit sehnte? Brauchte nicht jeder Mensch eine Schulter, an die er sich lehnen konnte? Ein Netz, das ihn auffing, wenn alles zu spät war? Und wann war man nach miesen Dates, nach gescheiterten Beziehungen oder Ehen wieder an dem Punkt, wo man es so weit verarbeitet hatte, dass man sich auf jemanden einlassen konnte?

Was, wenn dieser Punkt nie kommen würde? Ich hatte mich in den letzten Monaten, eigentlich auch noch nach dem One-Night-Stand mit Jason damals, gefragt, ob ich dazu bestimmt war, eine alte Jungfer zu werden. Denn ich wusste, dass ich mich auf niemanden, den ich aktuell kannte, einlassen würde.

Bis Jason Lightman nach diesem absolut einzigartigen One-Night-Stand wieder zurück in mein Leben kam. Er wickelte mich um seinen Finger, er machte mich wahnsinnig, er rief Gefühle in mir hervor, die ich nicht beschreiben, nicht greifen konnte. Ich wollte ihm nahe sein und gleichzeitig wollte ich ihm den Hals umdrehen. Ich wollte seine ganze Aufmerksamkeit und zugleich so heftig mit ihm streiten, dass er nie wieder mit mir sprach.

Ich stürzte von himmelhochjauchzend in ein tiefes Loch, aus dem – das musste ich zugeben – er mir immer wieder heraushalf. Indem er mich lockte und leitete.

Und gerade jetzt, als ich meinen Krempel in meine Handtasche warf, wusste ich, dass es nicht darum ging, ob ich bereit war oder ob ich mich wieder auf jemanden einlassen wollte. Es war scheißegal, was mein Kopf sagte.

Diese Entscheidung, *ob*, *wann* und *mit wem*, die traf mein Herz.

Jason Lightman berührte mich. Und ich hatte mich so dermaßen in ihn verliebt, dass ich breit zu grinsen begann, als mir klar wurde, wie unbegründet meine Angst gewesen war, dieses Gefühl nie wieder erleben zu dürfen.

32

JASON

> *Aus jedem Tag das Beste zu machen, das ist die größte Kunst.*
> Henry David Thoreau (1817-1862)
> US-Amerikanischer Schriftsteller & Philosoph

Ich wollte sie.

Nackt. In den durch Scheinwerfer am Boden eingelassene Strahlen, die sie sanft beleuchteten, in das perfekte Licht gesetzt. Wir waren auf der Dachterrasse meines Wohngebäudes. Ich hatte ihr gesagt, dass der Pool öffentlich war, aber das war er nicht. Er gehörte zum Penthouse, und das Penthouse hatte ich angemietet. Ehrlich gesagt musste ich heute Morgen erst mal suchen, wo man die Lichter für die verdammte Bodenbeleuchtung einschaltete, und unseren Hausmeister fragen, ob er mir den Pool reinigen würde. Okay, mir war natürlich klar, dass es absolute Verschwendung war, dieses Ding nicht zu nutzen, aber ich hatte einfach zu viel zu tun. In der wenigen freien Zeit, die ich hatte, spielte ich Klavier oder las ein gutes Buch. Bisweilen vergaß ich sogar, dass ich einen Skypool hatte. Der Kitzel war natürlich noch viel größer, jetzt wo ich ihr erzählt hatte, dass es ein öffentlicher Pool war und wir jederzeit erwischt werden könnten. Ich war mir sicher, Luisa war nicht so unschuldig, wie sie mir glauben machen wollte. Und genau deshalb, weil ich tief in mir wusste, dass diese Frau auf solche verbotenen Spiele stand, befahl ich ihr, ohne Badezeug zu kommen. Ich wollte Luisa nicht wehtun oder sie unterdrücken … aber ich wollte ihr im Bett die absolute Erfüllung bieten. Ich wollte sie an mich ketten, abhängig machen und sicherstellen, dass sie mich nie wieder verließ. Mein Schwanz wurde allein davon steif, als sie mit geröteten Wangen aus der taillenhohen Shorts und dem lockeren Top stieg. Sie sah sich immer wieder nach allen Seiten um. Es erregte sie, das zeigte mir ihre Nippel, die bereits teilweise aufgerichtet waren.

»Und jetzt?«, fragte sie schüchtern, als sie aus ihren Sandalen geschlüpft war und nackt vor mir stand. Wären wir in meinem Schlafzimmer gewesen, hätte ich sie angewiesen, diese Mörderschuhe mit den gebundenen Riemen anzubehalten. Sie turnten mich nämlich an.

»Jetzt gehst du in das Wasser!« Ich deutete mit meinem Kopf darauf.

»Und du?«

Ich lächelte schief. »Ich komme gleich nach.«

Wie ein besessener Bastard beobachtete ich sie dabei, wie ihr schlanker gebräunter Körper nach und nach in dem Wasser verschwand. Ich hatte eine kleine Kühlbox heraufgebracht, in welcher ein paar Softdrinks und ein paar Bier waren.

»Lust auf ein Bier?«

»Lust auf etwas anderes?« Ihre kecke Stimme brachte mich zum Schmunzeln.

»Hattest du gerade nicht noch irgendwie Angst, erwischt zu werden?«

»Na ja«, sie legte leicht den Kopf schief und löste ihren Haargummi, »irgendwie macht es mich an.«

FUCK! Ich hatte es verdammt noch mal gewusst!

Ihre Haare, die im Kino zu einem hohen Zopf gebunden gewesen waren, fielen ihr jetzt offen den Rücken hinab und sogen sich langsam mit dem Wasser voll. Ich knöpfte mein Hemd auf, ohne sie aus den Augen zu lassen, und warf es auf eine der Rattanliegen, die hier oben standen. Sie zog scharf die Luft ein, als ich meine Chinohosen herunter schob und sie feststellte, dass ich darunter nackt war.

»Keine Unterwäsche?«, erkundigte sie sich mehr gehaucht als in normaler Lautstärke. Luisa breitete die Arme aus und winkte mich mit ihrem Zeigefinger zu sich. Ohne zu antworten grinste ich schief, ließ mich mit einer geschmeidigen Bewegung am Beckenrand hinein und nahm die zwei Bier in die andere Hand. Wie eine Raubkatze auf Beutezug durchquerte ich das Wasser und ging auf sie zu.

Sie rechnete nicht mit meiner Frage: »Wie war deine Woche?«

»Meine Woche war …«, begann sie breit grinsend und nahm mir eines der Budweiser aus der Hand. »Anstrengend?«

»Anstrengend?«, wiederholte ich und hob eine Braue.

»Langweilig.«

»Dich langweilt deine Arbeit?«

Sie verdrehte die Augen und lachte laut auf. Ihre gebräunten Arme legte sie um meinen Hals. »Du stehst darauf, mir die Worte im Mund zu verdrehen, oder?«

»Ich stehe darauf, dir deinen Kopf zu verdrehen.« Das hatte ich eigentlich gar nicht sagen wollen und doch war es aus mir herausgesprudelt. Denn, gottverdammt, es war die beschissene Wahrheit und ansonsten gar nichts.

Ich griff hinter sie, schob meinen Körper näher an sie heran und stellte die Bierflasche seitlich von uns ab. Meine Hände wanderten über ihre Schultern zu ihren Nippeln, die sich im Wasser steil aufgerichtet hatten, und kamen auf ihren Hüften zum Liegen. Ich beugte mich ein wenig nach vorn, denn Luisa war kleiner als ich, und fing ihren Mund mit meinem ein. Ihre Lippen waren so süß. So warm und weich, und ich fragte mich wieder einmal, wie ich nur jemals ohne sie hatte sein können.

Luisa löste den Kuss sehr bald, lehnte ihre Stirn an meine und sah mich nicht an. »Was machst du mit mir?« Sie seufzte aus tiefstem Herzen, und in diesem Moment wusste ich, dass es ihr verdammt nochmal genauso ging wie mir. Es war nicht nötig, dass wir weitere Worte miteinander teilten, es war nicht nötig, dass irgendjemand etwas erklärte … Gerade war einfach nur wichtig, dass wir zusammen in diesem Pool standen.

Ich löste ihre Hände aus meinem Nacken, nahm ihr die Bierflasche ab und stellte sie neben meine.

»Dreh dich um, Luisa«, wies ich sie an, und nach einem kurzen, intensiven Blick kam sie meiner Aufforderung nach.

»Das ist wunderschön«, erwiderte sie, während ich sie sanft nach vorn drängte. Sie sollte ganz an den Rand. Wenn ich sie von hinten fickte, sollte sie ihre Augen auf die Skyline Philadelphias richten. Dieses Bild, zusammen mit dem Gefühl, wenn ich in ihr war, sollte sich in sie brennen, damit sie sich daran erinnerte, wenn sie ohne mich war.

Ich legte ihre langen nassen Haare zur Seite, platzierte sie über ihrer Schulter und fuhr dann mit beiden Händen über die Haut an ihren Armen bis zu ihren Fingerspitzen. Kurz verschränkte ich unsere Hände miteinander, legte meine Nase an ihren Hals und sog ihren Geruch ein.

»Ich liebe es, wie du riechst«, wisperte ich in ihr Ohr. »Ich liebe es, wie du dich anfühlst …« Ich drückte mich von hinten an sie, und da wir beide nackt waren, wurde ich noch härter bei diesem Körperkontakt.

»Ich bin diese Woche fast verrückt geworden«, gab sie zu und hielt die Augen geschlossen. Sie reckte ihren Po an meinen Schwanz.

»Ach so?«, fragte ich, mich dumm stellend. »Und warum?«

»Weil«, begann sie und führte unsere verschränkten Hände an ihren vollen Busen. »Weil ich dich nicht anfassen durfte.«

Mit unseren Fingern kneteten wir ihre Haut. Durch das schwache Licht konnte ich erkennen, wie sich sofort eine zarte Röte über ihrem Dekolleté ausbreitete.

»War das so schlimm für dich?«, triezte ich sie weiter, während ich sie sanft in den Hals biss. Sie trieb mich in den Wahnsinn. Für mich waren die Tage in der Arbeit genauso schlimm gewesen, aber ich wollte kein Weichei sein und das zugeben. Ich wollte es langsam angehen lassen. Nicht zu schnell, zu weit vorpreschen und sie dadurch verschrecken.

»Ich habe es gehasst«, gab sie zu und legte ihren Kopf an meine Schulter. Luisa stöhnte laut, als ich meine andere Hand aus ihren Fingern löste und zwischen ihre Beine griff. Sanft und langsam massierte ich ihre Klitoris. »Ich habe gehasst, dass du mit jedem« sie seufzte und biss sich kurz auf die Lippe, »dass du mit jedem gesprochen hast, nur ich hatte nichts von dir …«

»Du kannst jederzeit einen Termin in meinem Büro haben, wenn du ein Thema hast, das wir besprechen sollten«, flüsterte ich an ihrer Haut. Meine Finger wurden schneller und Luisa drängte sich mir entgegen.

»Und als du mit, Mandy …« Sie stockte und ich grinste. Ich hatte es gewusst. Ich hatte sowas von gewusst, dass es sie angepisst hatte, als sie uns im vorbeilaufen gesehen hatte. »Also du mit Mandy so … vertraut …« Sie griff mit ihrer Hand nach unten und hielt meine Finger fest. »Fester«, erwiderte sie.

»Was war mit Mandy?«, fragte ich wie ein Irrer nach, weil es mich so anmachte, wie sie hier kurz vor dem Kommen war und mir Vorwürfe machen wollte.

»Ihr habt so vertraut zusammen ausgesehen«, brachte sie heiser hervor und stöhnte kehlig. Mein Schwanz war steinhart und ich wollte verflucht noch mal in ihr sein. Aber sie sollte zuerst einmal so kommen. Luisa sollte sich gut fühlen. Durch mich.

Das Schöne an dieser temperamentvollen Frau war, dass sie keine Scham hatte, sich zu nehmen, was sie wollte. Und wie sie meine

Finger führte, wie sie sich holte, was sie brauchte, verfiel ich ihr noch ein bisschen mehr.

»Warst du etwa eifersüchtig?«, fragte ich an ihrer Haut. Ich sah sie im Seitenprofil, da ihr Kopf an meine Schulter gelegt war, ihre Lider waren geschlossen und ihre Lippen einen Spalt geöffnet. Das nasse Haar hing ihr in wilden Strähnen um den Kopf, und ihre Brust hob und senkte sich schwer, weil sie so hektisch atmete.

»Oh verdammt!«, wisperte sie und biss sich auf die geschwollene Lippe.

»Warst. Du. Eifersüchtig?«, wiederholte ich mit mehr Nachdruck, betonte jedes Wort dunkel. Wie ein Ertrinkender brauchte ich ihre Antwort darauf. Ich wollte, dass sie besitzergreifend war. Ich wollte, dass sie Eifersucht empfand. Ich wollte dasselbe in ihr auslösen, was sie in mir zum Beben brachte.

»Ich …«, stammelte sie und zwickte sich selbst in ihren Nippel.

»Antworte mir, verdammt!« Meine Stimme klang ungehalten, drängend. Heiser. Plötzlich war das Wissen darum wichtiger, als die Luft zum Atmen.

»Ja!«, schrie sie plötzlich, und ich spürte, wie sie sich um meine Finger zusammenzog. »Ja, ich war verflucht noch mal eifersüchtig!« Sie kreischte die Worte abgehackt und kam an meiner Hand. Selbst durch das Wasser konnte ich fühlen, wie feucht sie für mich war. Bereit, mich aufzunehmen.

Noch während sie kam, ging ich leicht in die Knie, hielt sie an ihren Hüften unter Wasser an Ort und Stelle und stieß in sie. Sie ließ von ihren Brüsten ab und umklammerte den Rand des Skypools.

Ohne sie zuvor an meine Größe zu gewöhnen, bewegte ich mich schnell und fordernd. »Mach deine Augen auf, Luisa«, befahl ich ihr rau. Eben, weil wir im Wasser waren, konnte ich nicht so schnell, wie ich es eigentlich gern wollte, in sie stoßen. Es war nicht genug. Zusammen mit Luisa würde es nie genug sein. »Ich möchte«, fuhr ich fort und bewegte mich nun ruhiger, sanfter. Hätte ich in diesem Tempo weiter gemacht, wäre ich sofort gekommen. »Ich möchte, dass du diesen Anblick, zusammen mit dem Gefühl, wenn ich dich dehne, nie vergisst …« Sie stöhnte leise, bog den Rücken zum Hohlkreuz und legte mir ihren Arm um den Nacken. Da ihr Rücken an meiner Brust und ihr Hintern an meinen Lenden rieb, wurde dieses Spiel unerträglich sinnlich.

Plötzlich war die Luft nicht mehr von Leidenschaft und Eifersucht auf irgendwelche Kollegen gefüllt … oh nein, jetzt war sie von dieser ruhigen Intimität, die ein Paar miteinander teilte, wenn es sich mochte, gesprenkelt.

»Ich will, dass du nächste Woche … wenn ich im Hotel an dir vorbeilaufe oder mit jemandem eine vermeintlich intime Unterhaltung führe, nicht vergisst, wen ich will. Wen ich ficke. Mit wem ich zusammen bin.« Meine deutlichen Worte ließen sie wieder laut aufstöhnen. Ich seufzte ebenso und trieb mich zielstrebiger und machtvoller in sie.

Es war der älteste Rhythmus der Welt … und doch war er mit Luisa Torres irgendwie einzigartig.

33

LUISA

> *Des Dichters Schwert ist das Wort, der Gesang.*
> E.T.A. Hoffmann (1776 - 1822)
> Deutscher Schriftsteller & Märchendichter

Langsam spießte ich die glasierten Karotten auf. Es war Sonntag und ich war bei meinen Eltern zum Lunch. Aber auch wenn ich physisch anwesend war, waren meine Gedanken meilenweit entfernt.

Genauer gesagt waren sie bei den letzten zweiunddreißig Stunden, die ich mit Jason Lightman verbracht hatte.

Dieser Mann war wie eine verfluchte Droge. Er wickelte mich ein, er umspielte mich mit seiner verdammten, süchtig machenden Art. Natürlich war es nicht so, dass ich auch nur irgendwie versuchte, daraus aufzutauchen, nein, lieber schmiegte ich mich noch weiter in diese Blase, die er uns geschaffen hatte.

Jason war so rücksichtsvoll, zuvorkommend und gentlemanlike ... zumindest, wenn wir in der Öffentlichkeit waren, oder angezogen in seiner Wohnung.

Sobald wir jedoch Sex hatten ... dann stand das auf einem völlig anderen Blatt. Gestern Morgen, nach unserer Pool-Nacht, hatte er mir Frühstück ans Bett gebracht, hatte mich mit der Krawatte gefesselt, die er irgendwann in der Woche im Büro einmal angehabt hatte, und mich gefüttert. Allerdings auf so erotische Weise, dass ich ewig so hätte liegen wollen. Meine Haut begann zu kribbeln und ich bildete mir ein, dass ich den weichen Stoff seiner Laken wieder unter mir fühlen konnte.

»Du bist da, aber nicht da«, drang die Stimme von meinem Dad zu mir durch. »Alles in Ordnung, Süße?« Er sah mich besorgt an.

Hastig nickte ich und fühlte, dass ich ein bisschen rot wurde. »Alles super. Ich war nur in Gedanken.« Ich schob mir eine Gabel mit Kartoffeln in den Mund.

»Haben wir bemerkt.« Nachsichtig lächelte mich meine Mom an. »Wie läuft es mit Jason?«

Um zu vertuschen, dass ich mich bei dem wissenden Zwinkern aus ihren Augen verschluckt hatte, räusperte ich mich. Wussten Eltern etwa immer alles? Hörte das nie auf? Ich wohnte nicht einmal mehr zu Hause, und trotzdem bekamen sie anscheinend alles mit, was ich tat.

»Es läuft gut«, antwortete ich vage, lächelte aber ehrlich. »Sogar sehr gut.«

»Wieso ist der Junge dann heute nicht hier?«, brummte mein Vater.

»Dad!«, rief ich und schüttelte verständnislos den Kopf. »Er hat auch noch ein eigenes Leben.«

»Lass das, Martin« Meine Mom legte ihm die Hand auf den Unterarm und mein Vater grummelte weiterhin vor sich hin, als er seinen Sonntagsbraten schnitt.

»Der Junge sollte hier sein, wenn er mit meiner Tochter ausgeht.«

»Dad!«

»Martin, der *Junge* ist ein erwachsener Mann und hat vielleicht zu arbeiten?«

»An einem Sonntag?« Oh je, mein Vater war heute ja mal wieder bester Laune.

»Ja, er arbeitet auch sonntags«, erklärte ich.

»Ich dachte, der Mann will eine Familie?«

»Dad!« Fast verzweifelt ließ ich mein Besteck auf den Teller fallen. »Ich bin kein Kind mehr!«

»Wenn er mit dir ausgeht, sollte er sich auch um dich kümmern.«

»Das tut er mit Sicherheit, Martin!« Meine Mom sah ihm warnend in die Augen. Ich kannte diesen Blick. Er sagte: ›Hör jetzt auf mit deiner störrischen Art, sonst donnert es.‹

»Schon gut, schon gut.« Er hob ergeben die Hände und wechselte das Thema. »Wie läuft es im Hotel, Kleines?«

Während ich mich wieder etwas aufrechter hinsetzte, warf ich meiner Mom einen dankbaren Blick zu. »Es läuft sehr gut. Ich komme gut vorwärts.« Meine Eltern lauschten mir aufmerksam. »Ich weiß nicht, ich habe das Gefühl, dass ich der Sache mit den Kündigungen immer näher auf die Spur komme, aber so ganz greifen kann ich es noch nicht.«

»Kommen die Frauen denn zurück?«, fragte meine Mom und gab mir noch Kartoffeln. Das war das klassische Sonntagsessen bei meiner Familie. Braten, Kartoffeln und Zuckerkarotten. Das gab es, seit ich ein Kind war.

»Ich weiß es nicht, wenn ich diesen Hausmeister endlich einmal treffen würde, dann wäre es leichter.« Nachdenklich legte ich den Kopf schief. »Aber die Agentur will natürlich ihre Mitarbeiter schützen und deshalb keine Details herausgeben. Als er das letzte Mal da war, hatte ich ihn nicht angetroffen. Darum sind wir auf die Auskünfte der Agentur angewiesen und die stellen sich quer, fordern die Vorlage eines Haftbefehls, aber den hab ich nicht und das ist auch sieben Schritte voraus, finde ich.«

»Ist die Lage denn so ernst, dass man die Polizei einschalten müsste?«

»Mh, ich denke nicht, nein. Ich weiß, dass er die Frauen mit Worten belästigt hat, aber angeblich hat er niemanden angefasst. Das wird schwierig mit der Polizei.«

»Ich verstehe nicht, wieso ihr es nicht den Gesetzeshütern übergebt, ich meine … was macht ihr da, wollt ihr ihn auf eigene Faust stellen?«

»Dad …«, wiegelte ich ab, weil ich mich plötzlich fragte, ob ich das überhaupt alles so hätte erzählen dürfen. Vermutlich nicht. Wobei ich ja keine Namen genannt hatte. »Ehe wir jemanden beschuldigen, mit dem Gesetz in Konflikt zu sein, wollen wir der Sache erst einmal nachgehen. Die Frauen wollen keine Anzeige erstatten und sagen selbst, dass sie nicht angefasst wurden.«

»Ich finde das alles seltsam«, warf meine Mutter ein. »Auf der einen Seite wurde Jason Lightman zu den Top fünf Arbeitgebern Amerikas gekürt, auf der anderen Seite ist es so schwer für ihn, Personal zu finden.« Sie hob ratlos die Schultern. »Ich meine, eigentlich müsste man sich doch die Finger danach abschlecken, dass man bei ihm arbeiten *darf*.«

»Und er hatte mit den Kündigungen zu kämpfen«, dachte ich laut. »Na ja, wobei das ja alles stattgefunden hat, bevor der damalige Geschäftsführer des Hotels in Rente gegangen war.«

»Aber das Hotel war schon immer im Besitz seiner Familie.«

»Ja, das war es«, erklärte ich. »Aber ich denke nicht, dass Jason wirklich über alle Vorfälle und Tätigkeiten im Bilde war.«

»Gab es denn keine ordentliche Übergabe? Ich meine, früher,

wenn jemand deinen Job übernommen hat, dann gab es bei uns eine ordentliche Übergabe und alle Informationen wurden ausgetauscht.«

»Richtig, so war es bei uns«, pflichtete meine Mom meinem Dad bei.

»Ich weiß es nicht ...«, erklärte ich und zuckte mit den Schultern. »Jetzt will ich erst mal diesen Hausmeistertyp befragen, was los ist, und mir den Kerl anschauen.«

»Könnt ihr ihn denn nicht einfach buchen, auch wenn ihr ihn gar nicht braucht?«

»Doch, aber die Agentur schickt den Hausmeister, den sie zur Verfügung hat, und nicht den, den wir haben wollen.«

»Ach so ...« Mein Vater legte nachdenklich den Kopf schief. Er betrachtete mich aus seinen aufmerksamen, dunklen Augen, blinzelte nicht und ich hatte, wie damals als Teenager schon, das Gefühl, als könnte er mir bis in die Seele blicken. Als würde er mein Innerstes lesen können, ohne dass ich auch nur ein Wort sprach. Wir hatten schon immer diese Verbindung gehabt.

»Möchtest du noch etwas?«, wechselte meine Mom das Thema und ich war irgendwie dankbar darüber. Ich wollte nicht nur über Jason und meine Arbeit sprechen. Sie tat ihm auf und gab ihm anschließend einen Kuss. Meine Eltern waren nach all den Jahren immer noch so unfassbar glücklich, dass es grenzenlosem Kitsch glich. Aber für mich als Tochter war es schön, das mit anzusehen. Vor allem, wenn ich mich daran erinnerte, dass einige meiner Freundinnen nicht so viel Glück hatten. Susan zum Beispiel. Ihre Eltern hatten, als sie ein Kind war, nur gestritten. Eine Trennung war anscheinend nicht in Frage gekommen, und genau deshalb war meine beste Freundin von Zuhause ausgezogen, als sie ein Teenager war. Sie hatte am anderen Ende des Landes studiert, nur um ihre Ruhe vor den beiden zu haben. Und auf der anderen Seite war ich. Aus einem behüteten, liebevollen Elternhaus. Das hob natürlich auch meine Erwartungen. Nämlich so hoch, dass ich mir für mich das Gleiche wünschte. Und keinen Deut weniger.

Den restlichen Sonntag verbrachte ich mit meiner Familie im Garten. Er war nicht zu groß, aber ein Liegestuhl und ein Grill zusammen mit einer Sitzgruppe fanden locker Platz. Es war ein heißer Tag und meine Mom versorgte mich mit ihrer hausgemachten Zitronenlimonade wie früher.

Es war einfach schön, im Kreise seiner Liebsten zu sein, zu wissen, dass alles in Ordnung war. Dieser innere Frieden, nach dem ich mich so lange seit der schrecklichen Beziehung mit meinem Ex gesehnt hatte, war endlich wieder da.

Und ich genoss es in vollen Zügen.

Die kleinen, winzigen Nadelstiche, dass meine Uhr tickte, versuchte ich, vehement zu ignorieren. Mir war klar, dass ich nicht mehr allzu lange meine Vergangenheit vor Jason verbergen können würde, aber ich brauchte noch ein wenig mehr Zeit. Derzeit fand ich nicht die richtigen Worte, musste mich noch ein wenig mehr darauf vorbereiten, wie, wann und vor allem wo ich es ihm sagen würde … Mein Gewissen fraß mich auf. Und wurde im Grunde nur abgeschaltet, wenn ich beschäftigt war. Mir war klar, dass ich ihn irgendwie anlog … wegen … dieser Sache, aber ich war so lange damit allein gewesen, dass es mir schon beinahe normal vorkam.

Ich hatte einfach nicht das verdammte Rückgrat. An guten Tagen war ich mir sicher, dass er verstehen würde, warum ich einige wichtige, vielleicht lebensverändernden Dinge für mich behielt … aber an anderen Tagen? Da war ich mir sicher, er würde mich verlassen, aus seinem Büro schmeißen und ich würde ihn verlieren. Fakt war, dass ich mich einfach nicht traute. Ja, ich wusste, dass Jason Ehrlichkeit schätzte, er hatte es mir mehr als einmal gesagt, und dennoch … wissentlich und willentlich … erzählte ich ihm nicht, was passiert war.

Ich war ein Feigling.

Ich war ein verdammter Feigling.

Bald würde meine Uhr ablaufen, die Stunde null würde schlagen. Ich wusste es. Ich konnte es fühlen, wie man fühlen konnte, wenn ein Gewitter im Anmarsch war.

Ich wusste es.

Bald würde alles explodieren.

Was machst du heute noch?
Ich war gerade zu Hause angekommen und hatte mich ausgezogen, um zu duschen.

Ich gehe duschen. Und du so?

Eigentlich waren so kecke, erotische SMS-Anspielungen gar nicht mein Fall, aber wenn sich ein eiskalter Geschäftsmann, wie Jason darauf einließ, dann war ich dabei.

Bist du schon nackt?

Natürlich. Sollte ich etwa mit Klamotten duschen? ;)

Ich sah das Schreibsymbol und starrte die Pünktchen an. Währenddessen löste ich den Gummi aus meinen Haaren und seufzte zufrieden auf. Wenn man den ganzen Tag die Haare fest zusammengebunden hielt, war es wie eine Befreiung, sobald man sie locker über die Schultern fallen lassen konnte.

Wieder sah ich auf das Display und die Pünktchen tanzten immer noch.

Schreibst du mir ein Gedicht?

Gerade als ich meine letzte Nachricht abgeschickt hatte, leuchtete sein Name auf dem Bildschirm auf.

Ich nahm den Anruf an.

»Hey«, erwiderte ich lang gezogen. Das Herz schlug mir bis zum Hals, obwohl mir nicht einmal klar war, wieso.

Jason räusperte sich. »Und du bist schon ganz nackt?«

»Ich wünsche dir auch einen schönen Tag, Jason«, sagte ich lachend, aber heiser. Seine Stimme klang tief, dunkel und rau.

»Ich kann an nichts anderes mehr denken, außer an dich … nackt … in meiner Wohnung.«

Mühsam schluckte ich. Seine Zunge war schwer, seine Stimme kam so träge aus ihm heraus, wie ich es ansonsten nur hörte, wenn er mich wissen ließ, was ich für ihn tun sollte.

»Ich denke auch an nichts anderes mehr …«, gab ich leise zu. »Ich weiß gar nicht, was mit mir los ist.« Doch, ich wusste es natürlich, nur wollte ich ihn nicht verschrecken und in die Enge treiben. Mittlerweile war ich mir absolut sicher, dass ich in ihn verliebt war. Dass ich deshalb nur noch an ihn denken konnte und sonst nichts anderes in meinem Kopf Platz fand. Mir war vollkommen klar, dass es womöglich übertrieben oder unangebracht war, nach dieser kurzen Zeit so intensive Gefühle für ihn zu haben, wo ich ihn doch gerade erst richtig kennenlernte. Aber … es war nun einmal da. Tief in mir drin wusste ich, dass ich ihn wollte. Mit allem.

Oder nichts.

Und dennoch hielt ich mich zurück.

»Denkst du«, begann er, nachdem er sich geräuspert hatte, »Denkst du wir übertreiben?«

Ich dachte kurz darüber nach, überlegte sorgfältig meine Antwort. Ich schätze ihn so ein, dass er zwar in geschäftlichen Belangen immer die Nase vorn hatte, sich aber in Beziehungen und zwischenmenschlichen Aktivitäten – und davon wollte ich Sex ganz klar ausnehmen, denn darin war er mehr als nur gut – unsicher fühlte.

»Ich denke, dass das normal ist, wenn man sich kennenlernt. So sollte das doch sein, oder?«

»Du meinst, dass ich ständig in deiner Nähe, noch besser, in dir sein will?« Er lachte leise. »Ich erkenne mich in diesem Punkt nicht wieder ... eigentlich hab ich eine sehr gute Selbstkontrolle.«

»Ich mag es, wenn du sie verlierst ...«

Ich hörte, dass er scharf die Luft einzog. »Du führst mich in Versuchung. Ich bin schon wieder hart.«

»Durch meine Stimme? Und weil wir darüber reden, ob wir normal sind?« Ich versuchte es auf die witzige Schiene, weil ich ein klein wenig Angst vor dem hatte, was jetzt kommen würde.

»Hattest du schon einmal Telefonsex, Luisa?«

Nun war es an mir kurz innezuhalten. »Nein.« Die Antwort war mir peinlich. Sollte ein Mädchen in meinem Alter nicht schon mal Telefonsex gehabt haben?

»Dann will ich, dass du es versuchst.«

»Du willst ...« Vage ließ ich den Satz in der Luft hängen.

»Ich will, dass du mit deiner Hand über deinen Busen streichst ... weiter über den Nippel und den Bauch ...«

Natürlich hätte ich einfach sagen können, dass ich das gerade tat, und es in Wahrheit gar nicht mal in Erwägung ziehen, aber der Kitzel war zu groß. Hypnotisiert von seinen Worten fuhr ich mit der freien Hand genau die Stellen ab, die er mir genannt hatte.

»Du atmest schneller«, stellte er fest, und ich beschwor sein Bild herauf. Jenes, wie er nachts nackt zwischen seinen Laken schlief. Leicht auf die Seite gedreht, sein knackiger Hintern, der die beste Aussicht bot, nicht zugedeckt.

»Ich ... ja.«

»Und nun will ich, Luisa«, sagte er mit rauchiger Stimme, »dass du mit einem Finger deinen Kitzler massierst.«

Ich antwortete nicht, setzte mich nur auf den Badezimmerteppich und spreizte weit meine Beine.

»Hast du mich verstanden, Baby?«, fragte er, weil ich keinerlei Reaktion von mir gab.

»Ja«, hauchte ich und ließ meinen Mittelfinger schneller über den empfindlichen Punkt kreisen.

»Ich will«, forderte er wieder, und ich hörte ihn ebenso hastig atmen. »Stell dir vor, dass ich es bin, der dich streichelt. Dass du dich an meine Schultern klammerst und dein Becken meinen Bewegungen entgegenstreckst. Stell dir vor, dass es meine Zunge ist, die dich verwöhnt. Dich ausgiebig und intensiv leckt ...«

»Ja«, seufzte ich und fühlte, wie die Feuchtigkeit aus mir heraussickerte. »Hast du ... machst du ...«

»Wie könnte ich mir mit dir vor meinem geistigen Auge, keinen herunterholen, Luisa ... Ich bin hart, ich habe den Lusttropfen bereits auf der Spitze und stell mir vor, wie deine festen Lippen mich verwöhnen.«

»Ich würde dich so tief in den Mund nehmen, Jason«, stöhnte ich, nun vollkommen ohne Hemmungen. Mit ihm war das alles so leicht. So normal. Selbst jetzt, allein in meinem Bad mit ihm am Telefon, fühlte es sich natürlich an.

Leise hörte ich ihn lachen. »Nimm deinen Mittelfinger und stell dir vor, es ist mein Schwanz, der dich dehnt. Spürst du, wie seidig weich du im Inneren bist?« Mein Atem ging schneller. Meine Lider waren längst zugefallen und mein Mund war einen Spalt geöffnet. Am anderen Ende der Leitung war sein kehliges Stöhnen zu vernehmen.

»Ich komme gleich«, stieß ich mit nur wenig Luft hervor.

»Ich auch«, seufzte er, und nun war es nur unser beider Atem, der die Stille durchbrach. Geräusche, die seine Hand sein konnten, drangen durch den Hörer und ich stellte mir vor, wie er dort lag, in all seiner Pracht und es sich selbst besorgte.

Während er an niemand anderen, als an *mich* dachte.

34

JASON

> *Benutze nie ein langes Wort, wenn ein kurzes ausreicht.*
> George Orwell (1903 - 1950)
> Englischer Schriftsteller & Journalist

Ich werde es nie vergessen.
Niemals.

Es war eines jener Erlebnisse, die so viel Ablehnung in einem selbst hervorriefen, dass man alles in seiner Macht Stehende tat, um sie wieder zu verdrängen.

Es war doch so: Wenn man als Kind, als Teenager oder sogar als Erwachsener Scheiße baute, gaben es die wenigsten Menschen einfach zu. Die meisten entschuldigten sich irgendwie, irgendwann bei einem, aber so richtig, dass man sich damit auseinandersetzte, alles noch einmal aufrollte ... das geschah in den seltensten Fällen. War es zum Beispiel so, dass man etwas verheimlichte und es anschließend Ärger gab, ging man davon aus, es sei mit einem einfachen »Es tut mir leid« erledigt. Aber hatte man eine bewusste Aktion durchgeführt, um jemanden zu verletzen, dann war das nicht einfach so wieder rosarot. Oh nein ... genau dann saßen der Schmerz, die Verletzung und auch die damit verbundene Ablehnung tief. Ich war bei Gott kein verdammter Psychologe, aber man musste kein Genie sein, um durch bestimmte Situationen Erinnerungen, die gut verborgen in der hintersten Ecke des Bewusstseins schlummerten, wieder ans Tageslicht zu bringen.

So ging es mir seit dem Telefonsex mit Luisa.

FUCK! Es kam einfach so aus mir heraus, meine Finger tippten schneller auf das Anrufen-Symbol, als ich es steuern konnte. In irgendeiner Studie hatte ich mal gelesen, dass das Gehirn sieben Sekunden, bevor man spricht, bereits eine Entscheidung gefällt hat. Und darauf musste ich mich jetzt noch konzentrieren.

Es war nicht immer so gewesen, dass die Frauen reihenweise die Beine auseinanderfallen ließen, wenn ich nur im selben Raum war, oder dass sich jede Frau ein Stückchen mehr aufrichtete, wenn sie mich sah. Oh nein, früher war das anders gewesen.

Und doch hatte ich das hübscheste Mädchen der Highschool abbekommen. Warum? Nun, jetzt im Nachhinein war ich mir sicher, dass es passiert war, weil mein Familienname im Vordergrund gestanden hatte.

Oh, Sie kennen einen der Lightmans, das zeugt von Kompetenz!

Oh, Sie sind sogar mit einem zusammen, natürlich nehmen wir Sie an unserem College. Mr. Lightman ist ein überaus großzügiger Gönner unserer Einrichtung...

So war es früher in einer Tour gegangen. Das galt nicht nur für mich und meine Brüder, oh nein. Das galt auch für sämtliche Menschen in unserem direkten Umfeld.

Im Gegensatz zu einigen – sogenannten – Freunden, die das ausnutzten, hatte ich mir alles selbst erarbeitet. Ich hatte das Gefühl, dass ich mich immer ein Stück mehr beweisen musste, damit man mir glaubte, dass es nicht meine alteingesessene amerikanische Familie war, die mir Tür und Tor öffnete. Ich hatte mir den sprichwörtlichen Arsch aufgerissen, hatte immer mehr als alle anderen geschuftet, denn ich war davon überzeugt, dass es sich auszahlen würde, wenn ich eines Tages das Hotel meiner Familie mein eigen nennen würde.

Die Sache war nur die: Wenn man so blindlings in eine Angelegenheit, wie die Liebe unter Teenagern und jungen Erwachsenen steuerte, dann konnte das böse Narben hinterlassen.

Wenn man ausgenutzt wurde.

Verarscht wurde.

Wenn im Nachhinein alles ans Tageslicht kam, was ein Mensch wirklich über dich dachte.

Er konnte alles zerstören, dich in ein Loch stürzen, Künstler womöglich in eine Schaffenskrise zwingen. Es war ein schmaler Grat zwischen dem, was im eigenen Ermessen stand, was okay war, und was jemanden über die Klippe stürzen konnte.

Das, was meine erste Highschool-Freundin, die wunderschöne Jessica, mir angetan hatte, wie sie mich verarscht hatte, wie sie von mir und meiner Art, meinen Bedürfnissen – auch den sexuellen – angeekelt gewesen war, wie sie mich an den Pranger gestellt hatte und wie sie meine intimsten Geheimnisse ausgeplaudert hatte, hatte ich niemals vergessen können.

Verdrängen ja, aber nicht vergessen.

Niemals würde ich vergessen, wie Jessica und ich den ersten zaghaften Teenager-Telefonsex gehabt hatten … Es war ein Sommer in den Neunzigern gewesen. Sie war bei ihrer Tante in Texas und ich mit meinen Eltern in Europa. Wir vermissten uns schrecklich, wir zehrten von den Textnachrichten und den Fotos, welche wir uns schickten … und doch, war es nicht genug.

Jessica gab mir immer das Gefühl, dass es *nie* genug war.

Ich war nie genug.

Und dann hatten wir Telefonsex.

Wir entdeckten gerade erst, was uns Spaß machte, was wir mochten und wie wir es gemeinsam umsetzen konnten … bis … bis Jessica unser Videogespräch aufnahm.

Ich in irgendeinem Fünf-Sterne-Hotel direkt am Louvre in Paris. Sie in ihrem kleinen Gästezimmer auf irgendeiner Ranch in Texas.

Bis das neue Schuljahr wieder losging, bis mir klar wurde, dass man sie gar nie so wirklich auf dem Display gesehen hatte, war das Video bereits verbreitet. Aber nicht nur an unserer Schule.

Sie hatte es auf sämtlichen Kanälen, die Teenager eben nutzten, herumgezeigt. Natürlich hatte ich nicht die Möglichkeit bekommen, sie allein zur Rede zu stellen, sie zu fragen, ob all die Briefe, die kleinen Zettelchen, welche sie mir an den Spint gesteckt hatte, ob all die Worte, die ihr Mund gesprochen und die Streicheleinheiten, die ihre Hände vollführt hatten, teil dieses Schauspiels gewesen waren.

Die Peinlichkeit, die Scham, sogar irgendwie den Hass, den ich für sie empfunden hatte … diese herbe Enttäuschung, die Lügen über ihre Gefühle, dass alles, hatte mich so werden lassen, wie ich eben geworden war.

Kalt.

Unnahbar.

Nur für den schnellen Sex geschaffen. Ich steckte meine Bedürfnisse genau ab, spielte mit offenen Karten, was eine Frau von mir zu erwarten hatte, denn das war nichts. Nichts, außer ein paar Orgasmen oder ein gemeinsames Abendessen. Alles andere war für mich gestorben, und ich hatte viele Jahre gebraucht, bis ich wieder glauben konnte, dass nicht jeder Mensch auf der Welt mir etwas Schlechtes wollte.

Und dann ... war es wieder jemandem gelungen, sich in mein Herz zu schleichen.

Jeder, wirklich jeder, war schon einmal aufs Kreuz gelegt worden. Es war nur eine Frage des Charakters, wie er damit umging.

Trotzdem konnte ich nicht aus meiner Haut. Trotzdem wurde ich in den kommenden Nächten von Albträumen und in den Tagen von Geistern der Vergangenheit gequält, und zog mich zurück.

Es war unfair. Ja, das war mir bewusst.

Dass Luisa mehr oder weniger verzweifelt war, weil sie sich fragte, was zur Hölle mit mir los war, lag klar auf der Hand.

Jedem Menschen passieren Dinge, die er nicht steuern kann ... oder vielleicht auch nicht will. Jedem Menschen wurde einmal etwas angetan oder er wurde verarscht.

Nur, was man daraus macht, liegt in der eigenen Hand.

Diese Erkenntnis kam mir gerade, als ich ein Glas eiskalten Bourbon mit vielen Eiswürfeln trank. Es war fast vier Uhr morgens und die dritte schlaflose Nacht in Folge. Eigentlich hatte ich immer geglaubt, ich hätte diese Angelegenheit mit Jessica gut verkraftet, ich wäre darüber hinweg und es war nur mehr ein dunkler Fleck meiner Vergangenheit ... aber seit ich das erste Mal seit Jahren Telefonsex gehabt hatte, wusste ich, dass es nicht so war. Nach wie vor war dieser Teenager in mir, der Aufmerksamkeit wollte. Der auch irgendwie nicht wahrhaben wollte, was hier passiert war.

Ich legte meinen Arm mit dem Glas locker auf die Lehne des Sessels. Luisa ging ich seit diesem Sonntagabend aus dem Weg. Ich beachtete sie kaum, wenn wir uns sahen, und war für sie nicht erreichbar.

Kurz bevor sie heute Abend heimgegangen war, war sie in mein Büro gekommen, mehr verzweifelt als wütend, und hatte mir gesagt, dass sie keine Ahnung hätte, was los wäre, aber dass ich sie wie den letzten Dreck behandelte und sie sich dafür zu schade sei.

Stumm hatte ich sie angestarrt und nichts gesagt. Wie gelähmt hatte ich meinen Füllfederhalter in der Hand gehalten, hatte ihr einfach in die Augen gesehen und hatte meiner inneren Stimme, die mir geraten hatte, ihr die Wahrheit zu sagen, einfach nicht nachgeben können. Sie hatte mehrere Herzschläge lang gewartet, in ihren Augen die stumme Bitte, dass ich sie nicht so verletzen möge, aber ich hatte einfach nicht gekonnt.

Jetzt, mit fast zehn Stunden Abstand, sah ich die Sache anders und wäre am liebsten zu ihr gefahren, um alles geradezubiegen. Sie fehlte mir, sie hatte ein Recht zu erfahren, was seit Sonntag mit mir los war.

Seufzend stellte ich fest, dass mein Glas schon wieder leer war, und beschloss, duschen zu gehen. Wenn ich früh im Hotel war, konnte ich sie vielleicht abfangen und ihr erklären, was los war.

Komischerweise war dieser Drang nun übermächtig, auch wenn es bis gerade eben gar nicht wichtig erschienen war. Jetzt war es so bedeutsam wie die Luft zum Atmen.

»Guten Morgen, Sir«, begrüßte mich Mandy mit einem strahlenden Lächeln, als ich die Rezeption betrat.

»Guten Morgen«, grüßte ich. »Irgendwelche Nachrichten?«

Sie schüttelte die blonden Locken. »Nein Sir, keine Nachrichten bis jetzt.«

»Wie läuft es?« Auf einmal bemerkte ich, dass ich schon ewig nicht mehr richtig gefragt hatte. »Ist alles gut?«

»Ja, Sir, es läuft bestens. Heute haben wir siebzehn Abreisen und dreizehn neue Buchungen.«

»Siebzehn Abreisen?«, fragte ich und verengte die Brauen. »Ahhh«, erklärte ich es mir selbst. »Die Messe ist heute zu Ende.«

»Richtig, Sir.« Wir lagen zwar sehr zentral, aber auch so nahe am Flughafen und am Messegelände, dass wir immer wieder Tagungsgäste hier hatten. Die meisten Messen waren Donnerstagabend vorbei, und dann kam für uns das Wochenendgeschäft. Es war sehr gut so, denn dann standen die Zimmer nicht leer. Dafür nahmen wir auch gern Geschäftsmänner in Kauf, die oftmals abends an der Bar über die Stränge schlugen. Das war ganz normal. Wenn ich an meine Kumpels und an meine Brüder dachte, war ich mir ziemlich sicher, dass ich ein Einzelfall war. Denn auf Geschäftsreisen versumpfte ich nie, sondern riss mich zusammen …

Bis auf einmal.

Bis auf diesen einen Ausrutscher.

Diesen großartigen Ausrutscher.

»Ist Miss Torres schon im Büro?«

»Ja Sir«, beantwortete Mandy meine Frage. »Sie war heute schon sehr früh da.«

Früher als ich? Es war jetzt sechs Uhr morgens und die Frühschicht, also Mandy, hatte vor gerade mal einer Stunde begonnen.

»Haben Sie vielen Dank, Mandy. Melden Sie sich, wenn etwas ist.«

»Sehr gern, Sir.« Sie betrachtete mich noch einmal mit einem einladenden Blick, aber ich ignorierte ihn. Wie schon die ganze Zeit und wie bei den meisten meiner Mitarbeiter.

Obwohl ich todmüde war, trugen mich meine Füße direkt zu ihrem Büro. Das Herz klopfte bis zum Hals. Das Blut rauschte in meinen Ohren. Auch wenn ich mir in der vergangenen Nacht immer und immer wieder überlegt hatte, wie ich es ihr sagen würde, ohne dass sie mich für komplett verrückt hielt, so waren nun all die Gedanken wie weggeblasen. Aber ich ging weiter. Verfolgte mein Ziel. Ich würde mich nicht mehr von einem Geist aus meiner Vergangenheit quälen lassen. Oh nein, das hatte jetzt ein für alle Mal ein Ende.

»Jason«, rief sie überrascht, als ich gerade in ihr Büro gehen wollte, sie aber herauskam. Sofort wehte mir ihr Duft in die Nase und ich holte tief Luft. Erst jetzt bemerkte ich, wie sehr ich sie vermisst hatte. Wie mir ihre Nähe, ihre Blicke und ihre Stimme gefehlt hatten.

Wir standen halb auf dem Gang, halb in ihrem Büro. Luisas Augen waren weit aufgerissen und die deutliche Verwirrung spiegelte sich auf ihrem Gesicht.

Ich konnte nicht reagieren. Ich konnte nichts sagen, nichts tun, außer sie anzustarren, jeden der winzig kleinen Sprenkel in ihren braunen Augen, jede Haarsträhne, die sich verirrt hatte. Die Luft um uns herum vibrierte, es summte in meinen Ohren und ich nahm nichts mehr wahr, außer sie. Die sowieso schon leise Musik im Hotelflur verblasste noch mehr, bis sie schließlich gänzlich verschwand.

Alles um mich herum wurde unscharf, außer die Frau, die für meinen Seelenfrieden verantwortlich war. Die Frau, die es geschafft hatte, mich aus meiner Dunkelheit zu ziehen. Mein Herz klammerte sich bereits an sie, ohne zu wissen, ob sie es wollte.

»Jason«, begann sie wieder, aber ich unterbrach sie, bevor sie weitersprechen konnte.

Ich ließ mein Handy sowie meinen Schlüssel aus der einen und meine Laptoptasche aus der anderen Hand einfach zu Boden fallen, legte meine Hände an ihr Gesicht, zog sie, den letzten Abstand zwischen uns überbrückend, an mich und presste meine Lippen auf ihren vollen, rot geschminkten Mund. Es war mir egal. Es war mir sowas von scheißegal, ob uns jemand sah, ob ich ihre Schminke verwischte oder was irgendjemand davon dachte.

Da ich von einer Sekunde auf die andere so besessen davon war, sie zu schmecken, bemerkte ich erst spät, dass mein Kuss gar nicht erwidert wurde.

Sondern dass sie mich von sich drückte.

Richtig, ihre kleinen Hände krallten sich nicht in mein weißes Hemd. Oder zogen mich an meiner Krawatte an sie … nein, ihre Hände drückten fest gegen meine Brust und versuchten sich von mir zu befreien.

35

LUISA

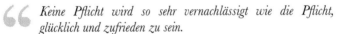
Keine Pflicht wird so sehr vernachlässigt wie die Pflicht, glücklich und zufrieden zu sein.
Robert Louis Stevenson (1850 - 1984)
Schottisch-Britischer Schriftsteller

Hör auf damit!, rief ich in Gedanken und presste meine Handflächen fest gegen seine muskulöse Brust. Ja, ich hatte gewollt, dass er endlich zu mir kam, dass er endlich mit mir darüber sprach, was ihn so offensichtlich quälte. Ich wollte, dass er mir sagte, warum er mich seit Tagen kaum mehr ansah, was ich falsch gemacht hatte. Ich brauchte Antworten, genau deshalb war ich auch gestern bei ihm im Büro gewesen. Ich *musste* wissen, was schiefgelaufen war. Ganz egal, aber ich hielt es nicht mehr aus, so in der Luft zu schweben.

Und heute? Na ja, ich hatte sehr früh zu arbeiten begonnen, weil ich nicht mehr hatte schlafen können. Zum einen war es zu heiß und zum anderen drehte sich das Rad meiner Gedanken so schnell und so unwiderruflich, dass ich nicht zur Ruhe kam. Dass Jason nicht mit mir sprach, wenn offensichtlich irgendwas – weiß der Geier *was* – zwischen uns stand, machte mich fertig. Es machte mich so fertig, dass ich praktisch an nichts anderes mehr denken konnte.

Das Einzige, was meine Gedanken kurz in eine andere Richtung gelenkt hatte, war die Kündigung eines der Zimmermädchen, welche es Dienstag ganz früh bei mir abgegeben hatte.

»Jason«, sagte ich schließlich und drückte ihn energischer von mir. »Hör auf!«

Verdutzt sah er mich an. Seine Lippen waren geschwollen, unter seinen Augen lagen müde, dunkle Schatten, die er nicht verbergen konnte. »Lass das ...«

Ja, ich war froh, dass er endlich zu mir gekommen war.

Ja, ich war erleichtert, dass ich mir offenbar eingeredet hatte, dass es aus war.

Aber ich wollte nicht, dass er sich aufgrund seiner Gefühle und was auch immer da für ein Orkan in ihm wütete, vergaß.

»Hör auf«, wiederholte ich schließlich, und er trat einen Schritt zurück. Brachte Abstand zwischen uns. Sofort fehlte mir seine Nähe. Es war erbärmlich mit anzusehen, wie abhängig ich von ihm war. »Was, wenn uns jemand sieht?«, fragte ich und hielt mich mit meiner Hand am Türrahmen fest. Der Boden schwankte gefährlich. Meine Gefühle drohten übermächtig zu werden. Ich schüttelte kurz den Kopf, um mich zu sortieren. »Das ist unprofessionell. Wir hatten doch vereinbart, dass wir es in der Arbeit nicht schleifen lassen, sondern geheim bleiben wollten.« Ich strich mir eine Haarsträhne zurück, die sich aus meinem Dutt gelöst hatte. »Wir waren uns doch einig ... Und jetzt kommst du hierher und überfällst mich, oder was?« Plötzlich war ich von Wut erfüllt.

Er konnte doch nicht einfach den sicheren Hafen, den wir uns aufgebaut hatten, zusammenbrechen lassen und alles vollkommen umwerfen! Er hatte doch gewollt, dass wir uns im Verborgenen trafen, er hatte doch Wert darauf gelegt, dass niemand schlecht über mich sprach. Und jetzt? Jetzt kam er hierher und küsste mich mitten im Flur? Wo ständig Mitarbeiter vorbeiliefen? Gerade jetzt? Zur Primetime, wenn jeder seinen Arbeitstag begann?

»Was soll das, Jason?«, fragte ich weiter und verschränkte die Arme vor der Brust. »Du kannst nicht einfach alle Regeln über den Haufen werfen!« Genau in diesem Augenblick lief eines der Küchenmädchen kichernd an uns vorbei. Offenbar war sie auf dem Weg zum Chef der Abteilung, da sie bereits in Arbeitskleidung war. Ich wusste aus meiner langjährigen Tätigkeit in diesem Hause, dass die beiden jede Woche das Menü durchgingen, welches im Hotelrestaurant angeboten werden sollte. Offenbar taten sie das donnerstags. Ganz in der Früh. Die rothaarige Frau lief zwar schnell weiter, drehte sich aber noch einmal, immer noch vermeintlich wissend kichernd, nach uns um. Ich wurde noch zorniger.

Er brachte mich hier gerade in eine absolut beschissene Lage. Genau jene, vor der er mich doch hatte bewahren wollen. Und jetzt?

»Was ist los mit dir?«, zischte ich. Die Wut und die Scham

darüber, dass jetzt bekannt werden würde, was zwischen Jason und mir lief, ließen sich nicht mehr verbergen. »Wolltest du mich nicht genau davor bewahren?« Ich stemmte die Hände in meine Hüften. Meine Körperhaltung sprach die Sprache der Ablehnung. »Angeblich?«

In diesem Moment, als diese Worte meinen Mund verließen, sah ich deutlich die Veränderung in seinem Gesicht. War er von leidenschaftlich und verzweifelt, bei meiner Ablehnung gerade auf Verwunderung umgeschwenkt, so zeigte sich jetzt deutlich, wie er sich verschloss.

Ich sah genau den Moment, in dem er sich innerlich vor mir zurückzog und zu dem eiskalten, gefürchteten Hotelchef wurde, als der er dort draußen in der Welt bekannt war.

Er mahlte die Kiefer aufeinander, bückte sich und klaubte seinen Kram zusammen. Der Muskel an seiner Wange zuckte.

»Verzeih«, begann er schließlich mit fester, frostiger Stimme, »dass ich dich belästigt habe.« Seine Tonlage hätte die Hölle zufrieren lassen können. Er richtete sich auf, nickte mir einmal knapp zu und drehte sich ab, um kerzengerade den Gang entlang zu seinem Büro zu marschieren. An seiner Haltung war nicht erkennbar, ob es ihm leidtat, ob er verstand, warum ich so gesprochen hatte oder ob ich ihn verletzt hatte. Ich sah lediglich, dass er wütend war – was kein Hexenwerk war.

Ich hob den Arm, tat einen Schritt nach vorn, wollte ihm hinterherrufen, dass er zurückkommen sollte, oder wir später darüber sprechen würden, aber alles, was aus mir herauskam, war ein geflüstertes »Scheiße!«

»*B*ist du sicher, dass du Shots in dieser Geschwindigkeit trinken solltest?«, fragte mich Susan und kam zu mir herüber. »Ich beobachte dich jetzt seit fünf Minuten, und ganz ehrlich gesagt, finde ich sieben Kurze ein bisschen viel.«

Sie legte ihre Clutch neben meiner Hand auf den Tresen. Neben meiner Hand und meinem Smartphone.

Meinem Smartphone, das schwarz war und dessen Bildschirm innerhalb der letzten Stunden nicht ein Mal aufgeleuchtet war.

»Weißt du, Susan«, begann ich und wusste im selben Moment, als ich es aussprach, dass es fies sein würde. »Ich hab dich nicht hergebeten, weil ich Bock auf eine Predigt habe.«

Sie hob die Brauen, bedeutete dem Barkeeper, dass wir noch eine Runde Shots brauchten und drehte sich schließlich zu mir.

»Was hat er getan?« Susan kannte mich von all meinen Freundinnen und davon waren nur zwei *richtige* Freundinnen, am besten. Jenny konnte heute nicht kommen, sie hatte die Spätschicht im Hotel und war arbeiten.

Aber Susan hatte ich nach Feierabend angerufen und mich mit ihr in unserer Stammkneipe verabredet. Sie war fast eine Stunde zu spät. Dummerweise hatte mich das nicht davon abgehalten, bereits mit dem Besäufnis zu beginnen.

»Er ...«, begann ich also und zuckte mit den Schultern. »Keine Ahnung.«

»Du brauchst noch ein paar Shots, bis du darüber reden willst?«, fragte mich meine Freundin und stieß ihr kleines Schnapsglas an meines. »Dir ist aber klar, dass heute Donnerstag ist?«

»Da scheiß ich drauf.«

Nun hob sie die Braue. »Sag, wenn du so weit bist.«

Schwach nickte ich. »Wieso bist du eigentlich zu spät?«

»Mir kam da was dazwischen ...« Sie grinste geheimnisvoll.

»Etwas oder jemand?« Ich kicherte. Gut, der Alkohol begann zu wirken. Und solange ich abgelenkt war und nicht über meine Probleme nachdachte, war alles perfekt.

»Jemand.« Susan war eine wunderschöne Frau. Sie war gewieft, sie war zielstrebig, sie hatte einen IQ von 140 und war somit hochbegabt. Nicht nur das, zusätzlich zu der Tatsache, dass sie beschissen intelligent war, war sie auch noch nahezu beängstigend nett und so hübsch, dass sie als Model hätte durchgehen können. Außerdem wusste ich über Susan, dass sie noch nie einen festen Freund gehabt hatte.

Nicht, weil sie keine Chancen hatte, sondern, weil sie es nicht wollte. Ihr Fokus lag auf ihrer Karriere und nicht bei einer Familie, die sie gründen wollte. Sie sah einen Orgasmus als Bedürfnis, das ihr regelmäßige Affären stillen konnten, und war stets darauf bedacht, die Grenzen deutlich abzustecken.

Susan war im Grunde die perfekte Frau. Nett, schön, an einer Beziehung nicht interessiert, und wenn man dem Kerl, der uns damals in New York in der Marinewoche im Zimmer überrascht hatte, glauben durfte, eine »gottverdammte Schwanzmeisterin«.

»Wie machst du das?«

»Was? Jemanden vögeln?« Sie ging offen damit um, auch wenn

sie es nicht an die große Glocke hängte. Darin machte sie einen großen Unterschied.

»Nein, ich gehe davon aus, dass du aus der Arbeit kommst.«

»Exakt, meine Liebe. Exakt. Aus und *in*.« Sie kicherte und nahm den nächsten Shot in die Hand.

»Wie schaffst du es, einen Kollegen zu vögeln, ohne dass alle anderen schlecht über dich reden.«

Sie sah mich von der Seite an und strich sich eine Haarsträhne aus dem Gesicht.

»Ist es das, was passiert ist?«, fragte sie, und ich schüttelte kurz den Kopf zum Zeichen, das ich noch nicht so weit war, darüber mit ihr zu sprechen.

Tief seufzte sie. Sie legte ihre manikürten, mit rotem Lack bestrichenen Fingernägel vor sich ab und knetete ihre Finger ineinander.

»Na ja«, begann meine Freundin schließlich, »Du brauchst jemanden, von dem du weißt, dass er es nicht erzählen wird.«

»Das ist mir klar«, erwiderte ich, »Aber wie haltet ihr euch im Büro zurück?«

»Mh«, nachdenklich drehte sie das Glas in ihrer Hand, »Das funktioniert, wenn keine Gefühle dabei sind.«

»Du willst mir also sagen, dass du noch nie für jemanden Gefühle hattest, mit dem du ins Bett gegangen bist?«

»Also erstens gibt es eigentlich kein Bett, in das wir steigen, und zweitens, nein ... spätestens nach dem fünften Mal ist es vorbei.«

»Weil?«

»Weil sich ansonsten Gefühle entwickeln *könnten*!« Sie zuckte mit den Schultern. »Ich hab keine Lust auf Stress.«

»Und darum ist es besser, mit jemandem Schluss zu machen, auch wenn es gut passt?« Ich stieß einen verbitterten Laut aus. »Ich glaube, ich hänge da schon jetzt zu tief drin.«

Susan legte den Arm um mich und gab mir ein Küsschen auf die Wange. »*Ich glaube*, dass du nie eine Chance hattest.«

»Wie meinst du das?« Überrascht sah ich sie an und wir kippten den nächsten Tequila. Wir beide schüttelten uns.

»Ich denke«, erklärte sie wieder und schenkte mir ihre ganze Aufmerksamkeit, obwohl die Bar immer voller wurde. »Ich denke, dass du seit damals ... seit der Nacht auf dem Parkplatz und deiner ›Pornostarerfahrung‹ wie du es nennst, an ihn gebunden bist.«

»Bin ich?« Ich setzte mich kerzengerade auf meinen Stuhl und riss die Augen auf. »Das ist doch Scheiße!«

»Nein«, jetzt schenkte sie mir eben jenes Lächeln, das Männer reihenweise dazu zwang, sie anzusprechen, »ich denke, dass die Liebe etwas Gutes ist.«

»Ich will aber doch auch nur unverbindlichen Sex mit ihm.«

»Mit deinem Chef?« Susan lachte herzlich. »Das geht nicht, Süße. Der Chef ist so was wie der Dschungelkönig. Alle anderen Tiere im Gehege sind okay, aber doch nicht den König der Tiere.« Ihre Locken wippten auf und ab, während sie den Kopf schüttelte. »Das ist ein ungeschriebenes Gesetz. Wenn es der verdammte Löwe ist, dann musst du dabei bleiben.«

»FUCK!«, rief ich und schlug mit der flachen Hand auf den Tisch. »FUCK! FUCK! FUCK!«

»Ganz richtig Baby … ganz richtig.«

Wir ließen das Gespräch, Gespräch sein und konzentrierten uns aufs Trinken. Ich schaffte es ganze fünf Minuten, meine Klappe zu halten. Mir wurde langsam flau im Magen. »Er hat mich heute im Flur geküsst.«

»Okay …«, erwiderte sie und schenkte mir einen abwartenden Blick aus ihren großen, perfekt geschminkten Augen. »Ist das schlimm?«

»Ja!«, rief ich und warf die Hände in die Luft. »Ja, das ist es! Wir hatten vereinbart, dass wir das nicht tun würden, und dann kommt er einfach und bricht die Regel, die – nebenbei bemerkt – er aufgestellt hat.«

»Hat euch jemand gesehen?«

»Ja. Wir wurden gesehen, nicht direkt beim Küssen, sondern wie wir so vertraulich zusammenstanden.«

»Mh …« Nachdenklich legte sie den Kopf schief und nippte an ihrem Bier, das sie sich jetzt bestellt hatte.

»Jetzt weiß es bestimmt jeder. Und ich meine, was werden sie sagen?«

»Na ja … sie werden sagen …«

Jäh unterbrach ich Susan. »Sie werden sagen: ›Oh schau dir die Torres an. Sie hat die neue Stelle bekommen, weil sie den Chef bumst‹.« Der Barkeeper schenkte uns ein Lächeln. Er hatte jedes Wort gehört, aber ich war zu angetrunken, um meine Stimme zu senken oder mich zu schämen. »Sie lutscht ihm seinen Schwanz, darum ist sie dort, wo sie ist.«

»Ich will dich nicht anlügen, Luisa … es kann sein, dass das passiert.« Schwer schluckte ich und drängte die Tränen zurück. »Aber das war doch vorher klar, oder?«

»Nein!«, rief ich. »War es nicht. Hätte er mich nicht einfach mal eben so vor allen anderen geküsst.«

»Das ist ein bisschen übertrieben, oder?« Sie formulierte es vorsichtig, trotzdem ging es schief.

»Auf wessen beschissener Seite stehst du eigentlich?«, fragte ich und war einfach nur noch wütend. Und traurig. Und keine Ahnung was noch alles.

»Ich steh immer auf deiner Seite, Baby … aber du bist doch wissentlich dort rein gestolpert, oder?«

»NEIN! Er hätte nur einfach die verdammten Regeln beachten müssen.«

»Hast du ihm das gesagt?«

»Natürlich«, erklärte ich und drehte mein Handy hin und her. »Am liebsten würde ich ihn anrufen und ihm sagen, dass er seinen Scheiß allein machen kann. Dass er es vergessen kann, dass ich mich dieser Peinlichkeit nochmal aussetze.« Ich straffte meine Schultern. »Weißt du, er ist der Chef, über ihn wird niemand reden, weil niemand die Eier dazu hat. Weil sich niemand gegen diesen Kerl stellen will. Aber über mich!« Wieder seufzte ich. »Über mich werden sie reden.«

»Süße, das war aber doch vorher klar, oder?«

»Keine Ahnung. Nein … ehrlich gesagt, war es mir das nicht.«

»Aber habt ihr nicht genau deshalb die Regeln aufgestellt?«

»Ich …« Ich kippte einen weiteren Shot mit braunem Tequila hinunter. Langsam setzte diese Mattheit ein, die man nur bekommt, wenn man sehr angetrunken ist. Womöglich sollte ich jetzt damit aufhören. »Ich weiß nicht mehr, warum wir irgendwas beschlossen haben. Oder aufgestellt haben. Oder vereinbart haben.« Frustriert stand ich auf. »Ich bin gleich zurück, okay? Ich geh eben pinkeln.«

Ihr gerufenes: »Mit Handy?«, konnte ich natürlich noch hören und kommentierte es, indem ich ihr unreif die Zunge herausstreckte.

»Weißt du«, konnte ich zwei Mädchen in einer Kabine hören, als ich den kleinen Waschraum betrat. »Wenn er mich mag, dann soll er es einfach sagen. Für mich steht nämlich viel mehr auf dem Spiel als für ihn, verstehst du?«

»Da hast du vollkommen recht. Sag ihm das. Das ist gut.«

Es war wieder still und ich betrachtete mich im Spiegel. Die beiden Mädels hatten so recht. Wieso musste man immer die Klappe halten? Wieso durfte man nicht ehrlich sagen, was man empfand, oder was man eben nicht empfand? Wieso um alles in der Welt, sollte ich das mit mir allein ausmachen? Er war doch genauso beteiligt, und ja, die Belegschaft würde nicht auf ihn losgehen, sondern auf mich, aber das war unfair. Er saß im selben Boot wie ich. Mir graute davor, morgen zur Arbeit zu gehen, denn das Getuschel und die Blicke, welche mir mit Sicherheit zugeworfen werden würden, sah ich bereits jetzt vor meinem geistigen Auge. Jenny, die mir in ihrer Mittagspause eine Nachricht geschickt hatte, dass sich hier gerade ein paar Mädels über Lightman und mich unterhielten, tat ihr übriges. Sie rührte in mir.

Und wieso, wieso verdammt noch mal, sollte ich das allein durchstehen müssen?

Ohne länger darüber nachzudenken, drückte ich auf meinem Telefon herum und rief ihn an.

Jason Lightman war genauso beteiligt wie ich. Also sollte er mir helfen, damit zurechtzukommen.

Ich hielt mich mit meiner freien Hand am Waschtisch fest, während es tutete.

36

JASON

 Kurz bevor die Sonne aufgeht, ist die Nacht am dunkelsten.
Selma Lagerlöf (1858 - 1940)
Schwedische Schriftstellerin

»*L*uisa?«, fragte ich ruhig und verlangsamte das Tempo auf meinem Laufband, ehe es zum Stillstand kam.
»Du!«, begann sie sofort und ihre Stimme klang wütend. »Du bist schuld daran, wenn ich jetzt eine Schlampe bin!« Was? Sie hickste in das Telefon, und ich warf einen Blick auf dir Uhr. Es war kurz vor Mitternacht. Hatte sie Schluckauf? »Weil du einfach irgendwelche bescheuerten Regeln aufstellst, die mich zuerst verletzen, dann stimme ich zu und dann brichst du sie und jeder geht auf mich los!«

»Wer geht auf dich los?« Im Laufen zog ich mit einer Hand mein Shirt über den Kopf. »Hast du getrunken?« Meine Augen verengten sich. »Wo bist du?«

»Ob ich getrunken habe oder nicht, das geht dich gar nichts an, weil … das mit uns ja sowieso nichts Festes ist.«

Mir entwich ein Knurren. »Was redest du da?« Ich zog ein frisches, weißes Shirt aus der Kommode in meinem begehbaren Kleiderschrank und schlüpfte hinein. »Wo bist du?«

»Das geht dich gar nichts an!«, zischte sie.

»Wieso bist du so sauer auf mich?«

»Weil du daran schuld bist, wenn ich mich nun nicht mehr im Hotel blicken lassen kann.«

»Wieso solltest du nicht mehr ins Hotel kommen können?« Ich

schlüpfte in Sportschuhe und griff nach meinem Schlüssel, bevor ich eilig die Wohnung verließ.

Sie sprach in Rätseln. Sie lallte. Offenbar war sie betrunken, egal, ob sie mir darauf antwortete oder nicht. Nach unserem Auseinandergehen heute früh, hatte ich Luisa den Rest des Tages nicht mehr gesehen. Ich wusste natürlich, dass es sie aufgewühlt hatte ... ich verstand nur nicht, weshalb. Sie hatte den Bedingungen, dass wir uns in der Arbeit bedeckt halten wollten, zugestimmt, aber natürlich war ich mir darüber im Klaren, dass sie dachte, ich würde mich für sie schämen. Oder nicht zu ihr stehen. Aber das war nicht so. Auf keinen verdammten Fall. Ich wollte eben nicht, dass sie ins Kreuzfeuer geriet, was aber durch meine verzweifelte Panikaktion heute Morgen passiert war.

In jenem Moment, in dem sie mich an meine Regeln erinnerte, war ich geschockt gewesen. Es war in den Hintergrund getreten, dass ich Schiss davor hatte, was sie jetzt von mir und meiner Telefonsexaktion dachte. Es war nicht mehr wichtig, wie ich mich fühlte, denn ich wollte einfach nur, dass es ihr gut ging.

Und offenbar ging es ihr in meiner Nähe nicht gut, ansonsten hätte sie heute Morgen nicht den Abstand gesucht. Und auch bekommen. Es war eine Ablehnung an mich gewesen. Es war eine Wiederholung dessen, was Jessica in der Highschool mit mir gemacht hatte ... ja, das war mir bewusst. Eher neu war, dass es mich plötzlich nicht mehr interessierte, was Luisa oder ihre Freundinnen von mir dachten. Plötzlich war mir nur noch wichtig, wie es ihr ging. Sollte sie schlecht über mich reden. Sollte sie schlecht von mir denken, sollte sie mich verlassen, sollte sie all meine Geheimnisse, die sie kannte, ausplaudern, solange es ihr gottverdammt gut ging.

Nur anscheinend war das nicht der Fall.

Am anderen Ende der Leitung hörte ich sie schluchzen. »Was ist los, Luisa? Sag mir, was passiert ist!«

»Dir sage ich sicherlich gar nichts mehr. Du ... du ... du regelbrechender Idiot!«

»Wo bist du?«, wiederholte ich meine Frage, während ich ins Auto stieg, »Ich hole dich ab und wir können ...« Sie hatte einfach aufgelegt.

»FUCK!«, rief ich und schlug meine flache Hand gegen das Lenkrad. »Verdammte Scheiße!«

Kurz überlegte ich, wo ich sie finden könnte.

Ich hatte Luisa nur in zwei Bars jemals gesehen. Das eine war der Club, in welchem wir uns damals kennengelernt hatten und in dem ich auch mit meinem Bruder einige Monate später gewesen war … und das andere …

Im Hintergrund hatte ich das typische Klingen von Billardkugeln, die aufeinandertrafen, gehört. Sie musste also in der Bar sein, in der wir uns offenbar immer dann trafen, wenn sie auf Streit aus war.

Blieb mir nur zu hoffen, dass sie sich bis zu meinem Eintreffen so weit beruhigt hatte, um mir nicht wieder zwischen die Beine zu treten.

Ich musste nicht lange suchen.

Ich musste nicht einmal so tun, als würde ich suchen.

Luisa stand nämlich barfuß mit einer Krone, auf der die *Stars and Stripes* unserer Nationalflagge aufgedruckt waren, und einem Tequila Shot in der Hand auf der Bar. Sie sang gerade lautstark zu »*I will Survive*« mit und wurde von sämtlichen Barbesuchern angefeuert.

Ich verdrehte die Augen, knurrte durch zusammengebissene Zähne und drängte mich durch die versammelte Menge vor dem Tresen.

»Was tust du hier?«, fragte ich, verzweifelt darum bemüht, meine Beherrschung zu behalten.

Luisa kicherte, beugte sich zu mir nach vorn und pikte mir ihren Zeigefinger in die Wange. »Ich vergesse, dass es dich gibt.«

»Komm da sofort runter!«

»Nein Süße«, rief einer der Kerle vom anderen Ende des Tresens. »Sing weiter. Ich steh auf deine Stimme.« Er betonte die letzten Worte ziemlich anzüglich und erntete dafür Gejohle von seinen Freunden.

»Ich sag ihr schon seit 'ner halben Stunde, dass sie da runter kommen soll!«, sagte Susan neben mir. »Aber ich glaube, da du schuld an diesem Dilemma bist, gehört sie dir.« Sie hob die Hände in einer abwehrenden Geste. »Sie ist ziemlich voll«, ließ sie mich noch wissen.

»Das ist ja wohl nicht zu übersehen.«

»Wenn du nicht freiwillig hier runterkommst, dann werde ich dafür sorgen, dass du es tust, Luisa!« Meine Stimme klang dunkel und rau. Ich war stinksauer. Ich war wirklich auf hundertachtzig. Trinken war ja okay, aber musste sie sich so abschießen?

»Was? Stellst du wieder Regeln auf, die du dann brichst?« Sie legte nachdenklich den Kopf schief und ihren Zeigefinger an die Lippen. »Oh, das ergibt ja gar keinen Sinn!«

Ich schnaubte und hob sie vom Tresen. Ihr Kleid war zum Glück lang genug. Als ich sie mir über die Schulter legte, verdeckte es weiterhin ihren knackigen Hintern. Und ihr Höschen.

Susan hob mir ihre Handtasche entgegen. »Danke«, presste ich heraus und schlängelte mich mit einer strampelnden Luisa durch die Menschentraube. Ich umklammerte mit dem einen Arm ihre Kniekehlen und mit der anderen hielt ich ihre hochhackigen Schuhe und die Tasche.

»Bring sie gut nach Hause«, flötete Susan, grinste und winkte uns zum Abschied. Meine gute Erziehung wollte sie fragen, ob wir sie mitnehmen sollten, aber der Bastard in mir, derjenige, der Luisa am liebsten übers Knie legen wollte, hielt sich zurück.

Als ich Luisa auf den Beifahrersitz setzte und sie anschnallte, war sie bereits eingeschlafen.

Auch davon, dass ich sie in mein Bett brachte, sie auszog und ihr noch eine Flasche Wasser auf den Nachttisch stellte, bekam sie nichts mehr mit.

Ich beschloss, noch ein wenig zu arbeiten, denn schlafen würde ich jetzt, so wütend wie ich war, sowieso nicht können. Es dauerte ewig, bis ich in dieser Nacht irgendetwas Ähnliches wie Müdigkeit empfand.

Letztendlich waren Luisas leises Schnarchen und wie sie im Schlaf nach meiner Pobacke tastete, der Schalter, der mich ins Land der Träume gleiten ließ.

»Guten Morgen«, nuschelte es hinter mir. Ich war nicht überrascht, dass Luisa hier stand, denn es war bereits fast Mittag. Ich war nur über mich selbst erstaunt, dass ich heute nur ganz kurz im Hotel gewesen war und wieder nach Hause gewollt hatte.

Zu ihr.

»Hi«, erwiderte ich und sah von meiner Zeitung am Küchentisch auf. »Kaffee?«

Langsam schüttelte sie den Kopf und fieselte an ihren Nägeln herum. Sie sah mir nicht in die Augen. »Nein, ich denke, kein Kaffee.«

»So schlimm?«, fragte ich eine Braue hebend. Ich ging zum Kühlschrank, ließ ihr durch den Wasserspender ein großes Glas einlaufen und reichte es ihr zusammen mit zwei Ibuprofen.

Sie nickte zum Dank. Luisa sah wirklich ein wenig fertig aus.

Sie trug eines meiner Hemden und die Haare standen in alle Richtungen ab. Ihre Schminke war unter den Augen verlaufen und Zähne hatte sie mit Sicherheit auch noch nicht geputzt. Sie war verkatert, roch wie eine ganze Bar und dennoch ... dennoch war sie die schönste Frau für mich. Sie schaffte es, dass mein Herz schneller schlug und ... dass ich sie wollte. Dass ich einfach, beschissene Scheiße noch mal, mit ihr zusammen sein wollte.

»Sandwich?« Ich öffnete den Kühlschrank und spähte hinein. »Oder Reis mit Gemüse und Hühnchen?«

»Reis, bitte«, erwiderte sie und stieg vorsichtig auf den Hocker des Bartresens. »Ich ... bin dann heute wohl nicht zur Arbeit erschienen«, begann sie vorsichtig. Ich schüttelte leise lachend den Kopf, als ich die Reste von gestern Abend aufwärmte.

»Nein«, stimmte ich ihr zu, drehte mich in ihre Richtung und lehnte mich mit der Hüfte gegen die Arbeitsplatte. »Bist du nicht.« Ich wollte sie etwas zappeln lassen, denn ich war wirklich sauer. Über ihr Verhalten. Aber es brachte gar nichts, sie jetzt damit zu konfrontieren, wo sie noch nicht mal einen richtigen Gedanken hatte fassen können.

Sie holte tief Luft, knetete ihre Finger und sah mir direkt in die Augen. »Und ... ist mein Chef sauer?«

Ich stellte den tiefen Teller mit dem Reis, Gemüse und Hühnchen vor ihr ab, legte eine Gabel dazu und füllte ihr Glas noch einmal randvoll mit Wasser auf.

»Dein Chef ist stinkwütend!«, sagte ich mit ruhiger Stimme. »Er will dir am liebsten den Hals umdrehen.«

Wieder nickte sie und biss sich auf die volle Unterlippe. Luisa nahm die Gabel in die Hand und begann zu essen.

»Dein Chef ist so sauer, dass er dir am liebsten so den Arsch versohlen will, dass du eine Woche nicht mehr sitzen kannst. Er ist so abartig wütend, dass er zwischen ›Halsumdrehen‹ und ›Kater-Gesundpflegen‹ schwankt. Und er ist so beschissen wütend, dass er eine verdammte Erklärung will, was zur Scheißhölle da passiert ist, Luisa!« Hatte ich nicht gerade eben noch warten wollen, bis sie wieder klar bei Verstand war und die Ibu wirkte? Seufzend fuhr ich durch mein Haar und öffnete die Manschettenknöpfe meines Hemdes, um die Ärmel aufzurollen. Luisa aß stumm vor sich hin, trank ab und an einen Schluck Wasser und beachtete mich nicht weiter.

»Ich bin wirklich beschissen wütend auf dich!«, wiederholte ich.

Meine Finger brauchten etwas zu tun und fuhren durch mein Haar. »Und ich bin so dermaßen enttäuscht von dir.«

Nun hob sie ruckartig den Kopf. »Das wollte ich nicht, Jason.«

»Das hast du aber geschafft.«

Luisa holte tief Luft und ließ die Gabel in den halb leeren Teller fallen.

»Ich war sauer, okay?«, rief sie plötzlich, und der Knoten schien geplatzt zu sein. »Ich war sauer auf dich und …« Nun fuchtelte sie mit ihrer Hand durch die Gegend. »Und auf deine scheiß Regeln.« Sie schloss kurz die Augen, ehe sie mich wieder ansah. »Du stellst diese Kacke auf und dann hältst du dich nicht daran.«

»Was? Dir ist klar, dass das Schwachsinn ist?«

»Ist es nicht!«, schrie sie. Oh, anscheinend waren ihre Kopfschmerzen Vergangenheit. »Über dich wird niemand reden. Dazu haben sie nicht die Eier. Aber ich bin die Schlampe. Du wirst sehen! So wird es laufen.«

»Luisa«, begann ich wieder.

»Was?«, brüllte sie weiter. »So ist es. Und jetzt machst du mir einen Vorwurf, weil ich gestern den Abend genießen wollte?«

»So sieht für dich ›einen Abend *genießen*‹ aus?«, donnerte ich zurück. Wie hatte es von ruhig und friedlich jetzt so zum Streit kommen können? Meine Wut war mit voller Wucht zurück. »Du hast betrunken auf dem Tresen getanzt, als ich dich abgeholt habe!«

Luisa verengte die Augen, während sie auf mich zu kam. Sie donnerte ihren Teller so in das Keramikspülbecken, dass er zerbrach und ihr Glas so daneben, dass es überschwappte.

»Ich habe dich nicht darum gebeten, mich abzuholen, du Scheißkerl.« Vor offensichtlicher Wut zitternd, die ich in keiner Weise nachvollziehen konnte, stand sie vor mir. Ich war hier derjenige, der sauer war. Ich war zurückgewiesen worden und nicht sie. Herrgott. Verdammte Scheiße. »Du … du bist so ein arroganter, egozentrischer Mistkerl.« Ihre Worte begleitete sie damit, dass sie mit ihren kleinen Händen immer wieder gegen meine Brust stieß. »Du denkst nur an dich. Andere sind dir doch scheißegal.«

»Was redest du für einen Stuss?«, brüllte ich zurück und umgriff ihre Handgelenke, damit sie aufhörte, mich zu schubsen.

»Ich bin dir scheißegal!« Sie war mir so nah, sie brüllte mich so an, dass ich feststellte, dass sie wohl doch eine Zahnbürste im Bad gefunden hatte.

»Bist du eben, verfluchte Scheiße noch mal, nicht!« Ich schrie genauso zurück, das Herz wummerte in meiner Brust. Ich bebte vor

Zorn und Wut und maßloser Enttäuschung, wie sie mich sah, ich bebte so sehr, dass ich kurz vor dem Durchdrehen war. Sie brachte mich so auf die Palme, wie es noch niemand zuvor geschafft hatte.

Luisa sah mich mit weit aufgerissen Augen an. Es dauerte nur wenige Sekunden, ehe ihre Hände aufhörten, mich zu schubsen, sie sich stattdessen in mein Haar krallte und sie ihre vollen Lippen auf meine presste.

Meine Hände wanderten zu ihrem Arsch und ich hob sie hoch. Hart drang ich mit meiner Zunge in ihren Mund ein. Wir fochten dort den Kampf weiter. Unsere Zungen hatten das Regime übernommen. Ich setzte sie auf die Kochinsel, die uns gegenüberstand, spreizte ihre Beine und stellte mich dazwischen. Luisas Hände nestelten an meinen Knöpfen des weißen, gestärkten Hemdes, ehe sie in ihrer Ungeduld mehrere Knöpfe einfach abriss. Sobald der Stoff zur Seite geschoben war, kratzte sie mit ihren Nägeln über die Haut an meiner Brust. Ein Knurren stieg tief aus meiner Kehle auf und ich griff mir eine Faustvoll von ihrem Haar, bog ihren Kopf zurück und biss sie immer wieder in die weiche Haut ihres Halses. Als Reaktion darauf umschloss sie mit ihren langen, schlanken Beinen meine Hüften und hielt mich so an sich gedrückt. Luisa stöhnte und zog schließlich mein Hemd, das sie nach dem Aufstehen angezogen hatte, selbst von den Schultern. Darunter kam nur ein weißer Spitzenstring zum Vorschein, welchen sie letzte Nacht getragen hatte.

Mein Mund wanderte nun weiter über ihr Schlüsselbein und schließlich umspielte er ihren Nippel.

»Du wirst nicht mehr so mit mir sprechen«, wies ich sie an und biss sie in die Brustwarze. Fest genug, damit sie es registrierte und sanft genug, damit es ihr Lust bereitete, anstatt Schmerz.

Luisa bog den Rücken durch, krallte ihre Hände in meine Kopfhaut und zog mich fest an sich.

»Hör nicht auf«, wimmerte sie. Ich widmete mich ausgiebig ihren vollen Titten. Diese Frau brachte mich um den Verstand. Sie ließ mich Dinge infrage stellen, von denen ich nicht einmal gewusst hatte, dass ich sie brauchte. Und sie ließ mich mit ihrem Körper machen, was ich wollte. Sie vertraute mir … sie ließ zu, dass ich unsere Lust befriedigte. Auf die Art, die uns beiden Lust schenkte. Egal, ob andere Pärchen das als pervers abgetan hätten.

»Du magst, was ich mit dir tue«, stellte ich abgehackt fest, spreizte ihre Beine ein klein wenig weiter und ging auf die Knie. Mit meinen Fingern schob ich den Tanga zur Seite, teilte ihre Scham und begann, sie zu reizen. Ihr Geschmack war für mich wie eine Droge.

Ihre Lust war ein Aphrodisiakum. Die Gewissheit, dass sie mich genauso wollte, ungehobelt und voller Leidenschaft, ließ mich fast in meine Shorts kommen. Ich war steinhart und Luisa nass. Nicht nur feucht, oh nein, sie war so was von bereit für mich.

Mir war es im Grunde egal, ob unser Streit sie angeheizt hatte oder die Art, wie wir uns küssten, wichtig war nur, dass wir es gemeinsam erlebten.

37

LUISA

> *Alles menschliche Können ist eine Summe von Geduld und Zeit.*
> Honoré de Balzac (1799 - 1850)
> Französischer Schriftsteller

Ich starrte ihn an.
Wie eine verfluchte Idiotin starrte ich ihn an, als er seinen Frozen Caramel Macchiato durch den Strohhalm trank.
Jason Lightman hatte mich entführt.
Okay, eigentlich war es so, dass wir nach unserem Streit am Freitagnachmittag den restlichen Tag im Bett verbracht hatten.
Lediglich, um uns im Pool abzukühlen und damit ich zu Hause ein paar Klamotten zusammensuchen konnte, hatten wir seine Wohnung verlassen.
Freitagabend grillten wir zusammen auf seiner Dachterrasse. Nur wir beide. Es war intim, einzigartig und absolut harmonisch. Ich war erstaunt, dass ein Mann wie Jason Lightman sich wirklich selbst an den Grill stellte. Schon allein, wenn ich daran dachte, wie wir gemeinsam diese simple Sache wie Einkaufen, erledigt hatten, wurde mir warm ums Herz. Er bewegte sich durch den Supermarkt, als würde er ihm gehören.
Selbstsicher, eine Spur arrogant und dennoch absolut zuvorkommend, als ein kleines Mädchen nicht an eine Dose Mais herankam. Er verarschte mich – mit Blicken und ohne Worte – neben einem Turm Ravioli. Augenrollend schlug ich ihm leicht auf den Arm und er zog mich für einen hollywoodreifen Filmkuss an sich. Es war so toll, ihn entspannt, oberkörperfrei – das war wirklich ein Augen-

schmaus – zu beobachten, wie er uns ein BBQ zauberte, das für eine Großfamilie gereicht hätte.

In dieser Nacht saßen wir auf seiner Dachterrasse, kuschelten uns in den dort aufgestellten Strandkorb, um über Gott und die Welt zu reden.

Am Samstagmorgen ging diese vertraute Ruhe weiter. Ich bereitete ihm Pfannkuchen zu, und er aß so viel, dass ich mir sicher war, er würde bald platzen. Außerdem rief er seinen Bruder an, um ihn damit zu verarschen, dass er ja »schon immer behauptet hätte, es gäbe jemanden auf dieser Welt, der bessere, fluffigere Pancakes als er« zubereiten könne. Anschließend gingen wir shoppen.

Die riesige klimatisierte Einkaufspassage kam gerade rechtzeitig, denn der Sommer war nun vollends in Philadelphia angekommen. Es war so heiß, dass man am liebsten nur in Shorts und Top herumgelaufen wäre, aber ich zügelte mich. Ich zügelte mich, weil Jason mir Freitagnacht im Vertrauen erzählt hatte, wie sehr es ihn manchmal ankotzte, in der Presse zu stehen. Wie dort alles verdreht wurde und jenen, die damit zu kämpfen hatten, aus Kleinigkeiten, Geschichten angedichtet wurden, die es in sich hatten. Wie ein simples Lächeln entweder zu etwas Lüsternem oder Fiesem verdreht wurde. Er war bei Gott kein Promi, aber sein Status als bester Arbeitgeber Amerikas zusammen mit dem Familienhintergrund, dass die Lightmans ein alteingesessenes Geschlecht waren und er einen Bruder hatte, der mit seinen Auszeichnungen in der Sterneküche mehr als nur einmal vertreten war, taten ihr übriges. Er erzählte mir in dieser Nacht auch, dass sein jüngster Bruder, Steve, mit seinen diversen Sexeskapaden die Regenbogenpresse schmückte und seine Eltern davon die Schnauze voll hatten. Er vertraute mir an, dass der Grat zwischen »sei du selbst« und »sei um Gotteswillen nicht du selbst« sehr schmal war. Natürlich war mir klar, dass er mich nie verbiegen würde. Er würde niemals zu mir sagen: »Schmink dich anders!« oder »Geh dich umziehen!«, weil er mich so wollte, wie ich war … Aber ich wünschte mir, dass er von mir nicht enttäuscht wurde. Ich merkte an, dass mir die Nacht von Donnerstag auf Freitag sehr leidtat, und dass ich hoffte, es würde für ihn keine Auswirkungen haben, aber er hatte mich geküsst und mir gesagt, dass Facebook und alle anderen sozialen Medien, wenn man »irgendwie so ein bisschen in der Öffentlichkeit stand« alles wussten. Was genau er damit meinte, wollte ich ihn fragen, nur küsste er mich, bis ich mich nicht mehr daran erinnern konnte, was mein eigentliches Problem war … und als wir heute und hier in dieser Shoppingmall standen, als er seine Arme lässig auf dem Geländer gestützt hielt und an seinem verdammten Getränk nuckelte, alle unsere Einkäufe zuhauf in irgendwelchen Tüten bei seinen Füßen lagen, verliebte ich mich neu.

Ich wollte alles mit ihm.

Ich wollte gottverdammt bis ins aller kleinste Detail, alles *mit* und alles *von* ihm.

Jason Lightman hatte mir, weit bevor ich gewusst hatte, wer oder was er war, mein Herz gestohlen, und es sah nicht so aus, als würde er es mir zurückgeben wollen.

»Hey Baby«, nuschelte er und gab mir einen Kuss auf die Lippen. Ich war eben auf der Toilette gewesen, um mich frisch zu machen. »Du siehst fantastisch aus.« Er nahm einen erneuten Schluck mit seinem Strohhalm. »Aber warum immer dieses Rot auf deinen Lippen? Das behindert mich beim Küssen.«

Ich lachte laut auf. »Das behindert dich beim Küssen?«, wiederholte ich seine Aussage. »Aha.«

»Ja, da trau ich mich nicht, so ranzugehen, wie ich gern rangehen würde …« Seine Stimme wurde dunkel und rau. Der Blick, den er mir unter halb gesenkten Lidern zuwarf, sprach Bände.

Ich spürte, dass ich rot wurde.

»Ich bin mir ziemlich sicher, es gibt Stellen, da würde es dich anmachen, wenn dort ein Abdruck meiner Lippen ist«, wisperte ich in sein Ohr, nachdem ich mich auf die Zehenspitzen gestellt hatte. Sanft legte ich die Arme um seinen Hals.

»Ich hab keine Ahnung, was du meinst, Baby«, flüsterte er zurück und küsste mich noch einmal. »Weißt du, wo wir heute noch gar nicht waren?«, fragte er mit rauer Stimme in mein Ohr. Eine Gänsehaut jagte über meine nackten Arme. Obwohl es heiß war, fröstelte ich in meinem weißen Sommerkleid mit den großen roten Kornblumen darauf. »Wir waren noch gar nicht bei *La Perla* …«

Meine Lider senkten sich halb und ich biss mir auf die Unterlippe, als er mich des schönen Körperkontaktes beraubte. Fast taumelte ich einen Schritt zurück und beobachtete das Spiel seiner Armmuskeln, als er sich bückte, um all unsere Einkäufe aufzuheben.

»Denkst du nicht, dass auch günstigere Strings reichen würden?«

Fragend sah er mich an. Ich fühlte mich wie eine verdammte Königin, als ich neben diesem unfassbar sexy Mann herlief. Er war in ein dunkelblaues Lacoste-Polo-Shirt gekleidet und trug dazu eine weiße, kurze Hose, wie man sie ansonsten nur beim Segeln sah. Meine Haut erstrahlte in sanftem Gold, aber seine Haut war schon so braun, dass man sich fragen konnte, ob er wohl ein Südländer war.

»Erklärst du mir auch, warum du das sagst?«, fragte er mich und zwinkerte mir zu. »Du weißt schon, wenn du damit fertig bist, mich anzustarren.«

Ich schlug ihm leicht auf den Arm und war überrascht, als ich plötzlich seine Hand fühlte, wie sie meine berührte. Gerade, als wir den Laden *La Perla* betraten, verschränkte er seine Finger mit meinen. Er grinste mich von der Seite an, zuckte kurz mit den Schultern und ließ mich aber nicht los.

Das Glück, wie wir beide hier standen, mitten zwischen all der Unterwäsche, all den Negligés und Strapsen, durchströmte mich heiß und unwiderruflich.

Ich wusste, dass es echt war.

»Also?«, fragte er, ließ mich schließlich doch los und ging zu einem Ständer mit rosa Spitze. »Wieso sollte es für dich billig Unterwäsche sein?«

Er nahm eines der feinen Höschen in die Hand, schaute gar nicht nach der Größe und hob es mir entgegen.

»Rosa?«, fragte ich und hob eine Braue. »Ich hatte dich nicht für den Candy-Typ gehalten.«

Lächelnd zuckte er mit den Schultern. »Es sieht unschuldig aus. Und ... ich mag unsere versaute Unschuld«, flüsterte er.

Kurz versank ich in seinen Augen. Ließ mich einlullen in diesen Kokon aus Frieden, ehe ich ihm eine Antwort gab: »Du zerreißt es mir sowieso wieder ...« Ich drehte mich leicht ab und suchte den passenden BH zu dem rosa Slip. Rosa zog ich gern an. »Und dafür finde ich es einfach zu teuer.« Sein aufmerksamer Blick lag auf mir, als er mir zu einem Ständer folgte, der feuerrote Unterwäsche hatte. »Rot?«

»Alles, was du möchtest, Baby«, keuchte er und ich sah, wie er unauffällig seinen Schwanz zurechtrückte.

»Alles okay?«, fragte ich schelmisch grinsend und hob ihm eine Art Body hin. Allerdings war dieser Body komplett aus Spitze, dort, wo eigentlich der Stoff über den Brüsten liegen sollte, war sehr gespart worden. Vermutlich wäre ganz knapp der Nippel bedeckt.

»Unbedingt«, sagte er und nickte dem Teil zu. »In jeder verdammten Farbe, die es gibt.« Er räusperte sich. »Und ja, es ist alles okay. Das ist es nun einmal, was du mit mir machst.«

Überrascht, weil er so ehrliche Worte aussprach, drehte ich mich zu ihm um. »Das mache ich mir dir?«

»Ja, das machst du mit mir.« Er nickte und fuhr sich frustriert durch sein Haar. »Ich bin quasi dauerhart. Egal, ob du mich ansiehst, sprichst, dich umdrehst, an mir vorbeiläufst, ich dein Parfum rieche oder ich an dich denke.«

Seine Worte sickerten in meinen Kopf … Ganz langsam schlich sich ein strahlendes Lächeln auf meinen Mund. Ich konnte gar nicht mehr damit aufhören. Natürlich hatte ich gewusst, dass ich ihn anmachte, aber es so ehrlich von ihm zu hören, bedeutete mir viel. Es bedeutete mir so viel, weil mein Ex-Freund mir eingetrichtert hatte, dass ich nichts war. Unerotisch. Abartig, weil ich es mochte, wenn jemand versaute Sachen zu mir sagte und frigide, weil ich irgendwann nicht mehr mit ihm ins Bett gehen wollte. Jasons Mundwinkel umspielten ein zartes, vorsichtiges Lächeln.

Wir streiften wortlos weiter durch das Geschäft. Zum Glück ließ uns die Verkäuferin in Ruhe, denn Jason war der beste Berater, den ich haben konnte, er hielt mir das eine oder andere Mal ein Teil hin, das Höschen oder den BH. Manchmal auch einen Strapshalter, der ihn anmachte.

Ich wusste, das alles zu kaufen, verrückt gewesen wäre. Es würde mein Budget um Meilen sprengen. Es wäre absolute Verschwendung, da der schöne Mann neben mir nun mal ein Faible dafür hatte, meine Unterwäsche kaputtzumachen … aber es war mir egal.

In diesem Moment, heute und hier, war es mir egal.

Es fühlte sich wie ein wahrgewordener Kitschfilm an. Es war alles so perfekt, so harmonisch und so still um uns herum, dass ich mich unweigerlich fragte, wo die Gefahr lauerte. Wo der Schlag aus dem Nichts heraus passieren würde.

Aber es geschah nichts.

Es geschah auch nichts, als wir am Samstag wieder bei ihm zu Hause waren und er uns Forelle aus dem Backrohr mit Gemüse zauberte. Es geschah nichts, als wir uns in seinem Wohnzimmer, welches eher einem Kinosaal glich, einen alten Schwarz-Weiß-Schinken ansahen, und es gab keinen Schlag, als wir nach einer langen, schweißtreibenden Nacht gemütlich frühstückten. Es passierte nicht einmal etwas, als wir uns mit einer Decke und zwei guten Büchern auf den Weg in den größten Park Philadelphias machten. Den Fairmount Park. Jason erzählte mir, dass es seiner Meinung nach hier das beste Eis der Stadt gab und er wollte mich dazu einladen. Die großen Bäume auf den riesigen Grünflächen spendeten uns Schatten, und die diversen Brunnen oder das schmale Flüsschen durften zum Hindurchlaufen genutzt werden. Vögel zogen ihre Kreise und die Sonne stand hoch am Himmel, als wir auf der Decke lagen, Jason auf dem Rücken, ein Buch über irgendeinen

Psychopathen aus West Virginia in den Händen, und ich mit meinem Kopf auf seinem Bauch. Wir sprachen nicht miteinander, wir genossen gerade einfach nur die Gegenwart des anderen. Wir ließen uns fallen und ich drängte den Gedanken zurück, dass irgendjemand etwas Negatives zu uns zu sagen haben könnte, wenn wir Montag wieder im Hotel wären. Es war das eine, in seiner Blase zu leben, aber es war etwas ganz anderes, wenn uns morgen die Realität einholen würde. Ich wünschte, wir könnten ewig so weitermachen. Uns so offensichtlich miteinander verstehen, ohne dass uns jemand damit konfrontierte.

Dass das geschehen würde, dessen war ich mir sicher. Natürlich würde nicht er sich damit auseinandersetzen müssen, aber ich würde es tun müssen.

Heute Morgen beim Frühstück hatten wir kurz darüber gesprochen, und bei dem Gedanken daran, dass Jason gemeint hatte, ich sollte die Person, die mich darauf ansprach, einfach zu ihm schicken, biss ich mir wieder auf die Unterlippe. Genauer gesagt kaute ich nervös darauf herum.

So einfach, wie er sich das vorstellte, lief das nämlich nicht.

Wenn jemand, der immer gleichgestellt gewesen war, aus dem Nichts eine leitende Position bekam, fragte man sich natürlich, warum. Wenn dann noch herauskam, dass diese Mitarbeiterin etwas mit dem Chef hatte, das in Richtung Sex ging, dann war das ein gefundenes Fressen.

Es lag in der Natur der Menschen, dass er sich die Dinge auseinanderpflückte, die ihn selbst am wenigsten betrafen.

Meine Theorie war, dass die Leute das machten, damit sie sich von ihren eigenen Problemen ablenkten. Und nichts anderes. Dass sie, indem sie auf einen anderen losgingen, sich ihres Schmerzes beraubten.

Nur wollte ich nicht, dass ich dafür herhalten musste. Vielleicht reagierte ich über. Vielleicht war es allen anderen scheißegal. Vielleicht aber auch nicht.

Dieses *vielleicht* überwog und ließ mich frösteln, wenn ich daran dachte, dass ich morgen ohne ihn wäre. Dummerweise war ich zu alt dafür, mich hinter ihm zu verstecken. Und zu erwachsen.

Und zu selbstbewusst.

Ich focht meine Schlachten immer selbst aus. Schon von klein auf … aber vor dieser … vor dieser drohenden Konfrontation hatte ich schon jetzt Angst.

Es war ein bisschen wie die Ruhe vor einem verdammten Sturm.

Wenn die Wolken immer dunkler wurden. Wenn sich die Vögel in schützende Bäume zurückzogen ... wenn das Grollen des herannahenden Unwetters bereits in der Ferne zu hören war.

Ich hatte dann immer das Gefühl, dass sich die Uhren ein wenig langsamer drehten. Dass alles in Slow Motion ablief. Das Klappern der Nachbarn, die ihre Gartenmöbel in Sicherheit brachten, das Klicken der Rollläden, die geschlossen wurden ...

Oh ja, es zog ein Sturm auf. Wie heftig er jedoch werden würde ... das stand noch in den Sternen.

38

LUISA

> *Auf Dinge, die nicht mehr zu ändern sind, muss auch kein Blick zurück mehr fallen! Was getan ist, ist getan und bleibts.*
> William Shakespeare (1564 - 1616)
> Englischer Dichter & Dramatiker

Genüsslich, ohne jede Hast, rauchte ich meine Zigarette. Ich würde mir nicht anmerken lassen, wie nervös ich war.

Es war Montag, neun Uhr dreißig, und ich war natürlich in der Arbeit.

Ich war früh um sieben hier gewesen, um zu vermeiden, dass mich jemand im Pausenraum sah. Aber nachdem ich zwei Stunden Zeit gehabt hatte, um darüber nachzudenken, wurde mir klar, dass das dumm war. Das würde doch nur so wirken, als hätte ich etwas zu verbergen. Als hätte ich irgendetwas falsch gemacht. Aber das war nicht der Fall. Man konnte sich nicht aussuchen, in wen man sich verliebte.

Punkt aus!

»Wie war dein Wochenende, Luisa?«, fragte mich Jody, eines der Zimmermädchen. Wir hatten nie eine Etage zusammengehabt, aber ich wusste über sie, dass sie mit dem Traum, Sängerin zu werden, nach Philly gekommen war. Anscheinend hatte es nicht geklappt. Sie angelte sich ab und an – und das waren nur Informationen aus zweiter Hand – zweitklassige Plattenlabelbosse, um irgendwie unterzukommen.

»Gut. Danke«, erwiderte ich so gelassen wie möglich.

»Geschickter Schachzug«, fuhr sie ungefragt fort und zündete sich ebenso eine Zigarette an. »Hätte von mir sein können.«

»Sorry?«, fragte ich, weil ich glaubte, mich verhört zu haben. »Ich verstehe nicht …«

»Na, dass du dir den Chef geschnappt hast. Nichts treibt eine Karriere schneller an, als mit dem Chef zu vögeln.« Sie sprach die Worte in einer Ruhe aus, die mich erschreckte. Anscheinend dachte sie wirklich, dass ich so berechnend gewesen war. Sie erfüllte alle meine Vorahnungen. Alle meine Gedanken, die ich mir am Wochenende dazu gemacht hatte. »Ich hätte es auch so gemacht.« Sie drückte die Zigarette aus, an der sie zweimal gezogen hatte, und zwinkerte mir zu. »Sag, wenn du mit ihm fertig bist.«

Sprachlos starrte ich ihr hinterher. Mir fiel meine längst aufgerauchte Marlboro aus den Fingern. Wie in einer Art Trance stand ich vor der Glastür, sah sie durch den Flur und die nächste Tür verschwinden und fragte mich, ob Jody von allen guten Geistern verlassen war.

Drei Stunden später, als ich, mein Tomatenfetasalat und eine Cola Light in den Pausenraum gingen, verstummten sämtliche – wirklich sämtliche – Gespräche. Heute hatte ich extra hier essen, mich ihren Blicken, die ich mir die ganzen letzten Stunden vorgestellt hatte, aussetzen wollen.

Nun, anscheinend hatte meine Fantasie nicht übertrieben. Denn sie starrten mich wirklich alle an.

»Ist was?«, fragte ich offensiv und erntete nur Gemurmel. »Ist mein Lippenstift verschmiert?«

Womöglich war ich selbst schuld, dass ich diese Frage ausgesprochen hatte, denn alles, was ich bekam, war Gelächter und Kommentare wie: »War da Lightman dran?«, oder: »Sind die Abdrücke jetzt am Chef zu finden?«

Ich fragte mich, wie dreist jemand sein konnte. Ich fragte mich, wie weit sie noch gehen würden.

Hatten all meine Kollegen nicht zumindest ein bisschen Anstand? Und vor allem Respekt vor der Intimsphäre eines Einzelnen? Zuerst Jody, dann diese drei Jungs, die ihre Witze rissen.

Aber ich war Luisa Torres, ich war zu stolz und selbstbewusst, als dass ich mich unterkriegen lassen würde.

Natürlich gab es komische Kommentare, das war normal. Aber vielleicht musste ich mir einreden, dass es mit Neid zu tun hatte. Dass diese Frauen auf mich neidisch waren und die Männer auf Lightman. Ich sah nicht schlecht aus, wenngleich es wesentlich hübschere

Frauen gab ... aber ich versuchte, mich mit diesem Gedanken über Wasser zu halten.

Wo zur Hölle bist du?

Diese Textnachricht schickte ich an meine Freundin Jenny.

Sorry Babe ... hab mir was eingefangen, Krankmeldung müsste schon auf deinem Tisch liegen. Aber hab es gehört ... wie schlimm ist es?

Ich starrte ihre Nachricht an und bemitleidete mich selbst, dass sie nicht hier war, um mir Mut zuzusprechen oder mich zu unterstützen.

Ich sag mal so, auf einer Skala von 1-10 ist es eine 18. Die kennen hier nicht, dass man die Intimsphäre von jemandem respektiert.

Dachte ich mir. Was sagt Lightman?

Ich schickte mehrere der heulenden Smileys. Die, die ein wenig verzweifelt aussahen, und tippte folgenden Text, während ich meinen Salat aß:

Ich bezweifle, dass irgendjemand irgendwas zu ihm sagen wird. Dazu hat niemand die Eier.

Oh Süße. Halte durch. Donnerstag bin ich zurück.

Okay, gute Besserung.

Was sollte ich auch anderes schreiben? Ich konnte sie ja wohl schlecht anflehen, ins Hotel zu kommen und mir den Arsch zu retten.

Nachdem ich gegessen und den Pausenraum verlassen hatte, ging ich auf die Toilette.

Ich sah dort eine ältere Dame, grüßte freundlich, denn offenbar war sie ein Hotelgast, und wusch mir die Hände.

Ihre dunklen Augen waren weit aufgerissen und sie trocknete sich kopfschüttelnd die Hände ab. Meine Stirn in Falten gelegt, beobachtete ich sie. Fragte mich, was ihr Problem war und hörte sie schließlich zu ihrer Freundin sagen, die ebenfalls aus einer der Kabinen getreten war: »Das ist sie. Da bin ich ganz sicher.«

»Wer?«, fragte die andere Frau flüsternd, aber ich verstand sie dennoch klar und deutlich.

»Die, die mit dem Chef ins Bett geht.«

Es war das eine, wenn meine Kollegen sich das Maul zerrissen. Aber es war etwas völlig anderes, wenn sie es offenbar so weit trieben, dass es auch die Gäste mitbekamen.

Das Schlimmste an der ganzen Geschichte war auch gar nicht, dass ich in einem völlig unbeobachteten Moment damit konfrontiert wurde, oder dass ich nicht antwortete, weil ich gar nicht wusste, was ich sagen sollte ... oh nein, das Schlimmste und Schmerzhafteste an dieser Sache war, dass sie überhaupt geschah.

Als ich merkte, wie mir die Tränen in die Augen traten, schloss ich mich in einer der Kabinen ein. Eigentlich war ich niemand, der sich leicht aus der Ruhe bringen oder zu Tränen hinreißen ließ, aber heute war das alles zu viel.

Ja, es war kacke, wenn man mit dem Vorgesetzten etwas anfing. Und ja, ich hatte mir das bei Gott nicht ausgesucht, aber es war eben nun einmal so. Der plötzliche Gedanke, der mir kam, erschreckte mich. Er sagte mir, dass ich mich von Lightman trennen sollte. Dass es ein Ende haben musste, dann würde auch das Gerede aufhören.

Nur, ich wollte mich gar nicht von ihm trennen. Auch nicht, wenn es die letzte und einzige Option wäre, die uns bleiben würde.

Meine Tränen liefen lange.

Sie liefen und liefen und stoppten einfach nicht.

Ich weinte um ungesagte Dinge. Ich weinte darum, dass Menschen intolerant waren und ich betrauerte, dass sich jeder ein Urteil bildete, ohne alle Details zu kennen.

Im Grunde weinte ich um die Menschheit.

Nachdem ich mich gefühlte Stunden später beruhigt hatte, auch wenn mein Kopf zu platzen drohte und ich an nichts anderes als an die dummen, ekelhaften Kommentare meiner Kollegen denken konnte, so war ich dankbar, dass am Nachmittag niemand mehr seinen Mund aufmachte. Es geschah nichts mehr. Nichts, außer komische Blicke.

Aber es nagte an mir. Es nagte so sehr an mir, dass ich mich fragte, ob sie vielleicht recht hatten.

Der Tag zog sich verdammt nochmal in die Länge. Und das Schlimmste an der Sache war, das Jason heute außer Haus war. Ich wusste, dass er es nicht mit Absicht machte, dass ich hier heute allein war, aber dennoch war ich irgendwie angefressen. Ich meine, ich war hier scheiße noch eins allein. Hinter jedem Anruf vermutete ich jemanden, der mich auslachen wollte, oder eine Person, die mir dazu gratulieren wollte, dass ich mir den Boss geschnappt hatte. Es hätte nichts geändert, wenn Lightman da gewesen wäre, denn sie wären weiterhin zu mir gekommen, aber ich wusste, dass er mich aufgefangen hätte. Gestern Abend hatte er mir vorgeschlagen, dass wir uns mit der Küchendame unterhalten könnten, die am Donnerstag früh vorbeigelaufen war.

Ich hatte abgelehnt.

Aber jetzt wünschte ich mir, wir hätten es getan.

»Miss Torres?«, sagte George von der Tür aus. Offenbar hatte ich sein Klopfen über meine Gedanken überhört. »Sie wollten informiert werden, wenn die Hausmeister-Agentur wieder aktiv ist.«

»Ja«, erwiderte ich und sah ihn ernst an. »Das ist richtig. Vielen Dank, George.«

»Sehr gern, Miss Torres.« Er drehte sich ab und kam danach doch noch zwei Schritte in den Raum. »Ich teile übrigens die Meinung der Kollegen nicht.«

»Ich fürchte, ich verstehe nicht …« Dabei verstand ich sehr wohl. Nur wollte ich von diesem Thema nichts mehr hören.

»Bezüglich Mr. Lightman und Ihnen.« Er strich sich sein weißes Haar zurück. »Mit Verlaub, Luisa, ich kenne Sie schon viele Jahre und Mr. Lightman noch viel länger. Ich sehe, dass es hier etwas Ernstes auf sich hat. Nicht … nun, dass, wie es alle Kollegen bezeichnen.«

»Ich verstehe«, sagte ich und nickte ihm zu. »Das bedeutet mir sehr viel. Vielen Dank, George.«

»Immer gern, Luisa.« Er nickte noch einmal und verließ dann mein Büro.

Wenigstens er und ich wussten – Jason war die Meinung seines persönlichen Assistenten sehr wichtig –, dass es nicht um irgendeine verbotene Affäre mit dem Chef ging.

Sondern um weitaus mehr.

Es ging … um Liebe.

39

LUISA

> *Der Mut bietet immer ein schönes Schauspiel.*
> Alexandre Dumas (1802 - 1870)
> Französischer Schriftsteller

*I*ch fühlte mich wie Tom Cruise in Mission Impossible.
Auf Zehenspitzen tippelnd, damit meine Absätze nicht auf dem grauen Betonboden klackerten, schlich ich durch die Tiefgarage. Selbstverständlich hatte ich zuvor versucht, über die Abteilung für Sicherheit, die auf der ganzen Anlage Kameras hatte, herauszufinden, wo der Hausmeister sich gerade herumtrieb, aber er schien die Aufnahmen zu umgehen. Zumindest war das in der letzten Stunde so abgelaufen. Schließlich hatte ich genug davon und mich selbst auf den Weg gemacht, um ihn persönlich zu sehen. Auch wenn mir bei dem Gedanken, ihm allein gegenüberzutreten, ziemlich flau im Magen wurde. Ich musste es tun!

Es war sowieso eine willkommene Abwechslung zu dem ganzen Trubel, den es um Jason und mich gerade gab.

Warum ich also so leise war, warum ich mich wie ein Verbrecher verhielt, konnte ich mir selbst nicht genau erklären, aber ich folgte einfach meiner Intuition.

Und die sagte mir, mich nicht zu schnell zu offenbaren, da ich ansonsten alles kaputtmachen würde. Ich schlich gerade um eine Säule, als ich endlich ein Geräusch hörte. Das Herz schlug mir bis zum Hals, und das Blut rauschte in meinen Adern. Obwohl ich es wollte, unterdrückte ich mein Räuspern, um den Hausmeister nicht auf mich aufmerksam zu machen.

Und das Beste an der Sache? Ich schlug zwei Fliegen mit einer Klappe.

Jeder spekulierte hier gerade, egal, ob er es mir ins Gesicht sagte oder nicht, dass ich mich hoch geschlafen hatte. Dass ich mit Lightman in der Kiste gewesen war und er mich deshalb befördert hatte. Wie also würden die Mitarbeiter reagieren, wenn wir auf der kommenden Personalversammlung erzählen konnten, dass sich die gehäuften Kündigungen nun erklären ließen und die Quelle ausgeräumt worden war?

Bei allem, was ich hatte, wäre es mir nicht möglich gewesen, mich auf seinen Anblick vorzubereiten. Das Gefühl, nicht mehr atmen zu können, ergriff von mir Besitz. Gelähmte Muskeln am ganzen Körper und ein Flashback der besonderen Art rasten blitzschnell durch mich hindurch.

»Ich will, dass du verschissenes Miststück mir einen lutschst!« Sein Atem schlug mir faulig ins Gesicht. Er roch nach Alkohol. Viel zu viel Alkohol, der aus jeder Pore drang. Er packte mich an der Schulter, zwang mich so auf die Knie und öffnete mit der anderen Hand meinen Mund, indem er mir in die Wangen drückte, wo sich meine Kiefer trafen. Mir blieb keine Zeit, mich zu fragen, wie ein Mensch sich innerhalb von zwei Wochen so extrem verändern konnte. Was ich verpasst hatte, dass er mich nun so anredete und dass er so oft betrunken war, wie die Sonne jeden Tag aufging. Er redete nicht mehr mit mir. Er behandelte mich wie ein Stück Scheiße. Genau deshalb hatte ich heute Morgen, bevor ich das Haus verlassen hatte, beschlossen, dass ich mich heute Abend von ihm trennen würde, wenn nicht ein Wunder geschah.

Nun, dieses Wunder war nicht geschehen, denn bereits beim Aufschließen hatte ich gehört, wie er rülpste und die leere Dose anschließend auf den Boden warf. Ich würde gehen. Ich würde mir das nicht gefallen lassen. Die Gefühle für diesen Mann waren schon seit Längerem begraben, aber da wir schon einige Zeit zusammen waren, hatte ich vermutlich nicht sehen wollen, was innerhalb weniger Tage mit ihm passiert war.

Warum? Das wusste ich nicht, und ich wagte auch nicht nachzufragen. Das, was er mir in den letzten zwei Wochen angetan hatte, sollte man keiner Frau antun. Das war mir klar, aber man gab die Hoffnung irgendwie nicht auf, dass es ein Ausrutscher gewesen war.

Nur, eine Ausnahme, die so lange andauerte, existierte nicht. Genau deshalb ließ ich gerade zu, dass er sich mit seinem ungewaschenen Penis zwischen meine Lippen zwang und sofort begann, seine Hüften vor und zurückzubewegen. Ich wiegte ihn einige Augenblicke in Sicherheit, ehe ich meinen Ekel überwand und so fest zubiss, wie ich konnte. Das war gar nicht so leicht, wenn der Mund so weit und so rücksichtslos geöffnet worden war, aber ich nahm all meine Kraft zusammen. All den Hass und Ekel, den ich die letzten Tage hatte aufbauen können.

Er schrie auf, griff sich zwischen die Beine, während ich meine Handtasche schnappte und hinaus rannte. Es war mir egal, was passieren würde, es war mir einerlei, wer meine Tränen sah, aber ich rannte ein Stockwerk nach oben, klopfte bei einer Nachbarin, auf deren Katze ich ab und an aufpasste, um die Polizei zu rufen.

»Na sieh mal einer an …« Diese Stimme hätte ich unter tausenden erkannt.

Und ich hätte sie gehasst.

»Was tust du hier?«, fragte ich ohne Umschweife und griff nach hinten, um zu sehen, ob mein Handy noch in der hinteren Tasche meiner Jeans war.

»Arbeiten, Süße!« Sein schleimiges Kosewort jagte mir eine Gänsehaut über den Rücken.

»Du darfst dich mir nicht nähern.«

»Also wenn man es genau nimmt, näherst du dich gerade mir.«

»Fick dich, Edward!«, stieß ich hervor und ging automatisch zwei Schritte zurück. Er hatte sich in meine Richtung gedreht und hielt eine Rohrzange in der Hand. Mein Blick huschte zu dem Arbeitsgerät. Mein Mund wurde trocken.

»Ich werde *dich* gleich ficken, mein Zuckerpüppchen! Unseren letzten Nachmittag zu Ende bringen.«

»Was willst du hier?«, wiederholte ich meine Frage nachdrücklicher. Verzweifelt versuchte ich, die Angst aus meiner Stimme fernzuhalten.

»Ich arbeite, du dumme Tussi. Das siehst du doch!«

»Du arbeitest in dem Hotel, in dem ich angestellt bin, als Hausmeister. Was soll das?«

Er grinste schleimig, und mich erfasste ein erneuter Schauder. »Na ja, ich war auf der Suche nach Chicks.«

»Und deshalb hast du die Frauen hier belästigt? Weil du auf der Suche nach Chicks warst? Zufällig in dem Hotel, in dem ich arbeite? Willst du mich verarschen? Wie erbärmlich, wie niederträchtig bist du Wichser eigentlich?« Ich griff nach meinem Handy. »Ich rufe jetzt die Polizei.«

Meinen Blick zu senken war ein Fehler, denn mit einem Satz war er bei mir, riss mir das Telefon aus der Hand und drückte mich mit dem Rücken gegen die kühle Betonwand.

»Weißt du eigentlich«, sagte er, und ich konnte wieder eine Alkoholfahne in seinem Atem ausmachen, »wie lange ich darauf gewartet habe, bis du dummes Ding checkst, dass ich hier arbeite? Dass ich dich beobachte?« Schwer schluckte ich und schielte auf mein Telefon, das am Boden lag. Wenn ich mit voller Wucht mein Knie nach oben ziehen würde, könnte ich ihn vielleicht lange genug ablenken, um es zu greifen und anschließend wegrennen zu können. »Denk nicht einmal dran, mein Schatz.« Er ekelte mich an. »Du hast mich schon einmal verarscht und mich den Bullen ausgeliefert, das wirst du kleine Schlampe nicht noch einmal tun.« Er kam mit seinen Lippen näher und ich drehte den Kopf zur Seite. Er hielt mich zwischen seinen Armen, an meinen Handgelenken gefangen. Edward war wesentlich größer als ich und somit auch muskulöser.

»Nimm deine Finger von ihr!«

Noch nie zuvor war ich so froh und so dankbar gewesen, Jasons Stimme zu hören.

Edward schloss kurz gequält die Augen. »Sonst was, Lightman?«, zischelte er und drehte ihm den Kopf zu. Dennoch lockerte er seinen Griff nicht. »Wirst du etwa sauer, wenn ich mir mein Püppchen zurückhole?« Jason kam näher. Langsam. Wie die Ruhe selbst, er schlenderte regelrecht auf uns zu, beide Hände in den Hosentaschen seiner Anzughose vergraben. »Ich hab sie super zugeritten, finde ich. Also hab ich mir auch verdient, dass sie jetzt wieder nach Hause kommt. Du hattest deinen Spaß mit ihr, und jetzt zisch ab.« Seine dunkle Stimme ging mir durch Mark und Bein. Jason schien unbeeindruckt zu sein, denn er lachte leise, schüttelte den Kopf und kam unbeirrt näher.

»Ich kenne wenige Menschen, die so abgefuckt sind wie du.«

»Ach?«, fragte Edward nun mit schriller Stimme. »Ich bin abgefuckt?« Er lachte höhnisch. »Oh nein, das ist diese dumme Schlampe hier. Will jedem ihren Scheiß aufdrängen, hat versucht, mich zu ändern … aber ich sag dir was, sie bläst so fantastisch, dass ich darüber einfach hinweggesehen habe. Nur … was tut sie dann? Beißt mich in meinen Schwanz. Es war verdammt schwer, das bei den Psychologen im Knast so hinzudrehen, dass ich das Opfer war. Das war wirklich schwer.«

»Deshalb wurdest du vorzeitig entlassen«, flüsterte ich.

»Natürlich. Denkst du, dass ich einen der Wärter an meinen Arsch gelassen hab? Natürlich nicht.«

»Ich sage es noch *einmal*.« Jason Stimme war nun recht nah. »Nimm. Deine. Dreckigen. Hände. Von. Ihr.« Tränen traten mir in die Augen. Ich bekam kaum Luft. Dort, wo Edward mich berührte, brannte meine Haut vor Schmerz.

»Ach, fick dich, Lightman!«, zischte Edward, ließ von mir ab und drehte sich um, um sich auf Jason zu stürzen. Dieser wich ihm aus. Ließ ihn einmal links einmal rechts die Faust ins Leere schlagen und ergriff dann seine Chance, als er ihn um die Taille packte und mit voller Wucht gegen die Wand schleuderte. Edward ächzte, aber Jason war noch nicht fertig. Er donnerte ihm seine rechte Faust ins Gesicht. Edwards Augenbraue platzte auf und Jasons ebenso, als er einen Hieb von meinem Ex kassierte. Dennoch, Jason war ihm körperlich überlegen, fitter, trainierter und vor allem nüchtern. Er schlug mehrmals auf Edward ein, einmal gegen den Kiefer, einmal gegen den Magen, so lange, bis ich aufkreischte.

»Du bringst ihn um!«, schrie ich und riss an Jasons Arm, der vollkommen außer sich war. »Hör auf!«

Schwer atmend, das Blut über sein Gesicht laufend, durchdrang ich langsam den Nebel und er sah mich an. Edward lag am Boden, hielt sich den Magen und krümmte sich. Genau in dem Moment, als ich die Sirenen der Polizei hörte, hustete er Blut.

Wenige Herzschläge später war alles voller Menschen.

Ärzte, Sanitäter, Polizeibeamte.

40

JASON

> *Ich glaube, wir verschwenden viel zu viel Zeit mit Reue.*
> Elizabeth von Arnim (1866 - 1941)
> Englische Schriftstellerin

Sie hatten mich mitgenommen.
Mich.
Nicht nur ihn.
Mich.

Und jetzt saß ich hier in dieser dunklen Scheißzelle und wartete darauf, dass mein Anwalt die Angelegenheit klärte. Ich war wütend darüber, dass sie mich mitgenommen hatten. Ja, ich hatte ihm eine mitgegeben … oder zwei, aber er war einer Frau gegenüber handgreiflich geworden. Das war ein No-Go. Darüber brauchte man doch gar nicht diskutieren. Es war eine Sauerei und es durfte einfach nicht sein, dass so ein Kerl davonkam.

Natürlich war er auch hier irgendwo eingebuchtet, aber er lachte sich mit Sicherheit ins Fäustchen, weil ich ebenso hier war. Ich wollte mir gar nicht ausmalen, wer von meiner Familie bereits informiert worden und wie es im Hotel gelaufen war. In diesen Zellen erfuhr man nämlich darüber gar nichts. Absolut gar nichts. Und das pisste mich an. Es nervte mich so sehr, dass ich im Dunkeln tappte und nicht wusste, was weiter passiert war und passieren würde. Ich war mir sicher, dass die Presse bereits Wind davon bekommen hatte, was im Hotel los gewesen war, und dass die ersten übereifrigen Vollidioten schon an ihren Berichten oder Zeitungsartikeln saßen und diese abtippten. Mir war es ziemlich egal, ob und wenn ja, welche

Konsequenzen es für mich haben würde, dass ich den Kerl verdroschen hatte. Ich war noch nie straffällig geworden, und die Angelegenheit war es wert, weil er Luisa wirklich, verdammte Scheiße nochmal, wehgetan hatte und sie mir ehrlich etwas bedeutete.

Für mich war es das wert.

All die Puzzleteile, wieso, weshalb, warum, lagen durcheinander vor mir auf dem Boden und ich wusste nicht, wo ich beginnen sollte, damit alles einen Sinn ergab. In meinem Kopf fanden die schlimmsten Horrorszenarien zusammen. Mein Gehirn zeichnete Bilder, die ich definitiv nicht sehen wollte … Und doch musste ich mich gedulden, denn ich würde, solange ich nicht hier rauskonnte, keine Informationen bekommen.

Luisa war, soweit ich mich erinnern konnte, unversehrt geblieben. Nur tiefer Schock hatte in ihren Augen gestanden, als sie mich – meinen Kopf nach unten drückend – in den Streifenwagen gesetzt hatten. Dort war wirklich nur Schock gewesen und ein klein bisschen Angst.

Okay, dass sie Angst gehabt hatte, war ja vollkommen normal, immerhin war sie gerade von einem Typen belästigt worden. Ich fragte mich wirklich, wieso sie auf eigene Faust gehandelt hatte. Ja, ich hatte gewusst, dass sie an dem Fall immer noch dran war, und ich hatte auch gewusst, dass wir gemeinsam beschlossen hatten, der Sache auf den Grund zu gehen. Aber mir war nicht klar gewesen, dass sie es heute tun würde. Sie hatte doch den Einblick, dass ich nicht im Hotel war, sondern bei einem Auswärtstermin. Und doch war sie so leichtsinnig gewesen und allein in die Tiefgarage gegangen, wohl wissend, dass es dort keine Kameras gab. Ich wollte mir gar nicht vorstellen, was mit ihr hätte passieren können, wenn ich nicht rechtzeitig aufgetaucht wäre. Was also hatte sie dazu bewogen, so zu agieren? Wir waren nicht immer einer Meinung, das mussten wir gar nicht sein, aber wir waren uns darüber einig gewesen, dass der Kerl gestellt werden musste. Nur, dass sie es allein tat, das war nicht besprochen.

Ich stützte den Kopf in meine Hände. Sie würde ihre Gründe gehabt haben und ich war erpicht darauf, sie zu erfahren.

Unruhig stand ich auf und lief auf und ab. Auf der einen Seite machte ich mir Sorgen, auf der anderen war ich so wütend. Ich setzte mich wieder. Die innere Unruhe, getrieben vom Wunsch auf Rache, ließ mich nicht in einer Position verharren. Es war weit nach Mitternacht, der Morgen graute schon und die ersten Sonnenstrahlen fielen durch eines der Fenster am anderen Ende des

Ganges. Es war ein bisschen wie im Film. Ein Büro und ein Schreibtisch, an dem ein übergewichtiger Mann in Uniform saß, der die Beine locker auf dem Holz abgelegt hatte und in einer Zeitschrift blätterte. Ich hatte immer geglaubt, das sei eine überspitzte Darstellung aus Hollywood, aber anscheinend war sie echt. Zumindest, wenn man diesen Typen betrachtete. Mein Magen knurrte und ich hatte Durst. Abgesehen davon, dass sich meine Gedanken immer im Kreis drehten und ich wütend war. Schlafentzug war früher eine Foltermethode gewesen. Eine ziemlich fiese, wie ich jetzt feststellte. So viel Gefühle strömten durch mich hindurch. Trauer. Wut. Hass. Zorn. Angst um Luisa. Aber der Großteil war … dass ich sauer auf sie war.

»Lightman?«, fragte mich ein mürrisch dreinblickender Polizeibeamter plötzlich. »Sie können gehen.«

Ich stand auf, klopfte mir imaginären Staub von den Oberschenkeln und wartete darauf, dass ich wieder Sonnenlicht auf meiner Haut spüren konnte. Wir gingen durch mehrere Gänge, die in einem vanillefarbenen Ton gestrichen waren. Sie meinten wohl, das würde diesem Ort ein bisschen mehr Freundlichkeit verleihen. Weit gefehlt. An einem Ort wie diesen war Freundlichkeit ein Fremdwort.

Ich hatte damit gerechnet, meinen Anwalt auf der Polizeistation zu sehen, aber ich wurde überrascht.

Es war Luisa Torres, die auf mich wartete.

Die Augen hinter einer großen, dunklen Sonnenbrille verborgen. Der Zug um den Mund hart, wenngleich ich sah, dass sich ihr Körper bei meinem Anblick ein klein wenig entspannte. War sie etwa sauer auf mich? Meinte sie das ernst? Ich runzelte die Stirn, ging langsam auf sie zu und wartete ab. Ja, ich wollte Antworten. Die Nacht war schrecklich gewesen, aber ich konnte und ich wollte auch nicht verstehen, dass sie jetzt irgendwie sauer auf mich war.

»Hi«, sagte sie und knetete ihre Finger. »Ich habe die Kaution gestellt.«

Für mich hatte man Kaution hinterlegen müssen? Heilige Scheiße. Ich hatte doch nichts weiter getan, als dem Typen zu zeigen, was abging.

»Danke«, erwiderte ich. »Gehts dir gut? Hat er dir was getan?« Die Fragen, die mir am dringendsten unter den Nägeln brannten.

»Mir geht es gut«, sagte sie und klang genervt. Enttäuscht? Und vielleicht eine Spur verstimmt.

»Und du bist sauer, weil …?«, fragte ich direkt und verschränkte die Arme vor der Brust. »Denkst du nicht, dass ich auf dich sauer sein sollte?« Sie betrachtete mich lange, seufzte schließlich und deutete zu einem alten Ford auf dem hinteren Teil des Parkplatzes.

»Lass uns das woanders klären. Nicht hier.«

»Ach so«, sagte ich, immer noch fassungslos, dass sie ernsthaft auf mich sauer war. »Natürlich. Das Bild nach außen.«

Wir stiegen in den Wagen, der an der Seite das Logo der Firma von ihren Eltern aufgedruckt hatte, und sie fuhr in Richtung meiner Wohnung.

Warum genau nahm sie sich raus, sauer zu sein? Sie sollte sich Sorgen um mich machen oder traurig sein. Sie sollte so viel, aber sicherlich nicht sauer auf mich sein, weil ich einen Kerl, der eine Frau anpackte, vermöbelt hatte. Standen Frauen nicht auf die Badboys? Auf die wilden, heftigen Typen? Ich sah aus dem Fenster und ballte meine Hand zur Faust, die mit ihrem Ellbogen auf der Seitenlehne lag. Nur mühsam konnte ich mich beherrschen.

Es war einfach alles viel zu viel. Die Tatsache, dass sie allein diesem Hausmeister nachspioniert hatte. Die abgehackten Hilferufe, die ich immer wieder in mir nachhallen hörte, als ich meinen Wagen in der Tiefgarage parkte. Das Entsetzen, als ich mitbekam, dass sie angegriffen wurde. Der blinde Rausch, in den ich gefallen war, als ich dem Kerl das Gesicht zertrümmert hatte. Die Panik, ob er sie angefasst oder ihr wehgetan hatte. Die Nacht im Gefängnis. Der Schlafentzug … All diese Dinge wirbelten in meinem Kopf herum, sodass ich nicht verstand, was zur Hölle hier los war.

Luisa legte ihre Sonnenbrille auf dem Tresen in der Küche ab. Sie bewegte sich nicht weiter. Sie war seltsam.

»Was sollte das, Jason?«, fragte sie direkt, und ihre sanfte Ich-bin-so-froh,-dass-es-dir-gutgeht-Art war wie weggeblasen. »Du kannst doch nicht einfach einen Menschen angehen.«

Stumm.

Erschrocken.

Geschockt blickte ich ihr in die Augen. Ich hatte eine Scheißnacht in einem Scheißgefängnis hinter mir, wegen einer Scheiße, die ich gar nicht verbrochen hatte. Ich hatte ihn ihretwegen verprügelt, und sie fragte mich, was das sollte? Meinte sie das gottverdammt nochmal ernst?

»Ich frage mich eher, was das hier gerade soll?«, gab ich zwanghaft ruhig zurück, lehnte mich mit der Hüfte gegen die Arbeitsplatte und trank kühles Wasser. »Gerade warst du noch froh, dass mir nichts passiert ist.« Zumindest hatte sie das auf der Herfahrt geflüstert.

Luisa seufzte und fuhr sich durch ihr Haar. Sie sah müde aus. Nein, nicht nur müde, eher total fertig. Abgekämpft. »Ich bin auch froh, dass dir nichts Ernsthaftes zugestoßen ist.«

»Wieso fragst du mich dann, was das soll?« Ich schüttelte den Kopf. »Der Typ hat dich angegriffen und ich hab ihn von dir weggeholt. Was willst du mehr?«

»Der Kerl ist gefährlich!« Sie wurde plötzlich lauter.

»Ach so, und genau deshalb hast du dich allein mit ihm getroffen, weil er gefährlich ist?«

»Ich hab mich nicht mit ihm getroffen!«, rief sie. »Ich wollte der Sache auf den Grund gehen. Ich wusste auch nicht, wer er war.«

Ich sah Luisa an. Sah, dass ihr Blick angsterfüllt war. Sie war komisch. Mich beschlich ein ungutes Gefühl.

»Du wusstest nicht, wer er war?«, wiederholte ich und stellte meine Wasserflasche aus dem Tresen ab. »Also kennst du ihn?«

»Ja«, räumte sie ein und korrigierte sich gleich darauf wieder. »Nein.«

»Was nun, Luisa?« Meine Stimme klang hart. »Was ist hier los?«

»Das ist doch egal!«, rief sie wieder und warf dabei die Hände in die Luft. »Du hättest ihn nicht so angehen sollen.«

»Moooment«, sagte ich und versuchte meinen Kopf zu sortieren. »Du kennst den Typ nicht, du hast keine Ahnung, wer er ist, sagst aber, ich hätte ihn nicht so angehen sollen?« Meine Augen verengten sich. »Was zur Hölle ist hier los?«, wiederholte ich. »Der Kerl war dir gegenüber gewalttätig und nun nimmst du ihn in Schutz.«

»Ich nehme ihn nicht in Schutz!«

»Ach nein?«, fragte ich rhetorisch nach. »Was ist das denn dann? Wovor hast du Angst?«

»Ich will nur einfach nicht, dass unserer Aussage, dass er die Frauen angefasst hat, etwas im Wege steht.«

»Keine Sorge«, erwiderte ich durch zusammengebissene Zähne. »Wird es nicht. Ich habe letzte Nacht eine Aussage abgegeben und alles gesagt, was ich dazu weiß.«

»Hast du?« Sie sah mich mit geweiteten Augen an. »Echt jetzt? Scheiße. Scheiße. Scheiße!«

»Natürlich!« Ich warf meine Hände in die Luft. »Denkst du, ich behalte das jetzt noch für mich? Das war bescheuert. Wir hätten von Anfang an zur Polizei gehen sollen.«

»Sei froh, dass wir das nicht gemacht haben«, sagte sie leise. Nun besaß sie wieder meine volle Aufmerksamkeit.

Seufzend fuhr ich durch mein Haar. Ich spürte verdammt nochmal, dass mehr dahintersteckte. Viel mehr, als ich mir vorstellen konnte oder wollte oder sollte … Ich wusste, dass es mir nicht gefallen würde, was sie mir gleich sagen wollte … ich fühlte es. »Ich frage noch einmal, Luisa. Kennst. Du. Diesen. Typen?«

Sie sah mir in die Augen, biss sich auf die volle Unterlippe, während sie ihre Hände nervös vor ihrem Schoß knetete. Luisa senkte den Kopf, ließ ihn in einer Art und Weise hängen, die absolute Kapitulation widerspiegelte.

Wie gelähmt stand ich auf der anderen Seite des Bartresens meiner Küche.

»Ich kenne ihn«, gab sie schließlich mit zittriger Stimme zu.

Der Hammer fiel. Der Hammer der grenzenlosen Endlichkeit.

Direkt in mein Gesicht. Es war nicht nur ein Schlag mitten in die Fresse, sondern es war wie Verrat. Das Blut hörte auf, in meinen Adern zu zirkulieren. »Ich weiß auch schon eine Weile, wer es ist.« Nun schluckte sie schwer. Ihre Stimme war leise und gebrochen. »Ich habe beschlossen, das für mich zu behalten. Auch er wusste nicht, dass ich darüber informiert war, dass er bei uns arbeitete. Genau deshalb wollte ich ihn allein stellen. Wollte ihn daran erinnern, dass es ein Kontaktverbot gab, dass er mir nicht zu nahe kommen durfte, und wollte ihm klar machen, zu verschwinden. Ich habe ihm gegenüber ebenso nicht zugegeben, dass ich wusste, wer er war. Er ist gut in psychologischen Spielchen und hätte es mir anders ausgelegt. Ich … Ich habe dir doch einmal von meinem Ex-Freund erzählt.« Ein eiskalter Schwall Wasser. Das war mein erster Gedanke. Eiskalt. Überraschend. Innerlich stoppte alles. Mein Herzschlag. Mein Blut. Das Summen in meinen Ohren. Luisa sprach weiter, so hastig, dass ich vermutete, sie hätte es nicht gewagt, alles zu sagen, wenn sie es nicht schnell hinter sich brachte. »Ich habe nicht alles gesagt, ich habe dir nicht gesagt, wie schlimm es war. Wie … erniedrigend. Wie … wie heftig. Aber … das war es. Ich will auch heute nicht darüber sprechen … ich kann nicht darüber sprechen, aber … Ich denke, dass du ihn von mir weggezogen und verprügelt hast … war erst der Anfang der Geschichte. Er … er wird wiederkommen.« Sie schniefte leise und wischte sich mit der Hand über die Nase. Ich erkannte nun, dass sie nicht nur fertig war, sondern sie hatte geweint. Vermutlich die ganze Nacht. »Ich habe bereits meinen Anwalt informiert. Und die Polizei. Unabhängig von gestern. Er wird so schnell nicht mehr aus dem Knast kommen, weil er gegen Bewährungsauflagen verstoßen hat … aber ich finde, du solltest das jetzt alles wissen.«

»Macht er dir Angst?«, fragte ich ruhig nach, mühsam um meine Beherrschung kämpfend.

»Manchmal noch«, gab sie mit fester Stimme zu. »Aber die meiste Zeit nicht … er macht mir keine Angst mehr.« Ich glaubte ihr.

»Du«, ich räusperte mich, versuchte, meine Fassungslosigkeit zu verdrängen, »du hast mich angelogen?«, fragte ich überflüssigerweise nach. Tiefe Enttäuschung, als hätte sie mir gerade ein Messer in meine Brust gerammt, machte sich in mir breit.

Sie wusste es.

Luisa wusste, wie sehr ich es hasste, belogen zu werden. Wie tief das alles in mir rührte. Ich hatte mich ihr geöffnet. Ich hatte ihr gesagt, in einem unserer nächtlichen Poolgespräche, dass ich viel zu viel mit mir hatte machen lassen. Dass es oftmals ewig dauerte, bis das Glas voll wahr, aber dass ich mich nicht anlügen ließ. Niemals wieder.

Verständnis.

Das war es, was sie gezeigt hatte.

Oder vielmehr geheuchelt hatte.

»Ich …«, begann sie erneut und hob den Kopf, sah mir in die Augen. Tränen strömten aus ihren. »Ich … ja. Ja ich habe dich belogen.« Das Verlangen, sie in den Arm zu nehmen, zu trösten, ihr doppelter Boden zu sein, war wie weggeblasen. Ich verspürte nicht den Drang, sie an mich zu ziehen. Ihr zu sagen, dass alles gut werden würde, dass ich für sie da wäre, dass wir das schon irgendwie hinbekämen. Ich fühlte mich nicht danach, ihre Hand zu halten und ihr zu versichern, dass das alles nicht so schlimm war. Dass es eine Notlüge war … denn in meinen Augen, gab es keine Notlügen. Es gab nur die Wahrheit.

Schwarz oder weiß. Nichts dazwischen. Und vor allem, kein Verständnis.

Ich hatte mir nach Jessica geschworen, dass ich mich nie wieder wie einen Schuljungen herumschubsen lassen, mich verarschen lassen würde. Jemanden auf mir oder meinen Werten oder meinen Gefühlen herumtrampeln lassen würde … und doch, hatte Luisa es getan.

Genau das.

Die Person, von der ich es – außerhalb meiner Familie – am allerwenigsten erwartet hatte.

»Du weißt, dass es für mich nur eine Regel gibt, Luisa«, begann ich, schluckte den schweren Kloß in meinem Hals hinunter. »Und diese eine Regel heißt … keine Lügen.« Sie nickte ruhig. Kein Ton kam über ihre Lippen, »Keine Lügen, egal, wie schlimm, heftig oder schmutzig die Wahrheit ist. Jeder hat eine Vergangenheit, jeder hat ein Päckchen mitzutragen, jeder ist ein Individuum, jeder reagiert auf die gleichen oder ähnlichen Situationen anders … und das ist alles vollkommen in Ordnung, solange es zwischen zwei Menschen, die zusammen sind, die sich lieben …« Nun schluchzte sie auf, hielt den Kopf gesenkt und presste sich die Hand vor den Mund. Sie sah mich weiterhin nicht an, blickte stur auf ihre Sportschuhe. »… keine Geheimnisse gibt. Ich habe es ernst gemeint, dass ich mich nie wieder anlügen lassen will, und dass jede Lüge konsequent ihre Folgen haben wird … Ich … es tut mir leid«, sagte ich schließlich, als mir die Worte ausgingen. Luisa nickte wieder stumm zum Zeichen, dass sie verstanden hatte. Sie sah mich nicht an. Sie ließ keinen Laut vernehmen. Sie trug einfach stillschweigend die Last, die ich ihr auferlegt hatte.

Ja, ich war ein Arschloch.

Ich war ein gottverdammter, egoistischer Bastard.

Aber ich war einfach nur ein Wichser, dem das Herz bereits einmal gebrochen worden war, und der Jahre dafür verwendet hatte, es wieder einigermaßen zusammenzuflicken.

Luisa hatte es erneut geschafft. Durch ihre Lüge. Durch die Heimlichkeit.

Sie hatte es fertiggebracht, dass all meine Mauern, die ich über die letzten Jahrzehnte aufgebaut hatte, in sich zusammenstürzten.

Und jetzt war es ihr gelungen, mein Herz zu brechen.

Wieder.

In zwei einzelne Teile.

Einen Teil davon nahm sie mit sich mit, als sie wortlos meine Wohnung verließ.

41

JASON

> *Ich denke an jede Kleinigkeit zwischen mir und ihr und fühle,*
> *dass Kleinigkeiten die Summe des Lebens ausmachen.*
> Charles Dickens (1812 - 1870)
> Englischer Schriftsteller

Ich fragte mich, wie ich es überstehen sollte.

Ja, das klang nach einem gefühlvollen Idioten, wenn nicht sogar nach einem Weichei, aber ich wusste ehrlich nicht, wie ich den Schmerz, die Albträume, die ich jede Nacht hatte und meine Gedankenlosigkeit tagsüber in den Griff bekommen sollte.

Es waren jetzt vier Tage, sechsundneunzig Stunden, fünftausendsiebenhundertsechzig Minuten und dreihundertfünfundvierzigtausendsechshundert Sekunden vergangen, seit Luisa mir gebeichtet hatte, mich angelogen zu haben. Jessica hatte mich damals gelehrt, dass dieser Schmerz erst stark und mächtig ist. Du denkst, dass es dich zerreißen und töten wird. Und dann, wenn du kurz davor bist, aufzugeben, weil du nicht mehr weiter weißt … dann wird es besser, vielleicht nur ein bisschen, ganz sanft, aber du spürst eine stetige Verbesserung. Du merkst, dass zwar immer noch jeder Gedanke dem Verrat und der Person gilt, welche du gern hast, aber der Stich, der Schmerz, das Verlangen, die Zeit zurückzudrehen, wird leichter.

Es war Abend, der Verkehr viele Stockwerke unter mir drang leise zu mir herauf, und ich saß auf meiner Dachterrasse, trank einen Mitchers Bourbon und rauchte eine Marlboro nach der nächsten. Seit Luisa mich hintergangen hatte, saß ich in meinem Loch und kam nicht mehr heraus. Ich war einsam und voller Selbstmitleid.

Ich wollte nicht einmal mit meinen Brüdern sprechen, und auch als meine Eltern mich zum wiederholten Male anriefen, denn natürlich hatte in der Zeitung gestanden, was passiert war, nahm ich nicht ab.

Erst nachdem meine Mom mir eine Droh-SMS geschickt hatte, sie würden nach Philadelphia kommen, gab ich mir einen Ruck und rief zurück. Das Telefonat war wenig erfreulich gewesen, aber ich hatte meinen Eltern alles erzählt. Na ja … okay, fast alles. Ich hatte ausgelassen, dass Luisa und ich uns nahe standen und dass er ihr Ex-Freund war und sie mich deshalb belogen hatte. Ich erwähnte auch nicht, dass sie mir wehgetan hatte oder dass dieses große klaffende Loch in meiner Brust mich zu verschlingen drohte.

Mein Dad bot mir an, zu kommen, um mich zu unterstützen, aber ich wollte nicht. Ich wollte auf der einen Seite allein sein und auf der anderen auf überhaupt gar keinen Fall allein sein. Ich wollte in meinem Bett liegen und nachdenken, einfach die Decke über meinen Kopf ziehen, aber ich wand mich bei dem Gedanken daran, die Wohnung für mich zu haben. Luisa hatte sich in jede meiner Poren eingeschlichen und wollte jetzt nicht mehr gehen. Sie hatte sich an mir festgesaugt wie ein Blutegel.

Als Jessica mich so fertig gemacht hatte, war ich tagelang nicht mehr zur Schule gegangen. Ich ließ mich nirgendwo blicken. Weder bei *Jodys Ice & Milchshake*, wo am Nachmittag alle rumhingen, noch am *Burgerhouse*. Ich war einfach wie vom Erdboden verschluckt, zog mir die Decke über den Kopf, bis ich wieder einigermaßen geradeaussehen konnte.

In der Highschool war das möglich gewesen. Als Chef eines großen, renommierten Hotels konnte man nicht für einige Zeit von der Bildfläche verschwinden. Egal, wie gern ich es gewollt hätte.

Die letzten Tage waren wirklich schleppend vergangen. Ja, ich war in meinem Büro, die Polizei kam noch zwei Mal vorbei, um meine Aussage aufzunehmen, ich hatte eine Anzeige wegen Körperverletzung an der Backe und unsere Marketingabteilung hatte mit diversen Presseberichten und Zeitungsartikeln einiges zu tun. Mein Anwalt war quasi Dauergast bei uns, und da er aus New York eingeflogen war, wohnte er im *Lightmans Retro*. Das war das Einzige, was mir wirklich ein Lächeln ins Gesicht zauberte, seine Begeisterung zu sehen, was ich aus dem Hotel gemacht hatte. Ich aß mit meinem Anwalt jeden Abend im Restaurant, da ich es allein nicht aushielt. Das Wenige, was ich in meinen Magen bekam, lag dort wie Steine. Aufgrund seiner sehr guten Kontakte zum Gerichtshof in Philadelphia hatte er erwirkt, dass die Verhandlung unter Ausschluss der Öffentlichkeit stattfinden würde. Und das schon in weniger als vier Wochen.

Edwards Joseph Jones hatte mich natürlich angezeigt. Das war auch vollkommen in Ordnung so, denn ich hatte in meiner blinden Wut haltlos auf ihn eingedroschen. Mein Anwalt, sein Name war Bill, hatte sich auch mit Luisa Torres getroffen, um sie zu befragen. Nachdem sie beim ersten Treffen gar nichts erzählt hatte, war es ihm beim zweiten Termin zumindest gelungen, etwas aus ihr herauszubekommen. Den dritten Termin hatten sie auf Ende nächster Woche gelegt. Er beruhigte mich damit, dass sie Zeit bräuchte, dass es ihr scheinbar sehr schlecht ging – auch ihm hatte ich nichts davon gesagt, dass wir ein Paar gewesen waren – und sie unter Schock stand. Aber was Bill von diesem Treffen mit mir geteilt hatte, entsprach ganz klar der Wahrheit, die auch Luisa mir an jenem denkwürdigen Vormittag erzählt hatte, als ich aus dem Knast entlassen worden war.

Ganz ehrlich? Und das war das Erschreckende: Ich machte mir keine Gedanken, ob ich vielleicht ins Gefängnis musste, denn es gab hier auf den Straßen weitaus schlimmere Verbrechen, die tagein tagaus begangen wurden ... Ich machte mir auch keine Sorgen darüber, wie hoch die Geldstrafe sein würde ... Geld spielte keine Rolle ... Alles, wirklich alles, worum sich meine Gedanken drehten, war, wieso Luisa mir das angetan hatte. Wieso sie mich so dermaßen verarscht hatte. Dieser Edward würde seine Strafe bekommen, das hatten mir mein Anwalt und auch die Polizei versichert. Sexualverbrechen, auch »nur« sexuelle Belästigung, werden in den USA hart bestraft. Heute hatte sich mein Anwalt mit einer Dame getroffen, die bis vor Kurzem für mich gearbeitet hatte, und sie dazu gebracht, für uns auszusagen. Das hatte mich erleichtert, denn es war immer fraglich, ob die Frauen wirklich den Mut aufbringen würden.

Die Entscheidung einer weiteren ehemaligen Angestellten stand noch aus. Ich wusste, Bill wurde sein Bestes tun, um auch sie zu überzeugen und dafür zu sorgen, dass die Angelegenheit gut für mich und das *Lightmans Retro* ausging.

Nachdem ich meine Kippe ausgedrückt hatte, nahm ich noch einen Schluck Bourbon. Luisa war nicht mehr an ihrem Arbeitsplatz aufgetaucht. Sie war anscheinend sehr früh am Montag oder nachts im Hotel gewesen, um ihre persönlichen Sachen zu holen und mir ein Schreiben mit ihrer Kündigung in mein Fach an der Rezeption zu legen.

Als ich es Montag in der Früh las, war mein erster Impuls auszurasten. Vollkommen auszuflippen, sie anzurufen und daran zu erinnern, dass sie eine beschissene Kündigungsfrist einzuhalten hatte. Ich wollte sie anschreien, dass man, auch wenn man privat Scheiße am Laufen hatte, dennoch den Kopf in der Geschäftswelt hochhielt.

Aber … ich tat es nicht. Ich las es, legte es zu den Akten in ihrem Büro und verließ eben jenes wieder, um es dann abzuschließen. Dort waren viele vertrauliche Mitarbeiter-Informationen gesammelt und niemand sollte Zugang haben … außer ihre Nachfolgerin oder ihr Nachfolger.

Ich stützte das Kinn in eine Hand und sah nachdenklich in die Dunkelheit. Meine Dachterrasse war recht spärlich eingerichtet. Ein Strandkorb stand in dem einen Eck, eine Sitzgruppe und ein Genesis von Weber in der anderen. Ich hatte zwei große Palmen in riesigen Töpfen, die die Inneneinrichterin mir wirklich »ans Herz gelegt hatte«, und ansonsten war da nichts. Kein Blümchen, keine Lampionkette. Nichts.

Es war mir nicht so einsam und dunkel vorgekommen, als Luisa mit hier gewesen war. Sie hatte meine viel zu große, dekadente Wohnung mit Leben gefüllt, hatte in knappen Jeansshorts und Top in meiner Küche gestanden, die Haare irgendwie wild auf dem Kopf zusammengebunden und irgendein Grünzeug zu einem Salat geschnitten, den wir laut ihrer Aussage ›unbedingt‹ zum Grillen brauchten. Es war so verflucht harmonisch zwischen uns gewesen. Luisa hatte sich so dermaßen leicht und leise in mein Leben geschlichen, dass es mir jetzt umso lauter und leerer vorkam.

Ich hätte nicht gedacht, dass mich der Verlust von ihr so tief treffen konnte, weil das zwischen uns ja erst ein paar Wochen gelaufen war.

Mit einem Schnauben nahm ich einen tiefen Schluck der braunen Flüssigkeit. Wenn ich nachdenken wollte, half es mir immer, allein an der Luft zu sein, eine zu rauchen und die Eiswürfel in meinem Glas klirren zu hören. Ich fand, dass das Geräusch beruhigend war. Es half mir, die negativen Gedanken auszusortieren und am Positiven festzuhalten.

Meine Mutter sagte immer zu meinem Dad, dass es nichts Schlechtes gäbe, was nicht irgendwo etwas Gutes in sich berge.

Mir fiel es momentan nur schwer, das Gute in all dem Chaos zu erkennen.

Ich griff nach meinem Handy, das neben mir lag, und wischte durch meine Fotos. Erstaunt darüber, wie lange das eigentlich schon lief, fühlte es sich doch frisch und neu an. Aber wenn man nach den Bildern ging, dann waren es fast fünf Monate gewesen. Die ersten Bilder, welche uns zusammen zeigten, waren auf dem Farmersfest entstanden. Auf den meisten lachten wir oder zogen Grimassen, auf anderen waren wir in intensiver Diskussion verewigt worden. Zumindest meinte ich, das an unserer Körpersprache erkennen zu können. Wieder andere Fotos zeigten uns hier, in meiner Wohnung. Das heimelige, gemütliche Licht legte ihr Gesicht in einen so perfekten Schatten, als hätte ich sie extra so drapiert. Sie saß, die Beine unter ihren Hintern gezogen, auf meinem Sofa, trug eines meiner Hemden und hatte wieder diese wilde Haarmähne, die mich jedes Mal so verrückt machte. Dann folgte eine komplette Fotoserie, in der ich Ausschnitte ihrer weichen Haut fotografiert hatte. Es waren alles nur Handybilder, keine Profifotos, und die Qualität war mit Sicherheit nicht sonderlich hoch, aber es war momentan das Wertvollste, was ich von Luisa besaß. Ein Haufen Fotos, ihre Zahnbürste, die immer noch in meinem großen Bad neben meiner im Schrank stand, und all die Höschen, die ich ihr im Laufe unserer gemeinsamen Zeit zerrissen und eingesteckt hatte.

Ich lehnte mich in meinem Stuhl zurück und fuhr mir mit Daumen und Zeigefinger über die Augen.

Sie fehlte mir.

Das war die bittere, heftige Wahrheit.

Sie fehlte mir so sehr, dass ich kaum atmen konnte. Das Loch, das sie nach nur so wenig Zeit in mir und meinem Leben hinterlassen hatte, hielt mich völlig gefangen, und egal, wie sehr ich mich bemühte, ich kam einfach nicht heraus. Ich schaffte es nicht, mich zu irgendetwas zu motivieren.

Der Gedanke, dass ich über meinen Schatten springen musste und sie somit zurückgewinnen würde, war natürlich da. Selbstverständlich. Denn ich konnte ja nicht ausblenden, dass ich, gottverdammte Scheiße, in sie verliebt war. Ich wollte es verdrängen. Ich wünschte mir – wie schon die letzten hundert Male auch –, dass sie es nicht getan hätte. Dass ich nicht so viele Prinzipien gehabt hätte. Dass es mir egal gewesen wäre, was sie mir verheimlicht hatte. Dass es mir völlig wurscht war. Aber ... ich konnte nicht aus meiner Haut. Egal, wie oft ich es drehte und hin und her schob.

Das Smartphone in meiner Hand blieb dunkel. Wie in den letzten Tagen auch schon. Offenbar war ich mehr als deutlich gewesen, ansonsten hätte sie doch versucht, mich zurückzubekommen, oder? Sich irgendwie zu entschuldigen.

War ich etwa wie eine Frau, die das eine sagte und das andere wollte?

»Fuck!«, stieß ich hervor, kippte meinen Drink und schenkte sofort wieder ein. »FUCK! FUCK! FUCK!«

Es fühlte sich erst gut an, als die benommene Taubheit einsetzte und ich irgendwann in meinem Gartenstuhl einschlief.

Das Leben war scheiße.

Und die Liebe grausam.

42

LUISA

> *Der Himmel ist uns überall gleich nahe.*
> Friedrich Gottlieb Klopstock (1724 - 1803)
> Deutscher Dichter

Ich hatte vor einigen Jahren einen Film gesehen. Es war irgendso ein Sience-Fiction Streifen, ein totaler B-Movie und auf Low Budget gemacht, aber in diesem Film, in dem es um Roboter ging, wurde etwas Wahres gesagt. Der eine Roboter, der kein Herz hatte, und das menschliche Wesen, das ihn eigentlich umbringen sollte, sagte zu ihm:

»Sei dankbar, in jeder Sekunde, dass du kein Herz hast. Dass du keine Angst, keine Wut und keine Trauer empfinden musst. Sei dankbar, dass du keine Liebe und keine Leidenschaft empfinden musst. Sei gottverdammt einfach dankbar dafür, dass du niemals durch diese Hölle gehen wirst, die wir Menschen erleben müssen. Und die wir nicht kontrollieren können.«

Ich kaute auf dem Nagel meines Zeigefingers. Der rote Lack, ein Überbleibsel der letzten Woche, war schon fast ab. Während ich immer noch nicht mehr auf die Reihe brachte, als vor mich hinzustarren.

An manchen Tagen war ich wie betäubt, zwang mich aber, duschen zu gehen, die Zähne zu putzen. An anderen Tagen weinte ich. Mein Bett war mein Zufluchtsort. Mein Bett war meine Safezone. Und ich wollte nichts mehr, als mich dort einkuscheln, meinen Tränen freien Lauf lassen und damit zurechtkommen, was passiert war.

Meine Wohnung, eingerichtet nach meinen Wünschen, war einsam. Leer. Kalt. Sie war viel gemütlicher als die von Jason, aber jetzt kam sie mir ungeliebt vor. Jason Lightman war nie hier gewesen, außer, um mich abzuholen, aber doch war er irgendwie überall präsent. Auf dem Tresen stand eine Tüte von *La Perla*, die mich verhöhnte. Neben der Kaffeemaschine lag ein Päckchen Marlboro mit einem runden Feuerzeug, das einen Retro Schriftzug des *Lightmans Retro* aufgedruckt hatte. In meiner Obstschale lag neben der Mango meines letzten Einkaufes meine Gehaltsabrechnung des Hotels. Es waren lauter Kleinigkeiten … Kleinigkeiten, die sich zu einem riesigen Berg türmten und Jason allgegenwärtig machten.

Immer wieder, sicherlich zum hundertsten Mal, fragte ich mich, wieso ich nicht einfach ehrlich gewesen war.

Ich meine, die Konsequenz aus der Geschichte war doch dieselbe! Hätte ich es ihm erzählt, hätte er mich mit Sicherheit abstoßend gefunden und mit mir Schluss gemacht. Ich hatte es ihm verheimlicht und ihn belogen, gehofft, es würde mich niemals einholen. Also war es doch egal, was ich getan hätte. Das Ergebnis war, wie es nun einmal war.

Nicht nur, dass ich rund um die Uhr an ihn dachte, ihn so sehr vermisste, dass ich körperliche Schmerzen hatte, dass mein erster Gedanke nach dem Aufwachen und mein Letzter, bevor ich einschlief, ihm galt … dass ich endlose Tränen weinte und mich fragte, wie viel man weinen musste, bis die Seele aufhörte zu schmerzen … Darüber hinaus hatte ich auch das Gefühl, mich verloren zu haben.

Nachdem ich meiner Mom am Telefon fünf Minuten lang mehr oder minder erfolgreich verkauft hatte, wie wunderbar und fabelhaft alles wäre, konnte ich nicht mehr. Ich übergab mich in die Porzellanschüssel in meinem Bad und brach schließlich heulend auf dem Läufer davor zusammen. Es war eine Qual … jede verdammte Minute ohne ihn war die Hölle.

Dieses Feuer, dieser Schmerz wurde nur angefochten, indem ich mir immer wieder vor Augen hielt, dass es meine eigene Schuld war.

Nachdem ich das Wochenende irgendwie überstanden hatte, beschloss ich Sonntagnacht, meine persönlichen Sachen aus dem Hotel zu holen, bevor irgendjemand dort auftauchte. Ich wollte weder ihn sehen – okay gut. Zugegeben wollte ich ihn sehen, aber ich würde seine Blicke, seine eventuellen Kommentare und all das einfach nicht ertragen – noch wollte ich irgendjemanden von Angesicht zu Angesicht erklären müssen, was hier los war. Genau deshalb stahl ich mich in schwarzer Montur durch den Personaleingang und wieder hinaus. Mit einem kleinen Karton, der ein Bild meiner Familie, meinen Brieföffner, einen Stock im Topf mit Margeriten und den Füllfederhalter, mit welchem ich mein Examen als Innenarchitektin geschrieben hatte, enthielt. Traurig sah ich mich um, versuchte, das verlorene und einsame Gefühl zu verdrängen, die Empfindung, dass ich es vollkommen vermasselt hatte. Es brachte mir nichts. Denn dieses Gefühl begleitete mich, egal was ich tat.

Am Montag nahm ich mir vor, ausgiebig zu trauern. Ich hatte in irgendeiner dieser Frauenzeitschriften bei einem Besuch meines Gyns einmal gelesen, dass man sich bewusst Zeit nehmen sollte, das Ende einer Beziehung zu verarbeiten. Man sollte sich hinsetzen, intensiv daran denken, die Trauer verarbeiten, den Schmerz durchleben, und dann konnte man die anderen Stunden des Tages überstehen.

Na ja, aus diesem Loch, in das ich mich selbst gestoßen hatte, kam ich den ganzen Montag nicht mehr heraus. Irgendwann gab ich es auf, die feinen Plastiktüten mit den Taschentüchern aufzumachen und nahm auf dem Weg aus der Küche einfach eine Klopapierrolle mit. Verschwollen, mit Kopfschmerzen und einer Nase, durch die kein Atmen mehr möglich war, schlief ich irgendwann auf dem Sofa ein. Als ich mitten in der Nacht erwachte, überkam mich der nächste Anfall von Traurigkeit.

Richtig, das Problem war, dass ich einfach nur traurig war. Wäre ich wütend gewesen, weil er sich in meine Belange eingemischt hatte, oder wäre ich zornig auf mich, weil ich an meiner Situation selbst schuld war, dann wäre es nicht so schlimm gewesen … aber das konnte ich nicht sein. Das war das Hauptproblem. Ich fand aus diesem tiefen Tal der Trauer gar nicht heraus. Nicht einmal ein bisschen.

Am Dienstag beschloss ich, Jenny und Susan zu informieren, dass ich wieder single wäre und weshalb. Die beiden kannten meine Geschichte bis ins kleinste Detail. Doof war nur, dass Susan gerade nicht in der Stadt war und Jenny allein vorbei kam. Eine Jenny, die gerade mit irgendeinem der Kellner aus dem Restaurant des *Lightmans Retro* ins Bett hüpfte und deshalb ihr Glücksgefühl nur schwerlich unterdrücken konnte. Ich war ehrlich gesagt sogar froh, als sie wieder ging. Normalerweise liebte ich Ben & Jerrys Ice Cream. Gerade dann, wenn wir es mit Baileys überschütteten, aber heute brachte ich keinen Bissen hinunter. Wir sahen einen Film, bei dem es um Geballer und Blut ging. Nur damit ich ganz sicher nicht zu heulen beginnen musste, aber es reichte das sanfte Schaukeln einer

Schneeflocke in diesem Film, um mich erneut in Tränen ausbrechen zu lassen. Ich würde mit Jason zusammen niemals einen Winter erleben können. Niemals würde ich mit ihm durch einen unserer Parks laufen, wir würden keinen Glühwein trinken und nicht Schlittschuh fahren. Wir würden einfach … getrennte Wege gehen.

Als ich am Dienstag dann wieder allein war – und ich fühlte mich von Jenny wirklich verlassen –, beschloss ich, dass ich, wenn ich am Mittwoch aufwachen würde, einen Plan bräuchte. Und zwar so einen, dass ich sofort, nachdem ich wach wurde, Programm hatte. Ich musste mich ablenken, ich musste mich irgendwie selbst aus diesem Loch befreien, ansonsten wäre es mein Untergang.

Ich beschloss, zur Mall zu joggen. Direkt, nachdem ich die Augen aufgeschlagen hätte. Ich würde mir einen Kaffee holen und anschließend in der Buchhandlung versinken. Mich in andere Welten flüchten. Ich würde mich vergraben in einer Welt aus Leidenschaft und Happy Ends.

Nun, mein Plan war absolut perfekt.

Nur, dass ich nachts um drei aufwachte und nicht mehr schlafen konnte.

Die Mall öffnete um sieben. Vier Stunden joggen war dann doch nichts für mich …

Meine Tage verstrichen, meine Laune war am Tiefpunkt. Zumindest weinte ich nicht mehr die ganze Zeit. Wenigstens hatte ich das unter Kontrolle. Vielleicht waren für jeden Menschen nur eine bestimmte Anzahl an Tränen vorgeplant … und ich schien meine aufgebraucht zu haben.

Dass ich ins Leben zurückfand, war maßlos übertrieben. Ich schaffte es, aufzustehen, mich anzuziehen und zumindest die Zeitung aufzuschlagen, um nach einem Job zu suchen. Ich schaffte es, meine Wäsche wieder zu waschen und nicht mehr alle zwanzig Minuten seine Facebook- und Twitter-Account zu stalken, denn es gab sowieso kein Update.

Ich schaffte es sogar, einkaufen zu gehen.

Okay, es war der kleine Vierundzwanzig-Stunden-Supermarkt unten an der Ecke, der neben dem Chinesen, aber immerhin wagte ich mich für eine halbe Stunde in die Öffentlichkeit, ohne in Tränen auszubrechen.

Mein Glanz war verloren, das wusste ich.

Aber das war in Ordnung. Für mich war es in Ordnung, nur noch ein kleines Licht zu sein, schließlich musste ich irgendeinen Preis bezahlen, weil ich Jason Lightman angelogen hatte.

Etwas anderes blieb mir nicht übrig.

Zwei Wochen später, ich war zwar weiterhin mies drauf, geprägt von Schmerz und Liebeskummer, beschloss ich, da Susan immer noch außerhalb der Stadt war und Jenny mich langsam mit ihrem Er-ist-so-süß-Getue echt sauer machte, Trost bei meinen Freundinnen aus New York zu finden.

Carrie Bradshaw. Samantha Jones. Charlotte York. Miranda Hobbes.

Es war in Staffel fünf meines Serienmarathons, als ich in einem übergroßen Shirt der Philadelphia Phillies mir den eiskalten Weißwein für einen Dollar siebenundzwanzig in ein Wasserglas kippte. »Du hast so recht, Carrie!«, stimmte ich gerade zu, schob mir eine Handvoll Butterpopcorn in den Mund und lauschte aufmerksam den vier Mädels, die sich gerade zum Essen getroffen hatten. Na ja vier Mädels und Mirandas kleiner Sohn Brady.

Charlotte ließ gleich im Staffelauftakt platzen, dass es nur zwei große Lieben im Leben eines Menschen geben kann. Carrie war vor den Kopf gestoßen und fasste noch einmal zusammen, dass sie ja dann all ihre »großen Lieben schon vertan hätte« und ich schaltete auf Pause.

Hatten sie wirklich recht? War es wahr, dass man im Leben eines Menschen nur zwei große Lieben haben konnte? Waren wir für mehr nicht geschaffen? Weil, wenn das so war, dann war ich – wie auch Carrie – vollkommen am Arsch. Ich war quasi aus der ganzen Beziehungsnummer raus, ehe ich überhaupt richtig drin gewesen war. Ich meine ... ich war Anfang dreißig, ich war in meinen besten Jahren, ich hatte eine Figur, die in Ordnung war, und ich war ordentlich erzogen. Manieren fehlten mir auch nicht, und ja, ich hatte Temperament und ja, ich schoss manchmal über das Ziel hinaus, aber genauso erkannte ich es, wenn ich das tat. Genauso konnte ich mich entschuldigen und einen Fehler eingestehen.

Was also war, wenn ich meine zwei großen Lieben bereits verschleudert hatte? Was, wenn ich einfach so von diesem Männer-Dating-Radar verschwand, wie Socken im Socken-Waschmaschinen-Universum verschwanden?

Was, wenn Charlotte recht hatte und jeder Mensch nur zwei Mal aus ganzem Herzen lieben konnte?

Und was, wenn ich hier eigentlich Carrie war? Die Frau, die ewig auf der Suche nach Liebe war und diese scheinbar nicht für sie und ihre Geschichte vorherbestimmt war?

Was, wenn ich verloren war?

43

LUISA

> *Kein Schiff nimmt uns mit ins Weite wie ein Buch.*
> Emily Dickinson (1830 - 1886)
> US-Amerikanische Dichterin

Nachdem mich diese Folge von Sex and the City so fertig gemacht hatte, musste ich dringend meinen Kopf freibekommen. Das Gute daran war, jetzt war ich abgelenkt von meinem Liebeskummer, dass ich Jason verloren hatte. Denn, nun war mein Fokus darauf ausgerichtet, meine großen Lieben schon verschossen zu haben und somit vermutlich allein zu bleiben.

Ich streifte in kurzen Shorts und meinem übergroßen Shirt durch die Straßen, ehe ich schließlich vor einem Café landete, in dem gerade nichts los war. Alle Tische waren frei, weshalb der Barista auf einem Barhocker saß, an seinem Kaffee nippte und Zeitung las.

*** Wir suchen Personal ***

stand in bunten, schön geschwungenen Lettern auf einer Kreidetafel. Die kunstvollen Schnörkel drum herum erregten meine Aufmerksamkeit, weshalb ich das Schild überhaupt bemerkt hatte. Okay, DAS und weil es circa einen Meter groß war. Ich beschloss, einfach mal zu fragen, was man machen musste.

Ich checkte natürlich jeden Tag die Zeitungen, nach einer Anzeige für einen Job, aber alle, die ich fand, waren Annoncen aus dem *Lightmans Retro* und in diesen Laden wollte ich unter keinen Umständen zurück. Ja, jedes Mal, wenn ich das Logo des Hotels sah, klopfte mir das Herz bis zum Hals, ob es wohl meine Stelle als Personalchefin war, die diesmal ausgeschrieben wurde, aber ich war bisher verschont worden. Nach wie vor waren es die mir bereits bekannten, offenen Stellen, die inseriert waren.

»Ähm ... hi«, sagte ich und schob meine feuchten Hände in die – für ein Bewerbungsgespräch viel zu kurzen – Shorts.

»Hi«, sagte der Kerl auf dessen Namensschild »Ken« stand. Witzig. Er sah wirklich aus wie ein Ken. Ken und Barbie. Na egal. »Was kann ich dir machen?«

Also eigentlich will ich gar nichts bestellen. Eigentlich will ich den Job, weil sich meine Ersparnisse dem Ende neigen und ich ziemlich sicher bin, dass Jason Lightman eine der vier Starbucksfilialen zwischen seiner Wohnung und dem Hotel bevorzugt, um Kaffee zu trinken.

»Ich nehme einen Bananen-Erdnussbutter-Shake«, orderte ich schließlich. Es war ganz einfach das erste Getränk auf der Cold-Drinks-Liste. »Mit viel Eis, bitte.«

»Gute Wahl«, sagte er und grinste mich so schelmisch an, dass mir klar wurde, er sah zwar nach brav aus, ... war aber alles andere als das. »Den mag ich auch am liebsten ...« Ich nickte und kicherte dumm und nervös und fragte mich, ob ich eigentlich bescheuert war. Heilige Scheiße, es war ein verdammter Job in einem No-Name-Kaffeeladen. Was sollte das? Wenn er Nein sagte, ging ich einfach wieder zu dem Starbucks die Ecke runter und müsste diesem Kerl nie wieder in die Augen sehen.

»Also«, begann ich vage und schob meine Hände in die Taschen meiner Shorts. »Ihr sucht Mitarbeiter?«

»Eigentlich ist es Singular.« Er lächelte mich an und seine strahlend weißen, geraden Zähne blendeten mich richtiggehend. »Wir suchen nur einen Mitarbeiter. Ob Mann oder Frau, ist mir egal.«

»Ach so«, erwiderte ich und nickte. »Sorry ... war 'ne harte Woche.« Begann man so ein Bewerbungsgespräch? Ich war wohl vollkommen am Tiefpunkt meiner Karriere, meines Selbstvertrauens und allem, was dazugehörte, angekommen.

Er grinste wieder, klickte den Deckel auf den Drink und schob den Strohhalm durch die Öffnung. Anschließend stellte er ihn vor mir ab. »Du suchst einen Job?«, fragte er direkt, und ich seufzte.

»Kann man so sagen.«

»Na«, er umrundete wieder den Tresen und setzte sich auf seinen Barhocker, »entweder, du suchst einen oder eben nicht.«

Ich räusperte mich, nahm einen Schluck von dem Getränk, das

unfassbar lecker war, aber sicherlich tausend Kalorien hatte, und antwortete schließlich mit fester Stimme. »Ja, ich suche einen Job.«

Er ließ den Blick einmal an mir hoch und runter gleiten. »Schon mal gemacht?«

»Also hör mal«, sagte ich, plötzlich losgelöst, weil ich eine echte Chance auf den Arbeitsplatz witterte. Trotz meines Outfits. Trotz meines Verhaltens. »Ich war die Schichtleitung des Campus Kiosks.«

»Ohhh«, erwiderte er lachend. »Das ist natürlich eine herausragende Qualifikation.«

»Ich habe das beste Truthahn-Sandwich gemacht, das es im Umkreis von hundert Meilen zu kaufen gab.«

»Deine Liste an Qualifikationen wird ja immer länger.«

»Aber selbstverständlich. Und niemand außer mir hat es geschafft, auf einen Milchkaffee einen Schwan aus Milchschaum zu zaubern.« Mein Vertrauen in mich selbst war wieder vollends vorhanden. Ich hätte sogar behauptet, dass ich ein klein wenig flirtete. »Der Drink hier ist gut.«

»Ich weiß. Bestellen eigentlich nur *Insis*.«

»Was bitte sind *Insis*?«, fragte ich ihn und setzte mich schließlich auf den Hocker neben ihn.

»Insider.«

»Was zur Hölle …?«, begann ich, und er lachte schallend.

»Das sind die, die den Laden kennen und wissen, dass wir unsere eigene Erdnussbutter herstellen. Unsere Spezialität ist nämlich nicht das Truthahn Sandwich, sondern das mit Erdnussbutter.«

»Ohhh«, erwiderte ich und grinste ihn an. »Ich verstehe.«

»Ich glaube nicht«, erwiderte Ken gespielt ernst. »Ich meine, wir reden hier von der Erdnussbutter der Erdnussbuttern.«

»Du meinst, das ist wie die Königin unter lauter Prinzessinnen?« Nachdenklich legte ich den Kopf schief. Meine unordentlich zusammengebundenen Haare streichelten meinen Nacken. »Ich verstehe. Es ist eine … Philosophie.«

Grübelnd musterte er mich, unterdrückte ein schallendes Lachen, ebenso wie ich, aber schließlich nickte er.

»Du hast den Job.«

»Was?«

»Du hast ihn. Morgen gehts los.«

»Ich … hab den Job?«

»Ja, trage nur vielleicht keine Sportshirts.« Er zuckte mit den Schultern. »Die Leute könnten auf falsche Gedanken kommen.«

Erstaunt hob ich die Brauen und sah ihn an. »Könnten sie?«

»Ja, Männerfantasie und so.«

»Gott«, ich lachte, »dass ihr alle so schmutzig sein müsst!«

»Ich habe das und Erdnussbutter.« Abwehrend hob er die Hände. »Nimm es mir nicht übel.«

»Oh, gerade könnte ich dir nichts übel nehmen, du hast mir einen Job gegeben.«

»Klar.« Er wischte nun auf der anderen Seite des Tresens mit dem Lappen über die Fläche. Unserer Gesichter waren sich gegenüber. »Wieso auch nicht?«

»Na ja … ich sehe nicht so aus, wie man zu einem Bewerbungsgespräch gehen sollte.«

»Nein, verdammt«, lenkte er ein und lachte laut auf. »Aber du trägst ein Shirt meines Lieblingsbaseballteams.«

Ich stieg in sein Lachen mit ein. Manchmal waren die Dinge gar nicht so schlecht, wenn man begann, ein klein wenig an sich selbst zu glauben. Wenn man sich Mühe gab, so zu sein, wie man wirklich war. Eigentlich sollte das ein Leichtes auf der Liste unserer täglichen Aufgaben darstellen, aber die Gesellschaft, all die Menschen und Institutionen, verbogen uns so sehr, dass wir uns wirklich anstrengen mussten, natürlich zu wirken.

Wenn dir aber eigentlich alles egal ist, wenn du mehr auf Zufälle statt Pläne setzt und wenn du mehr Raum für Kreativität lässt, dann wird es sich auch einfach wieder so zusammenfügen, wie du es willst.

Ich blieb noch ein paar Stunden in dem Laden, lernte gleich einiges über die Zubereitungsarten des Kaffees und der diversen Shakes.

Es war der erste Tag, an dem ich vier Stunden am Stück nicht an Jason Lightman gedacht hatte.

Es war der erste Tag, der mir das Gefühl gab, es gäbe ein »Danach«.

44

JASON

> *Drei Dinge sind grenzenlos: Der Himmel mit seinen Sternen, das Meer mit seinen Tropfen und das Herz mit seinen Tränen.*
> Gustav Flaubert (1821 - 1880)
> Französischer Romancier

»Vier Wochen.« Eric nickte. »Ein ganzer Monat.« Steve rollte die Augen. »Ein Zwölftel eines Jahres.«
Ohne Luisa.
Ohne Luisa, für den Rest meines Lebens.
»Okay, die Frage, wie es dir geht, hat sich erübrigt.« Mein ältester Bruder, Eric, war scheiß glücklich mit seiner Verlobten Eva, ließ es aber nicht raushängen.
»Du bist ein Häufchen Elend.« Steve prostete mir zu.
»Natürlich bin ich das, du Idiot.« Ich hob mein Glas ebenso.
»Er ist verlassen worden.« Eric reihte sich in die Trinkenden mit ein. Mein Bourbonverbrauch war drastisch in die Höhe geschossen.
»So war es nicht«, erklärte ich schließlich und fuhr mir mit der flachen Hand über das Gesicht. In Philadelphia regnete es heute. Es war windig und grau in grau. Der Herbst würde bald täglich hier wüten, aber das war mir nur recht. Ich fragte mich schon länger so bescheuerte Dinge wie: Wieso scheint hier die Sonne und es ist heiß, wenn es in mir doch so dunkel und grau ist? »Sie hat mich angelogen. Das war die einzig logische Konsequenz.«
»Also du leidest«, Steve lehnte sich nahe vor an die Kamera. »Du leidest, obwohl du dich von ihr getrennt hast, weil sie dich belogen hat und du dein Leiden ruckzuck beenden könntest?«

»So leicht ist das nicht«, erklärte Eric, »Ich weiß echt, wie beschissen das ist, wenn man wegen einer Konsequenz leidet, die man nicht selbst verursacht hat.«

»Das klingt sehr wirtschaftlich.« Steve grinste sein Lächeln, für das er bekannt war und Frauen reihenweise die Hüllen fallen ließen. »Na ja, es ist doch so. Irgendjemand tut dir was an und dir bleibt als Reaktion aber nichts anderes übrig, als die Person dann zu ignorieren.«

»Das Dumme ist halt, ich hab sie ja nicht gezwungen, mich anzulügen.«

»Na ja, das ist eigentlich nicht dumm, das ist eigentlich gut.« Steve nahm einen erneuten Schluck. »Auf die Frauen.«

»Spinnst du?«, rief Eric, und ich schüttelte den Kopf.

»Sicher nicht.«

»Wechseln wir das Thema.« Mein Bruder, bester Freund, Weggefährte und der beste Koch, den ich kannte, grinste. »Ich soll dir von Eva sagen, dass du unter keinen Umständen die Brasilianerin, die dir deine Wünsche erfüllen soll, mit auf die Hochzeit bringen kannst.« Steve lacht laut auf und mir entwich ein schwaches Grinsen. Eigentlich hatte ich nämlich Luisa mitnehmen und meiner Familie vorstellen wollen. Sie bekannt machen und … Egal, das war Schnee von gestern.

»Aber wieso nicht?«, widersprach er, »Es ist doch für alle viel entspannter, wenn …«

»Wage es nicht, das auszusprechen, Alter!«, rief Eric. »DU redest von meiner verfluchten Hochzeit.«

Abwehrend hob der Jüngste der Lightmans die Hände. »Okay okay, ich komme ohne Brasilianerin.«

»Ist, glaube ich, besser für deine Eier!«

»Heilige Scheiße«, setzte Steve an, »Es ist ihr Ernst!«

»Ist Eva immer noch so nervös?« Auch wenn ich selbst gerade in einem Frauen hassenden Loch saß, so freute ich mich für meinen Bruder, dass er endlich so weit war, eine Familie zu gründen. Seine eigene. Natürlich würde er immer uns haben … aber die beiden hatten sich gesucht und gefunden. Trotz negativer Highschool-Erfahrung. Es war irgendwie ähnlich wie bei mir … Okay, nein, eigentlich war es das gar nicht, aber ich redete mir das gern ein. Ich wollte den Glauben, dass es auch für mich dort draußen irgendjemanden gab, nicht begraben. Ich konnte es einfach nicht. Auch wenn ich ständig den Impuls unterdrücken musste, mir einzureden, dass Luisa Torres meine Eva war.

»Frag einfach nicht. Ich denke, ich kann sie schon mal etwas beruhigen, wenn ich ihr nachher erzähle, dass du sicher keine Brasilianerin mit zur Hochzeit bringen wirst.«

»Du weißt, dass das freaky klingt, oder?«, fragte ich und nippte an meinen Bourbon.

»Ich weiß. Aber es hilft ihr. Und alles, was Eva hilft, hilft mir. Vor allem damit, dass ich auch mal wieder irgendwas anderes als die Hochzeit mit ihr besprechen kann. Oder das Hotel. Oder irgendwas, das damit zu tun hat. Sie ist vorgestern völlig ausgerastet, als die Bäckerei anrief und noch einmal die genaue Personenanzahl für die Größe der Torte wissen wollte.«

»Heilige Scheiße!«, rief Steve. Seine Augen waren aufgerissen, als hätte er Todesangst. »Deine Frau wird zur Furie.«

»Ich denke, es ist normal, wenn man vor der eigenen Hochzeit nervös ist.« Schwer schluckte ich. Ob ich jemals ein Bräutigam werden würde? Ob ich jemals eine eigene Familie gründen würde?

»Das ist doch nicht …«

»Halt die Fresse, Steve!«, sagte Eric und fuhr sich frustriert durch sein Haar. »Es ist ja absehbar.«

»Gott, du musst sie ja wirklich lieben!«

»Das tue ich«, erwiderte Eric ernst und sah uns durch die Kamera fest in die Augen. »Mit jeder Scheißfaser meines Körpers.«

Mehrere Sekunden lang war es still in der Leitung. Wir alle starrten uns irgendwie in die Augen. Steve räusperte sich und ich grätschte dazwischen.

»Halt jetzt einfach den Mund, Lightman!« Abwehrend hob er die Hände und lehnte sich zurück.

»Wie läuft's wegen des Gerichtsverfahrens?«, fragte er mich schließlich, und ich legte den Kopf schief.

»Die Verhandlung ist nächste Woche. Dann sehen wir weiter.«

»Die werden dich doch nicht wegen Körperverletzung einsperren, oder?«

»Bill meint nein. Es wird eine Geldstrafe geben und ich werde auf Bewährung sein … aber dass ich wirklich in den Knast muss, das wird nicht passieren.«

»Wie hat er das gemacht?«

»Er hat alle Frauen dazu gebracht, auszusagen.«

»Auch Luisa?«

Ich räusperte mich und sah zur Seite. »Ja, auch Luisa.«

»Aber das ist doch großartig, Bro.«

»Na ja«, erklärte ich, »es ändert nichts. Es verdeutlicht nur noch mehr, was dieser Kerl für ein Schwein ist und dass sie mich belogen hat.« Meine Brüder hoben die Brauen. Ich nahm einen Schluck Bourbon. »Sie hat wohl alles erzählt.«

»Heilige Scheiße.« Eric hustete. »Das ist krass.«

»Ist es.«

»Hast du die Aussage gelesen?«, fragte Steve und runzelte die Stirn. Er schien an diesem Thema sehr interessiert zu sein.

»Ja, habe ich.«

»Und was sagt sie so?« Er bohrte nach. Das war untypisch. Eigentlich war meinem jüngsten Bruder alles egal. Außer sein Hotel. Oder die Frauen.

»Was geht mit dir ab?«, fragte Eric zur gleichen Zeit, wie ich sagte:

»Seit wann interessiert dich so etwas?«

Steve hob abwehrend die Hände. »Du bist mein Bruder. Dein Schmerz ist mein Schmerz.«

»Alter«, rief Eric. »Was laberst du für eine Scheiße?«

»Okay, okay«, lenkte er ein, beugte sich vor, und wir taten es ihm automatisch gleich. Es war ein wenig so, als würde er uns nun etwas Supervertrauliches mitteilen wollen. »Ich hab Susan hier …«

Eric zog seinen Mundwinkel kraus. »Wen?«, fragte er, und ich hob meine Brauen. Meine Stirn lag in Falten.

»Was hast du bitte?«

»Ich brauchte Hilfe … und sie war die einzige Person, die mir eingefallen ist, um mir zu helfen.«

»Wegen der Wirtschaftsscheiße?«

»Ja. Auch.«

»Du bumst mit der besten Freundin der Frau, die mich fast umgebracht hat?«, rief ich und knallte mein Glas auf den Tisch. »Das ist ein Scherz, oder?«

»Ich …«

»Kannst du nicht einmal, deinen scheiß Schwanz in der Hose lassen?«

»Steve, das geht gar nicht!«, mischte sich Eric mit ein. »Was soll das?«

»Ich bumse sie nicht, okay!« Seine Stimme war laut und schrill. »Wir mögen uns nicht mal.«

»Das sah aber in Philly anders aus.« Ich stieß einen verächtlichen Laut aus. »Wieso kannst du nicht einmal einfach ein anständiger Kerl sein?«

»Das bin ich!« Steve schüttelte den Kopf.

»Du vögelst alles, was die Beine nicht zusammenhalten kann, und wir wissen es … dennoch erwartest du, dass wir dir glauben?«

»Alter!« Er rollte verzweifelt die Augen. »Susan ist die Ex, des Sohnes des Vorstandes der Agentur, die mir im Nacken sitzt, okay?« Er fuhr sich durch sein zu langes Haar. »Sie hilft mir.«

»Sie hilft dir«, stieß ich verächtlich aus. »Aber klar.«

»Sie hat noch eine Rechnung mit dem Typ offen.« Ich nahm einen erneuten Schluck meines Bourbons. »Wir können uns nicht ausstehen, glaub mir. So eine biedere, fiese, zugeknöpfte …«

Ich schloss die Augen und hob die Hand. »Sag es einfach nicht, okay?«

»Sorry, Mann.« Mein Bruder prostete mir zu. »Wir können uns echt nicht riechen, darum ist sie die perfekte Wahl für den Job.«

»Ist sie das?«, spottete Eric. »Wir sind ja wahnsinnig stolz auf dich, dass du es schaffst, deinen Schwanz bei einer biederen, fiesen, was auch immer du sagen wolltest, mal in der Hose zu behalten.«

»Hilft sie dir wenigstens?«, fragte ich und holte tief Luft. Dass Susan in New York war, bedeutete, dass Luisa hier allein irgendwo … mit ihrem Kummer zurechtkommen musste. Ich schnaubte über meine Gedanken. Das war scheißegal. Es war unwichtig, ob sie Kummer hatte oder vor sich hin litt oder Sonstiges. Es war einfach nicht relevant. Ich räusperte mich und schenkte Mitchers nach.

»Ja, tut sie. Glaub ich. Ich steig noch nicht so ganz durch, aber das wird.«

»Dann lass sie in Ruhe, okay?«, sagte ich mit erhobenem Zeigefinger. »Ich habe keine Lust von Luisa Vorwürfe präsentiert zu bekommen, weil du ihre Freundin fickst.«

»Nein, nein, der Abend in dem Club war einmalig!« Steve zuckte mit den Schultern. Eric schüttelte den Kopf. »Sie war anscheinend angetrunken, denn sie ist echt mit Abstand die zickigste Furie, die mir je begegnet ist.«

»Liegt vielleicht an dir«, setzte Eric lachend entgegen.

»Liegt am Job!« Wir prosteten uns zu, und ich war froh, dass das hitzige Gespräch sich sofort wieder in normale Bahnen geebnet hatte. Ich hasste es, wenn ich auf meine Brüder sauer sein musste. Wobei ich momentan einfach sowieso die ganze Welt hasste.

Meine Laune sackte noch mehr in den Abgrund. Es war das eine, so am Ende zu sein, aber etwas anderes, mich so sehr hängen zu lassen. Meine Brüder verabschiedeten sich und ich murmelte nur ein »Ja ja, bis dann«, als ich die Verbindung beendete.

Meine Augen folgten dem Gewitter über der Stadt. Der Dauerregen, der auf die Terrasse prasselte. Der Donner, der über die Stadt hinweg rollte. Das Leben, das trotz des Wetters dort draußen weiter ging. Es schüttete und schüttete, kein Lichtstreifen, Sonnenstrahl oder Ähnliches war am Himmel zu beobachten. Von Montag bis Freitag hatte ich mich tagsüber im Griff. Aber an den Wochenenden? Wenn ich nicht arbeitete? Dann litt ich. Erbärmlich und armselig, denn es war jetzt vier Wochen lang vorbei … aber, so lief es eben.

Tausende Gedanken, die mir durch den Kopf wirbelten. Alle auf irgendeine Art und Weise mit Luisa Torres verbunden. Ihre Eltern hatten mir den Vertrag für die Gemüse und Obstlieferungen gekündigt, also ging ich davon aus, dass sie es nun Maria und Martin erzählt hatte. Ich fragte mich, was sie tat. Wo sie wohl war. Oder mit wem sie dort war …

Aber ich tat nichts, ich unternahm nichts. Ich schrieb ihr nicht. Ich rief nicht an. Ich googelte sie nicht.

Ich tat nichts, außer hier zu sitzen, meinen Bourbon in mich hineinzukippen, die einzelnen Regentropfen zu beobachten, die von der bodentiefen Scheibe ihre Bahnen suchten, und irgendwie die klaffende, immer noch blutende Wunde, die ich zu Hause aufreißen ließ, zu lassen.

In der Hoffnung, dass ich eines Tages einfach kein Blut mehr hätte, das aus ihr heraussickern könnte.

45

LUISA

> *Schau, das Leben ist so bunt.*
> Selma Meerbaum-Eisinger (1924 - 1942)
> Deutschsprachige Dichterin

Man bereitet sich ja immer irgendwie auf den Tag vor, wenn man seinen Ex wiedersehen wird.
Zumindest in Gedanken.

Ich glaube, es ist entscheidend, in welcher Phase seiner Trauer oder des Verarbeitungsprozesses man startet, sich damit auseinanderzusetzen.

In all meinen Phasen hatte ich es getan.

In meiner Nicht-wahrhaben-wollen-Phase rief ich mir jedes kleine Detail unserer Beziehung ins Gedächtnis. Ich fiel in dieses Loch, in dem ich nicht glauben wollte, dass es wirklich vorbei war. Vorbei wegen einer Unwahrheit.

Als ich damals in diesem tiefen Tal der Traurigkeit gesteckt hatte, war mir klar gewesen, dass ich in Tränen ausbrechen würde. Ihn anflehen würde, mir zuzuhören und mir zu vergeben. Mir war klar, dass in der Phase der aufbrechenden Gefühle, der Schmerz Oberhand hätte. Und dass es mich kilometerweit an den Anfang werfen würde, wenn ich ihn wirklich zu diesem Zeitpunkt treffen würde.

Eigentlich stand in jedem psychologischen Ratgeber über Trennungen geschrieben, dass es vier Phasen in einer Trennung gab. Aber für mich war da noch eine Fünfte. Oder die zweite Phase, Abschnitt b, wie ich es nannte. Für mich war diese unglaubliche Wut, wie wenig ich ihm offenbar bedeutet hatte, noch schlimmer als der eigentliche Schmerz.

Durch mein Zusammensein mit Edward hatte ich gelernt, dass ich selbst mehr wert war als diese kleinen billigen Versprechungen. Ich hatte lange gebraucht, um zu verinnerlichen, dass ich es wert war, geliebt zu werden. Trotz oder gerade, weil ich nicht perfekt war. Und jetzt kam ein Jason Lightman, der erste Mann, auf den ich mich nach Edward eingelassen hatte, der mir ins Gesicht spuckte. Das machte mich wütend. Und zwar so unfassbar wütend, dass ich ihm in der zweiten Phase, Abschnitt b gern eine runtergehauen hätte, damit er verstand, wie wenig Achtung er mir entgegenbrachte. Lüge hin oder her. Ich war ein Mensch, kein verdammtes Weidevieh. Als ich diese Gedanken wieder abstellen konnte, war ich froh, ihn nicht getroffen zu haben.

In der richtigen Phase drei, die man bei einer Trennung durchlebte, jene, in der man einen Neuanfang mit dem Leben wagen wollte, steckte ich seit einiger Zeit fest. Laut Ratgeber – und ich hatte meinen Amazon-Account sehr damit strapaziert – dauerte der Übergang von Phase zwei zu Phase drei, in welcher man akzeptierte, dass das Leben weiterging, am längsten. So empfand ich es auch. Ja, ich hatte langsam zurückgefunden, ich ging wieder einkaufen, regelmäßig duschen und ich hatte einen neuen Job gefunden ... Aber es fühlte sich noch nicht wieder hundertprozentig an wie ich. Und genau das wollte ich ihm sagen. Hätte ich Jason in dieser Phase getroffen, hätte ich ihm gesagt, dass ich verstand, wie wütend er war und dass es mir leidtat. Aber dass man Dinge, die geschehen waren, nicht ungeschehen machen konnte und ich ihm wünsche, dass er ... er allein weitermachen könne. Dass er – und das würde ich ihm von Herzen gönnen – jemanden fand, den er liebte.

Als ich gerade die Spülmaschine im Café-Shop ausräumte und mir bewusst wurde, dass ich einfach nur wollte, dass er glücklich war, kam ich wohl so richtig in diesem Abschnitt einer Trennung an.

Es klang kitschig.

Es klang abgedroschen.

Es klang total komisch, und ich fragte mich, ob ich mir das alles nur sehr erfolgreich einredete, aber ich konnte es in mir fühlen.

Egal, wie lange oder wie sehr ich leiden würde, egal, ob ich mich jemals wieder auf irgendjemanden einlassen würde ... ich wünschte Jason Lightman einfach nur, dass er glücklich war. Dass er das bekam, was er aus tiefstem Herzen verdiente.

Liebe.

Ich fühlte mich selbstlos. Ich fühlte mich frei. Ich fragte mich sogar, ob ich Jason Lightman verarbeitet hätte, auch wenn ich eigentlich daran zweifelte, ob man diese Art von der ganz großen Liebe wirklich verarbeiten konnte ... aber ich war gut gelaunt. Ich war ... ich hoffte das Beste.

... und das genau so lange, bis Jason Lightman das Café betrat.

Und zwar nicht allein.

An seiner Seite war eine wunderschöne Frau. Groß, schlank. Braun gebrannt. Das dunkle Haar war in große Locken gelegt. Allein, wenn man es ansah, konnte man fühlen, dass es seidige Strähnen waren, die ihr schönes Gesicht umrahmten. Sie hatte volle Lippen, ihre Augen waren kunstvoll geschminkt – bei mir sah Lidschatten wie bei einer Cracknutte aus – und sie hatte ein verdammtes Julia Roberts-Lächeln. Kurzum, diese Frau war einfach wunderschön.

Ich ging davon aus, dass sich die beiden etwas besser, wenn nicht sogar intim kannten, denn seine Hand lag an ihrem Körper, als er sie vorwärts schob. Ob auf Hintern oder Rücken konnte ich leider nicht sehen.

Ich wirkte vermutlich wie jemand, der eingefroren war. In seinem Schock gefangen. Das Geschirrtuch hing leblos zwischen meinen Fingern und meine Augen waren geweitet. Jason hatte den Blick noch nicht auf mich gerichtet, das sah ich an der Art, wie entspannt seine Gesichtszüge waren. Er grinste die Schönheit kurz an, ehe er den Kopf hob ... und direkt in meine Augen blickte.

In dem Moment, als die Verbindung seiner Augen zu seinem Gehirn gekoppelt war und er verstand, verblasste das Lächeln.

»Hallo«, sagte ich automatisch, als die beiden direkt vor mir an dem Tresen traten. Neunzig Zentimeter, die meinen Körper von seinem trennten. Na gut und diese Kleidergröße sechsunddreißig mit dem wunderschönen Busen. In der Hoffnung, dass es nicht auffiel, scannte ich blitzschnell sein Gesicht. Jasons Blick war – wie früher auch – wachsam, wenngleich die tiefen Ringe unter seinen Augen eine andere Sprache sprachen. Er war nicht mehr so braun gebrannt wie noch vor knapp zwei Monaten, als wir uns das letzte Mal gesehen hatten, aber das tat seiner Schönheit keinen Abbruch. Er hatte seinen Bart stehenlassen, dieser war nicht mehr ein Fünf- oder Zehn-Tage Bart, wie er ihn getragen hatte, als wir zusammen waren, sondern ging in Richtung Vollbart. Es stand ihm sehr gut, denn es brachte seine maskuline Seite noch mehr zum Vorschein. Sein Haar war wesentlich länger als bei unserer letzten Begegnung, aber es sah nicht weniger weich oder dicht aus. Ich wusste – schließlich war ich eine Milliarde Mal hindurchgefahren –, dass es sich himmlisch anfühlte. Es stand in alle Richtungen von seinem Kopf ab und das, zusammen mit seiner legeren Kleidung, zeigte mir, dass er offenbar nicht aus der Arbeit kam oder in die Arbeit ging. Aber natürlich ... er war ja auch mit seiner Neuen unterwegs, um gemütlich spazieren zu gehen und Kaffee zu trinken. Ich räusperte mich, denn ich hatte nach meinem Hallo einfach aufgehört zu sprechen. Jason starrte mich an. In meine Augen. Bis auf meine Seele.

Ich wand den Blick ab. »Hallo«, begann ich erneut. »Willkommen bei ›Peanut Monkey‹. Was darf ich zaubern?« Ich mochte den Spruch eigentlich. Er brachte mich immer zum Lächeln. Und eigentlich gehörte da ein »Was darf ich dir zaubern?« Oder: »Was darf ich euch zaubern« mit rein nur ... brachte ich es nicht über die Lippen. Ich konnte es einfach nicht aussprechen.

»Luisa.« Seine weiche, tiefe Stimme schnitt in mein Herz. Hatte ich wirklich gedacht, ich hätte ihn verarbeitet? Hatte ich das ernsthaft geglaubt? Wie dumm war ich gewesen. »Ich ... also ... hi«, begann er, schien sich zu besinnen, dass ich vor ihm stand und nahm die Hand vom Rücken oder eben Hintern der Frau.

Zieh es durch, Mädchen!, wies ich mich im Geiste an. Sei stark. Zuhause kannst du zusammenbrechen, aber hier ... jetzt ... sei stark!

»Hey, Jason«, sagte ich deshalb nochmals so locker wie möglich und grinste ihn so strahlend echt, wie man es eben spielen konnte, an. »Was darf es sein?« Die Frau neben ihm, und dummerweise war sie einfach wirklich schön und hatte diese tolle Ausstrahlung, sah von einem zum anderen. Sie sagte nichts, sie blickte einfach zwischen uns hin und her. Sie war so eine, die man eigentlich hassen wollte, weil sie die Neue war ... aber dummerweise hätte man sie als Freundin gemocht oder sogar als beste Freundin geliebt.

»Ich nehme einen großen Americano.« Natürlich, er trank seinen Kaffee immer schwarz und ohne jeden Schnickschnack.

»Alles klar«, erwiderte ich. Selbst in meinen Ohren klang meine Stimme schrill und wie nicht von dieser Welt. »Und für dich?«

Sie legte einen schlanken, schön manikürten Zeigefinger an die vollen geschminkten Lippen, tippte dagegen und studierte die Karte. Nachdenklich legte sie den Kopf leicht schief, und als sie zu sprechen begann, wollte ich ihr ihre verdammten Stimmbänder rausschneiden, wie die böse Hexe in Arielle.

»Ich nehm den Bananen-Peanutbutter-Milchshake« Sie grinste wieder ihr scheiß Julia-Lächeln. »Ihr macht die Peanutbutter selbst, richtig?« Ohne sie noch einmal anzusehen, ohne mich dem auszusetzen, dass ich mich in einem alten schwarzen Nirvana-Shirt, von dem ich die Ärmel aufgerollt und es über dem Bund meiner taillenhohen zerfetzten Hose geknotet hatte, diesem Kampf stellen musste, machte ich mich daran, die beiden Drinks fertigzustellen. Ich war dankbar für die Sekunde, in welcher ich mich von ihnen wegdrehen konnte, indem ich den Siebträger einspannte. Tränen schossen in meine Augen, aber ich zwang sie nieder.

Nachdem sein Americano und ihr Milchshake fertig waren, stellte ich alles vor den beiden ab. Scheinbar entspannt lächelte ich ihnen zu, und als Jason sein Portemonnaie zücken wollte, winkte ich ab und steckte noch einen Strohhalm in den Shake. Er war pink. Wenigstens etwas, das sich mit dieser perfekten Frau beißen würde. Ihr Lippenstift war nämlich hellrot.

»Lass gut sein, Jason«, erklärte ich und stützte mich auf den neunzig Zentimetern zwischen uns mit dem Ellbogen auf. »Das geht auf mich.« Lapidar machte ich diese großzügige Lass-stecken,-Bruder-Geste.

Jason hob die Brauen, schloss seinen Geldbeutel wieder und steckte ihn ein.

»Danke«, sagte die Frau, die alle Misswahlen auf einmal hätte gewinnen können. »Das ist nett.«

Ja. Ich frag mich auch, wieso ich so dumm bin!, dachte ich für mich. Laut sagte ich »Sehr gern.«

Jason verengte die Augen, kommentierte das alles nicht weiter und nickte mir zu. Ich glaubte, ein gemurmeltes »Danke« zu hören, war mir aber nicht sicher.

Die beiden drehten sich um und gingen Richtung Ausgang.

»Bis bald!«, rief ich ihnen wie eine Gestörte nach. »Man sieht sich!«

Die Brünette schenkte mir nochmals ihr Tausend-Watt-Lächeln und Jason, mit einem verkniffenen Zug um den Mund, nickte wieder leicht.

Ich blieb an Ort und Stelle, so lange, bis die Tür ins Schloss gefallen war. Dann starrte ich ihnen nach, nicht fassend, was hier gerade geschehen war. Ich konnte die drohende Welle, die gleich über mir zusammenschlagen würde, fühlen. Es war offensichtlich, dass sie unaufhaltsam in mir heranrollte.

Gerade in dem Moment, als es draußen zu schütten begann, der Song im Radio neben mir wechselte, und mir klar wurde, dass dieser

Sturm mich mit sich ziehen würde, übergab ich mich in den Mülleimer neben mir.

Ich war viel.

Freundlich. Hilfsbereit. Intelligent.

Ein kompletter Idiot.

Und vor allem war ich einen Scheißdreck über Jason Lightman hinweg.

46

JASON

> *Ein ganz klein wenig Süßes kann viel bitteres Verschwinden machen.*
> Francesco Petrarca (1304 - 1374)
> Italienischer Dichter

Ich hätte gedacht, dass ich kleiner, erbärmlicher Wichser es in den letzten zwei Monaten geschafft hätte, sie zu vergessen.

Aber ... FUCK! Weit gefehlt. Okay, fairnesshalber musste man sagen, es traf mich absolut unvorbereitet, sie überhaupt zu sehen, aber ... FUCK!

»Das war sie, oder?«

Ich nickte leicht. »Das war sie.«

»Die Dame, die dir das Herz gebrochen hat.« Sie lächelte mich an. Eva war eine wirklich wunderschöne Frau. Mein Bruder war ein Glückspilz. »Sie ist hübsch.«

Ich nickte und verbrannte mich an meinem Kaffee. Americano. Sie hatte nicht einmal nach Zucker oder Milch oder so was gefragt, denn sie wusste, wie ich meinen gottverdammten beschissenen Kaffee trank.

»Sie ist nicht nur hübsch ... sie ist ...«

Eric unterbrach mich. »Du siehst aus, als hättest du einen Geist gesehen.«

Er biss in den Hotdog, den er sich vorn an der Ecke geholt hatte, während Eva und ich uns mit Kaffee versorgt hatten.

»Einen Geist nicht«, erwiderte Erics Verlobte geheimnisvoll und trank von ihrem Milchshake. »Seine Ex.«

»Jessica?«, fragte er und sah sich um. »Was macht die denn in Philly?«

Eva rollte die Augen und ich schüttelte den Kopf. »Ach was!«, sagte er nun zwischen zwei Bissen, als der Groschen fiel. Im Mundwinkel hatte er etwas Ketchup hängen. »Luisa?«

»Ja«, kam es schließlich belegt von mir. »Luisa.«

»Sie ist so hübsch. Und nett!« Sie wedelte mit ihrem Becher von Erics Gesicht herum. »Willst du probieren? Ich habe über den Laden mal eine Kritik geschrieben, als ich noch ganz neu in der Michelin-Vereinigung war. Sie machen die Erdnussbutter selbst. Der Shake ist wie ein Orgasmus!«, sagte sie. Eric grinste, gab ihr einen Kuss und schüttelte anschließend den Kopf.

»Nein, danke.« Er sah wieder mich an. »Was wirst du tun?«

Meinerseits drehte ich den Becher zwischen meinen Fingern, schob ihn hin und her und zuckte schließlich mit den Schultern.

»Ich werde nichts tun.«

»Aber sie fehlt dir.«

Ich räusperte mich. »Ähm … nein, tut sie nicht.«

»Jason«, erwiderte mein ältester Bruder mit hochgezogener Braue. »Wir sind jetzt seit zwei Tagen hier, du redest, wenn du redest, nur von der Arbeit. Du hast dich seit Wochen nicht rasiert, deine Haare sind viel zu lang und du siehst aus, wie ein Stück Scheiße.« Er wischte sich den Mund ab und zerknüllte schließlich die Serviette in seiner Hand. Da es regnete, standen wir nur zwei Shopeingänge vom *Peanut Monkey* entfernt.

»Sprich leise«, wies ich ihn zurecht. »Am Ende hört uns Luisa noch.«

»Du sagst selbst, dass dir jetzt Mitchers Bourbon Destillerie gehören dürfte, so viel Geld, wie du die letzten zwei Monate dort gelassen hast …«

»Halt die Klappe.« Eva grinste und hielt sich raus.

»Also ganz ehrlich … ich verstehe das Problem nicht, warum du nicht einfach zu ihr gehst, ihr ordentlich den Arsch versohlst und ihr sagst, dass du sie bei der nächsten Lüge erwürgen wirst.« Er zuckte mit den Schultern und nahm jetzt doch einen Schluck von Evas Milchshake. »Wo liegt das Problem?«

»Das Problem liegt darin, dass dich das gar nichts angeht.«

»Ich glaube, die Kleine mag dich noch.« Mein Kopf ruckte zu

Eva und ich sah sie an. »Ich meine, sie hat so getan, als wäre es völlig in Ordnung, den Ex mit einer anderen zu sehen … aber … ihre Art, das war zu lässig. Das war … zu sehr aufgesetzt.«

»Du kennst sie doch gar nicht«, wandte ich ein.

»Das ist richtig, aber ich kenne dich und ich weiß, dass du das Echte magst und nicht irgendein Püppchen, das nett aussieht.«

»Aber …«

»Außerdem glaube ich, ist sie schwanger.«

Eric und meine Augen weiteten sich. »WAS?«, riefen wir synchron.

»Ja«, erklärte sie wieder. Die Stimme voller Selbstbewusstsein. »Ich seh sowas, schon immer. Ich bin mir sicher, die Gute hat ein Kind im Bauch.«

»Du bist verrückt«, stritt ich alles ab. »Vollkommen übergeschnappt.«

»Mag sein.« Sie zwinkerte mir zu. »Aber wenn du es dann erfährst, sag nicht, ich hätte dich nicht gewarnt.«

Der Regen ließ nach und wir spazierten wieder, ohne ein weiteres Wort darüber zu verlieren, auf den Bürgersteig.

Eva war eine Vertrauensperson. Ich glaubte ihr, dass sie mich mochte und mich nie anlügen oder mir etwas verheimlichen würde. Ich glaubte daran, dass mein Bruder sich so jemanden auch nicht ausgesucht hätte.

Aber was sie da gesagt hatte, von einer Schwangerschaft, das war vollkommen absurd und an den Haaren herbeigezogen. Ich verdrängte den Gedanken, während ich meinem Bruder und seiner Verlobten auf dem Fuße folgte.

Ich sollte mich zusammenreißen. Zurück zu meiner alten Reserviertheit und meine unnahbare Art finden.

Um gottverdammt endlich wieder ich selbst zu sein.

---

*E*va und Eric waren vor wenigen Stunden wieder abgereist und ich saß in meinem Büro im Hotel. Die kleine Auszeit, in der ich die beiden ein wenig in der Stadt hatte herumführen dürfen, hatte mir gut getan.

Ja, es war ein Mitleidsbesuch gewesen, das wusste ich auch, aber das war mir egal.

Es hatte mich abgelenkt. Nur jetzt saß ich hier, in diesem Scheißhotel und mein Postfach quoll über. Haufenweise Spam und noch mehr Nachrichten, die beantwortet werden wollten. Ich brachte nichts auf die Reihe. Nach wie vor nicht.

Wir kauften sogar unser Gemüse gerade beim Großhändler, weil ich es einfach nicht schaffte, mich wirklich damit auseinanderzusetzen, dass Familie Torres mir den Vertrag gekündigt hatte. Es wäre nur ein neuer Schritt zur Endgültigkeit, würde ich das alles akzeptieren. Und das konnte ich nicht. So weit war ich noch nicht.

Frustriert schmiss ich den Stift vor mir auf die Unterlagen und lehnte mich in meinem Stuhl zurück. Es war alles anders, seit Luisa weg war. Das Hotel war weniger gemütlich, das Essen weniger lecker, mein Büro war ein Haufen Chaos, was, bevor es sie in meinem Leben gab, niemals der Fall gewesen war, und mein Zuhause war eine einsame Katastrophe. Ich hasste und ich liebte sie gleichermaßen, weil sie mir gezeigt hatte, wie es anders ging. Und mich dann belogen hatte, damit ich ohne all das auskommen und irgendwie zurechtkommen musste.

Es war ein Schlag ins Gesicht gewesen, dass ein Mensch, der so hervorragend die Inneneinrichtung beherrschte, nun in einem Geschäft stand und Kaffee servierte. Ja, natürlich hatte ich davon gewusst, was sie hier tat. Selbstverständlich, ich war der Chef des Ganzen, und auch wenn ich sie immer und immer wieder gewähren lassen hatte, egal, ob als Zimmermädchen oder als Personalchefin, so hieß das nicht, dass ich dumm war.

In ihren Unterlagen hatte ich gelesen, dass sie nichts mit einem der Jobs hier im Hotel gemein hatte, aber ich wusste auch, dass sie die Beste von allen war. Ich war mir sicher, das kam *nicht* daher, weil ihr die Arbeit keinen Spaß machte … nein, es kam daher, weil sie sich ausleben durfte. Das wusste ich.

Genau deshalb hatte ich ihre kleinen Ausflüge in die Zimmermädchenuniform zugelassen. Ich hatte die Umdekorationen gestattet, dass sie meine Wünsche nach den Blumen in den Suiten änderte, weil sie einschätzen konnte, welche besser passen würden.

Luisa hatte eine stahlharte, dicke Maske auf, und ich hatte es geschafft, dahinter zu blicken. Womöglich war das der ganze Grund, weshalb es mir so schwer fiel, sie gehen zu lassen. Das, oder ich liebte sie einfach mehr als mich selbst.

Evas Worte, und damit hatte sie die letzten zwei Tage keine Ruhe mehr gegeben, dass Luisa schwanger war, hallten in mir nach.

Natürlich hätte sie es mir doch gesagt, wenn sie es wäre, oder? Sie würde mich doch nicht darüber im Dunkeln lassen. Luisa hatte ihre Mom und ihren Dad, wenn irgendetwas wäre. Sie würde sich im Schoß ihrer Familie helfen lassen, das wusste ich.

Ich legte meinen Kopf an das weiche Leder und meine Fingerspitzen aneinander.

Also, wenn man davon ausging, dass sie wirklich ein Kind erwartete, aufgrund einer Behauptung von einer Frau, die momentan wirklich nicht zurechnungsfähig war, dann musste ich ihr doch helfen, oder?

Ich wäre ja dann der Vater.

Oder sie hätte es die letzten Wochen mit jemand anderem getan, und derjenige hatte sie geschwängert. Also, was war, wenn sie nun wirklich bald ein Baby bekam und vollkommen allein und hilflos irgendwo sich selbst hasste? Dafür hasste, dass sie allein war und einsam und sich verurteilte, weil sie mich verloren hatte?

Aber wieso suchte sie dann nicht den Kontakt zu mir?

Ich legte meine Stirn in Falten und schloss gequält die Augen.

Was, wenn ich hier der Bastard war? Der Gott beschissene Wichser, der sie allein gelassen hatte?

Ich steigerte mich noch eine Stunde lang in meine Gedanken hinein, ehe ich bemerkte, dass es bereits dunkel war.

Der Sommer war nun endgültig Geschichte. So Geschichte, wie Luisa und ich es waren.

Oder so eine Geschichte, aus der ein unschuldiges, uneheliches Kind hervorgegangen war. Nur … Luisa würde sich eher die Zunge abschneiden, als es mir zu sagen. Oder irgendwas zuzugeben. Ich wusste, dass sie mich vermisste, denn Herrgott, so ein Idiot war ich auch wieder nicht, aber mir war ebenfalls klar, dass ich sie niemals dazu bringen würde, mir die Wahrheit zu sagen. Sie war eine Kämpferin. Eine Macherin. Sie nahm ihr Leben selbst in die Hand, das hatte sie nämlich schon immer getan, wie am Hotel zu sehen. Luisa war stark, und Teufel noch mal, sie war niemand, der sich bemitleiden ließ. Die ersten paar Minuten im Taxi hielt ich das Gefühl vor mir selbst aufrecht. Jenes, das es nur wegen dem Kind war und dem Samen, den Eva in mein Gedächtnis gestreut hatte. Ich rechtfertigte mich binnen fünf Sekunden Hunderte von Male innerlich selbst, dass ich auf dem Weg zu ihr war.

So lange, bis ich aufgab und mir eingestand, dass der einzige Grund, warum ich auf dem Weg zu ihr war, meine Liebe zu ihr war.

Als ich schließlich in Oak Hill, vor dem Laden ihrer Eltern

ausstieg, war ich mir absolut sicher, dass sie von mir ein Kind erwartete.
… Und, dass wir eine gemeinsame Zukunft haben konnten.

47

JASON

> *Das Herz hat seine Gründe, die der Verstand nicht kennt.*
> William Shakespeare (1564 - 1616)
> Englischer Dichter & Dramatiker

Die Glocke der Ladentür, welche ich nach innen aufdrücken musste, bimmelte unnatürlich laut in meinem Kopf wider.

Leise lief ein Song aus den Siebzigern, während ich zwischen all den Regalen umherstreifte. Es hatte etwas von einem Penner, der sich hier sein Essen zusammenklauen wollte. Hier und da sah ich eine Dame mit ihrem Einkaufswagen vorbeilaufen. Auf der Suche nach den Lebensmitteln, die ausgegangen waren.

Einkaufen war etwas total Natürliches. Alltägliches. Und doch war es für mich besonders. Ich aß eigentlich immer an meinem Arbeitsplatz. Ja, natürlich konnte ich kochen, denn meine Mom hätte uns nicht von Zuhause ausziehen lassen, wenn ich es nicht gekonnt hätte, aber trotzdem war ich die meiste Zeit im Hotel. Und dort gab es Essen. Ergo? Ich hielt mich dort auf und tat es dort.

Erst seit ich mit Luisa zusammen gewesen war, war mein Kühlschrank gefüllt und ich hatte wieder regelmäßig am Herd gestanden.

Weil ich es für uns tat. Weil es eines dieser Pärchendinger war, für die mein Bruder Eric so brannte. Und jetzt auch ich.

Immerhin war ich hierhergekommen. Ohne verdammten Plan, was normalerweise überhaupt nicht passierte. Jason Lightman war nicht unvorbereitet oder wusste nicht so recht, was er sagen wollte. Fuck, nein! Jason Lightman war immer einen Schritt voraus.

Nur diesmal nicht.

»Was wollen Sie hier?«, fragte mich Maria, die Mutter von Luisa. »Denken Sie nicht, Sie haben genug angerichtet?« Okay, meine Aktien standen hier also immer noch nicht sonderlich gut.

»Ich … Misses Torres«, beschloss ich kurzfristig doch formell zu bleiben. »Es tut mir leid.«

Sie kam näher, wischte sich die Hände an der dunklen Einheitsschürze ab, wie wir sie auch auf dem Farmersfest getragen hatten, und beäugte mich skeptisch. Ihr Blick fuhr an meiner – zugegeben armseligen – Erscheinung hoch und runter. Mein Hemd war faltig und die Ärmel über die Ellbogen aufgerollt. Meine Krawatte hatte ich schon vor einigen Stunden gelockert und so hing sie mir um den Hals, während der oberste Hemdknopf geöffnet war. So wäre ich früher niemals aus dem Haus gegangen. Meine Hose war knittrig und das Dunkelblau zeigte einige Stellen an meinem Knie, auf die mir heute Tinte getropft war, als ich wieder einmal nur an Luisa gedacht hatte. Ich wusste, dass mein Haar und mein Bart zu lang und die dunklen Schatten unter meinen Augen meine stetigen Begleiter waren. Aber aktuell ging mir vollkommen am Arsch vorbei, ob jemand glaubte, ich sei ein Penner oder ein Hotelmanager.

»Sie sollten gehen«, sagte sie, sah mich noch einmal eindringlich an und drehte sich um. »Das war eine blöde Idee von Ihnen.«

»Misses Torres«, rief ich in meiner Verzweiflung, weil ich alle meine Felle jetzt schon davonschwimmen sah. »Misses Torres, bitte, ich muss mit Ihnen reden.«

»Mit mir?«, sie sah mir wieder ins Gesicht und hob die Brauen. »Ich denke, ich bin die Falsche, um irgendwas zu klären.«

»Misses Torres … ich…«

»Weißt du eigentlich, was du meinem Baby angetan hast? Weißt du das? Sie hat wochenlang nichts gegessen, nicht geschlafen und nur wenig gesprochen, sie war zu nichts zu gebrauchen, hat nur geweint – einen ganzen Ozean voller Tränen hat sie vergossen –, und du denkst, du kommst hierher und kannst alles wieder durcheinanderwirbeln? Gerade ging es ihr besser!« Sie baute sich vor mir auf und fuchtelte mit ihrem Zeigefinger vor meinem Gesicht herum. »Gerade war sie wieder so weit, zumindest ohne Anweisung von mir zu duschen, und dann kommst du mit … deinem Flittchen in das Café und nimmst ihr in den zwei Minuten, die du da bist, wieder alles. Überrollst mein Mädchen mit deiner Arroganz und deinem wohlhabenden Getue.« Jedes ihrer Worte begleitete sie damit, dass sie mir ihren Finger in die Brust bohrte. »Du denkst, du kannst sie hin und her ziehen, wie du willst, nicht wahr? Aber das kannst du nicht. Ich

lass es nicht zu, dass du meinem Baby noch einmal so sehr wehtust …
du … du Kanalratte.« Sie starrte mich an. Ihr Gesicht wutverzerrt.

»MOM!«, rief es plötzlich von der anderen Seite des Ganges.
»Hör auf, rumzuschreien.« Luisa kam näher. Mein Blick streichelte
sie. Sie war so schön. So abartig wunderschön. »Und hör auf, Jason
zu beschimpfen.« Ich schwöre bei Gott, dass ich das dunkle Knurren,
das aus ihrer Kehle kam, ernst nahm. Eine Gänsehaut schlich sich
auf meinen Körper und fraß sich durch mich hindurch.

Als Luisa neben uns zum Stehen kam, die Hände vor der Brust
verschränkt, ein Shirt mit dem Schriftzug *Namaste Bitches* über ihrem
Busen laufend, und die Beine in knallengen, zerrissenen schwarzen
Jeans, war mir mit einem Schlag wieder warm. Ihre langen Haare,
die ich so sehr liebte, waren zu einem unordentlichen Knoten
geschlungen. Ihre Augen waren geschminkt, mit diesem schwarzen
Stiftzeug eingerahmt, aber dennoch war ihre Haut darunter blass. Sie
sah müde aus, dazu musste man kein Arzt sein, um das zu sehen.
Eine Omi mit ihrem Einkaufswagen platzierte sich am anderen Ende
des Ganges. Sie gab vor, die Rückseite einer Nudelpackung zu lesen.

Oder eben auswendig zu lernen.

»Was kann ich für dich tun, Jason?«, fragte mich Luisa. Ihre
Augen waren aufgerissen, sie sah so aus, als würde sie auf irgendetwas hoffen. Der Puls an ihrem Hals hämmerte schnell gegen ihre
Haut, und auch wenn sie es versuchte zu verbergen, schlug ihr Herz
wie verrückt.

»Ich«, ich räusperte mich. »Es passiert nicht oft«, begann ich
schließlich ehrlich, »dass ich mir keine Gedanken gemacht habe, wie
etwas ablaufen wird oder was ich sagen soll, Luisa.«

Sie nickte knapp. Ihre Mom legte ihr den Arm um den Nacken
und sie war kurz abgelenkt, als sie sie leise bat, uns allein zu lassen.

»Sorry …«, sagte sie schließlich. »Also es passiert nicht oft, dass
du nicht die richtigen Worte findest. Da warst du.«

»Ja«, stimmte ich zu und fuhr mir mit einer Hand durch mein zu
langes Haar. »Sieh her …«, versuchte ich es erneut. Das Blut
rauschte in meinen Adern, mein Puls schlug mir bis zum Hals. Meine
Hände waren nassgeschwitzt und ich bekam kaum mehr Luft.
»Also«, setzte ich wieder an.

Luisa sah mich aufmunternd an. »Was ist denn, Jason?«, fragte
sie wieder. Mein Blick wanderte kurz zur Seite, eine zweite und eine
dritte Omi standen nun bei den Nudeln und lernten Packungen
auswendig. Luisa schien das alles nicht zu bemerken.

»Also die Sache ist die«, stammelte ich los. »Also …« Ich holte tief Luft. »Habt ihr eigentlich auch Schwangerschaftstests?« Meine Worte schienen etwas in ihr auszulösen. Etwas, das nichts mit positiven Gefühlen zu tun hatte, denn Luisa tat nichts weiter, als ihre Hand zu heben und mir mit der ganzen Kraft, die diese kleine, zierliche Frau besaß, eine zu scheuern.

Mein Kopf drehte sich zur Seite, aber ich verzog keine Miene.
Diese Ohrfeige hatte ich verdient.

48

LUISA

> *Alles nimmt ein gutes Ende für den, der warten kann.*
> Lew Nikolajewitsch Graf Tolstoi (1828 - 1910)
> Russischer Schriftsteller

»Du kommst ernsthaft hier rein und fragst bei mir nach einem Schwangerschaftstest?« Ich raufte mir die Haare und stemmte sie anschließend in meine Taille. »Bist du eigentlich total bescheuert, Lightman?«

»Ich«, begann er und sah mich verzweifelt an. »Nein.«

»Wo ist deine Schnalle?«, fragte ich sauer, legte leicht den Kopf schief und sah ihn herausfordernd an. »Sie sollte wissen, dass es in einem verdammten Biosupermarkt keine scheiß Schwangerschaftstests gibt.« Es war die absolute Krone der Dreistigkeit, dass er mich – seine Ex, die am liebsten gestorben wäre –- fragte, ob wir Schwangerschaftstests führten.

»Aber ...«, wollte er mich wieder unterbrechen.

»Was? Mh?«, Ich kam näher und schubste ihn an der Brust. Heilige Scheiße, ich war kein gewalttätiger Mensch, aber ich konnte mich einfach nicht mehr kontrollieren. Ich war so stinkwütend auf ihn. Auf ihn und seine gottverdammten Scheißausreden und dass er mich benutzt hat, als wäre ich sein billiges Flittchen. »Denkst du, in Biosupermärkten pinkelt man auf Selleriestangen? Wenn sie wächst, ist man schwanger, wenn sie abknickt, ist es negativ und man darf fröhlich weiter durch die Betten hüpfen?« Ich schnaubte. »Was zur Scheißhölle läuft in deinem verdammt kranken Hirn eigentlich falsch?« Ich war wirklich auf hundertachtzig. Das war das Krasseste, was ich je erlebt hatte. Nun, das Krasseste ohne Gewalteinwirkung.

»Luisa«, sagte er mit einer verzweifelten Nuance in der Stimme. Er drehte sich einmal im Kreis. Seine Hände hatte er in seine Hosentaschen vergraben.

»Ich hab es satt, mir deine Scheiße anzuhören, Lightman! So beschissen satt!«

»Luisa!«, schrie er los und ich erschrak zu Tode. Eine der Omis ebenso, denn sie ließ die Nudeln fallen, deren Rückseite sie gerade noch zu studieren vorgegeben hatte.

»Bist *du* schwanger?« Er betonte das Wort *du* so, als wollte er eine Information, die er schon besaß, noch einmal bestätigen lassen. Mein Herzschlag beschleunigte sich, meine Hände wurden noch feuchter, als sie sowieso schon waren.

Woher wusste er davon, wo ich es doch selbst erst vor einer knappen Stunde erfahren hatte?

»Bist du …«, begann ich, verschränkte die Arme vor der Brust. »Bist du verrückt?«

Er hob eine Braue, fuhr sich immer wieder durch sein Haar und seufzte.

»Bist dus oder bist dus nicht?« Offenbar würde er bald seine Geduld verlieren.

»Was geht es dich an, wir sind nicht mehr zusammen«, setzte ich entgegen.

Er schien irgendwie mutlos zu sein. »Hör mal, Luisa, ich weiß, dass es zwischen uns komisch läuft …«

»Es läuft gar nichts zwischen uns«, grätschte ich dazwischen. »Und das wird sich nicht mehr ändern.«

»Wie auch immer. Ich meine ja nur, dass, *wenn* es so ist und es mein Baby ist … dann …« Er senkte die Lider und ließ den Kopf hängen. Meine Augen verengten sich und ich seufzte.

»Komm mit«, erwiderte ich schließlich resignierend, drehte mich ohne ein weiteres Wort um und verließ mit ihm den Gang, in welchem die Pasta und die Nudelsoßen untergebracht waren. Die drei älteren Damen sahen uns um die Ecke nach, unschlüssig, ob sie uns nachlaufen sollten.

Es war so: Ja, ich war schwanger. Ja, ich war in der elften Woche und es war sein Kind. Ja, wir waren getrennt. Ja, ich wusste es selbst erst seit heute am frühen Abend, als ich einfach auf einen dieser Apothekentests gepinkelt hatte. Mein richtiger Arzttermin war erst Ende der Woche. Warum ich es ihm nicht oder noch nicht, sagen wollte, lag klar auf der Hand. Dass ich keine Hoffnungen schüren wollte, wo noch nicht klar war, was passieren würde, war beschlossen.

Was also tun? Ich hätte gedacht, dass ich etwas mehr Zeit haben würde, mit dem Gedanken und der Tatsache, dass der Test positiv war, zurechtzukommen. Und dass ich ein Kind von Jason Lightman erwartete.

Dummerweise war ich eine dieser Prinzessinnen, die glaubten, sie würde irgendwann ein Baby auf die Welt bringen und es in eine perfekte Familie einbauen. In ein schönes Zuhause … in Geborgenheit. In Liebe. Und zusammen mit einem Mann aufziehen, den sie liebte. Vielleicht hätten wir sogar einen Hund, wer wusste das schon, aber wir hätten definitiv einen dieser riesigen Schwimmteiche im Garten unseres Hauses.

Ja, ich liebte Jason, aber wir waren nicht mehr zusammen, und dass das jemals wieder der Fall sein würde, stand so ziemlich außer Frage.

Daran hatte er keinen Zweifel gelassen, als er mit mir Schluss gemacht hatte. Es war ihm vollkommen gleichgültig, was aus mir werden würde, das hatte er ebenso ausgesprochen. Weshalb ich es also trotzdem zugab, als ich mit ihm in den Lagerraum gingen, in welchem wir ungestört sein würden, wusste ich nicht.

Aber wenn ich irgendwie eine Chance haben wollte, eine reelle, verdammte Chance, dass er sein Kind annahm und wir beide, auch wenn die Beziehung kaputt war, es trotzdem irgendwie hinkriegen wollten … dann musste ich ihm die Wahrheit sagen. Mein Gesicht, meine Ängste … alles musste ich ihm zeigen. Diese Erkenntnis traf mich so unvorbereitet wie Susans Frage, ob ich schwanger sei, weil ich gejammert hatte, dass ich auf meine verdammte Periode warten würde.

»Wie kommst du darauf, dass ich schwanger bin?«, fragte ich schließlich ruhig und lehnte mich an ein Regal, in dem Kaffee aus Fairtrade Gebieten gelagert war. »Was bringt dich dazu, mich das zu fragen?« Meine Stimme klang wieder normal. Vielleicht ein wenig vorsichtig. Aber normal.

»Weil …« Er kaute auf seiner Unterlippe herum. »Weil Eva das gesagt hat.«

Meine Augen verengten sich. »Wer ist Eva?«

»Eva ist die Verlobte meines Bruders«, sagte er mit einem leichten Grinsen. »Sie hat auch gesagt, dass du eifersüchtig auf sie warst.« Mit einem entschuldigenden Achselzucken sah er mich an. Mein Gott, dieser Mann war so sexy und schien es nicht einmal zu wissen. Oder zu bemerken. Oder sich bewusst darum zu bemühen.

»War ich nicht«, erklärte ich schnell. »Woher kennt sie mich überhaupt?«

»Du weißt nicht mal, wo du sie gesehen hast, bist aber sicher, dass du in der Situation nicht eifersüchtig warst? Ehrlich?«

Ich verdrehte die Augen. »Also? Woher kennt sie mich?«

Er schluckte schwer, öffnete seinen Mund einen Spalt und schob seine Hände wieder in die Hosentaschen. »Sie war die Frau, die du mit mir im Café gesehen hast.«

Meine Augen weiteten sich, und ich bohrte meine Fingernägel in die Haut meiner Arme.

»Du siehst wunderschön aus, Luisa. Damals und heute.« Fast hätte ich ihn nicht verstanden, so leise sprach er. Alle meine Sinne, alle meine Synapsen waren auf ihn gepolt. Bei dem tiefen Klang seiner Stimme, so rau und wild, als er mir sagte, dass ich schön war, wurde mein Höschen feucht. Völlig unangebracht. Absolut und zu hundert Prozent, aber ich wurde es nun einmal. Das war die Reaktion, die nur er bei mir auslösen konnte.

»Also sagst du es mir nun? Ob du schwanger bist, mein ich?«

»Was würde denn das für eine Rolle spielen, Jason?«, fragte ich und klang plötzlich deprimiert. »Wir sind nicht mehr zusammen.« Ich fühlte mich wie bei einer Achterbahnfahrt. Ständig wurde ich von a nach b geschleudert. Es ging auf und ab und auf und ab. Ein Looping folgte einer Spirale und anders herum. Ich stürzte in die Tiefe und wurde anschließend wieder in schwindelerregende Höhen gezogen.

Er begann damit zwei Schritte in die eine Richtung zu gehen und zwei in die andere. Immer wieder. Wie ein Tiger im Käfig.

»Darüber wollte ich auch mit dir sprechen.« Sein Ton wurde geschäftsmäßig.

Nun war es an mir erstaunt zu sein. »Was?«

»Ich«, er fuhr sich durch sein Haar, lief auf und ab, ohne ein Wort zu sagen. Schließlich holte er tief Luft. Ich war mir nicht sicher, ob es mir gefallen würde, wenn er mich in seine Pokerkarten schauen ließ. »Zuerst muss ich sagen, dass ich nicht gut in so etwas bin … Ich kann mit Zahlen, ich halte dir in verschiedenen Sprachen Telefonkonferenzen, aber was Frauen – was dich – betrifft, da bin ich einfach … eine gottverdammte Null.« Er schluckte schwer. Heilige Scheiße, du bist viel, aber du bist sicherlich keine Null. Du bist eher wie ein Playboy, sexy, heiß, leidenschaftlich, besitzergreifend … und das alles, ohne sich dessen bewusst zu sein. Du bist der Hammer, du bist so fantastisch, dass ich mich jeden Tag wieder

in dich verlieben würde. Du bist so verdammt einzigartig, dass mein Herz blutet, wenn ich nur daran denke, dass all die Piranha-Tussis in dieser Stadt dich nun umgarnen werden. Und du eine andere finden wirst … nicht mich. Nicht dein Kind. Irgendeine Frau, die vor dir auf die Knie geht, dir das Bett wärmt, ohne dich zu belügen. Wie ich es getan habe.

»Hörst du mir zu?«, drang schließlich seine Stimme wieder in mein Bewusstsein. Verstohlen wischte ich mir eine Träne aus dem Augenwinkel. Er sollte nicht wissen, wie nahe mir das alles immer noch ging. »Ich bin so scheiße sauer auf dich, Luisa. Seit zwei Monaten. Und es wird nicht besser. Ernsthaft, ich bin so wütend, dass ich dir den Hals umdrehen und dich anschreien will. Und im nächsten Moment will ich dir deine Kleidung vom Leib reißen und dir deine Lügen herausficken.«

Ich kaute auf meiner Unterlippe, sah betreten zu Boden und wünschte mir nichts mehr, als dass wir immer noch ein Paar wären. Tief holte ich Luft, um ihm zu antworten. Ich litt seit zwei Monaten.

Ich vermisste ihn seit zwei Monaten.

Die ganze Zeit über hatte ich gehofft, dass wir ein Gespräch bekommen würden. Dass er mir die Chance gäbe, dass wir uns unterhalten konnten. Und es war nichts passiert.

Bis heute. Natürlich hatte ich ihn in Ruhe gelassen. Das war nämlich das Mindeste, was ich tun konnte. Jason hatte mich – wenn auch vollkommen in seiner Rage gefangen – darum gebeten, dass ich ihn gehen ließ. Und diesen Frieden, diese innere Ruhe wollte ich ihm nicht nehmen. Nicht auch noch.

»Nein, lass mich das sagen.« Er seufzte schwer, griff in seine Tasche und zündete sich eine Marlboro an.

»Du weißt, dass das hier ein Lebensmittelladen ist?«, scherzte ich mühsam und trat einen Schritt zurück. Rauchen und Alkohol kam für mich nicht mehr in Frage, so lange, bis ich definitiv wusste, ob oder ob nicht.

»Ich scheiß da drauf, Luisa!«, brüllte er plötzlich, und ich hob lediglich eine Braue. Mister Beherrschung himself verlor sie gerade? Diese Show würde ich mir geben. Alles war besser, als das stetige Schweigen, mit dem er mich in den letzten Monaten bestraft hatte. »Ich scheiß drauf, dass du mich angelogen hast, die einzige beschissene Regel gebrochen hast, die ich aufgestellt hatte. Die einzige scheiß Möglichkeit zerschlagen hast, dass ich … du … wir zu uns selbst finden. Ist dir klar, was du mit dieser Kacke angerichtet hast?« Er sah sich um und zog hektisch an dem Filter der Kippe. Vermutlich würde gleich der Rauchmelder losgehen. Oder meine Mom ausflippen. Oder beides. »Ich bin so sauer auf dich und es hört einfach nicht auf. Es wird immer schlimmer, weil ich jetzt auch wütend auf *mich* bin. Weil du mich angelogen hast und ich es nicht früher gemerkt habe, und du alles, wirklich alles, was wir hatten, kaputtgemacht hast. Ich bin so zerrissen ohne dich, obwohl ich es hasse, belogen zu werden. Mir macht nichts Spaß, ich ... Scheiße, Luisa, ich liebe dich. Ich bin ein Vollidiot, dass ich es tue, aber ich liebe dich eben einfach. Anscheinend steh ich drauf, dass ich nicht geachtet werde oder respektiert oder meine beschissene Regel eingehalten wird ... aber, gottverdammt, ich liebe dich!« Er raufte sich die Haare weiterhin. Jason riss daran, sah nach links, sah nach rechts, aber ich konnte nichts weiter tun, als ihn anstarren. Die Bombe, vor der ich so sehr Angst gehabt hatte, die ganze Ablehnung, dass alles war nun explodiert. Es spielte keine Rolle, ob ich schwanger war oder nicht, denn er hielt seine kleine Ansprache, ohne dass er es wusste. Nicht aus Pflichtgefühl, denn davon hatte Lightman eine Menge, nein, er sagte es, weil es das war, was ich in ihm anrichtete. Totales Chaos.

Und Liebe.

Noch immer.

»Ich. Bin. So. Voller. Wut. Luisa!« Der Groll war beinahe greifbar. »Darum sage mir, Teufel nochmal ... bist du schwanger?«

Ohne weiter darüber nachzudenken, was es für Folgen haben würde, nickte ich schließlich. »Ja, ich glaube schon.« Meine Stimme war leise, zittrig, so gar nicht, wie man mich normalerweise kannte. Aber das machte nichts, denn Jason hatte mich verstanden.

Und mehr brauchte es nicht.

Er schmiss die Kippe auf den Boden, kam mit zwei großen Schritten nahe an mich heran. Automatisch wich ich zurück. Ich hatte keine Angst vor ihm. Nicht ein bisschen. Weil ich wusste, er würde mir niemals etwas tun, aber ich war genauso verzweifelt wie er. Ich war eben so am Ende meiner Kräfte wie er.

Ich konnte nicht ohne ihn. Also griff ich nach der Knopfleiste seines Hemdes, riss es auf und alle weißen Knöpfe flogen in sämtliche Richtungen. Ich zerrte ihm die Krawatte über den Kopf und schmiss sie achtlos neben mich. Meine Hände fuhren rastlos über seine Haut. Diese gestählten Muskeln. Jason griff mir in seiner besitzergreifenden Art in meinen Zopf.

Endlich ... als ich nach über zwei Monaten seine Lippen wieder auf mir fühlte, war ich wieder ich selbst. Nicht nur dieser Schatten, diese Hülle ... nein, ich war wieder ich selbst. Hastig küssten wir uns, seine Zunge streichelte meine in einem Rhythmus, der mich daran erinnerte, wie gut wir zusammen passten. Wie von selbst wanderten meine Hände über seinen Bauch nach unten, öffneten den Gürtel und die geschlossene Hose im selben Moment, als er mir die knallenge, schwarze Jeans über den Arsch zog. Mein Höschen schob er gleich mit hinunter. Er kniete kurz vor mir, als er mir aus dem Stoff half, und küsste mich zweimal auf mein Geschlecht. Meine Knie begannen zu zittern, und ich war dankbar, dass er mir unter den Arsch griff und mich auf seine Hüften setzte.

Genau in dem Moment, als er mit seinem harten Schwanz in mich eindrang, sagte ich ihm, dass es mir leidtäte.

Dass ich ihn liebte.

Und dass ich nicht mehr ohne ihn sein konnte.

EPILOG

JASON

 Es schadet nichts, manchmal die Wahrheit zu sagen.
Anton Tschechow (1860 - 1904)
Russischer Schriftsteller

*E*s gibt Dinge, die erlebt man einfach nicht allein. Man unternimmt sie in Gruppen oder zu zweit. Man hat jemanden an seiner Seite, mit dem man lachen oder weinen oder einfach schweigen kann. Aber man isst seine Pommes nicht allein in einem Auto auf einem verdammten Park and Rideplatz. Man ist mit seinen Gedanken nicht einsam, gefangen in diesem Wirbelwind, der durch die Stille rauscht. Man erlebt Dinge zusammen. Ereignisse, die verbinden. Meiner Meinung nach ist es auch viel wichtiger, dass man Zeit mit jemandem verbringt, anstatt einfach nur immer wieder einen Scheck oder Geschenke vorbeizubringen. Es ist wichtig, dass man Abenteuer, Ausflüge, alltägliche Dinge miteinander erlebt. Selbstverständlich waren auch das eine oder andere Einschnitte oder Episoden, die man allein durchstehen musste, oder sich aneignete … aber viele Dinge, aus meiner Perspektive eigentlich das meiste, fühlte sich mit einem Menschen an seiner Seite, einfach besser an.

McDonalds Besuche. Beerdigungen. Kino-Blockbuster oder Geburten.

Zugegeben, von Letzterem hatte ich keinen blassen Schimmer. Noch nicht. Aber das machte nichts.

Ich war immer ein Mensch gewesen, der Dinge mit sich selbst ausmachte, der allein sein wollte. Eigentlich hatte ich sogar immer die Meinung vertreten: Alleinsein ist schön, wenn man alleinsein will. Es gab nur auch Situationen, da musste man allein sein, das war die Kehrseite der Medaille. Im Grunde ist der Mensch nicht zum Einzelgänger geschaffen, auch wenn ich mich über dreißig Jahre in dieser Rolle recht wohl gefühlt hatte. Nur für mich Verantwortung übernehmen zu müssen, in den Tag zu leben, so ich es wollte. Ich musste mich bei niemandem rechtfertigen, erklären oder gar entschuldigen. Weil ich einfach eine Persönlichkeit hatte, die gut mit sich allein sein konnte. Hatte ich doch hin und wieder die Lust auf Gesellschaft, sprach ich mit meinen Brüdern. Oder hin und wieder mit Daniel, meinem Kumpel, dem Koch aus dem Restaurant hier in Philly.

Selbst wenn ich eine Frau wollte, war es nie ein Problem, für meine Vergnügungen eine zu finden. Ja, ich hatte das Glück, die hervorragenden Gene, das Maskuline und Zielstrebige des männlichen Teils der Lightmans geerbt zu haben. Dazu das Herz und den Verstand meiner Mutter. Ich musste noch nie für Sex zahlen, auch nicht, als im College diese Wetten – wegen der Nutten – total modern waren. Ich klinkte mich dort aus, denn das, was ich wollte, fand ich überall. Schnellen Sex, ohne jede Verpflichtung. Im Grunde war ich meinem Bruder Steve, der wirklich jede Nacht eine neue Flamme mit nach Hause brachte, sehr ähnlich. Ich zeigte es nur nicht so. Ließ das nicht so nach außen dringen, vermittelte eher den Eindruck, dass ich kalt und bieder und nur auf mein Geschäft aus war.

Aber ich hatte Bedürfnisse wie jeder Mann. Nur erkannte ich irgendwann, in diesem völlig lautlosen Sturm der Einsamkeit, dass ich *mehr* wollte.

Und mein »mehr« hatte ich in Philadelphia gefunden. In der Stadt, wegen der ich mit meinem Vater Diskussionen bis aufs Blut geführt hatte. In der Stadt, in der ich nicht hatte leben wollen. Zumindest am Anfang nicht. Ich war schon immer der Einzelgänger von uns gewesen. Derjenige, mit dem Stock im Arsch, und ich wollte dennoch, so nah wie es nur irgendwie ging, bei meinen Eltern sein. Sie waren mein Hafen, da ich ja keine Freundin oder Frau hatte.

Und dann …? Dann kam ich hierher, sah mich um. Inspizierte das Hotel und entschied, weil ich ja so gut mit mir allein sein konnte, weil es mir vollkommen egal war, was Menschen über den »Typ dort hinten, der allein an der Bar steht« sagten, dass ich ausgehen würde. Genau deshalb war ich in diesen verdammten Club gegangen.

Okay, deshalb und weil ich einen beschissenen Bourbon wollte. Nachdem ich mich bei Daniel versichert hatte, dass der Laden, der direkt die Straße vom Hotel runter war, meinen geliebten Mitchers führte, verbrachte ich den Abend am Tresen. Ich saß mit dem Rücken am Ende der Bar, lehnte mich an dem Spiegel an und beobachtete. Es war erstaunlich, wie man erlernen konnte, Menschen zu durchschauen, wenn man sich nur die Zeit nahm, sie *zu sehen*.

Nicht nur sie zu betrachten, sondern sie wirklich *zu sehen*.

Na ja, als ich dann den Mitchers, den Club und meinen Drang, Menschen zu analysieren befriedigt hatte, sah ich sie.

Luisa Torres.

Sie war anders als alle anderen.

Sie war so faszinierend. Sie war ... ich wusste einfach, dass sie es war.

An diesem Abend dachte ich, sie war für eine Nacht. Die Auserkorene, die heute das Glück hatte, von mir in den Himmel gefickt zu werden. Aber mir war nicht klar, dass sie wirklich *die* Auserwählte war.

Das sollte ich erst lernen.

Und ich lernte es auf die einzige Art, mit der es ein Mensch begreift.

Mit Schmerz.

Ich musste Luisa zwei schmerzliche Monate lang vermissen, irgendwie ohne sie weitermachen, nachdem ich vorher von der Frucht gekostet hatte und wusste, wie es war, sie bei mir zu haben. Ich musste durch dieses finstere Tal, das nicht nur den Hurricane der Stille in meinem Kopf zum Leben erwachen ließ, nein, ich hatte auch den tödlichen Schmerz des Verlustes zu bewältigen.

Ich war nie, wirklich nie, darüber hinweggekommen, ganz gleich, welche Gründe wir beide vorzuweisen hatten, dass unsere Beziehung nicht funktionierte. Ganz gleich, was wir uns beide einredeten. Diese etwas mehr als acht Wochen, ohne die Sonne in meinem Leben, ohne die Musik in meinem Kopf, waren für mich, wie lebendig begraben zu sein.

Luisa Torres, ist, war und wird immer die Liebe meines Lebens sein.

Ich würde nichts, rein gar nichts an ihr ändern.

Wobei ... eine Sache gäbe es da ... und das wäre ihr Nachname.

Ende

ÜBER DIE AUTORIN

Emily Key wurde 1984 im schönen Bayern geboren, wo sie bis heute in einer Kleinstadt mit ihrer Familie lebt. Zum Schreiben braucht sie nicht viel. Nur guten, originalen Englischen Tee, Schokolade und Zeit. Denn hat sie einmal begonnen, kann sie nicht stoppen bis alles aus ihr herausgepurzelt ist. Sie liebt es in fremde Welten abzutauchen. Welten die, wenn man nur einen klitzekleinen Teil verändert, die Karten neu mischen. Weil jeder ein Happy End verdient hat und weil jeder gehört werden sollte. Da Emily Key an die Liebe glaubt, ist es genau das, worum es geht. Liebe, Leidenschaft und Lust.

WEITERE WERKE DER AUTORIN

Vanilla: Ms. Browns Versuchung
Chocolate: Ms. Harpers Verlangen
Room 666 (The Plaza Manhattan 1)
Diamondheart (The Plaza Manhattan 2)
Game of Souls (The Plaza Manhattan 3)
Forbidden Secret
Canadian Winter
Canadian Summer
Canadian Secrets: Sammelband
Hannah (Malibus Gentlemen 1)
Melissa (Malibus Gentlemen 2)
Malibus Gentlemen: Sammelband
Black Tie Affair
Whiskey on the Rocks
Bourbon on Ice
Scotch and Soda
Three Damn Nights: Für drei Nächte mein

Printed in Poland
by Amazon Fulfillment
Poland Sp. z o.o., Wrocław